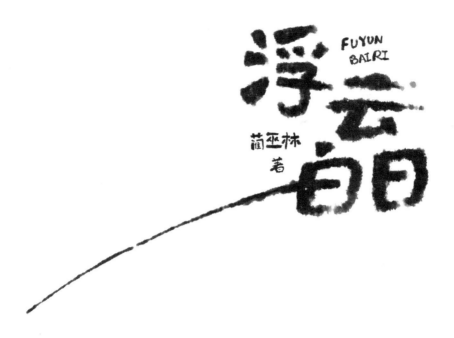

浮云白日

FUYUN BAIRI

蔺巫林 著

百花洲文艺出版社
BAIHUAZHOU LITERATURE AND ART PRESS

图书在版编目（CIP）数据

浮云白日 / 蔺巫林著 . — 南昌 : 百花洲文艺出版
社，2022.1
ISBN 978-7-5500-4605-4

Ⅰ . ①浮… Ⅱ . ①蔺… Ⅲ . ①长篇小说－中国－当代
Ⅳ . ① I247.5

中国版本图书馆 CIP 数据核字（2022）第 002787 号

浮云白日

蔺巫林　著

出 版 人	章华荣	
出版统筹	曾英姿	
责任编辑	蔡央扬	
特约编辑	雷凤伶	
封面绘制	我是俊鹏	
封面设计	阿　和	
出版发行	百花洲文艺出版社	
社　　址	南昌市红谷滩区世贸路 898 号博能中心 A 座 20 楼	
邮　　编	330038	
经　　销	全国新华书店	
印　　刷	长沙金鹰印务有限公司	
开　　本	880mm×1230mm　　1/32　　印张 10	
版　　次	2022 年 4 月第 1 版第 1 次印刷	
字　　数	338 千字	
书　　号	ISBN 978-7-5500-4605-4	
定　　价	45.00 元	

赣版权登字　　05-2022-55

网址 http：//www.bhzwy.com
图书若有印装错误，影响阅读，可向承印厂联系调换。

目录

Contents

第一章	初相见	·001
第二章	母子局	·017
第三章	变邻居	·032
第四章	活雷锋	·046
第五章	春夏镇	·060
第六章	逗你玩	·072
第七章	玩不起	·084
第八章	赢竞赛	·096
第九章	迎元旦	·109
第十章	过新年	·133

第十一章　想见你　·149
第十二章　状元奖　·164

第十三章　打直球　·179
第十四章　漱石湾　·193

第十五章　毕业啦　·207
第十六章　掉马了　·226

番外一　　周麟让 × 倪鸢　·242
番外二　　秦则 × 邹厘　·263
番外三　　人间烟火　·308

1.

九月，窗外蝉鸣不歇。

办公室内安静无比，只有旧空调发出一点声音。

倪鸢批改试卷的手停下，望了一眼外边的天色，乌云从四面八方聚拢，压得很低。

一场大雨要来了。

倪鸢起身，将窗户检查了一遍，看是否都已经关好。

旁边是数学老师的办公桌，丛嘉坐在桌前，在用数学老师的电脑看恐怖片。她戴着耳机，坐姿随意，双脚搭在桌上，一截小腿修长细弱，白得晃眼。

倪鸢不经意瞥了一眼电脑屏幕，一张双眼流血的脸赫然出现。她默默收回目光，回到座位上，继续帮历史老师批改卷子。

历史老师谌年的胃病又犯了，人现在还在医院。

倪鸢不仅仅是历史课代表，还与谌年渊源匪浅。平素帮谌年批改作业的次数多了，看起卷子来也飞快。打钩、打叉、减分、算总分，红笔快速勾勒。

丛嘉觉得恐怖片没意思，按了暂停键，拆开桌子上的一包辣条起身。走到窗边，打开倪鸢刚关好的窗户，往外张望。

她似乎看到了什么有趣的事情，嘴角浮着点笑，轻飘飘的，看着蔫儿坏。

"鸢儿。"丛嘉叫倪鸢，"过来看点有意思的。"

倪鸢纳闷地抬头，丛嘉指了指窗户底下，说："楼下的猫在捉耗子呢，你再不过来可就看不到了。"

三楼视野开阔，居高临下，将底下的情形看得清清楚楚。

穿着六中校服的礼虞躲在花坛的芭蕉叶底下瑟瑟发抖。另外七八个打扮另类，头发染了张扬的桃粉色的女生四处打转，在找礼虞。六中不让染发，这一块抓得很紧，这些女生多半是隔壁学校的。

这天六中刚月考完，傍晚全校放假，寄宿生也回去了。此时学校已经空了，只剩长风浩荡，茂密的香樟树被吹得沙沙作响。

倪鸢的视力极好，她看见礼虞在哭。肥硕的青色芭蕉叶在风中摇晃不定，礼虞抱着自己缩成一团，咬紧牙关，眼泪流淌，却不敢哭出声。

几个粉头发的女生仍不肯放弃，几次经过花坛，离礼虞只有一步的距离，差一点就能发现她。没发现目标，她们不走，反倒越发嚣张，大喊礼虞的名字叫她滚出来。

"礼虞——"

"躲什么躲！现在知道怕了？"

"你勾三搭四的时候不是挺能吗？"

"给我滚出来！"

丛嘉吞下嘴里的辣条，觉得味道不太对，递给倪鸢："下次买卫龙的，还是卫龙小面筋好吃。"

"嗯。"倪鸢应了一声。

"你想帮她？"丛嘉问。

倪鸢没出声。她光顾着嚼辣条了，确实不怎么好吃。

藏在花坛里的礼虞突然抬头，朝楼上看了一眼。

各班学生临走前全部关好了门窗，整栋教学楼，唯独三楼教师办公室的那一扇窗户敞开着，很显眼。

"她看见我们了。"倪鸢说。

丛嘉满不在意："看见了又怎样？"她说完，将窗户关上，彻底隔绝了礼虞望向她们的求助的目光。

丛嘉回到电脑前继续看没看完的恐怖片，倪鸢则继续批改试卷。只是倪鸢这次有点难以集中注意力，没一会儿就走神了，她想起高一入学前为期一周的军训。所有新同学被拉到营地训练，当晚挨个进行自我介绍。

轮到一个女生上台时，底下坐着的男生们都沸腾了。

她说："我叫礼虞。礼物的'礼'，虞美人的'虞'。"

姓氏别致，名字别致，人也别致。叫人过目难忘。礼虞身上有一种超乎她年龄的美，不同于在场其他女孩的青涩，她带着成熟的韵味，像枝头上汁水饱满的粉色水蜜桃，摇摇欲坠，等人采撷。

轮到新生才艺展示，有人起哄让礼虞唱歌。她唱的是老歌《甜蜜蜜》。嗓音轻柔甜美，歌声如歌词，甜蜜蜜。

盛夏的晚风在少年心头变得黏腻，倪鸢坐在队伍里的第二排，下意识地回头看，宗廷在和身边的男同学打闹，笑得开心，眼睛却看着前方正在唱歌的礼虞。

"礼虞长得也好看。"宗廷旁边是全班"吨位"最重的胖子，叫熊吉元，说话直，且不懂避讳，但语速总是慢吞吞的，在人群中很有辨识度。

熊吉元说完，宗廷点了一下头。

礼虞的歌声停了，众人鼓掌。趁教官不在，后排男生们起哄，朝她吹口哨。

昏黄灯光下，礼虞的手捏着衣角，脸红得像个熟透的苹果。

军训结束后，正式上课的第一天的早读，全班有三个人缺席——熊吉元、礼虞和宗廷。

宗廷和熊吉元是惯犯，从初中开始就玩这套，迟到早退。倪鸢跟他们一个初中升上来的，再清楚不过。偏偏宗廷成绩拔尖，老师常睁一只眼闭一只眼，挨训的一般只有熊吉元。但熊吉元脸皮厚，不在意这个。

那时候他们还在镇上读初中，熊吉元和宗廷就是附近台球室和溜冰场的常驻顾客。宗廷有一次在倪鸢面前嘚瑟："老板说要给我开个特别VIP，让我帮他打广告，举着数学满分卷子念台词，就说'常来打台球，照样考第一'。"

倪鸢说："您要点脸吧。"

他们三个是一起升上来的，但倪鸢从不加入宗廷和熊吉元的队伍。如今来了个礼虞，能入得了宗廷的眼，和熊吉元也投缘。

挺好，能凑一桌斗地主了。

天越来越暗，雨开始下。

大颗大颗的雨点砸在透明的玻璃窗上，一场追逐在伏安六中的校园里展开。

礼虞被发现了。她从芭蕉叶底下钻出来，跨过花坛，奋力地跑向教学楼，一步跨两级台阶。

倪鸢手底下的一沓试卷，还剩十来份没看。

"叮"的一声，办公室里的老旧空调突然没了动静，不再往外输送冷气。丛嘉面前的电脑屏黑了，恐怖的脸闪了一下，消失在眼前。

头顶的灯光全熄了，室内顿时陷入灰暗。

"丛嘉，停电了。"倪鸢停下红笔。

天像破了个窟窿，瓢泼大雨拼命往下倒。

"上厕所，去不去？"丛嘉问倪鸢。

"不去。"倪鸢说。

"你陪我去，外面刮风下雨又停电，我害怕。"

"看恐怖片的时候你怎么不怕？"

"压根儿不是一码事。"

两人打开办公室的前门，听见一阵急促慌乱的脚步声，夹在雨声中，还有女生们气急败坏的叫骂。礼虞像只在虎口下逃窜的小白兔，出现在楼梯口，从走廊的另一端朝这边冲来，看着办公室门口的丛嘉和倪鸢，眼中燃起希望。

丛嘉迈出去的那只脚撤回来，往后退了一步，退回办公室里。

礼虞眼中的希望变成了绝望，看着走廊上唯一敞开的那扇门在眼前关上，边跑边带着哭腔求助。

"倪鸢、丛嘉，开门！

"求求你们，帮帮我！"

紫色的闪电在云层中乍现，昏暗的室内明亮了一瞬，惊雷轰隆炸响。倪鸢按住丛嘉关门的手，说："算了。"

倪鸢将门打开，礼虞趁机钻了进来。

前门落锁，后门紧闭，把追逐的七八个人拦在外面，任凭她们把门敲得震天响，有人恼怒地踢了门一脚。倪鸢将窗帘也全部拉上。

"砰"的一声，有什么砸在窗玻璃上。连续几下，玻璃没被敲碎，但出现了裂痕。

倪鸢站在窗户口，听着动静，神经紧绷。

好在，没多久，声响停了。

办公室里灰蒙蒙的，像深夜。礼虞缩在墙角，抱着自己的膝盖，小声啜泣。

丛嘉拖过一张椅子坐下，人瘫着，脚一抖一抖的，这是她心情烦躁的表现。

倪鸢敲了她一下："别抖腿，丑死了。"

"哦。"丛嘉停了一会儿，没多久又不由自主地抖起来，被倪鸢敲了第二下。她管不住自己的腿，索性站起来。

她拉开窗帘瞅了一眼，外面守着的人还没走，聚在一起商量着什么。

"谁惹的麻烦谁想办法解决，别光顾着哭。"丛嘉说。

礼虞终于抬起头，抹掉脸上的眼泪，望向两人："倪鸢，你的手机在身上吗？能不能借我用一下，我叫人来接我。"

倪鸢摇头。她不带手机上学的，她看向丛嘉："手机。"

丛嘉把全身上下的兜摸了个遍："今天忘了带。"

"好好上学带什么手机？"丛嘉强行挽回颜面。

停电断网，手机没带，联系不了外界，求助不了。

"那就只能耗着了，等她们不耐烦了，自然会走。"倪鸢说。

丛嘉原地转了两圈，突然暴躁地踹开面前的椅子。椅子轰然倒地，滑出去半米，把礼虞吓了一跳，整个人都抖了一下。

倪鸢说："她憋着尿呢，膀胱估计快炸了，脾气不好，你别介意。"

2.

倪鸢把丛嘉踹翻的椅子扶起来，看了看，检查一遍："还好没坏。"

"鸢儿。"

"嗯？"

"别管什么破椅子了，你管管我。"

丛嘉面无表情，余光瞥了礼虞一眼，脸上凝着霜："知道明天伏安晨报的头条新闻是什么吗？"

倪鸢平静地猜测："震惊，我市六中一学生因膀胱爆炸导致休克，横尸教师办公室，究竟是为哪般？这背后到底有什么不为人知的秘密？"

"我会成为我们学校第一个憋尿憋死的学生吗？值得载入我们学校史册吗？会被写进书里吗？"丛嘉暴躁起来，话都比平时多。

倪鸢拉开窗外，这次走廊上的人不见了。不知道是不是真走了。

"丛嘉，我们出去。"

倪鸢对礼虞说："我跟丛嘉从后门走，我们一出去，你就把门锁好。"

"可是她们可能还在外……"

"丛嘉比较急。"倪鸢打开门，陪着丛嘉直奔厕所而去，倒是没遇到阻碍。

几分钟后，丛嘉重新活了过来。她洗手的时候随意跺了一下脚，头顶的声控灯亮了。

"来电了。"丛嘉说。

倪鸢在走廊上、楼梯间都没看到人。她敲了敲办公室的后门，说道："礼虞，她们走了。"

礼虞这才重新将门打开。她这天应该化了妆，眼泪把妆蹭花了一点，长长的睫毛粘在一起，像被细雨打湿的蝶翼。头发也是乱的，辫子散了。

虽然狼狈，但美人还是美人，楚楚可怜的样子。

暴雨来得急，去得也快。

雨停后，乌云散开，傍晚时分的天空不复之前的暗沉，明亮了几分。

倪鸢回办公室接着批阅试卷，快速把手头的事情干完，时间不早了。她把分数录入系统，再把所有的历史试卷锁进办公桌底下的抽屉里。

丛嘉点开一局"你画我猜"小游戏，选中成语"落井下石"。先画个圆柱体，底下再画颗圆石头。

游戏房间里没一个人猜出来。

"没意思。"丛嘉看倪鸢站了起来，问，"弄完了？"

"嗯。"

"那走吧。"丛嘉把电脑关机。

倪鸢背起书包，回头，发现礼虞还在，她的头发重新整理好了，脸也已经洗过了。

"倪鸢，我能跟你们一起走吗？"礼虞问。

"随你。"倪鸢关灯锁门，把钥匙装进校服口袋里。

礼虞站在一旁无声地等她。

下过雨的地面还是湿的，低洼处积着雨水。

丛嘉投币，从饮料自动售货机上取出两罐可乐，其中一罐递给倪鸢。

丛嘉拉开拉环，"啪"的一声，细小的气泡冒出来。

两人没说话，光喝可乐。礼虞跟在她们身后，出了校门，沿着围墙走了一段路。

六中的围墙外种着一片葱郁的翠竹，竹叶上还挂着雨滴。她们打旁边经过，风一吹，雨滴落下，像是又下了场小雨。

"你怎么回家？"倪鸢问丛嘉。

丛嘉把手里空了的蓝色易拉罐捏瘪，扔进路边的垃圾桶。

"坐出租车。"丛嘉如果没让家里司机来接，一般就打车回。

而倪鸢要去对面坐公交车，舅舅家离六中只有五站路，不远，她有时候也骑自行车上学。

她们要过马路，礼虞仍跟着。

丛嘉扭头看了她一眼，她立即变得紧张："我……我也要去对面等公交车。"

"丛嘉，"倪鸢警觉地盯着前方，拉了拉丛嘉的袖子，"那些人还在。"

倪鸢发觉不对劲时，已经晚了。

顶着粉头发的几个女生从巷子里走了出来，显然是在这儿守株待兔的。看架势，这天不逮住礼虞不会罢休。

倪鸢一眼扫过去，七个人。

"她们人多，我们跑不了。"

礼虞的脸色煞白。她本来就走在倪鸢身后，又往后缩了缩。

丛嘉将礼虞扯到面前，不让她躲："你既然这么怕，为什么还做那些恶心人的事？"

"没胆就别惹事，平白连累我。"丛嘉脸上的笑很冷。

丛嘉有个表弟在寄宿学校读初一，去年被丛嘉意外发现，小屁孩在网上认识了一个人，还被对方骗走了一笔生活费。钱不算多，但丛嘉从他们聊天记录中看得出对方是惯犯，叫人一查，巧了，居然是她的同学，班上的班花礼虞。

丛嘉把表弟教育了一顿，礼虞从此也成了她讨厌的人。

三人被驱赶到巷子里。对面为首的女生盯着礼虞笑了笑，手里拿着刚折下的竹条，对着空气抽了两鞭子。路过的行人也不是没有，但都只是匆匆看一眼，避开了走。

礼虞闭上眼，睫毛颤动。

倪鸢悄声问礼虞："她们是哪个学校的？"

"隔壁技校。"礼虞不安地回答。

果然，倪鸢猜得没错。

"如果是隔壁学校，秦则的名字或许能管用。"

"你认识秦则？"礼虞诧异地望向倪鸢。

这一带大大小小的学校有好几所，远近都闻名的人物，加起来也不过那几个，隔壁技校的秦则是其中之一。

因为他人狠，做事决绝，别人不敢惹。也因为他组建的乐队在整个伏安市都有着不小的名气，乐队周末在酒吧街演出，场场爆火。

秦则是队长兼主唱，非常厉害的角色。

礼虞看过他们的演出，秦则站在台上，身上挂着把电吉他，穿着简单，剃了个寸头。看不清具体眉眼，总觉得气质有点酷。

光是暗的，他也是暗的。

音乐一响，他一开口，冷寂的场子顿时沸腾，声浪几乎要掀翻屋顶。礼虞心存侥幸地想，如果倪鸢真的认识秦则，或许能逃过一劫。

"为首那个叫邹怡，她是秦则的粉丝，加了乐队的粉丝群，经常在群里冒泡。"礼虞急切地告诉倪鸢。

几个粉头发的女生从后面包抄，将三人包围住了。只待为首的一声令下，就随时涌上来。

倪鸢心里叹了一万遍气，最后还是不得不搬出秦则，同邹怡打商量："看在秦则的面子上，你看今天能不能算了？"

邹怡打量倪鸢："你跟秦则什么关系？"

倪鸢说："他妹妹。"

"亲的？"

"表的，他爸是我舅舅，我现在住他们家。"

邹怡倒是听说过这事，指了指礼虞："你们走，她得留下。"

礼虞立即死死抓住了倪鸢的胳膊，乞求地看着她。

倪鸢被她的指甲掐疼了，皱了皱眉，继续跟邹怡商量："我们跟礼虞是一个班的，如果就这样走了，改天她要是到老师面前说点什么，我们照样会被牵扯进来。"

邹怡笑道："我保证她不敢告状。"

倪鸢沉默了。邹怡只给她两条路，要么赶紧走，要么留下陪礼虞。

"小朋友，给你两分钟考虑。"邹怡朝倪鸢敲了敲手表。

"松手。"倪鸢对礼虞说。

礼虞难以置信地瞪大了一双杏眼。

"你的指甲掐我肉里了，松手。"倪鸢说。

礼虞这才反应过来自己想岔了，倪鸢并没有要抛弃她走掉的意思。

礼虞撒手，倪鸢的手臂上留下几个鲜红的指甲印。倪鸢的皮肤白，微微陷进去的月牙状印子格外显眼，看得丛嘉一阵心疼，差点骂人。

"对……对不起，我不是故意的。还有，谢谢你。"礼虞说。

"我没说要陪你留下来。"

礼虞以为自己听错了："什么？"

"不然呢，留下来陪你一起挨揍吗？"倪鸢说。

而且，丛嘉还在这里。让自己最好的朋友陪着涉险，倪鸢不愿意。更何况，她们和礼虞之间远没有共患难的情分。

如果顺手可以帮，就帮。如果帮不了，倪鸢不想搭上自己和丛嘉。脱身之后迅速去学校门卫室找保安过来，显然更理智。

邹怡没耐心了："两分钟到了。"

她的话音未落，巷口传来一阵清脆的车铃声，高个的男生急刹车，左脚支地，朝这边看过来。他留着短寸，一双吊梢眼，冷淡阴鸷。倪鸢看秦则从未像现在这样顺眼过。

"哥——"倪鸢喊了一声。

秦则坐在自行车上没过来，远远地望着她，像没注意到巷子里的情形，也没看见其他人一般，旁若无人道："过来，回家吃饭。"

倪鸢牵着丛嘉往前走，礼虞也紧紧跟着她们。

邹怡旁边的两个女生想拦人，邹怡的目光落在秦则身上，有几分忌惮。

"今天算了。"邹怡说。

倪鸢陪丛嘉在路边等出租车，秦则把自行车停在一旁，坐在自行车上，半句话没有。

礼虞站的位置离三人有点距离，但又不太远。她不停地偷瞄秦则，秦则在低头玩手机，不给人半点搭讪的机会。

出租车一来，丛嘉钻进去跟倪鸢挥了挥手："晚上找你。"

倪鸢点头道："好。"

礼虞拉开出租车门，也坐了上去，估计不想一个人落单。

秦则收了手机，将自行车扶正，问倪鸢："你走不走？"一张厌世脸，脸上一副"但凡你有一秒钟的犹豫我就自己走了"的不爽表情。

倪鸢连忙跳上了后座。两人一路上没说话，关于刚才倪鸢为什么会被人堵在巷子里，秦则不问，倪鸢也不说。

在倪鸢的印象中，秦则这么出来找她好像是头一次。他们同住一个屋檐下，相互看不惯对方，但素来井水不犯河水。估计是因为这天她耽搁了太久，到晚饭点了，一直没回家，秦则才会被舅舅叫去学校接她。

快到舅舅家时，自行车从一个水泥坑上面骑过去，倪鸢没留神，额头往秦则的背上狠狠地磕了一下，屁股也震麻了。

倪鸢不确定他是不是故意的。

她从车上跳下来，好在已经到了。

秦则蹲下给自行车上锁，见倪鸢头也不回地往前走，冷嘲道："刚才叫哥不是叫得挺殷勤？"

倪鸢拉开单元门，在反光的不锈钢门上看见自己的额头上红了一片。

她没理秦则。

两人一前一后进了门，秦惠心正在厨房忙活，招呼他们："赶紧过来洗手吃饭。"

刚起锅的菜热气腾腾，摆了满桌。倪鸢一看，尖椒炒牛肉、水煮鱼，两道大菜都是秦则爱吃的，重口，看着就辣，而倪鸢不怎么能吃辣。

她帮忙拿碗筷上桌，秦惠心在后面问："你今天干吗去了？还得麻烦你哥去找你。"

"帮老师看试卷，耽搁时间了。"

家里就他们三个人，倪鸢问："舅舅呢？"

"本来要在家吃的，临时被同事一个电话叫走了，说是有事。"秦惠心说着，给秦则倒了杯果汁，"你们尽管吃，我给他留菜了。"

秦则的父亲秦杰离婚好些年了，只剩父子两人一起生活。自从倪鸢考上了市六中，秦惠心也离开小镇在市里找到了工作，秦杰让她们母女搬进来。

从此就变成了两家人一起生活。

"牛牛，你多吃肉，吃不完就浪费了。"秦惠心给秦则夹了一筷子牛肉。

"姑……"秦则拖长了音调。

"行、行、行，不叫你小名了，我这嘴快就没留神。"

秦则小时候小毛病不断，是医院的常客，都说贱名好养活，就给他取了个名字叫"牛牛"。

倪鸢扶额，包着一口饭偷笑，心情稍微好了点。

秦则坐在对面看着她："笑什么笑，倪勾勾。"

倪鸢的小名叫"勾勾"，加上她姓氏的发音，在伏安当地的方言里，就是"泥坑"的意思。

"秦牛牛"和"倪勾勾"在心里对彼此翻了个白眼。

饭后倪鸢帮秦惠心洗碗。

秦则背着吉他要出门，在玄关处换鞋，秦惠心洗了个梨塞给他当饭后水果，问："今晚还回来吗？"

"不了，"秦则说，"晚上要排练。"

"在外面三餐也得按时吃。"

"嗯。"

秦则跟乐队里的兄弟一起租了房子。他才刚成年，秦杰根本放心不下，怕他走偏，担心他在外面鬼混，原本不肯同意，父子俩还为此闹过。最后各退一步，达成协议，秦则每周至少回家住三天。

至于秦惠心，她作为姑姑，根本管不了秦则。

秦则关上门走了，秦惠心叹了口气。倪鸢两手泡沫，从厨房探出头来："妈，你别管他。"

秦惠心不满："他是你哥。我跟你舅舅只有兄妹彼此，你跟牛牛也是，没别的兄弟姊妹了，以后你们长大了是要相互帮衬的……"

倪鸢懒得跟她争辩，洗完碗回房间了。

外面的天已经完全黑了。

倪鸢放在书桌上的手机响了一下，收到一条微信。

丛嘉问："鸢儿，连麦吗？"

倪鸢回她："等我十分钟，我冲个澡。"

十分钟后，倪鸢在平板上打开 Studying，登录自己的账号。

Studying 是近几年来兴起的一款学习类交流软件，用户多为各校的学生和老师。大家会发一些学习相关的动态在上面，有的晒笔记，有的分享学习资料，有的相互监督学习打卡。

另外，Studying 上还有一个非常受欢迎的功能，就是开通虚拟自习室，和朋友们一起连麦学习，相互激励、相互陪伴。

倪鸢和丛嘉打开手机摄像头，对准自己的书桌。她们能看到彼此书桌上的状况。和往常一样，一个桌上摆着恐怖漫画，一个摊开了英语练习册准备赶作业。

倪鸢插上耳机，问："能听到我说话吗？"

丛嘉道："可以。"

两人闲聊了一会儿。

丛嘉想起白天的事："你哥哥好凶。"

"他是煞神，过年打印他的脸贴大门上能避邪。"

丛嘉一阵笑。

又八卦了几句娱乐新闻后，倪鸢说："那我开始做作业了。"

丛嘉："行，我开始看漫画了。"

倪鸢正准备动笔刷题，平板上飘过一条消息提示："L 进入您的自习室。"

如果没有设置权限，开通的自习房间被陌生人看见了，他也是可以点进来的，同样还可以申请连麦，不过需要得到房主的同意。

不过，L 并不算陌生人。

他对倪鸢来说有点特殊。在倪鸢的一百个粉丝里，L 成功地让倪鸢记住了他。

系统记录，曾经有一天，一个小时内，L 点开过倪鸢的 Studying 主页九十九次，截至晚上十二点，共来访一千零一次。

当时倪鸢看着来访记录，陷入了沉思。她一度怀疑L是不是某个暗恋自己的人。同时也有点担心，觉得这人很有可能是个变态。

不是倪鸢自作多情，实在是来访记录有点夸张，这意味着此人一天之内可能别的什么也没做，只是不断地刷新她的主页，关注她的动态。

不过后来倪鸢想通了，可能只是那天系统出故障了。

过了几天，又发生了一件事，让倪鸢对L改观了。

当时倪鸢解一道数学题解了半小时没结果，在网上也没搜到类似的题型，随手一拍，将图发到了Studying上。

Studying里卧虎藏龙，有些人遇到难题会求助，如果恰巧有学霸路过瞅到了，心情好说不定会帮你解题。

倪鸢也只是一试，晒图，配上文字说贼难。两分多钟后L回复了她，附上了详细的解题过程。第二天数学老师公布，全班只有倪鸢答对了那道题。

L在倪鸢心目中的形象从"窥屏变态"一跃变成"超级学霸"。

见L进入了自习房间，倪鸢开麦跟他说话："我跟朋友在连麦学习，你要一起吗？"

对方敲字回她："不用。"

L："房间名很特别。"

倪鸢一看屏幕左上角，房间名是："平胸姐姐／细腰妹妹／高清／夜聊"。

倪鸢和丛嘉从来是两人连麦，房间名也一直是固定的，取了之后就没改过。两个女孩私底下没个正经，什么名字好玩就取什么。

倪鸢都忘记这回事了。而且她以前都设置了房间不开放。这次疏忽了，没想到L会误入，有些尴尬。她还没想好怎么回话，系统提示："L离开了你的自习室。"

倪鸢："不是，你听我解释。"

丛嘉笑趴在了桌上。

3.

天幕上挂着一弯月，夜色深深。

A城机场。

周麟让在贵宾候机室里刷着手机，屏幕一黑，没电自动关机了。

他从书包里翻出充电器连上，手机再次开机，猛地振动起来，没完没了。唐依离的电话不断打进来，他挂断她就继续打。他索性把人拖进黑名单。

刚清静没两秒，微信又受到了轰炸。

四十多秒的语音，一条接一条地发过来。

周麟让点开最上面的一条。

唐依离焦急的声音传出来："你在哪儿？你爸爸再过一个星期就出差回来了，要是发现你不在肯定会着急的。今天的事是阿姨不对，但是阿姨真没有要赶你走的意思。"

周麟让没耐心继续听下去，直回了她三个字："你敢吗？"

杀人诛心，三个字就快把唐依离气疯了，忍不住在自家客厅里破口大骂。以前她想赶人走，趁着周麟让年纪小，背地里使过些手段。现在人长大了，唐依离不敢跟他硬碰硬。

周麟让要是不想走，唐依离丝毫没办法。可大少爷自己想走了，唐依离想留人也留不住。

周麟让顺带把唐依离的微信也拉黑了，继续点开 Studying。他只关注了一个名叫"大风筝"的用户。

他进入"大风筝"的连麦房间，仍然只有那两个女生在。

出现在镜头前的是手和桌上的物品。其中一双手上戴着亮闪闪的链子，拿着本恐怖漫画；另一双手上什么也没戴，指甲修剪得整齐干净，握着笔在刷英语题。

周麟让看一眼就退出去了，再次点进"大风筝"的主页，将她发的动态全部浏览了一遍。

最后他收起手机。该登机了。

深夜，周麟让回到了阔别七年的伏安市。

第一晚，住酒店。

第二天，找房子。

周麟让挑剔，中介陪着跑了一天，最后终于在六中附近找到一套还算不错的公寓。房子虽然有点旧了，但胜在环境好，地方宽敞，一楼还自带一个小庭院。

况且还离六中近，上学方便，当天即可拎包入住。房子敲定下来，已经是傍晚，周麟让饥肠辘辘，在外吃了顿饭。

回去的路上黄豆大的雨点说掉就掉，噼里啪啦砸了他一身。

回到出租屋，他全身上下已经湿了个透。他边脱 T 恤边往卫生间走。

少年宽肩窄腰，背脊上覆着一层轻薄的水痕，在地板上留下了两排潮湿的脚印。

洗完澡，周麟让从行李箱里扒拉出一件干净的衣服套在身上。他的脑袋顶着毛巾，想起给大伯打电话问转学手续的事。

大伯说："材料都给你办好了，周一直接来六中，我领你去报到……你回来还没告诉你妈吧？"

周麟让没说话。

大伯只好又问："那你现在住哪儿？"

"自己租了房。"

"钱够吗？"

周麟让说够，大伯想想也是："你不太可能会缺钱。还有你爸那边，他回头要是问我，我可不会帮你瞒着啊。你要转学回伏安来念书，哪有父母双方都蒙在鼓里的。"

大伯叹气："你跑来六中真不打算去找你妈？"

周麟让擦着头发，哼了声："怎么着也得她先来找我。"

当年，是她先不要他的。

周麟让挂了电话，看外面雨差不多停了就出门。

屋里什么日用品都没有，什么都得买。他拿手机搜了最近的大型超市和商场，有一段距离。

最后他打的去了一家超市。

他看超市告示牌上写着有派送上门的服务，大到床单被褥，小到用得上的锅碗瓢盆，干脆一下买齐全，省得再去网购。

等到结账时，周麟让傻眼了。

收银员说："不好意思，我们的派送到家服务在晚上六点钟之前就停止了，真的非常抱歉。"

周麟让看着眼前两个巨大的塑料袋，和收银员大眼瞪小眼。

"算了。"周麟让拎起袋子走了。

周麟让在外左等右等，没等来一辆出租车，等来了公交车。他跟在几个老太太后面上了车，发现没座了。

半小时前下过一场大雨，车里被各种湿鞋底踩过，看着很脏。

周麟让有点小洁癖，过不了心里那道坎，不肯把购物袋放地上。好在他力气大，倒也不觉得费劲。他亲娘是个"怪力少女"，他们家力气大是遗传的。

为了省事，周麟让从刚才的杂物里翻出一根尼龙绳，穿过购物袋的把手，把两个大袋子绑在一起，勒紧，甩背上。

公交车走走停停，又涌上了新乘客，周麟让往车厢后面走了走。

倪鸢耳朵里塞着耳机，拿着手机回消息，突然面前笼罩下来一片阴影。

她抬头，面前的人好高。背对着她，头上扣着顶黑色鸭舌帽，背着两个巨大的透明塑料袋。里面什么都有，从被褥到各种生活用品，一应俱全。

倪鸢收回目光，继续打字，跟谌年聊天。

倪鸢："老师，我明天来看你吧？"

谌年："别来，我明天出院，周一正常给你们上课，我们学校见。"

倪鸢："真的没问题吗？"

谌年："胃是老毛病了，自己调理就好了，不要担心。"

司机一脚急刹车。

倪鸢的注意力还在手机上，身体前倾，一脑袋扎进前方的塑料袋上。刚好那位置装的是床空调被，撞上去软绵绵的，一点也不疼。

倪鸢毫发无损，重新站稳，继续打字。

赶上这天司机着急上火，一路超车开得飞快，到了修路的地段地面不平整，一车子的人被甩得东倒西歪，像竹筒里摇着的竹签。

背后的人不断撞上来，时不时磕一下，周麟让额角的青筋直跳。他斜过视线，车窗玻璃上映出了身后罪魁祸首的模样。是个扎低马尾的女生，巴掌大的脸，很瘦，整个人显得小，穿着米色裙子，她一直盯着手机。

周麟让冷着脸，将背上两个塑料袋调换了位置。

公交车又一次颠簸，倪鸢身体前倾，脑袋与塑料袋相撞。

"咣——"声音过于响亮，以至于整个后半截车厢似乎都静了静。

倪鸢撞蒙了。她抬头，面前袋子里的空调被换边了，不知道什么时候变成了一个不锈钢的盆。

司机再一个刹车，猝不及防的倪鸢控制不了自己的身体，再一次撞上去。

"咣当——"

周围的人投来诧异的目光。

旁边的老太太用方言在问她老伴："你听见没有，哪个在敲大锣？"

倪鸢脸上挂不住，五官绷着，耳朵却悄悄红了。

面前的人回头，是张少年气十足的脸，却显得冷淡又桀骜。一双漆黑的眼如鹰隼般盯着她，脸上落着帽檐投下的大片阴影，抿着薄唇，不太高兴的模样。

　　倪鸢意识过来自己撞他太多次，立即道歉："对不起。"

　　她的手腕突然被扣住。他拽着她的右手摁在旁边座位的椅背上，低低的嗓音里透着一股不耐烦："站稳，抓牢。"

1.

周一上学，倪鸢在学校门口看见礼虞。她和隔壁班一个男生走在一起说笑打闹，全然不见上周五傍晚被堵截的狼狈样。

倪鸢收回目光，听着耳机里的英语听力。

源源不断的人潮涌入校园，他们喧闹、沸腾，像被盛夏烈阳煮开的一锅水，"咕噜咕噜"冒着泡。

这天丛嘉比倪鸢早到教室，坐在课桌前吃早餐，头发上别着精致的新发卡，上面镶了一圈碎钻，非常闪。

班上一如既往地吵闹，讨论最多的是分数。

上个星期五才举行的考试，这天各科成绩大概率会出来，是众人关注的焦点。

丛嘉看见教室门口的倪鸢，朝她招手："数学成绩昨晚就出来了。"

丛嘉是数学老师的孙侄女，自然掌握了第一手情报。

数学是倪鸢的短板，她没抱多少希望："说吧，多少？"

"猜猜看。"

倪鸢放下书包，试探地报了个数字："七十分？"

一百五十分的试卷，九十分才及格，倪鸢以往的水平在八十分上下挣扎。但这次卷子特别难，所以她往低分报。

丛嘉摇头："不对。"

"猜多了还是猜少了？"

"多了。"

倪鸢已经没有继续往下猜的兴趣了。

"六十六分。"丛嘉揭晓答案。

倪鸢拿笔袋的手一顿，老半天憋出两个字："吉利。"

"宗廷考了一百四十六分，单科年级第二。"丛嘉多嘴说了一句。

提到宗廷，倪鸢下意识地回了头。教室后门，宗廷刚从外边进来，身后跟着体型像座小山的熊吉元。

数学课代表已经捧着试卷开始往下发了，最高分在上面，是宗廷的试卷，惹来众人一阵艳羡，纷纷围观。

倪鸢接过自己的六十六分，不太想看。

宗廷到饮水机前接水，打旁边过，看见了倪鸢桌上的卷子，哥俩好地拍拍她的肩膀："不错，有退步。"

他爱笑，一笑就露两颗虎牙，阳光灿烂。

倪鸢从书包里翻出一瓶牛奶给他，说："最后一瓶。"

最后一瓶，她和他之间的赌约就到期了。

半个月前，倪鸢和宗廷因为一道题打了个赌，输家给赢家送半个月的牛奶。愿赌服输，她还真就一天没落下，天天给宗廷递牛奶。

"谢了啊。"宗廷接过牛奶，"下次我们还来，赌一个月的。"

倪鸢："滚。"

宗廷回到后排，把灌满水的水壶和牛奶瓶随意放在课桌上。

礼虞与他只隔了条狭窄的过道，顺手拿过牛奶，拧开瓶盖喝了一口。她的唇上沾了圈奶白，仰头冲着宗廷甜甜地笑起来："好喝。"

宗廷已经习以为常。

第一次礼虞拿他桌上的牛奶，他心里还有些异样，觉得不太好。但他大方，人缘好，和同学之间相互拿对方的零食似乎是平常现象。持续半个月后，礼虞再伸手拿他的牛奶，他倒也不觉奇怪了。

"你数学一百四十六分？"礼虞捧着牛奶瓶凑过来，翻了翻宗廷的试卷，夸赞道，"厉害、厉害。中午必须请客吃饭啊。"

宗廷心情好，应了："请，吃什么随便点。"

晨读结束以后，走廊上有人跑来高二（3）班传话："礼虞，李主任叫你去学生科！"嘹亮的嗓门穿透课间的嬉闹声，"还有倪鸢和丛嘉！"

丛嘉正在拆新的时尚杂志，纳闷地看向倪鸢："我和你？去学生科？"

倪鸢告诉她没有听错："还有礼虞。"

倪鸢突然想起了什么，拉住丛嘉："是玻璃。"

上周五傍晚，礼虞被人围堵，躲进了三楼办公室。当时那几个女生在外面踢了门，还砸了玻璃。门没坏，玻璃上却出现了裂痕。

倪鸢推开椅子站起来。她和礼虞四目相对，看了彼此一眼。

学生科。

李主任和高二（3）班的班主任胡成都在，一脸严肃地盯着三个学生。

和倪鸢猜想的差不多，是因为上周五的事。当时走廊里开着监控，但中间有一段时间停电了。礼虞是怎么被人追上三楼的，是怎么躲进办公室的，还有几个粉头发的女生砸门砸窗的画面，都没录上。

后面来电了，监控重新打开，记录的是倪鸢、礼虞、丛嘉三人陆续从办公室走出来的画面。而这时候，可以清楚看见办公室的玻璃上已经出现了大面积的裂痕。

她们三人是最大的嫌疑人。

"你们谁来跟我说说，到底发生了什么事？"李主任看着她们问。

办公室里的冷气对着后背吹，粘在背脊上的校服衬衫爬满了沁凉的触感。

三个女孩谁也没有率先开口。

丛嘉是无所谓地观望，似乎在看戏。倪鸢是冷静，置身事外，是否说真话对她来说无关痛痒。只有礼虞肉眼可见地紧张起来，她面上没表露，垂在身侧的手却悄悄握紧了。

"如果不说，你们就要一起承担损坏公共设施的责任，赔偿，还有写检讨。"班主任在一旁威严地说道。他希望她们说出真相。

"老师……"是丛嘉发出的声音。

"老师，是我弄的！"在丛嘉将一切和盘托出之前，礼虞抢答了，"是我拿竹竿想钩树上的桃子，竹竿不小心往回甩的时候砸到了玻璃。"

教学楼前的确有几棵桃子树，但结的果子酸，老师和学生都没人去摘。如果礼虞出于新奇想摘，也说得过去，但想想又总觉得牵强，得多粗的竹竿甩到玻璃上能砸出那个效果？

李主任和班主任不约而同地陷入沉默。

他们都不相信礼虞的说辞，但也拿她没办法。李主任看向倪鸢和丛嘉："是她说的这样吗？"

"不是。"一道平静的声音将礼虞的话否定了。

礼虞万万没有想到，最后拆她台的人不是丛嘉，而是倪鸢。

礼虞刚才放松下来的神经顿时又紧绷起来。如果她和隔壁技校女生的纠纷暴露，就不止是赔偿玻璃钱和写检讨这么简单了。

"倪鸢，你在说什么啊？"礼虞脸上的笑苍白又牵强，"我摘桃子你也在场的，你明明看到了不是吗？"

"嗯，我是看到了。"

在场所有人的目光都聚焦在倪鸢身上，等待她的下文。

礼虞心惊肉跳地盯着倪鸢，呼吸微微加快了。

"不是摘桃子。"倪鸢顿了顿，似乎在组织语言。

"是为了救猫。"倪鸢说。

"有只很小的流浪猫不知道怎么跑到树上去了，不敢下来，叫个没停，礼虞把网兜系在竹竿上伸出去救猫，竹竿往回收，不小心撞到了玻璃。"

这种说法和礼虞的说辞一样不能深究，深究就会发现不太可信。

班主任问礼虞："是倪鸢同学说的这样吗？"

礼虞点头："是。"

礼虞高高悬起的心，终于归于原位。她从虚惊一场中缓过神，也意识到，自己被倪鸢耍了。

礼虞和倪鸢算是统一了口径，当事人中最后只剩丛嘉还没表态，接下来她的说法至关重要。丛嘉如果不捣蛋，礼虞就算逃过一劫。

结果不等班主任问，丛嘉就主动举起了手，她笑的时候嘴角勾着浅浅的弧度："鸢儿说的都对。"

这意味着，这场追责到此结束。

三人从学生科出去。刚才已经响过了上课铃，所有学生回教室，此刻走廊和楼梯间已经空了，她们的脚步声格外清晰。

礼虞叫住前方的倪鸢："你耍我？"

倪鸢站在高几层的楼梯上回头："不可以吗？"

礼虞咬着唇。她没想到倪鸢会使绊子，在她的印象中，倪鸢和丛嘉完全不同，倪鸢是看似没有攻击性的。

"你白蹭了我半个月的牛奶，"倪鸢笑了笑，楼道里涌入的热风吹动了她的校服裙摆，"我有点不爽，想吓吓你而已，现在我们之间扯平了。"

这一节是政治课，枯燥乏味。

丛嘉故意慢了脚步，从二楼到三楼，像蜗牛在挪步。

"老班等下就从学生科出来了，被撞见会挨训的。"倪鸢说。视线中，礼虞已经越过她们快速跑回了教室，像背后有人在追。

"鸢儿。"

"嗯？"

"你以后还给宗廷送牛奶吗？"丛嘉问。

这日大晴，窗外是大片浓烈的绿意。蝉鸣隐藏在那些绿意中，一拨一拨的声浪侵袭耳膜，带着躁意。

"不送了。"

倪鸢说："赌约结束了，我就不送了。"

"为什么不揭穿礼虞？刚才我以为你要说真话了，结果只是吓她的。"

"我们的确看见过她救猫，不是吗？"

她们偶然撞见过，礼虞趴在河边上用竹竿将一只落水的猫救起来。还有几次，看见她蹲在路边的灌木丛里喂流浪猫，去年的冬天很冷，寒假那一阵，她几乎每天都去定点喂食。

"她跟隔壁技校女生的纠纷跟我没有关系，我不会揭穿她，也不会帮她，只想离她远远的。我自己还有一堆事情没解决，烦着呢。"倪鸢说。

"住校申请批不下来？"丛嘉问。

"说是宿舍紧张，没空床铺了。"

倪鸢从这学期开始就在申请住校，但是班主任那边一直没同意。六中的学生宿舍确实已经满员了。

"真的得回教室了，"倪鸢抬腕看手表，"这节课已经迟到了十五分钟。"

丛嘉趴在楼梯间的窗户上，直起身，却发现倪鸢盯着楼下不动了。

"怎么了？"丛嘉纳闷。

"看见一个人，昨天在公交车上遇到的。"倪鸢说。

昨天在公交车上遇到的少年，头上仍然扣着那顶黑色鸭舌帽。倪鸢只见过他一面，却记住了他的模样。

"哪儿呢？"丛嘉问。

倪鸢指了指实验楼的方向，虬枝盘曲的榕树在半空撑起大片绿荫，路边的长椅旁站着个瘦高挺拔的身影。

倪鸢用手指过去时，他似有某种感应，抬头朝教学楼看过来。他微仰着头，徜徉在日光碎影里，夏天就落在了他身上。

2.

"那是谁？"丛嘉问倪鸢。

"不认识，只在公交车上见过一面。"

"见一面记到现在？"

"长得好看，自然就记住了。"

丛嘉意味深长地"哦"了一声。

倪鸢看她："你想说什么？"

丛嘉笑得暧昧且不正经："没什么，就觉得他确实挺好看的，不知道是不是我们年级的。以前怎么没见过？"

长了那样一张脸，要想籍籍无名也难。要是同一个年级，不太可能没印象。

倪鸢想起昨天傍晚在公交车上，少年扛在肩上的塑料袋里有各种日常用品，连床单被褥都有，像刚搬家过来的。

"可能是转学生。"倪鸢说。

"喂——"丛嘉站在楼梯间的窗口朝榕树底下的少年挥了一下手，把倪鸢吓了一跳："你疯了？！教室里都在上课呢。"

丛嘉无辜地朝倪鸢笑："就喊了一声。"

说完又道："帮你问联系方式？"

"省省吧，祖宗，回教室上课。"倪鸢说，"我可不想一天去两次学生科。"

周麟让的视力绝佳，看见两个穿校服的女生站在墨绿色的窗框里，其中一个朝他招手，腕上的手链在阳光下金灿灿的。另一个率先转身走了，他隐隐觉得有些眼熟。

好像在哪里见过。

"小让，快过来，副校长要问你几句话。"大伯站在一楼走廊上喊。

周麟让不耐烦地蹙紧了眉，把帽檐压得更低。

转学手续本来已经搞定了，现在又被叫去问话。

副校长一脸和蔼道："周同学，能不能谈谈你为什么要转学？"

周麟让面无表情："喜欢六中，慕名而来。"

副校长又问："你为什么喜欢我们六中？"

周麟让想也不想，闭眼吹："都说六中是伏安最强，环境好、老师好、学生好，什么都好。"

"喀喀。"副校长咳嗽了两声，再次翻了翻手里的成绩单，"我看你之前的成绩很不错啊。"

"一般。"

"特别是理科，数学和物理都拿过竞赛大奖……"

"还行。"

"那你来六中有什么学习计划和目标吗？"

"先拿个年级第一。"

"喀喀。"这次轮到大伯咳嗽了，拼命给周麟让使眼色，"你谦虚一点！"

政治课上讲月考试卷，卷子刚发下来，还新鲜着。

丛嘉敲门，喊"报告"。

政治老师站在讲台上，手里捏着粉笔，问："干什么去了？"

"班主任叫我们去学生科了。"

"礼虞不是跟你们一起去的？她怎么早就回来了？"

礼虞迟到五分钟，这两人迟到十五分钟，政治老师心里门清呢。

倪鸢和丛嘉不说话，政治老师不想耽误时间："行了，赶紧进来。"

她们的文科成绩都还不错，特别是倪鸢。政治老师睁一只眼闭一只眼也就算了。

倪鸢回到座位上，这次她刻意没有往教室后排望，仿佛没有察觉到宗廷的目光。她拿着政治试卷看了看扣分比较多的几个主观题，一边听老师讲课，一边做笔记。

下了课，丛嘉直奔小卖部，宗廷走过来坐到了她的座位上。

"老胡找你和礼虞干什么？"宗廷问倪鸢。

倪鸢吸着一盒柠檬茶，视线盯着书，预习新的知识点。

"问你话呢。"宗廷伸手在她面前晃，阻扰她的视线。

倪鸢推开他的手，冷淡道："追责。"

"啊？"

"玻璃碎了。"

"玻璃碎了跟你们有什么关系？"

"去问礼虞。"

"最近跟你说话你怎么那么不耐烦呢？"

"我就这样。"倪鸢抬起眼眸静静地看了宗廷一眼，"你最好别跟我说话了。"

"倪鸢，你在别扭什么？"

"我没。"

"你有。"明明是吵架的气氛，宗廷说着说着却笑起来，眼睛明亮，他好像有种魔力，一笑就阳光灿烂，天气都好了。

"考试没考好，心情不好？"宗廷猜。

可男生是很难猜中女生心事的。

倪鸢把发下来的几门科目试卷摊开："谢谢关心，我除了数学没及格，其他科目都比你好。"

她把考得最好的英语试卷摆在最上面。

宗廷敲她的头："臭显摆。"

倪鸢避开了，一口把柠檬茶吸到见底，喝急了，就觉得酸了。

"让一让。"丛嘉手里攥着几个面包和酸奶过来，把宗廷从自己的座位上赶开。

班上的女生里，丛嘉是唯一不卖宗廷面子的，她看他似天生不顺眼，就跟她看礼虞不顺眼一样。

丛嘉把面包、酸奶，还有其他小零食往课桌上一扔，有一半撒在了倪鸢那边："吃。"

丛嘉叉开腿，反着坐在椅子上，面朝教室后排。她剥着石榴，看宗廷和礼虞不知说了什么，两人凑在一起笑。

"鸢儿，你别喜欢宗廷了。"丛嘉把一把石榴倒进嘴里。

倪鸢想说"我没喜欢他"，但又沉默了。

"为什么不待见宗廷？"倪鸢问。

丛嘉的嘴角往上翘，露出白牙，慢慢靠近倪鸢的脸："你没发现吗？他对所有人都这样笑，我模仿得像不像？"

"还真有点像。"

教室黑板的左侧，写着一天的课程表，下一节是历史课。

"我去办公室看看谌老师。"倪鸢说。

"有什么好看的，上课铃一响她不就来了，总不能跑了吧？"丛嘉挥挥手，"算了，赶紧去看你的偶像吧。"

在丛嘉眼中，历史老师谌年是倪鸢的偶像，倪鸢是谌年的"死忠粉"。

谌年酷且有个性，喜欢她的学生其实不少，但没有人比得过倪鸢。谌年救过倪鸢的命，担得起"恩重如山"四个字。

进了办公室，倪鸢没看见谌年办公桌前有人。于是去了旁边单独的小隔间，发现窗户口拉着窗帘，微微向外拱起。倪鸢走过去，拉开布帘，逮住躲在后面抽烟的谌年——她的手指夹着烟，还剩下半根不到，掉落的烟灰全磕在手边那株深绿色的蓬莱松盆栽里。

面前的玻璃推开了一半，让烟味散出去。

谌年回头，长发挽起，素面朝天。她眉眼生得有韵味，笑时眼尾稍稍往上翘，美在骨相，三十八岁看着像二十六岁。看见倪鸢过来，她立即把烟碾灭了。

"你又抽烟。"倪鸢的声音带着淡淡的控诉。

"没忍住。"

"昨天才出院。"

"怎么还管起你老师来了？"谌年的手掌托着小孩后脑勺，"走了，赶紧回教室上课了，小孩一天到晚操太多心容易老得快。"

"老师。"倪鸢的语气郑重。

"怎么了？"谌年停下来等她的下文。

倪鸢一脸严肃，却没想好怎么劝，只憋出一句："吸烟有害健康。"

一个上午，月考各科成绩已经全部揭晓，全年级排名出来，倪鸢比开学考试还退步了十几名。尽管她文科拔尖，但被数学拖了后腿。

数学是极容易拉开差距的科目，两极分化严重，有的人轻轻松松直奔满分而去，有的人蒙对几个选择题还得靠运气。

倪鸢原本想再跟班主任胡成谈申请住校的事情，因为名次退了，事情没谈成，反倒被上了堂政治课，胡成让她专心搞学习。

"要不你去跟谌老师谈谈？她说不定会有办法。"丛嘉收拾书包，象征性地往里塞了本练习册，做做样子。

"那我去教师公寓找她。"倪鸢说。

谌年比班主任更了解她的家庭状况，跟谌年没什么不能说的。

傍晚放了学，倪鸢去找谌年。教师公寓前种了一片杉树，高耸笔直，树形整齐，把夕阳切割成无数缕金色的丝缕。

谌年住 A 栋 301，来六中读书的一年多里，倪鸢去过无数次。当初谌年要给她配把钥匙，她觉得不太好意思，拒绝了。

她轻车熟路地穿过小径，直奔三楼。不知道是不是错觉，在楼道里听见了重物落地的声音。

倪鸢敲响了 301 的门，却迟迟不见有人来开。就在她怀疑谌年是不是不在家的时候，门里又传来了一道声响。这次她确定不是自己的幻听，那声音沉闷，却清晰，像人砸在地板上发出的动静。

"老师！"倪鸢边捶门边大声喊，她担心谌年胃病又犯了。

就在这时，门开了。谌年站在门里，除了脑门上冒了层细细密密的汗，头发有些乱，没有什么不妥。

"老师，你没事吗？"倪鸢问。

"我能有什么事？"谌年笑。

"那就好。"

谌年招招手："先进来，桌上有冷饮，去喝一杯。"

倪鸢来的次数多，鞋架上有双专门为她准备的家居拖鞋，浅浅的粉色，柔软舒适。她蹲下换鞋，却发现地上多了双新潮的男款球鞋。

"老师，你今天有客人吗？"

倪鸢疑惑地站起来，视线越过谌年，看清了客厅里的情形——

一尘不染的棕色地板上，躺着个被打趴下了的少年。额发湿透，凌乱地耷拉着，高挺的鼻梁上渗着细密的汗珠。眼神阴鸷，写满了不甘心。胸膛剧烈起伏，正喘着粗气。

倪鸢被这幅场景唬住了，不确定地问："老师，那是？"

"哦，"谌年不甚在意道，"介绍一下，我儿子，周麟让。"

"你们……"

"打了一架而已，他输了。"

谌年面朝倪鸢，没注意到自己身后的动静。

男孩蹿起，从背后突袭。他在右手抓住谌年肩膀的那一刻，反被她拦截、擒住、过肩摔，"砰"的一声砸在地板上。

倪鸢终于明白过来自己在门外听到的声音是怎么发出来的了。

3.

倪鸢很少听谌年提起她的过往，她的过去是一个巨大的谜团。

倪鸢九岁之前，从大人的闲聊中听说过谌年的名号，但一直未见其人。谌年是隔壁老木匠松爷爷的独生女，年轻时离经叛道，离开小镇出去闯荡，难得回来一次。

大抵是遗传，谌家人力气天生比普通人大。松爷爷做木匠，一个人能干三个人的活。

谌年则把这点天赋用到了拳脚功夫上，自小学武，身后跟着一群小弟。她曾经打遍熙水街十三馆。如今去武馆打听，从一些老师傅口中还能问出她的逸闻趣事。

在倪鸢的印象中，九岁那年的夏天，谌年突然悄无声息地回到了小镇上，待了整整一个暑假。两家只隔了一扇矮墙和一蓬粉蔷薇，夏夜里冰镇在井里的西瓜总会切一半，给对方送去。

倪鸢因此开始频频见到谌年。

跟倪鸢想象中的不一样，她见到的谌年身上没有大人们所说的江湖气，眼睛既不凶，也不飒。她已经不是冰凌，不是刀刃，变成了黄昏时分的一阵风。她总是穿着宽松透气的白色棉褂子，坐在屋檐下乘凉、睡觉，脸上盖着老蒲扇，藤椅旁搁着一碗似乎怎么喝也喝不完的药。

倪鸢捧来的冰西瓜，她吃不了，她的胃不好。

"姐姐。"倪鸢叫她。

她懒懒地睁开眼，盯着小孩头上一高一低的小辫笑起来："嘴好甜，我比你大好多呢。"

倪鸢觉得她说话也是缓缓的，温温的。

靠近时，她的衣襟上还带着淡淡的中药味，有点像藿香。倪鸢觉得好闻，偷偷用鼻子使劲嗅。

"你可以叫我老师。"

"你是老师吗？"

"嗯，我现在在伏安的一所高中教历史。"

倪鸢没想明白，传说中的"小魔女"怎么就摇身一变成了老师，而且还是听起来很厉害的高中历史老师。

当晚倪鸢做了一个梦。梦中的魔女在云朵上打拳，一拳能打哭一颗星星。最后她却被冒出来的怪物用闪电击中，魔女终于输了。

她跌落人间，回到了地面。

再后来，每逢寒暑假，谌年都会回春夏镇长住。她彻底厌倦了外面的世界，不怎么出门，成天窝在家中小院里歇着，偶尔帮老父亲做一做木工活。

倪鸢跑隔壁跑得越发勤快。

在倪鸢心里，谌年像一位从天而降的世外高人，神秘、美丽、气质出尘。但有时候，她穿着大裤衩蹲在田埂上喂鸡，手里夹着烟，掌心握着一小把玉米。她抽一口烟，指缝间漏几粒粮食。因实在太吝啬，最后被大公鸡追着跑，路上滑，整只脚从拖鞋口溜出去，拖鞋挂在了脚踝上。她赤脚在风里逃命，长发糊了一脸。

世外高人成了充满烟火气的尘世俗人。

倪鸢站在马路上笑得见牙不见眼，反倒觉得跟谌年更亲近了。

她拿着扫帚帮谌年赶走大公鸡，两人叉腰扬眉吐气，相视一笑。

从谌年的眼神里，倪鸢感觉得到，谌年也是喜欢她的，谌年并不嫌自己烦，尽管许多大人都不耐烦跟小孩玩。

而她们喜欢和彼此待在一起。

倪鸢的母亲秦惠心甚至开玩笑说过："小鸢要不给谌老师做干女儿得了，她们更像母女。"

但即便熟到这种地步，倪鸢也没有从谌年嘴里听过关于她过去的只言片语。

倪鸢仅仅知道，谌年曾经结过婚。当初因为松爷爷反对，她偷偷跟男方去民政局扯了证，在老家连酒席都没有办。

据说她还生了一个小孩。

时隔几年，直到现在，倪鸢才知道原来谌年的确有个儿子。他继承了魔女的衣钵，来找魔女要债了。按松爷爷的话说，子女是父母上辈子的业障，今生用来偿还。

教师公寓 A 栋 301。

倪鸢喝着谌年从冰箱里拿出来的荔枝气泡水，不动声色地打量像一摊水一样融化在地板上的男孩。

两条又长又瘦的腿弯曲成一个弧，黑色 T 恤皱巴巴地粘在身上，领口露出一截白而修长的脖颈，脸颊边的汗不断往下淌，滑过下颌和突出的喉结。

仔细看，他的眉眼和谌年有几分像。他神情恹恹的，累到了极点。

"赶紧起来。"谌年抬脚踢了踢地上的人，"去冲个凉。"

周麟让没动，继续装死。

谌年说："是不是还想挨揍？"

周麟让脸上乌云笼罩，却还是慢吞吞地爬起来。他站直了，旁边的倪鸢再次在心里感叹他好高。手中的玻璃杯上沁出水珠，倪鸢用吸管搅动着晶莹剔透的冰块和荔枝肉。

她吸了一口，没留神气泡水已经见底了，发出好大一声"呼噜"响。

周麟让看过来。

倪鸢被他盯得莫名紧张。她不确定他还记不记得自己，昨天傍晚他们在公交车上见过，尽管对于两人来说都不是那么愉快的记忆。

周麟让的视线下移，盯着倪鸢手里的杯子。

"我渴了。"他说。话里、眼神中，指使人倒水的意思再明显不过。

横空飞来一脚，谌年又踹在他腿上，骂了一句："自己没手？谁惯的你？"

在谌年这里，五指一翻，孙猴子没有反抗的余地。再嚣张的少年也不过是手下败将，就得老老实实认命。

冰箱在厨房一角。镜面反光，照见嘴角的瘀青。周麟让忍着疼，用指腹压了压，心里五味杂陈。他瞒着谌年来六中读书，除了跟他关系不错的大伯，谁也不知道。哪料到第一天放学就被谌年逮住了，当时林荫大道上那么多学生，那么多老师，偏偏他们娘俩还真就看见了对方。

到底是亲生的，七年没见过，却第一眼认出了彼此。

周麟让第一反应是逃，谌年第一反应是追，追上了拎回屋就是一顿揍。

周麟让小时候的拳脚功夫就是谌年教的，后来去了他爸那边，请了专门的武术老师，几年练下来很少输给谁。

一到谌年面前，就被打回了原形。胳膊拧不过大腿，周麟让打不赢老娘。

周麟让拿了瓶冷饮仰头往下灌，余光瞥见橱柜上的中药罐和纸药包，动作微滞。

谌年在外边催促："喝完水赶紧去洗澡，一身臭汗，你还要我说几遍？"

"没干净的衣服。"他的洁癖又犯了。

"等着。"谌年回房间拿了套干净衣服给他，浴巾也是全新的，她指了指浴室方向。

周麟让把叠好的衣服抖开，新的，男款，他穿差不多合身。他一时没想明白为什么他妈家里会有他这个年纪的人穿的衣服，抱着衣服转过身，僵着脸问她："你背着我偷偷养了别的儿子？"

谌年用看傻子的眼神看着他。

在她发飙之前，周麟让关上了浴室的门。

谌年在饮水机上给自己接了杯白水，这才跟倪鸢说："下午碰到胡成了，他跟我说你想申请住校，他没同意，让我劝劝你。"

倪鸢正是为了这个事来找她。

"上学期就跟我妈提了，说想搬出去，一直住在舅舅家不方便，自己在外面租房子更好，但我妈没同意，所以我就想，不如我出来住校。"

倪鸢的舅舅秦杰一年前做过心脏手术，身边没人，是秦惠心在医院照顾了他大半个月。

秦杰和秦惠心兄妹俩从小关系好，父母过世得早，两人以前是相依为命过来的。

秦惠心觉得两家人住一起没问题，房子离学校近，照顾女儿的同时又能顾及兄长，再好不过。但秦杰的房子面积不大，秦惠心和倪鸢母女俩挤在同一间房里。

倪鸢想要有自己的私人空间，她觉得处处受限，各种不方便。她也不想天天在舅舅家看到她妈尽心尽力帮忙收拾烂摊子，看得人心里闷。

谌年是能够理解倪鸢的。

原本倪鸢可以过来跟她住，公寓里正好还有间空房。但转念想到正在浴室洗澡的那位回来讨债的冤家，她头疼地捏了捏眉心。

谌年对倪鸢说："你别着急，我来想办法。"

周麟让洗完澡出来，倪鸢已经走了，只剩谌年在阳台上抽烟，眉头紧锁，不知在想些什么。

"刚才那是谁啊？"周麟让故意弄出点动静。

"我学生。"谌年推开阳台的玻璃门走进室内，打量他身上的衣服，大小是合适的，裤腿稍短一截。下次需要买长点的。

"她跟你很熟？"周麟让又问。

"嗯。"谌年说，"春夏镇上的，住你外公隔壁。"

周麟让点了下头："是比我跟你熟。"

说完他自己都觉得酸。又酸又刺耳。

周麟让背过身，佯装参观谌年的小公寓。

谌年跟了上去，问："听你大伯说入学手续已经办好了，你是准备在这边念高中？"

许是以为谌年会赶他回 A 城，他的脸色沉了。

谌年默默叹了口气，继续说："既然来了，就好好学习。"

"你住哪儿？"她又问。

周麟让："在外面租了房。"

谌年："退了，搬我这里来。"

周麟让："凭什么？"

"凭我是你妈。"谌年捏了捏手，传来轻微的骨头脆响，"谁赢了听谁的。"

结果毫无悬念，周麟让被迫答应第二天搬进教师公寓 A 栋 301。

夜里，谌年失眠了。

有些事情绝口不提，是因为不能提，一开口就是在剜她的心。

她拨了前夫的电话。

过了许久，周承柏才接通，声音还迷糊着："喂，谁啊？"

"麟麟回我这儿来了。"

这么多年了，周承柏仍然对谌年的声音熟悉无比，一听就清醒了，一下从床上坐起："回哪儿了？"

"伏安。"

"我不知道，他没跟我说。"周承柏显然还被蒙在鼓里。

"七年前你把他接走的时候我有没有说过？你要是敢让他受委屈，我不会放过你的。"谌年的声音响在万籁俱寂的夜里，语气是轻的，却让人如泰山压顶。

她说："周承柏，我不是吓唬你的。"

周承柏这下彻底清醒了，着急辩解："我……我可没委屈他，小唐也处处顺着他，大家都没把他怎么样啊，我告诉你谌年，你……你……你别乱来。"

谌年望着黑漆漆的天花板，将所有情绪藏好："我不乱来。我要是乱来，你现在就得跪在我面前了。"

1.

第二天早上，谌年就帮倪鸢解决了住校的事。

"住我隔壁302的刘老师买新房搬出去住有一阵了，房子空着没用，我给他打过电话了，把他那儿租下来，你今晚就能搬进去。"

倪鸢脸上镇定，心里翻跟斗：我偶像真的太棒了！我粉她一辈子！

谌年又说："我要不快点行动，你估计会瞒着你妈自己在外面租房子。你一个人在外边，我们谁也不放心，不如住我隔壁。"

"那租金呢？"倪鸢问。

"先帮你记着，等以后工作了再还我，不收你利息。"

倪鸢雀跃地抱了谌年一下。

现在是上学高峰期，学校林荫大道和状元路上挤满了人。两人就站在教学楼前的花坛边讲话，谌年还得去食堂吃早餐。

倪鸢扑上来时，谌年回抱了一下，拍拍她的肩膀。

左侧的空地上突然高高溅起几簇水花，有人高空倒水。

倪鸢抬头看，教学楼五楼的走廊上，周麟让一副没睡醒的样子，脑袋上翘着几根不听话的呆毛，正木着脸看着她和谌年，手里的水杯倾斜。

回了教室，倪鸢还在想刚才那幕周麟让究竟是故意的，还是不小心。

从嘉背着书包火急火燎地从教室门口跑进来。上演着每日熟悉的剧情："快，鸢儿，英语试卷借我抄一下，待会儿就要收了！"

倪鸢早已有所准备，抽出卷子给她。后面桌的男生凑上前："倪鸢，数学选择题借我看看。"

"我的数学你也敢抄？"倪鸢无语。

"错了不怪你，真的。"男生抢走练习册，翻开页码，一顿ABCD鬼画符，到了填空题，看见倪鸢横线上填着"q"。

九的平方？灵机一动，写上"81"。

然而题干里压根儿就没出现数字，只有字母q和b。

各科课代表已经在催："小组组长赶紧收作业！麻烦各组组长赶紧收作业！"

教室里作业本被扔来扔去，在空中不断划出抛物线，像鲤鱼接二连三跃出水面，一片混乱。

丛嘉风风火火弄完作业，掏出一袋牛奶喝上了，翻开了今早从报刊亭新买的时尚杂志。

"丛嘉，报刊亭是靠你养活的吧？"班里一个女生打趣。

丛嘉笑："有爸爸在，他们就不会倒闭。"

课间比往常更热闹，还有来串班的。

刚月考完，现下是最放松的时候。到了下次考试前，全班的风貌又会全然不同。胡成敲黑板说："要拉屎了才去找坑，还来得及吗？！"

不就是临时抱佛脚，非得说那么难听。

大家反倒不紧张，光顾着笑了。

"鸢儿，我昨天放学看见你哥了。"丛嘉突然想起这个事。

"秦则？"

"嗯。"丛嘉点点头，但她不确定，"就在我们学校对面的小饭馆前面，他一个人，像在等人。不会是在找你吧？"

"不太可能。"倪鸢觉得除非太阳从西边出来了。

而且秦则找她能有什么事？心情不好找她拌嘴吗？

倪鸢正发愣，一张A4纸落在她手上。是胡成弄的互帮互助学习小组名单发下来了。她的视线扫过，准确锁定了自己的名字。她的名字后面是她的组员，纸上清清楚楚印着：倪鸢、宗廷、礼虞、易耀阳。

确实是两个成绩好，搭两个成绩落后的。

丛嘉一看名单，心里把胡成骂了八百遍，可真会分配。王母娘娘都没他会，天仙配都没这么配。

隔壁技校。

新腾出来的音乐室之前是杂物间，里头还有不少废弃桌椅堆在角落积灰。窗帘也旧，颜色俗艳，红绒布上绣着大朵牡丹花。

秦则坐在地上翻琴谱，一个剃光头的男生走进来叫他："则哥，人给你找到了，雕塑班的，准没错，叫邹怡。"

"我去看看。"

"你大费周章找人家干吗啊？看上了？"光头在后面喊。

秦则头也不回："我还不如看上你了。"

音乐室里玩乐器的一群男生笑得前俯后仰，都站起来，跟上去凑热闹。

午休时间，雕塑室里人不多，只有几个趴在桌上凑一起玩纸牌。手机放在格子柜上，播放重金属音乐。

打开门，音浪扑面而来。一只手按下音乐暂停键，世界陡然安静下来。

窗外响起几声聒噪的蝉鸣。

玩纸牌的都像被一棍子打蒙了，摸不着头脑，一个个诧异地回头，才发现教室里不知什么时候多出了几个不属于这里的人。

站在格子柜前的男生身材高大，厌世脸、吊梢眼，长相极具辨识度。

有人手里的牌掉了。

都是同一个学校的，没跟秦则和乐队里的几个人说过话，但肯定是见过他们的。

秦则拉开面前布满了刻痕的跛脚椅子，坐到了邹怡的对面。

桌上摊着对黑桃 K。秦则漫不经心抽走了邹怡手里剩下的两张牌，大小王，轻飘飘地压在黑桃 K 上。

"认识倪鸢吗？"秦则问。

邹怡不太敢看对面的人，缩在座位上像只鹌鹑，摇了摇头。

"你把她给堵六中外的巷子里了，你不认识她？"

邹怡明白过来怎么回事，立即解释："我要堵的不是她。"末了，又追加一句，"我没想要找她麻烦。"

秦则洗完了手里的牌，等过了几秒，终于"嗯"了一声，带着人走了。

他来似乎就是为了专程同邹怡说这几句，说清楚了，听到了自己想要的答案，就回去了。

傍晚放学，倪鸢心里惦记着搬家，顺着急促的下课铃往外跑，比班里急着去网吧打游戏的还快。

"你今天就搬啊？"丛嘉话没说完，倪鸢人已经没了影，消失在教室门外。

秦惠心意外倪鸢这天回家回得比往常早，问她："晚饭想吃什么？"

"随便。"

倪鸢抬眼看见茶几上搁着四四方方的一个玻璃小酒杯，随后才发现秦杰也在："舅，你就下班了？"

秦杰躺在沙发上看股票，哈欠连天："今天调休，没上班。"

倪鸢走去厨房，跟秦惠心说："我申请到宿舍了，今天搬东西去学校。"

她没讲实话。她租的是谌年隔壁的教师公寓，不敢讲大实话，一来怕秦惠心嫌租金贵，二来怕秦惠心训她又去麻烦谌年。

秦惠心觉得太突然。

"哪里突然了？我早就跟你说了我想住校。"倪鸢腾出床底的行李箱，开始收拾衣服和生活用品。麻烦的是被褥和凉席不好拿。

秦杰听说倪鸢要住校，拿上车钥匙要送她。

"你喝酒了，不能开车。"倪鸢都闻到了他身上的酒味，应该没少喝。

秦杰挠头："也是，那我帮你叫辆的士。"

他要送倪鸢出门，倪鸢看着厨房案板上堆着还没处理的鱼和青菜，没让秦惠心跟着："舅舅送我就行了。"

秦惠心擦干净手，给她拿了几百块生活费。

"够不够？"

"够了。"倪鸢朝她挥了一下手，蹲在玄关换鞋。

拎着东西出门时，倪鸢瞥见沙发垫上的烟灰和随处散落的花生屑。

秦惠心上前拿起坐垫清理，弯着腰，弓着背，藏匿于黑发中的银丝顷刻间冒了头。她一边拍打着坐垫，一边嘀咕："怎么就是说不听，邋里邋遢的，真不讲究。"

一瞬间，倪鸢被难以言喻的微酸和无奈席卷。

坐上出租车，倪鸢没让秦杰跟着去学校。

"一来一回麻烦，你回去醒醒酒。"倪鸢对舅舅说。

秦杰掏出钱包另外要给她生活费，她拒绝了。

轻微的醉意让秦杰看上去有种憨态，脸上一直挂着笑，说话也带笑："有事给舅舅打电话，少了什么东西就喊我给你送过来，别怕麻烦。"

他对倪鸢是真心实意地好。因为这份真心实意，倪鸢对他发不出脾气，常常只能生闷气。最后说出口的话，是起不了什么作用的老生常谈，她叮嘱秦杰："少抽烟、少喝酒，东西自己收拾，不要什么都……都麻烦妈妈，她腰不好。还有，饭后去散步，不要去麻将馆。"

"知道了、知道了。"秦杰说。

校外车辆不能入校，出租车在六中门前停下来。

倪鸢往下搬东西，一个行李箱、一个书包、一个塑料桶。桶里装着沐浴露、洗发水、衣架等这些零碎东西，被褥和凉席搁在行李箱上。

夏末的夕阳依旧灼人，橘黄的光粼粼漾在眼皮上。倪鸢抬手挡了一下，背过身，白色的校服衬衫上汗湿了小片。

又一辆出租车驶来，扬起大马路上的灰尘，恰好停在她的面前。后备厢打开，热心肠的司机帮人把七七八八的纸箱和行李箱搬下来，招呼一声又把车开走了。

剩下倪鸢和戴鸭舌帽的少年在夕阳下，面面相觑。

两人面前各自堆着一大堆行李。

显然周麟让的东西更多一些。没封口的纸箱里头，锅碗瓢盆一应俱全。于是倪鸢再次不受控制地想起那天在公交车上，自己的脑袋撞到了他背上的锅。八成是他故意把锅挪了位置。这人怕不是个芝麻馅的，心黑透了。

东西是不可能一次性搬完的。倪鸢留了三分之一的行李在门卫室，背着书包、推着行李箱、提着桶往前走。

周麟让留了三分之二的行李在门卫室，背着书包、推着行李箱、单手抱着纸箱往前走。

偏偏两人还完全顺路。

落日西沉，从田径场上撤走了最后一缕光，教学楼里的灯纷纷亮起，寄宿生们赶着回教室上晚自习，同他们擦肩而过。

只有他们在人潮中逆行。

到了教师公寓 A 栋三楼，他们把手里的东西一放，堆在门口，还得再跑一趟。

两人又出发了，这是梅开二度啊。沉默啊沉默，沉默是今晚的康桥。

倪鸢落后周麟让几步，在他身后。她琢磨了一路，虽然尴尬，但那是谌老师的儿子，四舍五入，就是她半个弟弟。她把自己的东西搬完后，见周麟让还得再跑一趟，非常热心，笑容和蔼得像个狼外婆，继续跟了上去："我帮你吧。"

周麟让停在了楼梯上，鬓角淌汗，白净皮肤上被傍晚的暑气洇出了薄红。他摘了头上的鸭舌帽，扇了扇风。朝倪鸢点了一下头，毫不犹豫地往回走："行，那就麻烦你了。"

倪鸢："嗯？"

意思是他就不去了，剩下的劳烦她了。

倪鸢第一次乐于助人，帮到了一条大尾巴狼，把自己绊沟里了。

2.

倪鸢最后一趟把周麟让的两个纸箱搬上了楼，好在里头的物件不重。

但光是一来一回多走这么段路，也能把人累得够呛了。她回去时，周麟让坐在行李箱上闭目养神，身后的书包抵着雪白的墙壁，帽檐下拉，遮住了大半张脸。

倪鸢彻底歇了再和他搭话的心思，蹲在楼梯间等谌年。

301 和 302 的钥匙都在谌年兜里揣着，这会儿人在开会，被拖堂的校领导耽搁了时间。

"不好意思、不好意思，回来晚了！"谌年赶来给两人开门。把 302 的钥匙交给倪鸢，又对周麟让说，"儿子，我明天一定记得去给你配新钥匙。"

倪鸢把行李推进门，谌年在后面喊："鸢儿，收拾完了过来吃晚饭，今天我亲自下厨！"

倪鸢应了一声。

眼前 302 的房间布局与隔壁 301 的一模一样，两室一厅一厨一卫。房子主人走前打扫了卫生，屋里还算干净，不用的家具用防尘罩罩上了。倪鸢住的客房里摆着一床一桌一衣柜，够用了。

她把衣服和生活用品归置好，推开各扇窗户通风，注意到阳台上有张藤椅，拿抹布用清水擦了一遍。

倪鸢躺在藤椅上舒了口气，清闲了片刻。

空气中的濡湿闷热被徐徐的晚风吹散，她仰头看，天幕上挂着繁星。

阳台两侧有窗帘阻挡视线，她扬手一扯，用力过了头，窗帘全部被拉开，相邻的 301 阳台上，风景入眼。

周麟让刚洗完澡，光膀子，手里拿着条黑色内裤正要晾晒，听见动静就这样直直地望了过来。

在藤椅上跷着二郎腿的倪鸢愣了两秒，视线恰好落在少年线条流畅的腹肌上，想避开，稍一偏，眼睛又瞥见了不该瞥见的内裤。

简直目不暇接。

"好看吗？"少年似笑非笑地问，脸上是一贯的镇定与懒散。

倪鸢"哗啦"一下又把窗帘给拉上了，遮住了视野中闪烁的星子和少年落着光晕的眉眼。

一丝辣椒炒肉香顺风飘来，倪鸢听到谌年喊了声"吃饭了"。

周麟让搬到 301，倪鸢入住 302，也算小小的乔迁之喜。谌年从冰箱里拿了两罐可乐，两个小朋友一人一罐，她自己开了瓶常温的饮料。

"来，走一个。"谌年说。

倪鸢立即举起可乐，两人齐齐看向周麟让，后者正埋头扒饭。谌年在桌底下踹了他一脚。他不情不愿地放下筷子，单手拉开易拉罐的环，拿起可乐跟她们碰了一下。

"你们以后就相互照应吧，鸢儿比麟麟大一岁，高一个年级，是姐姐，但是没哪条法律规定了姐姐要让着弟弟，"谌年对倪鸢说，"不用让着他。"

"好。"倪鸢嘴上答应着，眼睛望着餐桌对面的周麟让。

周麟让也正看着她。

然后，倪鸢不知怎么没控制住，可乐气泡似乎往上涌了一下，她瞪大眼睛打了个响亮的嗝。

睡前倪鸢给丛嘉打电话汇报情况，搬家顺利，但隔壁来了位似乎跟她有仇的大少爷。

"你帮他搬箱子？你还看见人家的身体了？还有内裤？"丛嘉爆笑，在床上翻滚。突然又坐起来，忙不迭地追问，"有腹肌吗？人鱼线呢？内裤是什么款式、什么颜色的？"

倪鸢："嘉嘉，你好坏。"

两人闲聊，倪鸢一边翻了翻数学的周测卷子，有两道大题完全没有解题思路。点开 Studying，查看来访记录，没有出现她熟悉的那个名字。她跟丛嘉合理猜测："那天 L 误入了我们的自习室以后，就再也没有出现了，难道他真的被我们的房间名吓到了？"

"不可能吧？"丛嘉说，"他没天天来偷窥你主页了？"

"没。可能我的形象在他心目中已经破灭了。"

丛嘉笑："你能有什么形象？自己去看看你的主页，除了偶尔晒晒读书笔记，就是在记录跟谌老师相关的事情，像个'痴汉'。要有也就是一'痴汉'形象。"

"你不懂我跟老师之间的故事。"倪鸢说，"房间名要不还是改了吧？要正能量，积极向上一点的。"

丛嘉："那我想想。"

一分钟后。

丛嘉："改好了。"

倪鸢点进自习室一看，左上角的房间名果然变了，变成了"平胸姐姐/细腰妹妹/在线学习"。

丛嘉："够正能量了吧？"

倪鸢想，还是算了。

她再次点进 L 的个人主页，上面显示性别男，头像是一团黑色，年龄不详，居住城市不详，毕业院校不详……总而言之，非常神秘。尽管没抱什么期望，她还是拍了两道题发给 L。

半小时后，倪鸢正打算关灯睡觉了，手机响起提示音，L 回她消息了。发过来的两张图片，对应的是两道题的解法。草稿纸上，男生的字迹略潦草，步骤却十分详尽清晰，细枝末节处标了注解，怕对面的人不懂。

倪鸢回他："谢谢。"

L："不用。"

倪鸢："你最近很忙？"

L："怎么？"

倪鸢："看你这几天没上线。"

L："以后上线时间少，有不会的题私信留言，看到就回你。"

倪鸢觉得他的语气挺狂，难道发过来的题他就一定能解吗？但或许对面是个数学专业的高才生呢，也说不准。

聊完这句，系统显示 L 已下线。倪鸢琢磨着，这位 L 同学跟之前一天访问她主页一千遍的狂热粉形象不太符合啊。

第二天倪鸢把填得满满当当的周测卷子掏出来，丛嘉抄起来都嫌累。

倪鸢小声告诉她："后面两道大题是 L 解的。"

"他又上线了？"丛嘉嘴里叼着棒棒糖，从中简要地摘了几行填到自己的试卷上。

倪鸢点头："不过他说以后上线时间会很少，让我不会做的题给他发私信，他看见了就回我。"

"还挺狂的。"丛嘉也这么说。

宗廷走过来，作为数学课代表他手上已经收了一沓试卷，凑近了看倪鸢的，诧异道："你现在数学题都会了？都没见你来问我题了。"

宗廷是班上数学成绩最好的，以前数学老师不在，倪鸢有不懂的就会去问他。

丛嘉一把抓过倪鸢的卷子，显摆地在宗廷面前晃了晃："我们现在有神秘后援了，不稀罕你了。"

宗廷接过一看，最后两道难题的答案跟他的一样，解题方法比他的要简便。

"真有后援？"

"嗯。"

"谁？"

"神秘人，不能说。"倪鸢也卖了个关子。

宗廷收走倪鸢的作业："从今天开始，中午要小组学习了，别忘了。"

"学习小组"四个字像座小山，压在了倪鸢头顶。中午四十分钟的休息时间，匀出二十分钟进行小组学习，两个成绩好的辅导两个成绩差的。丛嘉被分配去了班长越斯伯一组，吃完中饭就被叫过去了。

教室像棋盘被划分成了许多小格子，四个四个扎堆凑一块儿。宗廷和礼虞拿着资料来了倪鸢这边，还剩最后一个组员易耀阳没到。

易耀阳高一是学校篮球队的，高二退队了，但每天中午还是喜欢往篮球场跑。

"我们先看资料，等他五分钟，他要是还不来，就直接讲题了。"宗廷说。他坐在丛嘉的座位上，跟倪鸢成了同桌。礼虞坐的则是倪鸢前桌的位子，反过身来，和她共用桌子。

过了三分钟，易耀阳满头大汗地抱着篮球跑回了教室，宗廷把人叫了过来。

"不好意思，"易耀阳嬉皮笑脸的，"打球忘了时间，下次我要是没来，你们就别等我。"

这天中午安排讲英语，是倪鸢的主场。她给另外三人讲语法题，枯燥乏味且难懂，宗廷还算配合，拿着红笔在资料上标记，画了两条横线。

倪鸢讲完一道选择题，易耀阳已经开始趴在椅子后背横杠上打瞌睡，礼虞两眼无神，明显在神游太空。

倪鸢喝了口水，淡定得很。

宗廷强忍着午后的困意，手托着腮帮子看着倪鸢："英语好难，语法好难。"

倪鸢道："我们看下一题。"

午后炎热，教室里冷气开得很低，倪鸢把外套拿出来穿上。

旁边丛嘉的课桌上书本少，零碎物品多，马克杯、零食、发卡、镜子随便堆着。礼虞伸手拿过那面小小的椭圆镜子，又拿起桌上的珍珠发卡在头发上比画。

倪鸢忍了忍，还是说："不要随便动别人的东西。丛嘉不喜欢别人碰她的东西。"

礼虞讪讪地放下了手里的发卡。

宗廷注意到突然微妙的气氛，想要开口说点什么，倪鸢打破沉默："题干看完了吗？我们继续。"

对此毫无察觉的易耀阳已经彻底睡着了，打起了呼噜。

班主任胡成中午有事，没有过来监督，等他过来时看到的就是教室里一群人昏昏欲睡的场景。

"下午第一节体育课，都给我带着书去上课！集完合继续小组学习！"

讲题讲到口干舌燥的倪鸢差点呕出一口老血。

3.

胡成跟体育老师打了招呼，并且亲自到操场监督。集完合之后，大家还真得继续学习。

防着学校检查，体育课不准回教室，大多数小组成员抱着书去体育馆内蹭空调，有的则找块阴凉地，在树荫底下待着。

倪鸢他们组拖拖拉拉，没占到体育馆内的好位置，只能在田径场外面的树荫下凑合。

起初还有几阵风刮过，没多久，又热得人发闷。宗廷把从教室里穿出来的外套搭在树干上。礼虞往上一跳，将外套拽了下来。

夏季校服裙齐膝，她那么一跳，裙摆掀起一个弧度。旁边的易耀阳突然面红耳赤，偏头移开目光。

"宗廷，借你的衣服垫一下，不介意吧？"礼虞把宗廷的外套铺在草地上，自己坐在衣服上。

宗廷："你随意。"

倪鸢看了看手里的资料，进度很慢，讲这么久几乎没有成效，白费功夫，她放下纸笔。

宗廷诧异地问："不讲了？"

"已经讲完了。"倪鸢淡淡地说。

宗廷从自己的角度望去，女孩小巧的脸庞像太阳下融化的雪糕，白而沁凉。她的神情有些冷淡，不像跟从嘉一起疯的时候的样子，热烈鲜活。

"好热呀……"宗廷飘走的思绪被礼虞的声音拉了回来。

礼虞一直在抱怨热，宗廷只好说："我去给你买瓶汽水，要什么口味的？"

易耀阳赶紧说："帮我带瓶芬达！"

"倪鸢，你要什么？"宗廷问。

倪鸢从口袋里掏出自己的校园卡给他："冰水，谢谢。"

宗廷没接她的卡，笑起来露出两颗虎牙："帮我们讲这么久的题，请你喝瓶水还是要的。"

倪鸢懒得一直举着，他不接算了，她将卡放回兜里。

宗廷朝小卖部跑了过去。

易耀阳四处张望一圈，班主任胡成应该早走了。他憋不住了，问倪鸢："今天小组学习搞完了没有？"

倪鸢点了一下头："完了。"

"那我走了哈，打球去。"易耀阳说。

躺在草地上的礼虞说："你刚才不是让宗廷帮你带芬达，你不要啦？"

"帮我留着，我等一下回来喝！"易耀阳跑得飞快。

香樟树下，只剩下倪鸢和礼虞。礼虞闭眼躺着，没一会儿睁开眼睛，无声地打量倪鸢。

倪鸢侧对着她，似没有察觉。

不远处的操场上传来有节奏的篮球拍打在地上的声响，倪鸢抬眼望去，看见了周麟让。

一群少年在篮球场上奔跑，就他一个人没穿校服，黑 T 恤加黑色休闲裤，在一群白色校服衬衫里着实打眼。他在运球，非常具有攻击性的打法，持球正面迎上，起跳投篮，快且凶狠。

三分线外投篮，中了。

倪鸢听见一片欢呼。

周麟让扯起衣摆擦汗，突然朝外看了一眼，视线准确无误地落在了倪鸢身上。周麟让跟同伴做了个手势，朝倪鸢小跑着过来。他刚打完球，头发汗湿，整个人像是从水里捞起来的。他停在倪鸢面前，是盛夏里最浓重的一道绿荫，挡住了日光。

倪鸢坐在地上仰头看他，用眼神询问："怎么了？"

"我妈让你晚上别在食堂吃。"他说话还有点喘。

"她又要自己做饭吗？"

周麟让"嗯"了一声。

在倪鸢印象中，早些年谌年是不太会做饭的，现在能倒腾出几道菜了，但也没那么热衷于下厨，一般就在食堂吃。

这天（3）班没历史课，倪鸢没在办公室看见谌年。

"老师哪儿去了？"

"回春夏镇，赶集。"

就这么两句，周麟让说完就走，底下传来女生小声的惊呼。

周麟让跟倪鸢说话，压根儿没注意到旁边草地上还躺着个人，不小心踩到了礼虞的校服裙边。

礼虞坐起来。

周麟让退后一步："抱歉，没看见你。"

宗廷买东西回来，倪鸢接过他手里的矿泉水："谢了。"

她往前小跑了几步，追上周麟让："等等。"

周麟让停下脚步。

倪鸢提醒他："今天下第七节课眼保健操期间，学生会的人会去各班突袭，检查仪容仪表和有没有穿校服戴校徽……"

篮球场边上的男生们是周麟让的同班同学，不明情况，冲他们吹口哨，起哄。周麟让回头瞪了一眼，声音稍稍平息下去。

倪鸢指了指周麟让身上的衣服，继续说："你还是把校服换上比较好，不然被记名字也很麻烦。"

"新校服没到。"周麟让说。

倪鸢点了一下头："那应该没事，到时候跟检查的人说一声就行。"

倪鸢手里握着冰镇的矿泉水，瓶身上滚出了层细密的水珠，不断往下滴。水瓶对准了周麟让的方向，微微有向前伸的趋势。

周麟让对倪鸢的提醒表示："知道了。"然后抽走了她手里的冰水。边走边拧开瓶盖往嘴里倒，几口下去一瓶水就快要见底。

一瞬间，篮球场上的起哄声又响起，比之前的声音还大，倪鸢听见有男生在叫周麟让的名字。

倪鸢伸出去想挽回的手，悬在半空好一会才放下。

——这位弟弟，你为什么会这么熟练？你真的误会什么了。

倪鸢只好自己又去商店买了瓶水。

学校检查仪容仪表的督察小组是从学生会各部门里抽选人组成的，倪鸢是学生会宣传部的，丛嘉是广播站的，这次两人都在督查小组内，被分配了任务。

去检查前，领队的老师召集所有人开了个会："这次重点检查校服校徽的穿着和佩戴情况，以及个人卫生……"

检查校服很简单，有没有穿，扫一眼就好。有没有戴校徽，偶尔还得出声询问，因为有的人喜欢把校徽别在看不见的犄角旮旯儿。

倪鸢见过最"奇葩"的，是一个男生把校徽别在了腋下的位置。她问："同学，请问你校徽呢？"

男生就抬起胳膊，给众人展示胳肢窝。也不嫌硌得慌。

丛嘉说，林子大了什么人都有。学生会的人因为这个事乐了半个月。

而个人卫生里面，需要着重检查的是指甲。主要因为近期学生里不知怎么兴起了美甲风潮，不少女生去做了美甲，还被老师们发现了。可把老校长给气坏了。在周一升旗仪式上拿着话筒唾沫横飞："学生就要有学生的样子，教了这么多年书，遇上你们可算让我开了眼了，有的同学指甲上弄的那是什么？！现在你还是我六中的学生，不是进宫当皇后娘娘，一个个的指甲长得能当筷子夹菜吃了！

"一天到晚心思不放在学习上，光整这些花里胡哨的！都给我剪了！"

于是学校规定，不准留长指甲。

一行五六人，两两一组，从五楼教室开始检查。跟在倪鸢身边的女生是高一的学妹，这学期新加入学生会不久，头一回进督察小组，紧张地问："去检查要是遇到不配合的同学怎么办？"

倪鸢答："先劝说，再不配合直接登记名字就好了，不要起冲突。"

见小学妹还是不放心，倪鸢安慰她："我们是一起的，万一要真遇到麻烦还有我在呢。"

她这样说，学妹才松了一口气。

耳边眼保健操的音乐，响彻整个校园。倪鸢停在走廊上，看清了前面教室门上的蓝色铜牌——高一（6）班。

倪鸢听谌年提过，周麟让在高一（6）班。

她和学妹进了教室，两人一左一右，分别从第一组和第八组兵分两路开始检查。

学妹检查到八组最后一排的角落，有个男生趴在桌上，枕着自己的胳膊，面朝墙壁，正睡觉。而且，这个班只有他没穿校服。

检查不过一分钟，她就遇上刺头了。

"同学——"学妹连着叫了三声，男生都没反应。学妹脸色为难，赶紧朝教室另一边的倪鸢招手求助。倪鸢过来，面前的男生只露了个后脑勺，她就认出来是周麟让。

忽然有种"果然如此"的感觉。

"周麟让。"倪鸢叫他的名字。

没什么反应。

广播里眼保健操的声音实在太大，她不得不弯腰凑近："周麟让——"

最后一个字的尾音尚未完全吐出，趴着的男生突然抬头，直起身来，一脸不善，褐色的瞳无声地盯着她，眼下泛着淡淡的青灰。

"同学，麻烦把手伸出来一下。"倪鸢说，"配合学生会检查个人卫生。"

周麟让的手搭在膝盖上，没动。

场面一度僵住。

走廊上巡逻的带队老师注意到了这边的情况，看了过来，像要进教室查看。情急之下，倪鸢试探地抓住了周麟让的手，轻轻往上拽了一下。

少年的手腕骨感、灼热。

倪鸢内心忐忑，担心他翻脸。他身上继承了谌年的某些特点，比如力气比常人大出许多。此刻他手腕一翻，反扣住她的，能瞬间将她的指骨捏碎。

倪鸢有种在给坏脾气的猫检查指甲的错觉。好在，他最终没有一爪子招呼在她的脸上。

不过两秒，倪鸢立即放开了手，脸上一贯淡定地对学妹说："检查完了，没问题，我们走吧。"

"他的校服和校服……"学妹犹豫道。

"他是转校生，新校服和校徽还没到。"倪鸢帮周麟让解释，在本子上记录情况。

出了教室，学妹问："学姐，你是不是认识他？"

倪鸢点头。

"还真认识啊？"

"弟弟。"谌年说了他是弟弟，他就是弟弟了。

学妹不太相信，以为她在开玩笑："真的假的？"

"捡的。"倪鸢说。

1.

谌年从春夏镇赶集回来，收获不少，背后的竹篓都满了。

倪鸢过去 301 吃晚饭，看见她从篓里拎出一袋乱七八糟的草药之类的东西，有甘草、菊花，还有些倪鸢说不上名字的。

"天气又闷又热，我明天给你们煮点凉茶。"谌年说，"买了好多花啊草的。"

倪鸢确实上火了，嘴里还起了泡。中午小组讲题，她讲得口干舌燥，后来舌头一舔，就顶到了口腔壁上的小泡。

厨房里熬着骨头汤，香味往外溢出。谌年洗干净手，对倪鸢说："舌头伸出来我看看。"

倪鸢照做，乖乖伸舌头。

周麟让瘫在沙发上，看她那样，面无表情地评价："小狗。"

结果下一秒谌年就对他说："儿子，舌头伸出来我看看。"

周麟让没打算配合，下巴上突然被施加了一道力。

谌年二话不说钳住了他的下巴，稍稍一捏，他被迫张开嘴巴。谌年观察完毕："跟鸢儿一样，两人都有点上火，体内还有湿气。

"明天给你们煮茶，记得喝。"

倪鸢看周麟让吃瘪，看戏的小眼神藏都藏不住，笑意从眼睛里冒了出来。

谌年说煮凉茶，说到做到。

第二天倪鸢在食堂吃过早餐后去 301，发现餐桌上摆了两个崭新的透明水瓶和一个老干部风的保温杯。保温杯上印着"爱岗敬业，为人师表"，是谌年自己用的。另外两个透明水瓶上分别画着小男孩和小女孩，黑色马克笔勾勒出来的图案，简简单单，是为周麟让和倪鸢准备的。

凉茶已经灌进去了。不知道谌年除了菊花、甘草，还在里面加了什么，煮出来的液体呈现出一种深棕近似于黑的颜色，酷似中药。

倪鸢拿起画着小女孩的瓶子，喝了一口，味道一言难尽。虽然谈不上难喝，但也绝对算不上好喝就是了。

周麟让进门，看见她在，习以为常。旁若无人地走到桌边，也拧开盖喝了口凉茶，表情骤变。嘴里还有半口未吞咽，着急往洗手间走。

倪鸢跟着他。

周麟让回头，含混不清地询问："你跟着我干吗？"

"不干吗。"倪鸢说，但她就是不走。

周麟让此刻觉得她格外欠揍。

少年的脸颊鼓起，眼神阴鸷，但变成了包子脸，看着有几分难得的稚气可爱。

周麟让觉得现在他吐一口，她就会立刻跑谌年那里告状，那改天他就该喝两壶而不是喝一瓶了。大丈夫能屈能伸，他"咕咚"一声，全咽下去了。

倪鸢朝他露出一个微笑，脚步轻快地走了。

但后面几天，倪鸢发现，周麟让开始找借口不喝凉茶了。

"忘记拿了。"他总这样说。

有福同享有难同当，怎么能就这样放过他？于是当倪鸢去301拿谌年早上灌好的凉茶时，干脆把周麟让的那份一并带走，再非常热心地去高一（6）班给他送凉茶。

连从嘉知道了也说："你什么时候这么丧心病狂了？"

倪鸢手捧凉茶，弯着眼睛狡黠地笑了："感觉看他吃瘪很好玩。"

小时候她想要个弟弟或妹妹，可惜愿望落空。哥哥倒是有一个，但秦则与她没有住一块儿，不常见面，后来见了也还是不熟。熟了也就拌嘴和阴阳怪气，关键她还斗不赢他。

"秦牛牛"可太牛了，倪鸢没在他那儿讨过好。

说完，倪鸢就开启了今日份的送凉茶任务。从三楼上五楼，倪鸢穿过楼道里和走廊上熙攘的人群，朝高一（6）班走去。

她也不过连着来了两天，（6）班里几个和周麟让走得近的男生都认识她了，嬉皮笑脸地凑热闹，一口一个"姐姐"，跟说群口相声似的。

倪鸢还没进教室，他们就在走廊上集体吆喝："让哥，姐姐来咯——"

倪鸢拨开人群，来到周麟让课桌前，把凉茶搁他的桌上，模样好像狼外婆："你忘记拿了，我给你送来了，记得喝啊。"

周麟让一副见鬼的表情，仿佛她送来的是一碗喝完就要丧命的断头汤。

倪鸢："你明天要是还忘记，我再给你送。"

周麟让："……"

天气沉闷，四周像一个巨大的蒸笼。

许是谌年的凉茶真管用，倪鸢觉得嘴里的泡消了下去，人也没那么心浮气躁了，中午小组学习也分外随意了。

轮到宗廷给另外三位组员讲数学题。一道大题，分三小问。

讲第一小问，三人都能听懂；讲第二小问，剩下倪鸢和礼虞能听懂，易耀阳被撤下；讲到第三问，只剩倪鸢没阵亡，她主要就是来听最后的难点。

"两次求导，再结合图形分析……"宗廷在倪鸢的试卷上点了一下，"你漏掉了 $\triangle = 0$ 的情况……"

倪鸢的反应还算快，立即补充。

礼虞凑过来，说："这里我都看不懂了。"

宗廷又把第三小问单独给礼虞讲了一遍，到最后人已经麻木了。

礼虞说："还是听不懂，我宣布这题过了，开始下一题。"

宗廷气急，作势去掐她的脖子，她笑着躲开，四处逃窜，掀翻了资料册，A4 纸乱飞。倪鸢和易耀阳两人头上分别被盖了两页。

二十分钟过去，只凑合着讲完了一道题。

倪鸢拿着登记表在座位上发愁，草草填了两笔之后，绞尽脑汁开始胡编。这是胡成交代下来的任务。胡成怕自己监督不到位，让学习小组的组长记录每天的进度。

这比考场八百字作文难多了。

如此过了一周，谌年的凉茶都快压不住心火了，倪鸢向胡成申请调组。

胡成说："给我一个理由。"

倪鸢事先跟班长越斯伯沟通过，于是提前打好了腹稿："我想和班长换一下，他是丛嘉他们组的组长。我跟他换了正好，他跟易耀阳是好哥们，我跟丛嘉也玩得好，这样讲题更方便，说不定效果还能更好。"

胡成自行提炼了重点："你们是不是在搞小团体？"

倪鸢："当然没有。"这哪儿跟小团体扯得上关系，是胡成想太多。

"那就是你现在的组不好，你才想调换，"胡成揪住不放，一定深挖到底，"是不是组员们不配合？还是产生了摩擦？"

倪鸢头疼道："没有。"

胡成是政治老师，口才好，讲起道理来滔滔不绝。虽然最后同意了倪鸢的换组申请，但倪鸢觉得自己从办公室出来，已经元气大伤。

礼虞几乎立即就知道了倪鸢申请换组的事。

"倪鸢，你能出来一下吗？"礼虞把倪鸢叫出了教室，走到走廊尽头的档案室前。

全校正在进行大扫除，不远处有同学在擦瓷砖、扫顶上的蛛网，没人注意到她们。

礼虞神色认真，样子诚恳，问倪鸢："你是不是对我有什么意见？是因为不喜欢我才想调组的吗？"

倪鸢被胡成的政治课说傻了，整个人都没精打采的，也懒得迂回："如果你要听课，你的组员总会因为这样那样的原因中途打岔，你会不会烦？

"如果你认真准备了资料，打算好好讲课，你的组员一个字也听不进去，你会不会有意见？"

礼虞避重就轻地解释："我……听不进去，一碰书本就走神，自己控制不了。老师讲课我也这样，不是故意不配合你。"

"所以我只是申请调组，并没有骂你。"倪鸢说。

礼虞的眼睛瞬间红了，眸中泛起水光。

档案室的铁门内传来高跟鞋的声音，两个女老师手挽着手出来，望向她们。

倪鸢觉得多说无益，最后道："没有必要这样，礼虞。

"我觉得我不适合再在这组待下去，就自己申请调走。你并没有什么可委屈的，如果你觉得委屈，可能是你自己的问题。

"这件事情到此为止。"

空气中弥漫着洗衣粉和消毒水的气味，风一吹，四处飘散。楼梯间的地砖被拖过后，还没有干透。由于鞋子的缘故，倪鸢走得小心翼翼，还是接二连三地打滑。

她垂着脑袋，撞上一堵墙。

周麟让的右手臂弯夹着篮球，站在她身前。

倪鸢原本要说对不起，抬头见他，反倒什么也没说。她正要走，被周麟让一根手指头钩住了衣领。他脸上浮着一点笑，垂着眼眸看她，神情散漫，没有起伏的声音中藏着幸灾乐祸："被骂了？数学考零分？班级倒数第一？"

一连串的猜测从他嘴里冒出来。

倪鸢无奈地从他手中挣脱。

"看来都不是。"周麟让说，"那你干吗心情不好？"

"我表现得很明显吗？"倪鸢搓了搓自己的脸。

周麟让："嗯。"

倪鸢审视他："我看你心情很好？"不然怎么会主动找她说这么多话。

周麟让短促地扬了扬唇，像往常一样带着挑衅的意味，又像单纯地表达情绪："你心情不好我心情就好咯。"

"无聊。"

倪鸢转身走。走得急了，脚底再次打滑，一屁股坐地上，不断往下滑。

一、二、三、四、五。

她往下滑了五步台阶。

周麟让愣了两秒，追下楼梯，一把将她提起来："你……屁股没事吧？"

倪鸢的脸烧起来，扭转头看，校服裙后面湿了，好在是深色的格纹，看上去没有那么明显。

"没事，我先走了。"

倪鸢埋头快步走出教学楼，还没绕过花坛，头顶传来声音："喂——"

她抬头看。

周麟让从教室里拿了件外套出来，站在走廊上。

"接着！"他说。

他话音未落，衣服从他手中抛出，男生的黑色外套像厚重的云翳从天而降，不偏不倚，朝倪鸢兜头罩下。

她下意识地伸出手，稳稳接住，抱在胸前。

周麟让隔空指了指她的裙子，倪鸢会意，把他的衣服系在腰间，挡住脏了的半身裙。

2.

倪鸢回教师公寓302洗澡换了身衣服，毫不意外地发现屁股上多出了两块瘀青。

她是非常容易出现瘀青的体质，平时膝盖稍微磕碰一下就是一团青紫，等过几天又自己消了。

当晚倪鸢把周麟让的外套洗干净了，晾阳台上。同她的校服衬衫挂在同一条绳上，黑色外套比白色衬衫长了一大截。

倪鸢对着镜子，看了看自己的身高，又想了想周麟让每次站过来，她总得抬头仰视他。

她踮了踮脚，似乎还是远远不够。她突然往上跳了两下，自言自语："我这样能行的吧？"

每天往上跳一百下，或许能长高？

隔壁 301 阳台上，周麟让看着她已经有一会儿了。

两侧绿植遮挡，阳台没有开灯，只有底下路灯昏黄的光晕浅浅投映在墙上。

倪鸢没注意到周麟让，等发现时吓了一大跳。

倪鸢："你站那儿干吗？"

周麟让："你发什么神经？"

两人同时开口。

倪鸢想到自己突然傻蹦的样子被人看到了，有点窘，但还是淡定地找借口："脚抽筋。"说完僵硬地转身离开了阳台，走了两步退回去，探出头道，"你的衣服明天还给你。"

周麟让双手插兜站着，无所谓地点了一下头。

风吹了一晚，第二天早上，倪鸢将周麟让的外套从晾衣绳上拿下来，里外摸了摸，已经干了，便拿去 301 还给他。

谌年正在厨房忙，今日份的茶汤也已经煮好，周麟让在帮她灌瓶。

倪鸢走过："衣服干了。"

周麟让使了一下眼色："放沙发上。"

倪鸢再去厨房，谌年的超大号养生壶里尚有残渣，倪鸢只辨认出了其中的枸杞和决明子。谌年不煮凉茶了，说喝多了也不好，需要换一换，给他们改成了"明目茶"。

"你们平常用眼多，喝这个好，决明子清肝明目，对眼睛好，防近视。"

"决明子和枸杞能一起煮吗？"倪鸢问。

"应该能？"谌年也不是很确定，"我去网上查查看。"

她拿着手机查阅："应该没有大问题，我里面还放了好些别的，一锅煮了……"

不知道为什么，倪鸢感觉有点不靠谱。

明目茶比凉茶更加一言难尽。颜色黑得更纯正了，深色液体中隐隐漂浮着不明的絮状物。

周麟让给倪鸢灌得满，齐瓶口，再多一滴便会往外溢。

倪鸢："差不多就行了。"

周麟让睨了她一眼："你自己来？"

倪鸢决定闭嘴。

周麟让替谌年灌完茶汤，拿起自己的水瓶喝了一口，咕咚咕咚。

"味道不错。"和之前嫌弃的样子完全不同。

倪鸢怀疑地喝了一大口，呛住，一个劲地咳嗽。

这叫味道不错？怀疑人生。

"怎么，你觉得难喝？"周麟让反将一军。

倪鸢不过犹豫了一秒。

周麟让回头对谌年说："你学生觉得你的茶难喝。"

倪鸢无力辩解："你胡说，我没有说过这种话。"

谌年望着他们笑，大概觉得看两个小孩拌嘴有意思。

接着倪鸢发现，周麟让跟之前完全变了副嘴脸。之前他无比嫌弃谌年的茶，现在他喝得津津有味。都不用她每天再送茶汤到班上找他，他无比自觉，每天自己主动拿走水瓶。

倪鸢早上去301，常能撞上他。他心情好的时候，抄起瓶子，还会扬手跟她碰个杯，似乎谌年的明目茶真的很对他的胃口。

倪鸢想：难道是她的味觉出现了问题？实际上明目茶是好喝的？

课间，丛嘉在准备中午广播站要用的稿件。她看着玩性大，作为广播站副站长，也还算花了些心思在上面。

倪鸢洗干净丛嘉的马克杯，倒了半杯明目茶推过去。丛嘉视线专注地落在稿纸上，端起杯子喝了一口。

"噗——"丛嘉一口全喷出来，手中的稿件没能幸免于难。

倪鸢连忙扯过抽纸，给她擦流出了两条蜿蜒黑线的下巴，又给她擦遭了殃的稿件，一时间手忙脚乱。

"水，快给我白水！"丛嘉喊。

倪鸢立刻跑去饮水机前接了杯水给她，她喝完，冲淡了嘴里明目茶的味道。

"你刚才给我下毒了？"丛嘉问倪鸢。

倪鸢还在拿纸巾摁着稿件，吸干上面的水分："没有。"

"那你给我喝的是什么？真不是鹤顶红吗？"丛嘉问。

"明目茶。"倪鸢说，"谌老师每天给我和周麟让煮的茶。"

丛嘉说："你真是受苦了。"

倪鸢心想，也没有这么夸张啦。她询问丛嘉的感受："味道是不是不太好？"

丛嘉说："太谦虚了，何止是不太好。"

每个人对苦味的耐受度是不一样的，丛嘉嗜甜，对苦味敏感，觉得明目茶堪比中药。

倪鸢向她老实交代："我看周麟让每天喝得高高兴兴，以为自己味觉出了问题，所以邀你也来品一品。"

丛嘉听完的第一反应是："周麟让应该不是正常人。"

倪鸢深表赞同。但她对谌年还是拥有八千米厚的滤镜，强行挽回说："但老师煮的茶还是不错的，喝了对身体好。"

"你还要吗？"倪鸢问，"我再倒点给你。"

丛嘉眼神惊恐地逃离座位。

胡成拿着一沓纸从办公室出来，吆喝还在走廊上乱窜的同学："（3）班的赶紧进教室！提前两分钟上课！我们把问卷填了。"

胡成弄了份问卷调查表发下来，想让民主管理班级，询问大家对任课老师、班级氛围，以及他这个班主任是否满意，有意见可以提。

至于意见是否被采纳，这又是另外一回事了。

"老班，匿名吗？"有人问胡成。

"不匿名。"胡成说，"都把自己名字填上。"

"不民主，有意见也不好说，怕被找麻烦。"

"嘿，"胡成推了推鼻梁上的眼镜，"看来你们的意见有很多啊？"

"全部给我实名，有的问题我要落实到人，一个一个去沟通。"

很快，问卷被收上去。

放学前，丛嘉被胡成叫进了教室办公室。

"你是不是在问卷上写什么大逆不道的话了？"宗廷打她座位旁经过，幸灾乐祸。

丛嘉朝他翻白眼。

倪鸢也问："真是因为问卷？"

丛嘉在脑海里过了一遭，想不起自己在问卷上填了什么。

倪鸢不太放心，借着去找谌年问历史题目的由头，跟着丛嘉一块儿进了办公室。

胡成朝丛嘉招招手，手里果然拿着份问卷，是丛嘉的。

问卷调查上："你对我们高二（3）班的班集体建设有什么意见？"

底下是丛嘉歪歪扭扭填的两个字："好苦。"

胡成把问卷递给丛嘉，问她："丛嘉同学，我们班为什么会让你觉得好苦？你受了什么委屈吗？"

白了头发的数学老师也在一旁竖起耳朵，饶有兴致地听着，丛嘉是他孙侄女，他清楚她的个性，不太信她能受委屈。

丛嘉手拿问卷，难以置信。但上面的字迹确是出自她的手没错。她当时被明目茶喝蒙了，嘴里留着苦味，填问卷时又吊儿郎当，没当一回事，不知怎么就填了个"好苦"。

"我……"丛嘉难得有语塞的时候，支吾了半天，"我对我们班没意见。"

她的表情极其无奈，语气极其沉重："老班，我只是心里苦罢了。"

倪鸾笑得蹲在了谌年的办公桌下，肩膀一颤一颤的。

出了办公室。

丛嘉："都是你的明目茶害的。"

倪鸾："是，是我的错。"

丛嘉："你准备怎么补偿我？"

倪鸾："你想要什么补偿？"

丛嘉想了想："你就站在人多的地方给我告白吧，声音要大。"

倪鸾："用不着这么狠吧？"

丛嘉："要，已经很久没有人跟我告白了。"

这会儿放完学才不久，楼道里陆陆续续有成群结队的学生往外走。

丛嘉没注意到倪鸾落了几步，没跟上她。

等丛嘉下了楼梯，她还在台阶上站着，双手做喇叭状："丛嘉——"

分贝还不小，引得不少人侧目。

丛嘉在人群中回头，看见倪鸾顶着外套在头上，罩住了自己。朝她喊："高二（3）班的丛嘉同学，我喜欢你很久了！"

话一出口，看客越来越多，气氛躁动。

倪鸾将衣服拉开了点，露出脸，对着丛嘉笑，笑完就顶着衣服逃走。

丛嘉在原地愣了两秒，想想倪鸾刚才那副模样。

可爱死了。

夜里下了场暴雨。

倪鸾睡得迷糊，隐约听见雨点敲打的声音，爬起来关窗。这么一折腾，瞌睡醒了，她就开始失眠。

晚上没睡好，早上就无精打采。即便如此，倪鸾还是记得去301拿明目茶。

煮都煮了，又不能浪费。

周麟让没在，倪鸢看着餐桌上两个并排放着的水瓶，突然福至心灵开了窍。拧开周麟让的水瓶，往自己的瓶盖里倒了一点尝尝。

倪鸢："可乐？"他往自己水瓶里灌的是可乐？她不死心地再喝了一瓶盖。

破案了！周麟让，狗东西！

周麟让晨跑回来，蹲在玄关换鞋，见倪鸢在，随口就问："你高二哪个班的？"

"（3）班，怎么了？"

"听说高二(3)班出了个变态，在楼梯间对女同学大声告白，还蒙着头，畏畏缩缩。"

倪鸢转头，神情认真地对周麟让说："假的。"

周麟让渴得厉害，拿起水瓶大口往下灌，汗珠顺着下巴滚落，滑过突起的喉结。他额前的头发有些乱，一手撑在餐桌上，看倪鸢："你怎么知道是假的？"

"我就知道。"倪鸢笃定地说，誓要揭穿他的阴谋，"你喝的茶也是假的。"

周麟让的脸上闪过一丝讶异，随后浮现出一点笑，似聚拢了破晓时的昏昧天色，阴晴不定，放缓的声音里带着很轻的叹息："被你发现了啊。"

他上前一步，靠近倪鸢，身上热气腾腾的："会去告状吗？"

倪鸢不由得退后一步，撞到了椅子，一屁股坐下。她犹豫了两秒，决定暂且先认怂："不会。"

"很好。"周麟让说。

3.

周麟让转学过来已经有半个月，谌年私底下去找他的班主任了解情况。

班主任把成绩单给谌年看，周麟让排在第一，远超第二名。

班主任说："他的成绩完全不用人操心，看得出基础扎实，人也聪明……我担心的是其他方面……"

谌年："孤僻？"

班主任："这倒没有。"

谌年："不合群？"

班主任嗫嚅："这也没有。"

谌年预想中的是：转学生，个性强，傲且孤僻，与人界限分明，融入不了新集体。可人家混得真挺好。两天就成了高一（6）班男生里的主心骨。

班主任说："昨天，他带着班上男生跟高二（3）班的抢篮球场，抢赢了，并且成功地让两班结怨，两个班定下了国庆假后的篮球赛。

"前天，他没穿校服，中午在食堂被学生会值班的同学堵住了，要登记他的名字。他直接翻窗户跑了，人家硬是在后面追了一路啊，你说他开口跟人解释一句是转校生还没有领到新校服会死吗？真是白白长了张嘴……"

班主任瞄了一眼谌年，又讪讪地闭嘴，调整了一下激动的情绪。

"还有，大前天，在小卖部跟人起冲突，要是边上没人拦着就打起来了……他这种行为妥妥地就是一……"

就是一不良少年。

谌年回忆了下自己十五六岁时在干什么。那会儿她叛逆、不可一世，放了学在武馆守擂台，一挑三。靠这个赚外快，还因此收了一帮跑腿小弟。和现在的周麟让相比，有过之而无不及。

谌年伤脑筋地想，果然毛病也是容易遗传的。她最后只好对班主任说："不好的地方，我尽量想办法帮他改。当他的班主任，劳您受累了。"

倪鸢再去301蹭饭时，发现客厅多了块地毯。触感软绵，摸起来厚实，感觉质量很好。

起初倪鸢没明白这块地毯的真正用途，直到看见谌年和周麟让脱了鞋，站在上面准备切磋。规则就是没有规则，撂倒对方即可。或者踏出地毯外一步，就算输。

"赢家可以让输家做一件事，只要不触犯法律、不违背道义，任何事都可以。"谌年问周麟让，"儿子，要试试吗？"

周麟让问："比如我今晚夜不归宿，骑摩托去静海兜风也可以？"

静海其实是伏安市城东的一片荒山，近年来被人开发成了飙车赛车的场所。且一点都不静，汇聚了各路牛鬼蛇神。

谌年点头："赢过我，就可以。"

围观看热闹的倪鸢："老师加油！"

周麟让面无表情地看着她，抬手划过脖颈，比了个"咔嚓"的手势。

然而帅不过三十秒，三十秒过后，周麟让被老母亲碾压，摔在地毯上惨不忍睹。他摔倒的那刻，倪鸢重重地眯了下眼，她看着都疼。

愿赌服输。

"要我做什么？"周麟让问他的老母亲。

老母亲早有打算，不假思索地说："明天去校门口帮着值日生执勤，都替你安排好了。"

倪鸢日记——

20××年9月20日，天气晴。

昨晚周麟让跟老师切磋。周麟让输得很惨，被打趴下了，像一条狗一样躺在地上，有一点点可怜。输了的人要完成对方安排的一件事。老师安排周麟让去校门口执勤，抓迟到的人，不戴校徽、不穿校服的人。听学生会今天执勤的学弟说，想请周麟让吃个饭，以表感谢。

因为他往那儿一站，违纪的没人敢耍横，全部配合得很。

20××年9月22日，天气晴。

昨天周麟让跟老师打架，周麟让输得很惨。老师给他准备了除虫剂、喷雾器、木牌。学校川松湖东面坡上的柚子树长势不好，叶子发黄，需要除虫。夜里周麟让背着喷雾器去打药，并在树上挂了块木牌提醒众师生。被吃完晚饭出来溜达的老校长撞见，老校长百感交集，握着他的手不松。又问他哪个年级、哪个班的。

周麟让跑得飞快。

今天老校长在广播里对同学们讲述他昨夜的所见所闻，情到深处，不禁老泪纵横，号召大家向那位做好事不留名的活雷锋学习。

课间周麟让跑来（3）班找我，这是他第一次主动来找我。他威胁我说不许把他是活雷锋的事捅出去。

我说我考虑考虑。

他问我是不是活腻了。

哈哈，有一点啦。

20××年9月23日，天气晴。

今天学校放假，我留在学校。周麟让跟老师比武切磋，毫无疑问，周麟让输。

学校王主任夜里运来了一车草皮，据说是免费的，跟朋友打赌从朋友那儿赢来的，白捡的便宜。主任想着学校体育楼后面新开发的一小块地还秃着，正好用得上。

草皮到了，卸在栅栏边，像座小山丘。夜里请不到工人，一宿不处理又担心草皮沤烂。

王主任犯愁，只好叫了几位男老师前去帮忙，忙活许久，铺完一半，还剩一半。

第二天起床一看，满眼青葱嫩绿，掩盖了黄泥巴。

剩下的另一半也铺好啦。

活雷锋又现世了！

20××年9月24日，天气晴。

周麟让跟老师打架，周麟让输。老师安排他去修桥。

川松湖上的木桥塌陷了一小块，虽然不至于让人踩空掉下去，但也存在一定的安全隐患。周麟让找了块长形木板，夜里去给钉好了。

20××年9月26日，小雨。

周麟让跟老师打架，周麟让输。他穿着塑料雨衣，带着火钳夹，前去绿化带捡垃圾。

20××年9月27日，小雨。

打架。

周麟让输。

扶老奶奶过马路。

…………

为什么我对其中细节知道得这么清楚呢？因为周麟让在做好人好事的时候，我就在旁边监督。

周麟让："我妈要是二郎神，你就是哮天犬。"

周麟让："我妈要是和珅，你就是和府大管家刘全。"

周麟让："我妈要是商纣王，你就是他身边的苏妲己。"

倪鸢："好像不太对劲。"

周麟让改口："你就是对纣王忠心耿耿的比干！"

倪鸢："你说得对。"

倪鸢翻了翻自己的日记本，发现好像可以改名了，就改成"周麟让好人好事记录簿"。

她怕周麟让再跟老师比武切磋下去，他的活雷锋身份就要瞒不住了，毕竟纸包不住火。

伏安六中的校园论坛里已经出现了一篇名为《寻找活雷锋》的热门帖子，细数这些天的种种，大家纷纷表示感动不已，开始寻找身边的活雷锋。

有的猜测此人应该是学生会里的某位干事。

有的猜测此人是个平常默默无闻却非常热心的普通学生。

有的猜这可能是老校长联合王主任和其他老师们自导自演的一出戏，目的是号召大家学雷锋，感化大家。

倪鸢表示，脑洞好大。

她逛着帖子，回复了一句："都不是，以上答案均错误，记零分。"

然后默默退出。

——我知道。但我不能说，说了性命有虞。

1.

九月三十日傍晚，全校开始放国庆假，为期七天。

从前几天开始，夏末的雨水就多了起来。斜飞的雨幕破开上空的雾霭，浸湿了城市的每个角落。天公不作美，但抵不住放假的喜悦。

铃声一响，鸟雀出了笼，沸腾的人声盖过雨声。

"鸢儿，你国庆打算怎么过？"教室里，丛嘉问倪鸢。

"回春夏镇。"倪鸢说，"你呢？"

丛嘉露出一个意味深长的微笑："去静海看帅哥，到时候给你拍视频。"

"你一个人？"倪鸢问。

"放心吧，头上有三个表哥带着。"丛嘉说。

两人在教学楼前分别，倪鸢撑着伞往教师公寓走。两三分钟的脚程，鞋面洇湿了一片。

行李她昨晚就已经收拾好，只有一个箱子，装了些换季需要带回去的衣服。

倪鸢锁上门，去301跟谌年打声招呼。

301的门敞开，谌年在客厅跟人打电话，拿开手机，问倪鸢什么事。

倪鸢小声说："老师，我先走了。"

谌年朝她点点头："明天见。"

谌年也打算回春夏镇过小长假，只不过这天手头上还有点事情没处理完，要等第二天才能回去。

她走到周麟让的房门口，敲了敲门："儿子，帮忙送个人。"

周麟让盘腿窝在宽大的椅子里，低头玩手游，没理。手机里不时响起击杀的特效音。

"人家拎着箱子呢，外面又下着雨。"谌年说。

周麟让快速点击几下屏幕，关了游戏页面，把手机扔到床上。他拖着步子走到客厅，一脸不善地看着倪鸢，然后去拎她的行李箱。

倪鸢下意识地拒绝："不用，我自己可以的，箱子不重。"

周麟让懒得废话，拎上就走，顺手拿了玄关处置物架上的伞。

倪鸢只好背着书包跟上去。

出了楼道，两人各自撑伞走入雨中。周麟让在前，倪鸢在后，她看着他的伞面，几次欲言又止。

"周麟让。"她最后还是小跑着与他并排，提醒他，"你……"

雨声大，几乎压住她的声音。

"大点声。"周麟让说。

"你看看你的伞面！"倪鸢吼了一声。

这次不止周麟让清楚地听见了，走在他们旁边的其他同学也听见了，都不约而同去看少年手里撑着的伞。

伞面上印着广告语："轻松自在一整天。"

配图是个 Q 版的少女，以及一艘长了对洁白翅膀的小船。

这把伞是谌年网购某品牌卫生棉的赠品。

周麟让"啪"的一下把伞收了，钻到倪鸢的伞下。脸色很臭。

周麟让："你早就看见了？"

倪鸢忍笑，迂回地表达："刚刚才发现，就马上提醒你了。

"其实还好，别人也不一定会注意到。"

周麟让："闭嘴。"

倪鸢把伞给周麟让："你举着吧。"给高个子撑伞太累。

"箱子防水，你拖着走就好了。"

两人挤一把伞，空间顿时变得拥挤。偏偏两人还极其没有默契，走路步调都不统一，手臂时不时撞到一起。

周麟让拉了一下倪鸢的手腕，停下来："我数一，先出左脚。"

倪鸢说："你的步子不要迈太大。"

周麟让点头："知道你腿短跟不上。"

"一。"两人的左脚同时迈出去。

倪鸢自言自语般小声数着："一二一，左右左。"

周麟让："你在军训？"

倪鸢："……"

六中校门前，花花绿绿的伞海，牵连成线的车流，一眼望不到边。周麟让把倪鸢送到门卫室，问："你怎么回去？"

"马路对面搭公交。"倪鸢说。

就是不知道要等多久，正好赶上了下班晚高峰，悬得很。

"几站路？"周麟让问。

"不远，就五站。"倪鸢说。

"那你走回去。"

"也可以。"

周麟让仍拉着行李箱，倪鸢怀疑："你还送啊？"

"废什么话？"

没走几步，倪鸢口袋里的手机"嗡嗡"振动着。屏幕上显示着"秦牛牛"三个字，周麟让低头一眼就瞥见了。

倪鸢按下接听键，秦则问她："你在哪儿？"

"回你家的路上。"

秦则又问："自己能回来？"

倪鸢看了看身边的周麟让，说："我有人送。"

手机里的背景音嘈杂，有麻将声，倪鸢听见秦则对着那边的人说了句："倪勾勾说不用我接。"

倪鸢挂了电话，周麟让问："谁？"

倪鸢想打人："我哥。"

"你哥叫秦牛牛啊，还挺好听的。"

倪鸢听完就笑了："如果你见到他，记得这样说，那你们一定会成为好朋友。"能立刻打起来的好朋友。

雨稍小了些，天色明亮了几分。

前方是一段向下倾斜的缓坡。缓坡下是一所小学，因为地势低，校门前有大片的积水。排成队的小学生在等着家长和老师把他们护送过去。几个身量小的女家长抱着怀里的孩子明显很吃力，撑着的伞东倒西歪。

周麟让问倪鸢："等我几分钟？"

倪鸢说"好"，接过他手里的行李箱。

周麟让淋雨冲了出去。

倪鸢站在路边的梧桐树下，看他从一个妈妈手里接过了小男孩，把他们送过水坑，又折回去接下一个……送了一趟又一趟。

刚刚进一年级的小女孩矮墩墩的，书包比人大，扎着可爱的小辫子，穿着漂亮的粉色裙子，眼睛亮晶晶地看着周麟让。

周麟让蹲下问："前面有大水坑，哥哥抱你过去可以吗？"

"可以呀。"小女孩甜甜地说。

她妈妈在一旁，连连说了好几句"麻烦了"，给他们撑着伞。

周麟让脱下外套披在小女孩身上，彻底罩住了她的裙子和小腿。他隔着衣服将人抱起，大步跨过积水。

几分钟后，周麟让携着一身风雨和潮湿的水汽，回到了倪鸢的伞下。

倪鸢朝他竖起大拇指："听老师说你生日就在国庆假里，十月六日那天，我送你一面锦旗吧。

"上面就写：为人民服务。"

周麟让："神经病。"

2.

周麟让把倪鸢送到了单元楼下，倪鸢把自己的伞给他，让他带走。

"你明天跟老师一起回春夏镇吗？"倪鸢问。

"嗯。"

"那明天见。"

周麟让撑伞走进雨中，背对着她扬了一下手。

倪鸢拎着行李箱上楼，家里门没关，一推就开。烟味扑面而来，还有麻将牌碰撞的声音、热闹的说话声。客厅摆了张牌桌，几个大腹便便的男人坐在桌前，旁边还站了两个围观的。

都是秦杰的牌友，熟面孔。

倪鸢喊了一连串的"叔"。绕到厨房，秦惠心果然在："妈。"

"外面下雨，有没有淋湿？"秦惠心问倪鸢。

倪鸢摇头。

"你舅让小则去接你……"

"不用他接。"倪鸢视线扫了一圈，"秦则人呢？"

"刚走。"秦惠心说，"天天跟他那些乐队里的朋友混在一起。"

倪鸢转身回房间，突然发现秦惠心身上还系着围裙，灶台上堆满了菜。她一愣："不收拾东西准备回去吗？"

母女俩之前商量好了，等倪鸢放学，两人就去汽车站坐车回春夏镇。

"你舅他们在打牌，几个叔叔都在，肯定要给他们做顿饭的。"秦惠心说。

"他们自己去楼下饭馆里吃不就好了。"倪鸢觉得老熟人天天见，没必要这样客套。

秦惠心笑："你倒好，别人来你家，你连顿饭都不留人吃？"

"隔三岔五就来，真没必要。"

而且秦杰年纪到了，已经接近于半退休的状态，单位管得松。他假期多，闲着的时候碰烟、碰酒、碰牌。倪鸢不想让秦惠心做那个跟在他屁股后面收拾残局的人。

有一次她听见一个叔叔跟秦杰喝了酒坐沙发上闲聊，垃圾桶被绊倒，烟灰、果皮撒了一地。

秦杰叫秦惠心来收拾。那个叔叔喝得醉醺醺，在感慨："老秦啊，你有个妹妹真好，相当于家里请了个保姆。"

当晚倪鸢跟秦惠心提了搬出去住的要求，秦惠心不同意，母女俩至今无法达成共识。

倪鸢去阳台上喘口气，外边雨雾茫茫。她闲着无聊，打开了Studying，未读消息上有个红色的"1"。

她点开，是L昨晚回她的消息。

一道数学题的解法。倪鸢把图片保存好，给不在线的L发了句祝福："国庆快乐。"

对方的黑色头像突然变亮，显示已上线。没过几秒，倪鸢收到了L干巴巴的回复："国庆快乐。"

倪鸢："好像也不是很快乐。"

L："嗯？"

倪鸢："要是能快点长大就好了。"

L："嗯。"

倪鸢："这个'嗯'是什么意思？"

L："祝你快点长大的意思。"

倪鸢将手伸出阳台，去接外面飘飘扬扬的雨丝，又甩了甩掌心的水，在手机上敲字："你是不是喜欢我？"

这是倪鸢第一次直截了当问L这个问题。大概因为隔着网线，她与他素未谋面，有的话说出口没有当面来得那么拘谨，头脑一热，消息就发出去了。

L："嗯？"

倪鸢："不然你为什么老来看我主页？最夸张的一次，一天访问一千零一遍。"

如果之前真的是系统故障，那么L只关注她一个人，只替她解题，登录Studying的足迹几乎只与她相关，又是为什么？这很难让人不多想。

但是问完，倪鸢就感觉到不妥，似乎有点唐突。

洋槐枝丫低垂，雨水顺着花穗砸在伞面上，像落错的鼓点。周麟让站在路边的树下，看着手机屏上的消息一条一条消失，一条一条被撤回。

他想象出对面的人手忙脚乱的样子，脸上不由得带笑。

L："我都看见了，撤回做什么？"

倪鸢："刚刚喝了假酒，我什么都没问。"

L："不好奇答案吗？"

倪鸢："所以……答案是什么？"

L："是你想多了。"

周麟让看着对面头像迅速变暗，系统显示用户"大风筝"已下线，心满意足地熄灭了手机屏。

倪鸢打电话跟丛嘉说了这件事："好丢脸，我怎么就这样问出口了，臭不要脸。"

丛嘉听她小声吐槽自己，觉得搞笑："无所谓啦，你们现实中又不认识。"

"也对。"

"你已经到自己家了？"丛嘉问。

"没，"倪鸢回头望了一眼厨房，秦惠心还在张罗晚饭，客厅里的烟味越发浓了，"我妈在给舅舅他们做饭，说吃了晚饭再回。"

真等吃完饭，时间已经不早了，天快黑了。倪鸢看秦惠心伸手揉腰，主动把碗筷收了，送去厨房洗。

"小鸢，你动作快点，我们去汽车站赶最后一班车。"秦惠心说。

水龙头哗哗响，倪鸢挤了两摊洗洁精，说道："算了，今天不回了。"

秦惠心注意到她不高兴，沉默了几秒，小心看她的脸色："真不回啦？"

"嗯。"倪鸢低头注视着堆起泡沫的水池，没回头看她，"妈，你先去休息吧，忙到现在就没停过。"

她们住一晚再回，正好赶上了谌年的顺风车。

谌年开车回春夏镇，听说倪鸢母女还没走，早上九点多来接她们。

秦惠心直说麻烦，谌年笑了笑，手搭在倪鸢的肩上，说："小鸢是我的课代表，在学校帮了我好多忙。"

"那是她应该做的。"秦惠心客套着。

倪鸢把自己的东西搬进车子后备厢，看见后排座椅上瘫着个人，长手长脚，歪着脖子靠在抱枕上，鸭舌帽盖着脸。

秦惠心晕车，谌年让她坐副驾驶座。倪鸢绕到另一侧，拉开车门，钻进后排。周麟让占据了座位的三分之二，脚朝外，她没留神，衣摆就蹭上了他鞋底。

谌年向后座抛了颗核桃，准确地砸向帽檐。

周麟让扒拉下帽子，一副没睡醒的样子。眼睛半眯着，藏在乌黑细碎的额发下，情绪不佳。

谌年说："往旁边让让，你这样别人还怎么坐？"

周麟让转头看向紧贴着车门的倪鸢，慢腾腾地收回了脚，身体坐正。倪鸢也坐好，与他楚河汉界，各不相干。

秦惠心跟谌年打听了两句关于周麟让的话，点到即止，非常懂味地没往深里挖人隐私。她夸小孩长得高、长得帅，又跟谌年聊了些家长里短和春夏镇近年来的变化。

倪鸢掏出昨晚充好满格电的手机，塞上耳机，看丛嘉给她推荐的综艺节目。

假期出行的人多，堵车是意料之中的事。出了城，高速公路上的车辆仍像赛道上的乌龟缓慢爬行，歇两分钟，挪半米。

倪鸢关掉综艺，放松放松眼睛，看车窗外的风景。田野碧绿，微风轻拂过，天空蔚蓝如洗。

她的肩膀忽然一重。倪鸢偏头看，是周麟让朝她这边栽了下来，额头一点，抵在她的肩上。几乎瞬间，他又清醒过来，身体立即回正。

倪鸢看他拧开矿泉水瓶喝水。

"你睡醒了？"倪鸢没话找话。

"嗯。"周麟让不太自在地看向窗外，女孩发梢上的清淡香味从鼻尖一扫而过，瞌睡已经销声匿迹。

秦惠心听见两个小孩说话的声音，从副驾驶座探出身，把手里的荔枝递给周麟让："小让，你吃。"

周麟让空着肚子，却没胃口。

秦惠心热情地说："很好吃的，很甜，你试试，小鸢她舅舅同事自己家果园种的，没打农药。"

"谢谢阿姨。"周麟让只好接过塑料袋，转手就交给了倪鸢。

倪鸢昨晚吃荔枝快要吃到吐，也不想接，周麟让一直举着，红色塑料袋在她眼前幽灵似的晃啊晃。

倪鸢也只好接过来。她从兜里摸出颗薄荷糖，问周麟让："这个不怎么甜，解腻的，要吃吗？"

其实这只是一句客套话，她只剩最后一颗糖，给自己留的。吃独食不好，她掏出来时就随口这么一问，料想周麟让会拒绝。

周麟让从倪鸢掌心抓走薄荷糖时，她还愣了一秒。

"看我干什么？"周麟让斜她一眼，剥开糖纸，将薄荷糖叼进嘴里，"不是你问我要不要吃？"

倪鸢："……"

——我只是客气客气，你怎么就不按套路出牌？

车窗开着，一片白色纸巾呼啦飞过。

谌年看外面，道路中间的绿化带上种满了小叶冬青，撑开呈伞状，郁郁葱葱。碍眼的是，各色的果皮纸屑正在不断增加。

秦惠心也说："有的人素质真差，这一堵车啊，就现了原形。"

"这么多垃圾，"谌年回头看周麟让，"儿子，你……"

"我不捡垃圾。"周麟让堵住她的话，"今天不动手，你没赢我没输，别想安排我做事。"

"倒也不用这么敏感，"谌年乐不可支，"没打算让你下车捡垃圾，只是问你和鸢儿要不要垃圾袋装荔枝壳，我座椅后背有。"

周麟让："……"

倪鸢憋笑憋得很辛苦，觉得大少爷的好人好事后遗症实在太好玩了。

一只手突然伸过来，将她的头发狠狠揉乱。

周麟让无声地看着她，面露威胁。

倪鸢的头发细软，揉乱了就蓬蓬的，像天幕上飘浮的被扯乱的云絮。她乐过了头，脸上的笑一时很难止住，只好用双手捂住。唯有一双眼睛露出来，弯成了月牙。

"你还笑？"周麟让压低声音。

"对不起。"倪鸢无力地辩解着，"我没有笑话你的意思。"

3.

到春夏镇时，已经快晌午。

车停在一座小院前。两扇院门半敞开，里头种了几棵果树，枝繁叶茂，掩映着身后的两层小楼房。

周麟让坐在车里张望院中的景色，静谧中，飘来锯子拉锯的声音。

"愣着干吗？"谌年催促，"下车帮我拿东西啊。"

母子俩拎着东西进去，树下的老人停了手中的锯子，扶了扶鼻梁上的老花镜。

"爸。"谌年喊他。

周麟让怔怔地看着两鬓霜白的谌松，跟着喊："外公。"

谌松五官深刻，老了以后眼窝深陷，皮肤粗糙如树皮，更显面容严肃。看他们回来，反应也颇为冷淡。只多看了周麟让几眼，告诉他："饭菜在灶上温着，我已经吃过了。"

谌年扒着碗里的饭，开玩笑对周麟让说："这待遇没想到吧？回来第一餐就吃剩饭。"

"谌家人没什么温情可讲。"谌年连自己一块儿损。

周麟让想起自己在六中上学的第一天，被谌年逮住了一顿揍，可比吃剩饭冷酷无情多了。

他冷哼一声："习惯了。"

趁着日头好，谌年上了二楼收拾房间，翻出旧床单被套，重新洗了晾晒。家中的老式洗衣机派不上用场，通了电，"哐当哐当"直响。

谌年摇出井水，把床单放木盆里，撩起裤腿，一脚一脚地踩。

院里堆着许多传统木工要用的工具，斧、锯、刨、锤、刀，一应俱全，周麟让挨个看过去。

没一会儿，谌松喊他帮忙。拉锯子时，木头振动，容易移位。

"按着那头。"谌松说。

周麟让照做，谌松的锯子又拉了起来，木屑簌簌落下。

"你今年打算来伏安读书？"谌松只听谌年在电话里说了几句。

"高中都在这边读。"周麟让说。

"也好。"

手底下的木材不断微微颤动，不知道为什么，周麟让从谌松那张严肃的脸上看出了一点高兴的情绪。

"刚来这边读书适不适应？"老半天，谌松又问了一句。

"还好。"周麟让说。

"我的电话号码写在院门上。"谌松说。

周麟让望着谌松，觉得老头别扭得有点好笑，但面上不表露，只说："嗯，我待会儿去存好。"

在周麟让的印象中，与谌松见面的次数屈指可数。在这次回春夏镇之前，他甚至快要忘了外公的样子。

谌年年轻时，性子野且烈。母亲早逝，父亲严肃固执，父女俩关系不好，经常不对付。

当初谌年要嫁周承柏，谌松没点头。他做木匠走南闯北，一双眼看人毒辣，说那小子不是个可以托付终身的，她要嫁，就别再回来。

谌年不信，非要嫁，后来果真栽了跟头。

谌年要强，怀了孕也没回家，在外生下周麟让把他养在身边。为了养这小孩，她生生把自己的性子磨平了。直到周麟让八岁那年，谌年离开了，母子分离。谌年忍着胃痛，在医院给谌松打了个电话。

万籁俱寂，谁都没出声。直到谌松说，让她回家看看。

锯子停了，谌松再往上蹬一脚，木头应声而断。

"跟着你妈过日子不容易，她有没有打你？"谌松问周麟让。

"没。"

周麟让心说："我们那叫互相切磋。"输了就是输了，但不叫挨打。说挨打多丢脸啊。

"她打你你就让着点，实在太过分了，就告诉我。"谌松说，"平常别惹她生气，她生气就胃疼。"

"她的胃病是怎么回事？"周麟让回头看了一眼正在踩床单的谌年。

"不知道，多年的老毛病了。"

晚饭仍是谌松做的，他的厨艺简直跟谌年不相上下，饭菜尚能入口，胜在清淡。

清炒甘蓝、炝菠菜、红薯炖牛腩、山药排骨汤。谌年一看，都是养胃的菜。

饭桌上无人说话，三人安静地吃饭。

院门外传来几声犬吠，伴随着倪鸢的声音响起："松爷爷……"

倪鸢拎着袋牛肉干走进来，穿着胡萝卜睡衣和卡通拖鞋："松爷爷、老师，我妈让我送来的。"

身后跟着她进来的大黄狗正使劲嗅着塑料袋，眼馋里头的肉干。

谌松一看倪鸢，脸上的严肃消散了几分，说："勾勾啊，你也回来了啊。"

"学校放国庆假，今天搭老师的车一起回的。"倪鸢说。

谌松拔下新的一次性纸杯，给倪鸢倒椰子汁："那正好，过两天你来乐团跟我们一起排练。"

"好。"倪鸢答应说，"到时候松爷爷叫我就行了。"

周麟让停筷，倾身往谌年那侧偏了偏，压低声问："什么乐团？"

"你外公他们有个夕阳红乐团，鸢儿也算成员之一……"谌年挑了一下眉，笑着说，"想不到吧？"

"外公刚叫她什么？"

"小名啊，勾勾。"

倪鸢喝完椰子汁，谌松又给满上，她说："不用啦，我喝饱了，刚吃完的饭还撑着，现在去散步。

"大黄，走吧。"

大黄狗似能听懂人话，在桌脚边吃完了周麟让扔的排骨，绕着餐桌转了一圈，走到倪鸢身前。这是马路对面刘婶家的狗，吃百家饭长大，附近一带的人都认识它。倪鸢还在镇上读初中时，上下学路上，经常喂它。

大黄狗再次跟着倪鸢出了门，一人一狗在小街上溜达。

暮色四合，不远处的山峦模糊成宣纸上晕开的墨团，连成一片，似波浪。

两岸灯火逐渐亮起，各家的窗口飘来饭菜香。

倪鸢走累了，倚在石桥上歇脚，在手机上刷到 Studying 官方推出的新活动——第一届知识竞赛。

倪鸢浏览完，盯着奖励页面看了许久，决定给 L 发消息："对知识竞赛有兴趣吗？"

然后附上截图。

比赛形式灵活多样，有单人组和双人组两种模式，分初中、高中、大学三个阶段。

倪鸢注重看了一下高中组的比赛内容："主要考核语、数、外三科内容，以及各类生活常识。"

数学是她的短板，如果单人参赛，必然不占优势。但如果加上 L，情况就完全不一样了！

倪鸢："L，你是高中生吗？还是大学生？"

许是因为国庆放假，L 上线的速度比往常快。

L："高中。"

倪鸢："真的吗？你千万不要装嫩，报名的时候要填真实信息进行验证的。"

谁装嫩了？周麟让握着手机咬牙。

倪鸢："既然我们都是高中段，跟我组队怎么样？你数学那么好，我英语和语文都还过得去，我们强强联合。"

L："你怎么不说取长补短。"取他的长，补她的短。

倪鸢发了个"跟我混，你不亏"的自制表情包过去："如果真的获奖了，奖金我们可以对半分。"

见 L 没有回复，倪鸢不太确定了："要不四六？我四你六。"

还是没动静。

"三七？我三你七。"

倪鸢："总不能二八吧？朋友，这就有点过分了啊。"

小院里，周麟让看着墙上的秒钟走完两个圈，晾足了对面两分钟，才回复："可以。"

L："如果获奖，奖金归你，我不要钱。"

倪鸢："那你要什么？"

L："还没想好。"

倪鸢："不着急，你慢慢想。"

石桥沁凉，倪鸢手臂支在上面，印出几道痕。桥下波光粼粼，夜色中，河水像丝滑的黑色缎面。

她又等了等。手机"叮咚"一声，L 想好了："那就你学狗叫吧。"

L："一等奖叫十声，二等奖叫五声，三等奖叫一声，你觉得怎么样？"

倪鸢："我觉得不怎么样。"

倪鸢摸了摸手臂上的红印子："你不要奖金就是为了听我学狗叫？"

——你才是真的狗吧？

倪鸢："不过我们现在讨论这些也太早啦，能不能获奖也不一定。"

L："有我在，就一定。"

倪鸢心想：您真的好狂。

L："奖金归你，我什么也不要，给你打辅助。"

倪鸢："真的？"

L："嗯。"

倪鸢："要不我们加个微信？方便到时候联系，我可以提醒你报名和比赛开始的时间。"

L 把微信号发过来，倪鸢添加他为好友。

他使用的是全黑头像，跟 Studying 上一样。倪鸢出于好奇，点开个人资料栏，发现他也没有朋友圈。

神秘兮兮的。

1.

石桥上。

欢快的脚步声由远及近，大黄摇着尾巴跑过来，蹭倪鸢的腿，还带回来一条斑点狗。

倪鸢看着眼生，不知道是哪家养的。她摸摸口袋，掏出两块肉干，撕开包装纸，喂给它们吃。大黄去抢斑点狗嘴里的，被倪鸢制止："别欺负人家，走，回家了。"

晚八点，广场舞的音乐准时响了。

倪鸢路过桌球室旁的水泥坪，一群老太太踩着节拍在跳舞，晃晃悠悠的，不怎么整齐，但十足地认真。边上还有站着看的、唠嗑的。

"勾勾回来了呀。"

"勾勾是不是瘦了？"

"读高中肯定很辛苦吧？"

"好久没见了，再长长就不认识咯。"

老邻居们习惯叫倪鸢的小名，热情又唐突地盯着人看。

倪鸢偶尔也觉招架不住，各种"奶奶""婶婶"叫一遍，嘴里应着"还好""不累的""没有瘦""可能太久没见就感觉瘦了"……

她手里被人塞了个小甜瓜："刚洗干净了，好甜的，你吃。"

"谢谢刘婶。"

倪鸢脚步悠闲地踱回自己家，捧着小甜瓜啃了两口。路过隔壁松爷爷的院子，她不由得驻足，朝里张望。

汁水不小心渗到手掌心，她甩了甩手。

院里没看见人，房子一楼亮了两盏灯，倪鸢掉头走。

"喂——"有道声音叫住她，是从上方传来的。

倪鸢仰头四处寻找目标，发现了周麟让。他坐在围墙上，身后的梨树枝丫轻轻摇晃，遥远的天幕上挂着几颗星。他居高临下，垂着眼，正看着她。

倪鸢用尽全力，把手里的甜瓜掰成两半，举起自己啃过两口的那一半，问："要不要吃？"

周麟让晃了晃腿，拖鞋挂在脚丫子上，似笑非笑道："吃你剩下的？"

倪鸢窘，还以为光线暗，他没发现她的小动作。

"不吃算了。"

"倪勾勾。"周麟让突然叫她的小名，认真问她，"你是喜欢把人绊沟里的那个'沟'，还是勾人的'勾'？"

"不准这么叫我。"

"偏要叫。"周麟让棕褐色的眸中溢满了笑，挑着唇重复，"倪勾勾。"

倪鸢恼怒，伸手够他的脚。沾满甜瓜汁水的手指一根一根蹭在他的脚踝上。

沁凉的、黏腻的触感袭来，有轻度洁癖的周麟让瞬间炸毛了，他像只敏捷的猫迅速从围墙上蹿下。

倪鸢来不及跑，被捏住了后颈。

周麟让双手拎着她往上一举，将人举到围墙上，他刚刚坐过的位置。

倪鸢左右两手各端着半边甜瓜，像杆天平秤，人傻了。

周麟让盯着她，等她投降。

倪鸢往下望了望，这个高度，能跳，但没把握。会把脚心震得发麻，还容易崴。

"对不起，麟麟，我错了。"她一向识时务，拎得清局势。

周麟让抬眸："你说什么？"

"我不该拿你当抹布，把水蹭你身上。"

"我说，你叫我什么？"他耐着性子问。

"麟麟。"她学着谌年这样叫。

周麟让："倪勾勾。"

倪鸢犟嘴，一字一顿："周麟麟。"

去他的识时务，社会主义接班人绝不认输！跟秦则拌嘴讨不着好，没理由连弟弟也斗不过。

周麟让被气笑了，张开手臂："跳下来，我在下面接着。"

"我不信，你等着坑我呢。"倪鸢说。晚风吹乱了她垂在颊边的头发，"我一跳，你就躲开，巴不得我摔一跤。"

周麟让点了下头："也好，你留在这儿过夜。"

院门咯吱响，昏沉夜色中涌进一捧亮光，谌年走出来，举着手机照了照两个小孩："干吗呢？"

周麟让仰头："看星星。"

倪鸢跟着仰头："我坐在围墙上，看星星。"

谌年跟着抬头，纳闷道："今天晚上星星也不多啊。"

倪鸢岔开话题："老师，你吃瓜吗？"说着把完整的那半边给谌年。

谌年接过来："行，你们接着看吧。"她咬着甜瓜没走两步，嘴里带着甜味，回头嘱咐倪鸢，"坐那么高，小心别摔了。"

院门重新掩上。谌年的身影消失在门后，周麟让看在倪鸢没告状的分上，单手将人拦腰抱了下来。

倪鸢趁机在他的衣角上擦手。

周麟让的额角青筋直跳："你给我适可而止。"

倪鸢双脚落地，跑得飞快，边跑边朝周麟让招了招手："再见！麟麟！"

周麟让回了院子，跨过门槛就开始脱衣服，往浴室走，不禁问谌年："你那破学生什么毛病？"

谌年搅拌着杯里的养胃冲剂："你们吵架了？刚才不还一起看星星？"

"看个屁。"

"儿子，不要说脏话。"

微微苦涩的温暖液体入喉，淌入胃里，谌年坐在她以前常坐的那张藤椅上，惬意地摇了摇，替倪鸢解释说："她在不熟的人面前淡定得很，喜欢绷着，比三好学生还三好学生……"

"要是跟你熟了，拿你当自己人，就……"

周麟让接话："就皮痒了。"

"说谁皮痒了？"谌年要不是坐着懒得动，准会踹他。

"你要不先招惹她，她能去烦你吗？"

周麟让"啧"了一声："还能再偏心点吗？"他算是懂了，在这儿，他的地位不可能高过倪鸢。

周麟让："你干脆收她当女儿算了。"

谌年："她妈以前也这么说。"

周麟让纳闷了："她究竟为什么跟你这么亲啊？难道就因为她是你的学生，你们还投缘？"

谌松在灯下用砂纸磨着巴掌大的小木雕："你妈救过勾勾的命。"

"你先去洗澡，洗完澡出来给你讲故事。"谌年说。

周麟让关上浴室的门，这个澡他洗得比往常要快，为了听故事。

倪鸢九岁那年，舅舅秦杰和妻子闹离婚，争执中，被妻子用开水瓶砸破了头。

秦惠心去伏安照顾秦杰，帮忙调解矛盾，倪鸢还要上学，留在了春夏镇。她爸爸倪路康在外跑生意，家里就剩下倪鸢一个人。倪鸢自小独立，自己也能照顾好自己。但意外总是在不经意中降临。

周五夜里，谌年开车回春夏镇，是她率先发现倪鸢煤气中毒，费力砸开窗，把人救了出来。送去医院，医生说，再晚半刻钟，就悬了。

之后谌年每次回春夏镇，都主动去隔壁看看倪鸢。

没人知道谌年的心有余悸。那时她的小孩才离开她不久，跟倪鸢差不多大，小一岁。她看勾勾，如同在看麟麟。因此，她没有办法不对倪鸢好。

这里面藏的是周麟让不知道的秘密。就像周麟让第一次出现在教师公寓301时，谌年能立即拿出一套全新的属于他这个年纪的男孩穿的衣服。

2.

倪路康因为忙厂里的生意，赶不回来过国庆，给倪鸢发了个红包。

父女俩在电话里能聊的东西很少，无非是"好好学习，注意身体"那几句，没多久便挂了电话。

倪鸢还没放下手机，丛嘉又找来了："鸢儿，我发你的视频看了没有？"

倪鸢："还没呢，刚才在跟我爸打电话。"

"那你现在赶紧看看，"丛嘉声音兴奋，"说了我去静海看帅哥就给你拍视频的，有福不能我一个人独享啊。

"不过，我好像又看见你哥了。"

"啊？"

"你哥，秦则！两分三十六秒那儿，你仔细看看。"

倪鸢点开视频，前半段丛嘉的镜头晃得厉害。相机把整个场地环境扫了一圈，人山人海，声音嘈杂，最后从场内几个赛车手身上——掠过。

倪鸢着重注意了一下丛嘉说的两分三十六秒。

画面中，身穿灰色赛车服的男人摘下头盔，侧过身，跟旁边的人说话。因隔得远，面前又不断有站起来的身影干扰视线，丛嘉拍得不太清晰。但倪鸢从身形、侧脸，认出来的确是秦则没错。

丛嘉："怎么样，是你哥吗？我应该没认错？"

倪鸢："是他。"

丛嘉琢磨了一下，突然来了一句："你哥还挺帅的。"

倪鸢："嘉嘉，你年纪轻轻的，怎么眼睛就不好使了？"

丛嘉："去你的吧。"

倪鸢翻了翻自己的微信联系人列表，好不容易找出秦则。两人自从加了微信，八百年没聊过天。唯一的一条消息记录停留在去年寒假。当时松爷爷他们的乐团演出，去参加市里的比赛，拉人投票。

倪鸢厚着脸皮给身边很多人都发了消息："请投8号枫叶红乐团一票，谢谢。"

也不知道秦则最后帮忙投票了没有。

倪鸢上网搜寻了几条社会新闻，给秦则发了过去。

伏安市。乐队排练室。

圆桌低矮，上面摆满了烤串夜宵和冰啤酒。碰杯时，白色的啤酒泡沫飞溅，好几个年轻人凑在桌前。

有人回头，叫醒在沙发上补觉的秦则："则哥，来吃两口肉。"

秦则摸出屁股底下振动了一下又一下的手机，点开，有人正连续不断给他发消息。

全是新闻链接。

"十七岁'鬼火少年'河边飙车，冲出护栏，不幸身亡……"

"某中年男子体验极品飞车，不慎翻车，啤酒肚卡在方向盘上……"

"行车在外，注意安全，别忘了你身后的家人红着双眼……"

"阿则，你再不过去串可就没了。"乐队鼓手凑近，"这么认真看什么呢？"说着低头偷看秦则的手机。扫一眼，他就乐了，"哈哈哈，这是谁给你发的消息啊？太逗了。"

再一看，左上角显示的用户名叫"大风筝"。

"大风筝是谁？"鼓手问。

秦则没给倪鸢留备注，但看昵称就能猜到是她。新闻链接还在接连轰炸，他忍住把人拉黑的冲动："是个小傻子。"

早上，周麟让是被臭醒的。

他夜里睡觉只拉上了纱窗，通风透气，早晨长风一荡，送进来的是"夜来香"。

谌松的院子左边是倪鸢家，右边住了一对老夫妻，跟谌松差不多大的年纪。老人家瞌睡少，五点半起床，六点半施肥浇菜。

周麟让住的房间，正对着隔壁菜地。

他爬起来看个究竟的时候，底下的老爷爷、老奶奶还跟他打招呼，脸上堆满了慈祥的笑纹，让人有脾气也不知道往哪儿发。

周麟让关上窗。神志不清地下了楼，眼睛还没完全睁开，懒洋洋地拖着不耐烦的声音："妈……"

谌年站在梨树下打太极："怎么了？"

"好臭啊。"

谌年也闻到了，但又没有办法，继续练完手头的招式。可惜吸气呼气，吸进去的都是臭气。她也练不下去了，走到屋檐下，拍拍周麟让的肩膀："儿子，心静自然'香'。"

周麟让："……"鬼的心静自然"香"。

"既然醒了就别睡了，赶紧洗漱吃饭，吃完去后院帮你外公劈柴。"谌年说。

谌松的房子占地面积大，除了前边露天的小院，后面还搭了一个棚，三面砌起围墙，遮风避雨。

谌松接了附近人家的单，要做一张长餐桌，正在挑选合适的板子。看周麟让过来，他指了指墙角那堆还没劈的柴。

"全劈了？"周麟让望着半人高的柴堆问。

"那就看你的本事了。"谌松说。

周麟让力气大，一刀一根木头劈两半，手起刀落，快得很。

"这里头最好劈的是椆树和落叶红，最难砍的是荷树和枫树，木质坚韧，砍它们要使劲。"

谌松本来也没闲着，但周麟让在，他忙着忙着，就不由自主走了过来。总想说点什么，介绍点什么。

"知道这是什么树吗？"谌松踩了踩脚边的木材。

"杉树。"周麟让小时候跟着谌年租住在少年宫附近，小区后面有一片杉树林，树干笔直，遮天蔽日。

"对咯。"谌松见他说得上名字，还有点高兴，本以为这小子被养得四体不勤五谷不分。

"杉树不是好柴，烧起来容易溅火星，噼里啪啦响。"谌松说完，顿了顿，又问，"你寒假回不回来？到寒假，就能烧柴烤火了。"

"回啊。"周麟让想都没想地说。

"不回你爸那儿？"

老头拐弯抹角的，别扭得可爱，头发上还落着白色的碎木屑。周麟让劈翻了一截枯木，说："我跟我妈回春夏镇过年。"

谌松高兴地搓了搓手。

没等几分钟，谌松去隔壁敲门，找倪鸢，问她："勾勾啊，你们这个年纪的孩子都喜欢什么东西？"

倪鸢的眼珠转了转，猜想是周麟让的生日快到了，松爷爷可能在琢磨要送外孙什么礼物。想想她在网上定制的"为人民服务"的锦旗这天差不多也该到了。

倪鸢从自己和丛嘉的角度出发，说："女孩比较喜欢饰品，各种穿的戴的小物件，还有水杯、发卡啊，漂亮的都可以，男生的话……"

她一时还真答不出。

"衣服？"倪鸢不是很确定，"球鞋？"

"走、走、走，"谌松说走就走，"勾勾，你同我去买衣服。"

他怕自己眼光差，看中的周麟让不喜欢，让倪鸢选。

春夏镇上就那么几间服装店和裁缝店，谌松一年四季的衣服都是在那里挑的。

倪鸢一路看过去，款式非常有限。她挑来挑去，让店员取下一件藕粉色的男款 T 恤。摸着面料，觉得还不错。

谌松说不行："粉色，女孩穿的。"

新来的店员看看倪鸢，摸不准这衣服到底给谁买的，男孩穿还是女孩穿，于是说："这个款男孩女孩都能穿的。"

谌松被店员说服了："既然男女都能穿，给勾勾也买一件。"

"不用了、不用了。"倪鸢连忙拒绝。

谌松不由分说，拿了两件去付款，一件大码，一件小码。

出了服装店，斜对面有间理发店。倪鸢透过窗，看见店里有假发出售。她前天晚上还跟丛嘉说想剪刘海，但又怕剪了后悔。丛嘉说买顶假发不就完事了，想要有刘海就戴上，看厌了就丢掉。

"松爷爷，你等我，我去看看假发。"

谌松跟上倪鸢："你买假发干什么？"

"戴着好玩，体验不同的发型。"

"爷爷老了，真的跟不上你们年轻人的时尚。"

倪鸢挑完刘海，看到旁边的男式假发，其中有个非常"葬爱家族"的款，支棱起来的每一根发丝都在表达着"贵族气质"。

倪鸢憋着笑，问谌松："要不我们给麟麟也带一顶吧？"

"他会喜欢？"

"松爷爷送的他肯定喜欢啊。"

于是十月六日那天，周麟让早上打开房门，就看到了替他准备的那些生日礼物："为人民服务"的锦旗、粉色 T 恤、非主流假发，以及谌年花了八块八在小摊上淘来的《散打秘籍》。

3.

倪鸢去小超市买了许多零食，出来就被周麟让堵在了街角。身后是墙，布满了攀缘而上的青藤。

她想跑，被周麟让轻易捉回来。他的手臂抵在墙垣两侧，形成一个包围圈。

"上午好，"倪鸢佯装无事发生，"麟麟，生日快乐！"

周麟让只堵着她，但不说话，显然来者不善。

倪鸢壮着胆子，扬手在他额前比画了一下，费尽了心思夸他："你好像又长高了。"

周麟让视线落在她发顶："听外公说，粉 T 恤是你挑的？

"假发也是你出的主意？

"还说我一定会喜欢？"

倪鸢嘴硬道："你不喜欢吗？"

周麟让盯着她，一字一句说道："你说呢？"

"明年，等明年，一定送个你喜欢的！"

"你今年让我生日不快乐了，怎么办？"

"那……那我让你快乐快乐？"倪鸢犹豫着、试探着，脱口而出。

"行。"

周麟让拿出那顶"葬爱家族"假发，惹眼的冰蓝色在阳光下泛着光。他要给倪鸢戴上，倪鸢挣扎。但挣扎没用，还是让周麟让得逞了。

他给倪鸢理了理发型，打开苹果原相机前置摄像头对准自己和倪鸢，捏着她的脸颊："来，笑一个。

"茄子——"

倪鸢心里骂道：茄你个头。

"咔嚓——"两人解锁了平生第一张合照。

多年以后，周麟让手机里还保留着这张照片。照片里的他笑得很开心，身边的女孩如同绘本里被猎人拔了毛的蓝知更鸟。头发炸起，表情憋屈，在强颜欢笑。

周麟让收起手机。

倪鸢惴惴不安，没底气地威胁："你要敢把照片发出去，我可就真的生气了。"

周麟让："哦。"

倪鸢："……"

"走了。"周麟让说，走前还打劫了她的零食。

倪鸢将人拖住："多少给留点吧？"

周麟让在塑料袋里翻了翻，拿出两瓶 QQ 星施舍给她。

QQ 星，儿童成长牛奶。他一只手掌盖住倪鸢的脑袋，将人桎梏住，低头在她耳边嘲讽："健康快乐成长，补补脑子。"

倪鸢把头上的假发扒拉下来，敢怒不敢言。

周麟让再次仔细地欣赏了一下"绝美"合照，难得地发了条朋友圈："今年的生日快乐是真的。"

因为仅存的一点良心，他没有晒照片，他怕倪鸢羞愤而死。

周麟让的各路狐朋狗友在底下发了整整齐齐的"让哥生日快乐，放假回来请你吃饭"。

他数了数，接下来的一个月，他的中饭都被包了。

十分钟后，谌年也评论了："看来你很喜欢我送的《散打秘籍》。"

周麟让回复了一个"微笑"的表情。

两瓶 QQ 星，倪鸢到家门口就喝完了。

秦惠心晾着衣服，见她两手空空，纳闷道："不是去买零食了吗？"

"路上被狗抢走了。"倪鸢说。

秦惠心念叨着："哪家的狗啊？怎么这么猖狂，还从人手里抢零食？"

"不知道，可能是隔壁的吧。"

秦惠心更加纳闷："你松爷爷家也没养狗啊。"

"没事的，我想吃了再去买。"倪鸢含糊地说。

日头正好，空气中隐约飘来桂花香，木墩上的笸箩里晒着干菜，秦惠心喊倪鸢去翻动翻动，把埋在下面的扒到上边来。倪鸢用竹筷拨着干菜，想想还是有点气。

手机上弹出她之前设置好的提醒事项："今晚八点，Studying 知识竞赛报名通道开启。"

倪鸢给 L 发微信，上次说好了要提醒他的。

"晚上八点就可以报名了，到明晚二十四点之前截止，千万别忘了。"

某人切换到微信小号后，收到了她的消息。

L："1。"

倪鸢操碎了心："记得选双人赛，队友栏填我在 Studying 上的用户 ID（账号），点开个人资料栏就能看到，直接复制过去就好了。"

L："1。"

倪鸢突然想到周麟让，问："你们男生都这么难搞的吗？"

L："嗯？"

倪鸢："收到生日礼物难道不开心吗？怎么还事后打击报复呢？"

L："嗯？"

倪鸢："我给你讲讲我隔壁的大少爷，今年才搬回来的，难伺候得很，我忍他很久了。"

L："嗯？"

忍他很久了吗？

倪鸢："你快别给我发问号了，我接着跟你讲大少爷那个无耻之徒……我要是力气有他大，就把他吊起来，挂城墙上！挂三天三夜。"

倪鸢："看他认不认错。"

吐槽完，她最后一句总结陈词："周麟让王八蛋！"

倪鸢爽了。被迫成为"杀马特"非主流拍照的郁气也消散了。

那头的 L 彻底没声了。

倪鸢："我不会吓到你了吧？"

L："你是不是活腻了？"

两人几乎同时收到对方发出的消息。

倪鸢："嗯？"这次轮到她发问号了。

屏幕上的这句话，怎么感觉似曾相识呢。

L："手滑，不是发给你的。"

倪鸢："哦，那没事了。"

倪鸢骂完周麟让，还有正事要做，下午得跟着谌松去乐团排练。

她在抽屉里找出一块新的松香，给二胡擦了擦弓毛。许久没用，又调了调音。

谌松睡完午觉，就来喊门。

一辆永久牌老式自行车停在小街旁，倪鸢拎着二胡盒子跨上自行车的后座。

谌松问："勾勾，坐稳了没有？"

倪鸢说："坐稳啦。"

黑色自行车就像一叶扁舟，被风推着，流畅地从平静无澜的水面上滑了出去。

谌年和周麟让站在后面，望着两人欢快的背影远去。

"我们可没这么好的待遇。"谌年对周麟让说，"一起去看看吧，待家里闲着也是闲着，带你转转，春夏镇你都还不熟悉。"

谌松他们的乐团叫"枫叶红"，老头、老太太们觉得叫"夕阳红"太普通，烂大街，思来想去，取了这么个名。

排除掉十七岁的倪鸢，大家的平均年龄是六十八岁。

春夏镇上，会乐器的老人基本都在这个团里。排练场地就选在镇上的老年协会活动室。

原身是一所小学，因为生源不足，逐渐废弃了。红砖墙、烂瓦片、泥巴操场，野草疯长起来有半人高。

后来乡镇干部们调集大家捐款筹钱，里里外外修缮了一遍。现在窗明几净，亮亮堂堂。早几年种下的一排猴樟树也长得繁密茂盛，生机勃勃。

周麟让还在外边马路上，就听到了各种乐器混杂在一起的声音，问谌年："他们乐团都有什么？"

"口琴、二胡、笛子……好像都有。"谌年回想起来说，"你去看看就知道了。"

周麟让来到窗外，像学校里串班的学生，站在走廊上，朝里张望。

偌大的一间房，许多衣着鲜艳的老太太和戴帽子的老先生，大家手里有各自的乐器。倒是没有唢呐，可能因为声音太噪太强势，容易盖过其他乐器的声音。

谌松身上挂着的是手风琴，独一无二，没人跟他重样。

倪鸢搬着板凳坐在靠前的位子上，膝上架着二胡。排练还没开始，旁边有几个老太太在跟她说悄悄话。

"鸢儿在这里是团宠，"谌年对周麟让说，"早些年前就被各位爷爷、奶奶预定成了自家孙媳妇，非常抢手。"

倪鸢小时候拉二胡，是在街边跟镇上的老人学的。

她聪明，人家也乐意教。

一开始乱来，堪称噪音制造机，发出不堪入耳的声音，大家都说听勾勾拉二胡，地里的鸡都少吃两把米。为啥？太难听了，吃不下呀！

没多久，她能拉出"哆瑞咪发嗦啦西哆"。

到现在，即便她上学去了，久了没碰琴，手感生疏，也还是能拉出曲子。

倪鸢看见了周麟让，朝他挥手。奶奶们看见了，问那是谁。

"松爷爷的外孙呀，叫麟麟。"倪鸢说。

倪鸢溜出去找周麟让："你怎么来了？"

"跟着我妈随便转转。"周麟让说着回头，已经不见了谌年的踪影。他倒退了两步，透过木栅栏往外看，谌年正蹲在马路上抽烟。见他看过来，又猛吸了两口，把烟头往地上碾灭了。

说好的转转，她的烟瘾倒先犯了。

"勾勾，进来一下。"乐团负责人叫倪鸢进活动室。

"哦，好。"

负责人站在正前方，看人都到齐了，拍了拍手掌，响声清脆："来、来、来，大家听我说件事……"

大致意思就是有地方上的电视台记者联系到了他，说想来采访。

第二天需要大家合奏一曲《送别》。

"老太太们收拾收拾，擦点口红抹点粉，老了也要打扮自己嘛，跟现在的年轻人多学学……

"还有那个服装，最好要统一，整齐规范，表现精气神。毕竟是要上电视的，地方台也是电视台……"

大家是有演出服的，前些日子统一购置的。

倪鸢因为要上学，时间不凑巧，不常在。

严格意义上来说，她不算"枫叶红"的正式成员。但爷爷奶奶们宠她，当她是吉祥物，买衣服时也惦记着她。还特地考虑了小女孩穿不了老人家的款，要给她买洋气点的。

虽然款式不统一，但至少颜色要搭，不然就会显得突兀。所以她随大流，跟奶奶们一起红配绿。衣领子和衣摆上，还有俏皮可爱的荷叶边。

倪鸢看到衣服后，不敢想象次日的场景。

她攥紧了服装袋，回家路上，郑重其事地对周麟让说："麟麟，明天不可以跟过来哦。"

第二天，周麟让不仅来了，还带着相机、扛着三脚架来了。

1.

倪鸢一大早就被叫去了老年协会活动室。她作为团队里的化妆技术指导，不可或缺。

"哎哟，勾勾，我粉扑多了怎么办？白得像个老妖怪。"

"没事、没事，齐奶奶，别急，我帮你擦掉一点。"

"勾勾啊，快帮我看看，我涂哪个口红好看……"

"勾勾啊，我的丝巾这样系着行不行？"

倪鸢忙得脚不沾地。

她自己也画了个淡妆，清新自然，淡淡的橘粉色腮红让她整个人看上去较往常明艳一些。

倪鸢的技术是丛嘉教出来的，她极少化妆，但关键时刻还算拿得出手。

因为活动室这边没有换衣服的地方，大家都是在家里换好了演出服过来的。倪鸢穿得大红大绿，满场跑，荷叶边乱飞，夸张的裙摆荡来荡去。

窗外，有个少年看着她笑。

十点左右，电视台的陈记者和摄影师准时来了。

"枫叶红"的负责人担任指挥，站在中央，打了个手势。

音乐起——

倪鸢对《送别》这首曲子无比熟悉，小学毕业典礼上，大家唱的就是"长亭外，古道边，芳草碧连天"。

谱子熟悉，闭眼拉不会错，但她另有担忧。

前方除了电视台的人在摄像，还有周麟让。除了昨天的"杀马特"合照，这天又添一桩黑历史。倪鸢想象得出，未来的日子会很难，将饱受压迫。

周麟让将相机架在三脚架上，调整参数后，聚精会神地盯着镜头，颇有风范，看着专业度不比旁边电视台的摄影师差。

摄影师凑近看了看周麟让拍的东西，觉得还不错，问他："小帅哥，你也来拍素材？"

周麟让指了指人群中拉二胡的倪鸢："特地来拍她的。"

"懂了，原来是小姑娘的专属摄影师。"语气暗含调侃。

周麟让没解释。

负责人送走记者后，乐团里的爷爷奶奶看周麟让带着相机，让他帮忙拍照。

姿势从室内摆到室外：比如两根手指头比"耶"；比如张开双臂，拥抱太阳；比如翘着兰花指，深情眺望远方；比如靠着窗、倚着门框、抱着树干、拈着野花……视线范围内，一切可利用的道具都被利用了起来。

周麟让的快门按个没停。

总算拍完，他找到谌松："外公，我给你拍一张？"

谌松闻言略显迟疑，有点想拍，对着镜头又有点别扭，怎样都不自然。

倪鸢提议："松爷爷，要不拍你弹手风琴的样子？你弹琴就好了，不用管镜头。"

谌松松了口气，让他弹琴他就不怵了，他弹了首《莫斯科郊外的晚上》。

周麟让趁机抓拍了许多张不同角度的，拍完了，谌松还在弹。等他弹完了，要看相机上的照片，他皱着眉点评自己。

"够帅了。"周麟让说。

谌松抿出一点笑意。

周麟让看倪鸢："我给你和外公一起拍一张？"

倪鸢低头瞅瞅自己身上的衣服，拒绝了。

周麟让点了点相机，说道："像都录了，还在乎多拍两张照片？"

他不提还好，一提，倪鸢就心肌梗死。

"你都要上电视了，还怕人拍？"

倪鸢苦着脸："这不一样，地方台根本没多少收视率，也就爷爷奶奶们看一看，上电视没什么。"

她试图抢相机，周麟让身高占绝对优势，手一扬，让她扑了个空。

一低，一高，一放，一收，搁这儿逗猫似的。

倪鸢抢累了，放弃了："算了，你开心就好。"

谌松被老伙计叫去喝酒了，让两个小孩不要跟谌年打小报告。

"小酌怡情。"谌松再三强调，"小酌、小酌。"

乐团的大多数人都走了，倪鸢想赶紧摆脱掉身上的演出服，赶着回去换衣服。她不等还在收拾三脚架的周麟让，径自走了。走了几步，却又突然退回来，一脸慌张。

周麟让收好东西，问："怎么了？"

"外边有熟人。"

"这儿不到处是你的熟人吗？"

"不是！是同学！"

周麟让出去看了看，外面猴樟树下有三个身影在游荡，两男一女。其中有个男生长得又高又壮，像座小山。他好像见过，又没有太多印象。

"他叫熊吉元，另外两个是宗廷和礼虞，我们班的。"倪鸢说。

宗廷和熊吉元是春夏镇上的，但家离这里还有段距离，隔得远，倪鸢没想到会遇到他们。

而礼虞大概是趁假期过来玩的。

倪鸢躲在屋里，不想出去："等他们走了我再走。"

她不想穿成这样被他们看见，会被笑话，感觉在扮小丑。周麟让没说话，也没有先走的意思，在一旁摆弄相机。

过了五六分钟，倪鸢让周麟让出去看看人走了没有。

"啧。"周麟让嫌她麻烦，起身出门。

回来告诉倪鸢："三人在那儿玩起来了，有说有笑在聊天，看样子一时半会儿走不了。"

外面的大坪里有些户外的运动健身器材、跷跷板、三人引体、腰背按摩器，还有乒乓球桌和篮球架。

倪鸢耷拉着脑袋："麟麟，我不想穿这身衣服出去。"

"那你想怎样？"

"我不知道。"

总不能一直等下去。周麟让坐在窗边放杂物的木桌上，跳下来，撩起长袖外面的 T 恤，一把脱下，扔倪鸢怀里。

他这天穿了两件，长袖外面套 T 恤，粉 T。

他本来打算将这件生日礼物留着吃灰，但在家里，谌松数次看着他欲言又止，今早终于憋不住了问怎么没试试新衣服合不合身。周麟让只好将 T 恤套上了。藕粉色，带灰调，其实并不张扬。周麟让以前没穿过这个色，自己看不习惯罢了。

"我觉得好看，很衬你，穿上了人模狗样的。"倪鸢说。

周麟让的眼睛一挑，瞪她："再胡说衣服还我。"

倪鸢抱紧了粉 T 恤。

周麟让关好房间的前后门，拉上窗帘，背过身站着："换吧。"

"我说好了你再转过来。"

"嗯。"

周麟让的视线凝滞在窗帘上，看一只蛾子扑棱着轻薄的翅膀。室内突然变得很静，身后女孩脱衣服窸窸窣窣的声音清晰可闻。

倪鸢换下演出服，把周麟让的 T 恤穿上。尺码太大，她穿着像裙子，下摆盖过一半大腿。

原本演出服的下半身就是裙子，她特地在里面穿了安全裤，还是可外穿的款。现下正好，T 恤配短裤。除了比较凉快，倒也没什么奇怪。

"我可以了。"倪鸢说。

周麟让转过身，目光不动声色从她身上扫过，又收回："能回去了？"

倪鸢点头。打开门，他们前后脚走了出去。

宗廷他们果然还在。

礼虞穿着超短裙，坐在跷跷板上，面朝这边，率先注意到周麟让和倪鸢。

"好巧呀。"随着礼虞出声，宗廷和熊吉元侧眼看过来。

倪鸢避不开，淡淡地跟宗廷打了声招呼。

"倪鸢，这是你的朋友吗？"熊吉元第一次见周麟让，觉得眼生。

倪鸢点头。

"我认识你，"礼虞看着周麟让说。她的眼睛生得娇俏，目光像西斜的余晖一样灼热地洒落在人身上，"你上次踩到了我的裙子。"

"在体育课上。"她补充说。

周麟让似乎没有印象，并不搭腔。他的脖子上挂着相机，一只手提三脚架，一手拎着倪鸢的二胡盒子。

"走了。"他懒得听人寒暄，用眼神示意倪鸢跟上来。

宗廷抓紧时间问倪鸢最后一句："今天下午回学校吗？要不要一起？"

假期告罄，次日就要上课了。

"不用了。"倪鸢边说边追上周麟让。

礼虞盯着倪鸢和周麟让走远的背影。女生心思细腻敏感，礼虞第一眼就察觉到了倪鸢的不同。她身上的衣服明显不合身，不像她自己的。而且，她还化了妆。

礼虞想偏了，对宗廷说："他们好像在约会。"

"是吗？"宗廷若有所思道。

起初谌年打算吃了晚饭回伏安，但想到路上铁定堵车，又犹豫了，询问两个小孩的意见。

倪鸢想要第二天一早走，她可以早起。周麟让抵触起早床，但看着谌松的眼神，也同意了。能多住一晚上，就多住一晚上。

晚上倪鸢独自在家收拾行李。秦惠心赶着去参加好友父亲的葬礼，下午就走了，让她搭谌年的顺风车回。

衣服摊了满床，倪鸢一件件整理。她把周麟让的粉色 T 恤洗完直接烘干，拿去还给他。

"今晚早点睡，不然明天你起不来又要发脾气。"倪鸢语重心长地对周麟让说。

第二天早上五点，谌年把周麟让叫起来的时候，大少爷几乎快要怀疑人生。他闭眼将床头的 T 恤套上，穿裤子，趿拉着拖鞋下楼。

出门，上车，往后座上一倒，继续睡。半梦半醒中，感觉衣服格外勒。

天灰蒙蒙没有亮，谌松帮着谌年把行李搬上车，最后也只说了句"慢点开"。

"知道了。"谌年说。

倪鸢坐在副驾驶座上，放下车窗，跟谌松挥手说再见。

马路两旁，路灯一盏一盏亮着，淡黄光晕洒在地上。不远处的群山在昏昧的晨光中若隐若现，像潜伏的巨兽。

车里车外都安静无比。

"鸢儿，你把座椅往下调，再睡会儿。"谌年说。

倪鸢闭着眼休息，但又没有真的睡着。

不知走了多久，天渐渐亮起，车子在加油站停下。谌年给车加满油，顺带去上厕所。

倪鸢伸了个懒腰，活动了一下脖子，探头往后瞅了瞅周麟让，目光突然呆滞。

周麟让靠着抱枕，迷迷糊糊醒转，见她一双眼瞪得像铜铃，不耐烦地开口："看什么看？"

他的声音有些低哑。

"麟麟，"倪鸢仍望着他，目光复杂地感慨，"你好骚啊。"

倪鸢说完，以迅雷不及掩耳之势掏出手机对准他，咔咔拍照。

周麟让忽然意识到什么，低头看自己身上穿着的——紧身衣。紧身的粉色 T 恤。款式还是那个款式，颜色还是那个颜色。但衣服好像不是原来的那件衣服了，小了好几个码。

周麟让不知道，他的生日礼物，倪鸢也有一件一模一样的。

两人的尺码不同而已。

倪鸢昨晚还错了衣服。

2.

粉色T恤本身没有问题，但是又短又紧的粉色T恤就很有问题。周麟让暴躁地扯起衣服下摆，一秒也不能等，直接脱下。

谌年拎着两袋热牛奶和吐司回来，拉开车门，震惊地看到了这一幕——

倪鸢犯了错般缩在座椅上，周麟让脸上乌云密布，在脱衣服。

"儿子，你干什么？！"谌年的声音不觉放大了。

周麟让无语地看了她一眼，下车到后备厢提出行李袋，翻出件干净的黑色T恤穿上。

车内气氛诡异。

"到底怎么了？"出门时黑灯瞎火的，谌年也没留意周麟让的穿着。

"老师，"倪鸢说，"刚才麟麟穿了品如的衣服。"

周麟让睡意全无："你是品如吗？"那件分明是她的衣服。

"不管怎么样，儿子，你不能当着女孩子的面直接脱衣服，"谌年说，"有耍流氓的嫌疑。"

倪鸢使劲地点头。

周麟让俯身前倾，作势接过谌年递来的牛奶，另一只手却隐秘地搭在倪鸢的肩膀上。温热的指腹刮到她的后颈，重重地点了一下。

微痒的触感，让倪鸢头皮瞬间麻了。她什么也不敢再说，认真吃早餐。

"吐司要吗？"谌年问周麟让。

太早了，周麟让没胃口，叼着袋牛奶摇了摇头。他盯着前面那颗脑袋看了会儿，转头望向车窗外。

晨雾散开，太阳即将冒头，山峰顶镀了层金色的丝线。

走了两小时不到，七点前，车子驶进了六中校园。倪鸢给秦惠心发微信报平安，说已经回学校了。

"你们赶紧把东西放了，去教室上早读课。"谌年说。

"好。"倪鸢收起手机。

到了学校，她才有种假期真的结束了的恍惚感。周麟让将倪鸢的行李箱一并提上楼。倪鸢翻出钥匙，打开302的门，周麟让一脚抵在门上，跟着她进来了。

"你的手机拿来。"周麟让说。

"干吗？"倪鸢警惕。

"把刚才拍的照片删了。"

倪鸢在车上，拍了他穿紧身粉色 T 恤的照片。

"那你把相机里我穿演出服的视频删了。"倪鸢提要求。

"成交。"周麟让说。

两人交换了手机和相机，把自己想销毁的东西都销毁。至此，这一回合彻底宣告结束，算是扯平了。

"干吗呢你们？赶紧回教室啊！"谌年又催促了一声。

"马上！"倪鸢把相机还给周麟让，回房间换上校服，匆匆忙忙往高二（3）班的教室跑去。

到了教室门口，倪鸢的脚步一滞，突然记起点什么。相机里的视频虽然删了，可周麟让手机里还有他和她的"杀马特"合照啊。

"鸢儿？"丛嘉拽着书包从走廊那头冲过来，从背后搂住发呆的倪鸢，"想什么呢？"

"嘉嘉，是我输了。"

"嗯？"

铃声响，不少人以"生死时速"冲刺，踩着点进教室。

班主任胡成夹着书来了："同学们早上好，国庆假过完了，该收心了，班长把迟到的同学名字统计好交给我……"

底下怨声载道。

教鞭在黑板上敲了两下，那些声音又消散了。

长假返校后的第一天，上课注定要倒一大片，哈欠声此起彼伏。

打哈欠易传染，讲台上的老师也未能幸免，把重点讲完，书本一合："行了，自习吧。"

倪鸢偏头，旁边丛嘉的上下眼皮已经快要粘住了。再看，胡成正在窗外虎视眈眈。

"丛嘉、丛嘉……"倪鸢低头，用胳膊推了推她，小声道，"老班在外面。"

丛嘉反应快，如同条件反射般一只手撑头托住脸颊，随便翻了翻书页，佯装在学习。

没等多久，她挽起袖子，露出手腕上的镯子，亮晶晶的，上面镶嵌的碎钻闪着细碎的光。

"国庆新买的，好看吗？"

倪鸢点头，但没分辨出和她的上一个手镯有哪里不同。

丛嘉暗暗玩起了首饰，将镯子取下，又戴上，反反复复。似乎与学习无关的一切，都很好玩。

"老班还没走，你悠着点。"倪鸢说。

这节课上，胡成又逮到了一批人。

倪鸢这天起得太早，多少也有点撑不住。看到课表上，下一节是谌年的历史课，她是无论如何也要认真听的，于是她找出课桌抽屉里的风油精。

"不辣眼睛吗？"丛嘉看她把风油精往太阳穴上抹。

"还好，不要靠眼睛太近，也不要涂太多。"倪鸢说。

她问丛嘉："你要不要也试试？我就没看你哪节课不打瞌睡。"

丛嘉懒得洗手，靠过去："你帮我。"

倪鸢用指腹沾上风油精，点在丛嘉的太阳穴上。

"再帮我按一按。"丛嘉说。

教室里的过道狭窄，熊吉元抱着从隔壁班顺来的零食走过，他体型大，避让旁边一个女生时，撞到了倪鸢的背。

顿时，丛嘉说出了一种植物的名字。

倪鸢被撞得向前，手指不慎摁在了丛嘉的眼皮上，让丛嘉真真切切体验了一把什么叫辣眼睛。倪鸢拉着丛嘉飞速往厕所跑，让她赶紧洗一洗。

这时，上课铃已经响了，逗留在外的学生迅速朝自己班的教室涌去。

丛嘉掏出纸巾擦干净了眼皮上的水，和倪鸢走出厕所时，走廊上已经无比空荡，没几个人影。因此礼虞和宗廷从拐角走出来时，格外显眼。男生和女生靠得很近，又迅速分开了。

清脆响亮的铃声仍在响。

丛嘉看了倪鸢一眼，回到座位上，问："刚看见了吗？"她意有所指。

倪鸢点头。

铃声停了。再过几十秒，谌年姗姗来迟，喊："上课——"

接近傍晚放学时，班上隐约有了传闻，说宗廷和礼虞关系不一般。另外，对高二（3）班来说，还有一件大事。

国庆假结束后返校，意味着跟高一（6）班的篮球赛即将提上日程。

倪鸢完全不知道有这么回事。

班长越斯伯说："是高一（6）班先挑的事，他们班这学期来了个转学生，狂得很，带头抢了我们的篮球场，易耀阳不服气，当时就跟他们定了篮球赛。"

倪鸢迟疑地问："如果我没猜错，那位转学生，或许姓周？"

越斯伯："对，听他们班人喊他'让哥'。"

倪鸢服了，心说：麟麟，不愧是你。

越斯伯问："怎么，你认识吗？"

倪鸢："是认识，但不怎么熟。"

3.

篮球赛举行的前两天，班会课上，越斯伯在讲台上发言，号召大家周四放学后别着急走，去篮球场给班上男生加油。

文娱委员拉着几个女生，自发组成了啦啦队。礼虞会跳一点街舞，成了其中的领头羊。

中午午休时，她们在教学楼一楼的大厅临时排练简单的啦啦操。

这个时间段来来往往的老师和学生很多，大家要从一楼大厅两侧的楼梯口经过，因此啦啦队吸引了不少目光。

这场两个班的篮球赛顿时变得全校皆知，备受瞩目。

倪鸢去后排收历史作业，听见易耀阳在喊："压力爆表啊，这要是输了学校食堂打饭的阿姨都得知道。"他神情坚定，给自己和队友加油打气，"我们狼牙山五壮士，只能赢，不能输！"

倪鸢催他："壮士，麻烦交一下历史作业。"

到了比赛当天，最后一节课的铃声响起，大家没有奔向校门口，不约而同换了个方向，往篮球场去。

倪鸢和丛嘉赶到时，前方人头攒动，已经挤满了人。

左右两边，阵营划分明显。

站左边的，基本都是高一学生，支持（3）班。

站右边的，基本都是高二学生，支持（6）班。

高三学习时间紧张，也有来凑热闹围观的。

丛嘉问倪鸢："你去哪边？"

一边是自己班，另一边有谌老师的儿子周麟让在。

不等倪鸢说话，越斯伯搬着一箱矿泉水从后面经过，正好看见她们："倪鸢，来帮我管一下水。"

倪鸢拉了一下丛嘉的手，说："走吧，现在不用选了。"

两人跟着越斯伯穿过人群，来到最前排，守着班上的矿泉水。视线无阻拦，她们可以清楚看见比赛场地上的情形。

礼虞她们正在场上跳啦啦操，最后喊出"（3）班（3）班，非同一般！（3）班（3）班，勇夺桂冠"的口号。

有点参差不齐。

丛嘉的目光穿过她们，被对面的人吸引。周麟让跟几个穿白色球服的男生坐在场边的长椅上，弯腰凑头，商量着什么。

裁判吹哨，到点了，双方队员上场。

一开始，就打得很激烈。

倪鸢完全不懂篮球赛的规则，只会看谁进了球，记分牌在翻动。

她的视线追着场上的人跑。

"（6）班的13号有点帅啊。"丛嘉边说边摸出手机拍照，"不愧是我们学校的新晋'天菜'。"

她说的是周麟让，他穿白色13号球服。

丛嘉拍完说："鸢儿，照片发你微信上了。"

倪鸢："……"她也没说想要他的照片啊。

（6）班进球了，对面爆发出一阵热烈的欢呼。

倪鸢发现，无论哪边得分，都会响起喝彩声，但如果进球的那个人是周麟让，分贝就会陡然增大。有几个女生喊"周麟让加油"，喊得特别大声。

丛嘉仍在观察，她问倪鸢："原来弟弟打球这么猛的吗？"

上半场结束，高二（3）班暂时处在下风，但比分也没有落后太多。

因为周麟让的个人打法风格鲜明，节奏快，在跟队友的配合上却是短板。可即便如此，易耀阳他们还是感觉被压制得很厉害，打得格外辛苦。

倪鸢和丛嘉从纸箱里拿出矿泉水给班上的男生们。

对面，周麟让双手撑膝，看向这边。

倪鸢莫名想到上个星期在春夏镇，他跳起来抓头顶的歪脖子树，把好大一截枝丫折断了。于是倪鸢朝周麟让招了一下手。

旁边的人不明所以。眼睁睁看着周麟让从敌方阵营朝这边走来，蹲在倪鸢面前："叫我干吗？"

离得太近，倪鸢感受到他身上的热气，看清了从他喉结上滚落的汗。

"要给我加油？"周麟让目光从倪鸢胸前佩戴的校徽上扫过，那上面印着她的名字和班级，"还是想提醒我友谊第一比赛第二，让我手下留情？"

倪鸢摇头，坐在地上，秋季校服外套肥大，穿在她身上太宽松了。她把手从袖子里伸出来，凑在周麟让耳边叮嘱："你扣篮的时候，跳起来挂在球筐上不要用全力，不然弄坏了篮球筐要赔偿的。"

毕竟祖传的力气大，破坏能力强。要真破坏了学校公共设施，还得麻烦谌年来帮忙收拾烂摊子。

周麟让神色复杂："你就是为了跟我说这个？"

"嗯。"倪鸢摆摆手，"说完了，你走吧。"

除了离得很近的丛嘉，没人听清他们说了什么，只看见倪鸢招招手，把周麟让唤来了，摆摆手，人又走了。

越斯伯纳闷了，过来问："倪鸢，你跟人不熟，怎么做到让他'呼之即来挥之即去'的？"

倪鸢窘，怎么把她说得像个渣男？

下半场开始，连倪鸢这个门外汉都看出来了，易耀阳他们大概想尽快追回比分，打得很急躁，效果却并不理想，好几个该进的球都擦边蹦出了球筐外。

人一急躁，就犯规、犯规、犯规，后半程，裁判一直在吹哨。

时间到，比赛结束，42：34。

高一（6）班赢得毫无悬念。

众人欢呼庆祝时，周麟让转头，视线准确无误地找到对面的倪鸢，冲她笑了一下。

人潮逐渐散去，（3）班男生士气低落，尤其是易耀阳。他以前是校篮球队的，输在了自己的强项上，跟霜打了的茄子似的，蔫了。

宗廷也上场了，难得见他绷着脸，累极了的模样。他坐在礼虞身边休息，没有老师在场，两人有点肆无忌惮。

"倪鸢，还有水吗？"易耀阳说，"再来一瓶。"

倪鸢给他递水。

他脱了球服一甩："我服了！我输得起！"但脸上仍是一副愤慨的样子。结果第二天倪鸢又听见他说，"（6）班的人还不错，特别是我让哥。"

倪鸢一头问号，怎么就成你让哥了？

丛嘉："之前你可不是这么说的。"

易耀阳憨笑："以前是以前，现在是现在。"

不打不相识，男生之间的友谊就是来得这么突然。

周五轮到倪鸢值日，放学后留下来打扫卫生。她最后一个走，拎着大袋垃圾去学校后山的垃圾场，折返时她抄近路回教师公寓。风吹过，前方的树林里传来一些动静。

倪鸢以为是野猫，再走几步，发现了不远处的樟树后倚着两个人。

因为熟悉，倪鸢很容易辨认出他们是谁。她搞不懂，怎么最近总能遇见宗廷和礼虞。她不过无意间撞见，看了两眼，便觉得尴尬不已。

她正要走，后面伸出一个脑袋。周麟让弯腰，低头虚靠在她肩膀上方，看着樟树后的一对人影发出感叹："哇哦。"

倪鸢吓了一跳，随即捂住他的嘴巴："嘘——"另一只手同时捂住了他的眼睛。

说完，她赶紧拉着周麟让偷偷溜了。

到了书香大道上，倪鸢才敢用正常的音量说话："非礼勿视。"

周麟让："你不也在看？"

倪鸢："我是路过，不小心看到的。"

"我也是路过。"周麟让说。他手里拿着一个小小的、厚厚的纸袋。

倪鸢问："这是什么？"

"照片。"周麟让把纸袋给她。

倪鸢倒出来看，里面全是国庆假里在春夏镇上周麟让给爷爷奶奶们拍的照片，其中属谌松的最多。他弹手风琴的样子、刨木头的样子、坐在屋檐下听收音机的样子……

倪鸢看得出照片的精致度，周麟让甚至在电脑上修了图，才打印出来。

"你要给松爷爷寄回去吗？"

"嗯。"周麟让问她，"你去不去？"

倪鸢点头。她走了几步，突然想起一件事："麟麟，对不起。"。

每次她道歉，周麟让心里就会升腾起一种不祥的预感。

倪鸢："我刚刚扔完垃圾，没洗手就捂了你的嘴。"

果然，周麟让嫌弃地皱起眉，直奔水龙头而去，倪鸢跟着去洗了洗手。

那天他们去学校外面的邮政速递往春夏镇寄了个包裹，收件人：谌松。

包裹里除了厚厚一沓照片，还附上了小纸条。

倪鸢在上面写道："松爷爷，最近开始降温了，记得添衣，注意保暖，饭要热一热再吃。还有，秋天快乐。"

落款处，倪鸢简单画了一个男孩和一个女孩。

代表麟麟和勾勾。

1.

周末放假，倪鸢回了一趟舅舅家。

秦惠心去菜市场买菜回来，不知道春夏镇上哪个婶婶用微信给她发过来一段视频录像。

"你们勾勾上电视啦。"

这是枫叶红乐团的演奏和采访，已经在地方电视台播了，对方对着电视录下了全程，给秦惠心发了过来。

秦惠心外放声音开得很大，秦杰也被吸引了，从沙发上挪过来一起看。

倪鸢瞥见视频中穿得像朵人间富贵花的自己，嫌弃地挪开了眼。

"别看了。"她说。

然而秦杰一边夸她好看一边拖动进度条，反复观看视频中有倪鸢出现的镜头。

倪鸢："……"简直在鞭尸。

次卧门拉开，秦则走出来。他昨晚通宵，清晨回的家，睡到傍晚才醒。见倪鸢在，冷眼看她："稀客。"

秦杰骂他："狗屁稀客，妹妹回来了，你阴阳怪气干什么？！"

"她还知道回来。"

自从倪鸢住校，秦则与她鲜少碰面。

秦则凑到秦惠心的手机前。倪鸢伸手，一把盖住了屏幕。她想要推开秦则，没推动。

秦则抽走手机，高高举着看完了录像，问倪鸢："你在你们乐团扮演吉祥物？穿得花里胡哨的。"

倪鸢懒得搭理他。

"姑，我不在家吃晚饭，不用做我那份。"秦则说。

"饭都快煮好了，我炒几个菜很快的。"秦惠心喊道。

秦则已经关上了浴室门，水龙头打开，哗哗水流盖过了外面的声音。

几分钟洗漱完，他换了身衣服就打算出门。

秦杰叫住他："在家里多待两小时要了你的命是不是？"

秦惠心说："小鸢，你跟着你哥出去玩吧。"

倪鸢："啊？"

最近秦则昼伏夜出，作息颠倒得厉害，秦杰担心他误入歧途，好几次甚至想跟踪他，途中却被他轻易甩掉了。有倪鸢在，他无论如何也会收敛点。

秦则出门，发现倪鸢蹲在前面换鞋："真要跟我去？"

"嗯。"

秦则没再说什么。

到楼下，他把自行车的锁解开，倪鸢自发坐到后座上。秦则载着她骑了不到五分钟，自行车拐进闹市后的一家修车行。

店门口蹲着两个扒盒饭的黄毛青年，脸上黑黝黝的，沾了污渍。见秦则进来，相互打了个招呼。

秦则轻车熟路，把自行车换了，推了辆摩托车出来。黑绿色机身，造型炫酷。有的人当面骑单车，背地里骑摩托。

秦则进屋找了顶粉色的小号头盔扣在倪鸢的头上："回去知道什么该说什么不该说吗？"

他两手拽着头盔的绳扣，往下压，倪鸢感觉自己的脑袋受到了威胁。

"知道。"倪鸢说。

秦则听到满意的答案，屈起手指在头盔上敲了敲。

他跨上摩托，长腿支地，朝倪鸢偏了下头："上来。"

倪鸢手搭着他的肩膀，爬上去坐好。

夜色中闪烁的霓虹灯牌，上面写着"二手玫瑰"。进门是条深长的甬道，光线昏暗。倪鸢紧跟着秦则，一边打量墙壁上画着的各种姿态的黑色玫瑰。

四下寂静，直到秦则推开一扇门，里头与外面仿佛两个世界。

"阿则，今天怎么这么早？"吧台后的男人放下调酒器，好奇地打量秦则身侧的小姑娘。

秦则指了指倪鸢："给她来杯橙汁，一份意面。"

"我们这里不卖面啊。"

"那就订外卖，给她买。"

倪鸢不想麻烦："不用了。"

秦则看她："你不是没吃晚饭，不饿？"

"哎呀。不麻烦，"男人掏出自己的手机打开外卖软件，凑到倪鸢面前，"小妹妹，想吃什么？"

倪鸢犹豫几秒："炸鸡。"

"那我给你点个全家桶哈。"对方迅速下单，嘴上忍不住八卦，"你跟阿则是……"

"姐弟，我是他姐姐。"

"看着不像啊。"

倪鸢说话时偷看秦则的脸色，秦则冷笑了一声："小屁孩。"

乐队的演出十点开始，其他几个成员陆续到了，还有倪鸢的全家桶也到了。

倪鸢啃炸鸡、喝橙汁的时候，另外几个大男孩都好奇地打量她。

调酒师给他们介绍倪鸢："阿则的姐姐。"

秦则没想到还真有傻子信。

倪鸢遗憾全家桶里没有鸡屁股，勉为其难地撕了块酥脆鸡皮给他："弟，你吃不吃？"

秦则面露嫌弃，没接。

"阿则演出前不吃东西。"乐队鼓手帮他解释。

枝形吊灯下，秦则一双吊梢里眼倒映着橙色的暖光，警告倪鸢道："安分一点，再瞎说让人把你送回去。"

倪鸢第一次看秦则演出。她不得不承认，站在台上的秦则似乎是光芒万丈的，他总能轻易感染到台下的人，让那些人为他沸腾。

秦则让调酒师帮忙看着倪鸢，不许她一个人乱跑，饮料管够。

倪鸢听秦则唱歌时，喝完了一杯可乐、一杯橙汁、一杯苏打水。

"请问……洗手间在哪儿？"受四周强大音浪干扰，倪鸢不得不用很大的声音问调酒师。

调酒师给她指了个方向："等等，我找个服务生带你过去。"

带她去上厕所吗？

倪鸢有点窘："不用，我自己去就行了，马上回来。"

倪鸢穿过身边往来的人群。她的穿着打扮与其他客人格格不入，她素面朝天马尾辫，像误入的外来者。

洗手间的位置较偏僻，倪鸢往大致方向走，但也费了点工夫才找到。洗手间的长廊尽头开着一扇铁窗，窗前聚集了几个男人，在抽烟。

倪鸢只看了他们一眼，低下头，迅速拐进女厕所。出来时，那几个男人还在，挪动了位置，正要进洗手间，似乎也在看她。

倪鸢下意识地避让，手上洗手液的泡沫还未完全冲干净，就打算走。

她一个人在陌生嘈杂的环境里，会本能地谨慎。抬头，却看见外面不知道什么时候多了个戴黑色鸭舌帽的少年。

倪鸢看见他，莫名就有了安全感。

"麟麟。"她叫他。

"你怎么在这里？"周麟让问。

"跟我哥来玩。"倪鸢反问，"你怎么在这里？"

"朋友聚会。"周麟让说。以前在A城认识的几个玩得还不错的朋友来了伏安，叫他出来买单，当东道主。

"哦。"倪鸢了然地点点头。

朋友组的局已经快散了，他们还另有安排，周麟让准备打车回学校。他问倪鸢："你哥呢？"

跨入大堂，消退的声音又重新沸腾。倪鸢再次被声浪包围，指了指台上："在那儿。"

"那他也顾不上你。"周麟让双手插兜，问她，"走不走？"

倪鸢已经来长过见识了，再一个人待下去也确实无聊："等他唱完这首，我跟他说一声再走。"

倪鸢去了后台。

秦则唱完歌取下身上的电吉他，见倪鸢站在幕布后，走过去问："怎么了？"

"我要回去了。"倪鸢说。

"我帮你叫辆车？"外面没有公交站，离得远。

"不用，我跟别人一起走。"

秦则其实第一时间就注意到了倪鸢身后戴鸭舌帽的少年，他跟倪鸢说话，却在看周麟让。瘦瘦高高的男生，穿一身黑，帽檐挡住了头顶的灯光，在他挺直的鼻梁上留下一道灰色阴影。

"你跟他走？班上的男同学？"秦则态度不明。

倪鸢听不出他赞同或是不赞同，介绍说："他是谌老师的儿子，叫周麟让。我今天想回学校住，跟他正好顺路。"

秦则看向周麟让："加个微信？"

周麟让掏出手机扫了他的二维码。倪鸢尚未反应过来，他们已经成了微信好友。

她瞄到周麟让的手机，发现他给秦则留了个备注——秦牛牛。

倪鸢就说过一次秦则的小名，他居然记得。她看着备注名，偷着笑。

走出"二手玫瑰"，周麟让提前约好的车已经在路边等。他拉开车门，倪鸢钻进去，手机铃响，这时才发现已经有三个未接电话，全部来自她妈。

倪鸢赶紧给秦惠心说清楚了这晚的情况，让她不用担心。

"秦则只是去演出的，真没有惹是生非跟人打架，放心吧。我想回学校，已经在路上了。"

国庆假时，谌年借机跟秦惠心聊了倪鸢的情况，坦言她因为学生宿舍没床铺，租住在教师公寓。

大概是由于谌年出面说的，秦惠心也没有再反对。

倪鸢挂了电话看车窗外，夜深了，两侧高耸的楼里亮着许多盏莹白灯，像散布的星星。

因为有周麟让在，她开始犯困打盹，不用担心偏离目的地，也不用担心其他。

出租车停在了六中校门口。

倪鸢是被周麟让叫醒的，她下了车，感觉到有点冷，走在他身后躲风。

"你明天去不去小荷洲？"周麟让问。

谌年有位旧友，在小荷洲开了家火锅店，让谌年去捧场。因为开张的日子碰巧是周末，谌年早几天就跟倪鸢说，周末带她和周麟让去吃火锅。

谌年这位朋友，做菜堪称一绝。自己开的火锅店，口味自然也差不到哪里去。

火锅是倪鸢的最爱之一，她当然要去。

谌年开车从六中去小荷洲，要四十来分钟。他们出发晚，到达时已经过了十二点。

老板挺着圆滚滚的啤酒肚，笑得像尊弥勒佛，见谌年来了，管她叫"师父"。倪鸢后来才知道他是谌年称霸熙水街十三馆期间收的小跟班。难得这么多年还没断了联系。

这顿饭一直吃到下午两三点，火锅汤底又鲜又浓，食材源源不断地供应，服务员拉着小推车来了好几次。

倪鸢不知不觉中吃撑了，坐在包厢里不想动。

谌年因为胃病，吃东西讲究且克制，早早停了筷，随老板出去参观店子了，一直没见回来。中途谌年打来电话，问两个小孩："吃完晚饭回去可以吗？我这边有点事情。"

倪鸢让谌年不用着急。

Studying 双人组的知识竞赛将在这晚七点开始，她觉得吃过晚饭再回应该也来得及。

倪鸢想出去消食，问："麟麟，出去走走吗？"

周麟让吃完了在打游戏："不去。"

"去吧。"

"不去。"

过了一会儿，包厢里没了动静，周麟让抬头，发现倪鸢贴墙笔直地站着，并没有走。

"你在干吗？"

"消耗能量啊。"

周麟让收起手机，说道："走吧。"

火锅店藏在小荷洲深处，老板说："酒香不怕巷子深"。

出了门，是一条小街，药店、干洗店、理发店稀稀拉拉分布在两侧，房子低矮陈旧。几只野猫在灌木丛旁争抢吃食。

倪鸢和周麟让四处逛了逛，消磨时间。中途，她给 L 发微信："今晚比赛，千万别忘记。"

周麟让兜里的手机轻微振动了一下。

倪鸢："我昨天已经提醒你了，今天再说一次。"

他的手机又振动了一下。

倪鸢连发三条："我人还在外面。

"但一定会准时上线的。

"谁要迟到谁是狗。"

"嗡嗡嗡——"他的手机振动了三下。周麟让离远了一点，拉开与倪鸢的距离。

"麟麟，你的手机好像响了，有人找你。"倪鸢说。

"嗯。"周麟让掏出手机简单地回了个"1"。

让倪鸢没料到的是，谌年回来得比预想中还要迟。倪鸢觉得七点之前可能回不了家，对周麟让说："我要用电脑，想去网吧。"

周麟让："正有此意。"

他们在小荷洲的巷弄里好不容易找到一家网吧，新开业没几天，杌子崭新，环境也不错。

倪鸢要做题，怕打扰，要了个双人包厢。

"我待会儿要上网做张卷子。"倪鸢说。

周麟让点了一下头:"我打游戏。"

两人的机子背靠背。

七点,倪鸢准时登录 Studying,进入双人竞赛模式。

她与 L 打配合,她负责语文和英语模块,数学模块和常识部分由 L 来解决。她粗略地浏览完,发现数学是大头,占了将近一半的比重。这意味着她会轻松很多,而落在 L 身上的任务很重。

时间一分一秒过去。倪鸢紧张地完成了自己的任务后,终于有了片刻的放松。她偏过头,突然好奇地问对面的人:"麟麟,你在玩什么游戏?"

"'吃鸡'。"周麟让说。

他的眼睛盯着满屏密密麻麻的数字,快速在 ABCD 四个选项中勾选正确答案,面无表情,嘴上却说着游戏里的垃圾话,嘲讽着根本不存在的队友:"搁河里游泳的 3 号,你再游就沉尸了。

"楼梯口蹲着人看不到吗?一个个上赶着送。2 号人都踩到你脸上来了你不开枪,是不忍心还是舍不得子弹?想在绝地大陆上当和平使者?"

他的表演效果非常好,反正倪鸢一点都没怀疑。

2.

网吧开业大酬宾活动正在进行中,随机抽取顾客赠送小零食。说是随机抽取,其实全凭老板娘心情,看谁顺眼,就送一送。

这天周末生意不错,老板娘坐在柜台后理账,看见一个男孩和一个女孩结伴进来,要了个双人包厢。

老板娘看着赏心悦目。等理完了账,老板娘拿了两罐旺仔牛奶起身。她敲了敲包厢门,进去给两个面对面坐着的小朋友派发爱心赠品。

"谢谢。"倪鸢说。

老板娘说:"不客气,是你们运气好中奖了,以后常来啊,我们家经常搞活动的。"

她边说边瞄了眼两边的显示屏,好家伙,俩小朋友居然在刷题。还是一对学霸,算是开了眼了。别人在联盟里厮杀,他们在题海中遨游。老板娘肃然起敬,又多送了两包瓜子。

一小时后,答题时间结束。

倪鸢问 L:"你感觉怎么样?"

L:"还行。"

倪鸢："几成把握。"

L："九成。"

倪鸢："还有一成哪儿去了？"

L："那一成就要看你了。"

倪鸢："……"

L："等着拿奖金吧。"

倪鸢退出登录，看了看时间，八点多了。

"麟麟，你的游戏打完了吗？"倪鸢过去他那边。

周麟让面前的电脑屏上是"吃鸡"的页面，显示他正在进入游戏，匹配中。

"刚刚那局赢了吗？"

周麟让退出游戏界面："赢了，虽然队友是个坑货。"

"下次你跟我组队吧，我不坑。"倪鸢说。

"你会玩？"周麟让深表怀疑。

"当然。"实际上，她连游戏账号都得临时注册。

"我觉得我枪法还可以，稳定在钻石水平。"倪鸢平时听丛嘉说多了，大致也清楚。

她一脸认真："你不是还加了我哥微信吗？不信你可以去问他。"边说边喝了口老板娘送的旺仔。

她与秦则不对付，两人从未一起打过游戏。不过是随口一提，周麟让又不可能真的去问。

许是刚参加完竞赛，倪鸢的头脑还有些兴奋，忍不住想要诋毁秦则。她用平淡的语气，说着最欠揍的话："跟我比，他就是个菜鸡。"

辱骂秦则，让倪鸢感觉到解压。

周麟让："好，那我问了。"

倪鸢："……"

周麟让的手指早就松开了，一条语音发了出去。

他手机上，打开了秦则微信的对话框，刚发过去的语音里，录的是倪鸢的声音。

周麟让特地点了三次，重复给倪鸢听——

"跟我比，他就是个菜鸡……

"他就是个菜鸡……

"菜鸡……"

倪鸢看着周麟让，周麟让也看着她，彼此无言。

两人沉默了几秒。

倪鸢："应该还没过两分钟，可以撤回吗？"

周麟说："可以，但好像晚了。"

因为秦则已经回复了，回了六个字："回来你死定了。"

他们都明白，这六个字不是说给周麟让听的，而是讲给倪鸢的。

倪鸢："那我不回去了。"

一星期后，Studying 官方公布第一届知识竞赛结果。

倪鸢中午回 302 换跑鞋，方便参加下午体育课上的八百米测试。

她的手机放在书桌上，按亮屏幕看时间，惊喜地发现 Studying 官方给她发送了通知。告知她，她和队友在此次双人组竞赛中获得一等奖。

倪鸢将通知看了三遍，有看到官方首页上的红榜，她和 L 的 ID 赫然排在双人组的第一位。

虽然 L 早说过有把握，但他说得太过随意，倪鸢并没有太当真。到了这一刻，她才真真切切体会到，自己抱了个多么厉害的大腿。

"丛嘉，我可能要发一笔小财了。"倪鸢回教室后，第一时间把消息告诉了丛嘉。

毕竟一万块钱对一个普通高中生来说，算大数目了。

丛嘉还要去广播站值班。

每天中午有一段音乐欣赏时间，同学们可以写小字条塞进建议箱点歌。这天丛嘉以权谋私，优先了自己："一首《好运来》，送给高二（3）班的倪鸢同学，祝她好运常来。"

音乐起，整个六中校园里，沉浸在欢乐喜庆的气氛中。

周麟让仰靠在椅子上，耳边充斥着："好运来，祝你好运来，好运带来了喜和爱……"

他看手机上，五分钟前，倪鸢给他的微信小号发了许多串鞭炮庆祝。

"我们赢啦！"

L："恭喜。"

晚上，倪鸢回他："同喜同喜。"

3.

由于 Studying 官方公布的红榜上有获奖者的 ID，大家出于各种心态，都会找去学霸们的主页看一看。

倪鸢发现最近几天，她涨粉的速度飞快，还收到了许多私信。

有人恭喜她，有人希望她分享学习方法，还有从 L 那边摸过来的。因为红榜上显示她和他是队友，想来两人认识，关系应该还不错。

L 的主页一片空白像个僵尸号，一条动态也没发过，让人想给他留言都没地方抒发感情。给他发私信，就更别指望他会回。他出没的所有痕迹，都留在倪鸢的动态里。

之前倪鸢抛出的数学题，底下就有他的解题步骤。后来两人越发熟了，倪鸢晒一张天气照，他也会简单地回个"1"。

"小姐姐，恭喜你和 L 获奖。"

"学霸、学霸，我看你资料上填的是伏安六中，我跟你是校友呢。"

"小姐姐，好喜欢你的历史笔记，我都把原图给打印下来了，嘻嘻，期待你分享更多干货！"

"你和 L 现实生活中认识吗？是同学吗？"

"L 是你男朋友吗，为什么他只搭理你？"

"大风筝，我被你和 L 甜到了！这是什么神仙爱情？"

倪鸢浏览着私信，看到最后迷惑了，怎么就神仙爱情了？

而且她其实问过 L 是不是喜欢她，L 说她想多了。这件事让她记忆犹新，窘得脑袋冒烟。

但在别人眼里，他们就是一对。

倪鸢对此一无所知，仍沉浸在奖金即将到来的喜悦里。

方才她已经提交了个人银行账户信息给 Studying 官方。

倪鸢敲了敲 L，到底还是良心过不去："我还是觉得，奖金不能归我一个人，我们要对半分。"

况且，他费的脑细胞还比她多。

L："我真不缺钱。"

倪鸢："哪有人嫌钱多的？"

L："已经跟工作人员说明情况了，一万块全打你账上。"

倪鸢只好说："那我先帮你存着，等你想拿回去再找我。"

她隔天就收到银行短信通知，钱到账了。除了留给 L 的五千块，其余的准备拿给谌年交房租。

周五傍晚，谌年备完课，准备尝试一道新菜——板栗炖鸡，据说不难，但她没把握。

她买了食材回来，在厨房研究食谱。

倪鸢过来，是周麟让给她开的门。

"老师呢？"倪鸢问。

"在厨房。"

茶几上放着小盆，板栗泡在滚烫的水里。电视开着，体育频道在直播篮球赛事。周麟让边剥板栗边看电视。

"好勤快。"倪鸢说。看来大少爷被老师改造得很成功。

周麟让："打架输了。"

倪鸢："我就知道。"

"麟麟，你一次都没有打过老师，为什么还要跟她比？"倪鸢问。

话音刚落，周麟让一个抬手锁住她的肩，将她摁在沙发上动弹不得。

"这样猝不及防不给人拒绝的机会，我是被迫跟她切磋的，懂了吗？"

怪谌年常常搞偷袭，不讲武德。

"懂了、懂了，"倪鸢脸压着沙发垫，"疼，快放开我。"

谌年听见声音，从厨房探出头："周麟让，你干什么？！"

周麟让松开倪鸢："做个示范而已，真没用力。"

"别跟个臭流氓一样欺负人。"谌年说。

她看她儿子在外头倨傲散漫不太爱搭理人，跟倪鸢待一块儿，却总能闹出点动静来。

倪鸢盘着腿坐在地板上帮忙剥板栗。有她在，周麟让便开始偷懒："交给你了。"

桌上有青枣，盆里盛着清水。周麟让捏了两颗枣洗干净，正要咬。

倪鸢想也不想地朝厨房喊："老师，麟麟在客厅洗枣——"

同音字，乍一听，很容易让人误会。

谌年拉开磨砂玻璃门从厨房走出来，因为在剁鸡肉，手上还拿着刀。

倪鸢吓了一跳，怔怔地补充："老师，麟麟在客厅洗枣，不给我吃。"

周麟让的手一顿，立即塞了颗枣子进她嘴巴。报复似的弹了一下指间，水珠子蹦了倪鸢一脸。

谌年又回厨房了。

板栗炖鸡做得很成功，鸡肉炖得软烂，板栗咬着粉糯香甜。

倪鸢蹭完饭，准备给谌年的支付宝转账。

谌年说："房租哪能真让你自己交？你妈知道你租了教师公寓，已经给我打过钱了。"

她又问："你哪儿来的这么多钱？"

倪鸢一听她问这个，眉眼间溢出些笑意，掩都掩不住，翘着嘴角说："在网上参加了一个知识竞赛，得了奖，这是奖金。"

"出息了啊。"谌年夸她。

倪鸢觉得，有必要拿自己人生中赚的第一笔钱给家人买点东西。

她给父母各自买了一双鞋，给谌松买了顶御寒的帽子，给秦杰买了本书叫《这书能让你戒烟》，给谌年买了养胃的花茶，给丛嘉买了一对漂亮的樱桃发卡……至于秦则，倪鸢没想到送什么给他合适，于是给他发了个一块一的红包。

钱少，但心意到了就好。

秦则莫名其妙收到红包，不解地问："什么意思？"

倪鸢："给你的礼物，让你沾沾喜气。"

秦则且先不管为什么她要送他礼物，但这个金额，实在让人无语。

秦则："一块一的红包你好意思？"

倪鸢："我们的塑料兄妹情也就值这个价了。"

倪鸢："一分也是爱，不要退回来。"

秦则点了确认收款。

倪鸢在草稿纸上列了礼物清单，送完一项就画一个钩。

丛嘉在抄文言文注释，因为下次语文课轮到她上讲台默写，不想当众出糗，学渣也崛起了。她分心看倪鸢的草稿纸，一眼从中找到缺漏。

"你是不是忘了弟弟？"丛嘉说，"还是你不打算送他？"

丛嘉听倪鸢提周麟让的次数不少，因周麟让低她们一个年级，背地里习惯性地称他为"弟弟"。

"要送的。"倪鸢说。

她觉得凭现在自己与周麟让的交情，得送个两块二的红包，比秦则的贵一倍才好。

"你请他看电影吧，免费的。"丛嘉从课桌抽屉里摸出两张电影票。

"你不看吗？"倪鸢问。

"周末要去爷爷家，没空。电影票是我表哥给的，你们不去看就浪费了。"丛嘉说。

电影院离六中不算近，但坐地铁过去很方便，出了地铁口就能看到对面的影城。旁边有条仿古街，两侧搭建的是两层的木楼房，仿古做旧，青砖灰瓦，沿街种了许多桃花，可惜这个时节花早谢了。

看电影时，周麟让只坚持了前二十分钟，后半程在打瞌睡。他对爱情片不感兴趣，倪鸢给他票，他一看不是喜欢的电影类型，本打算拒绝。

倪鸢说："去吧，去吧，去吧。"

听她说了三遍以后，他忽然觉得那就去吧，闲着也是闲着。

"到底是你送我礼物，还是我来陪你看电影？"

"都一样啦。"

倪鸢看完电影意犹未尽，想去仿古街逛逛。她难得来这边，伏安市太大，而她的生活范围有限。路边有租赁双人单车和三人车的小店，倪鸢想骑单车兜风。

周麟让扫码租了一辆双人的。他在前，倪鸢在后。倪鸢没踩多久，就停了，让周麟让一个人蹬。

自行车慢慢悠悠地穿过长街，日光过树穿花，斑驳的影子落在他们的衣襟上。倪鸢一边赏景一边摸出袋瓜子，嗑了起来。没多久，手心就满了。

她看看前面的周麟让，再看看他灰色卫衣后面的兜帽，忽然有了想法："麟麟，我可以把瓜子壳暂时放在你的帽子里吗？"

周麟让："不可以。"

倪鸢："可是我不能随地乱扔垃圾啊。"

她试探地伸出了手。

她渐渐大胆，嗑一颗瓜子，朝帽里扔一个壳，边嗑边扔。

那天，周麟让载着倪鸢穿过古街，风拂过面颊，将他的衣服鼓起。在深秋的寒意尚未侵袭之前，阳光仍是暖的。

周麟让收获了一个尚算惬意的周日，和一兜帽的瓜子壳。

1.

高二（3）班这周又没拿到流动红旗，班会课上胡成发了半节课的牢骚。说自己操心，说白了头明天要去买染发膏，说他们这群兔崽子能不能给他争点气。

数学老师上堂课留下的三角尺被他往讲台上重重一拍，无数粉尘连同他喷薄而出的口水一齐洒向了前排几位同学。

四组一号越斯伯没防备，迎面接受了洗礼，将他同桌五组一号挡在脑门上的书给扯了下来，在胡成眼皮子底下说："这叫有福同享，雨露均沾。"

同桌："沾你个腿。"

最后，胡成来了句许多老师常说的台词作为结语："上辈子杀猪，这辈子教书。教你们还不如回家养猪！"

"噗——"底下有同学听了直笑。

"啪"的一下，三角板又砸向了讲台："我看看谁还在笑！谁还有脸笑！"

"跑操缺席给我扣分，包干区打扫不干净给我扣分，上课睡觉给我扣分……"

来了，来了，又来了。第二拨攻势发起。

倪鸢最惧胡成的长篇大论，班会课上一般把书本摞高，垒成一堵墙，人埋头在下面看书刷题或者偶尔摸个鱼。

丛嘉跟后排几个男生学了新法子，字典中间挖个洞，长方形，正好放下一部手机，蓝牙耳机藏在长发里。字典竖起，丛嘉表面上望着字典发愣，在聆听老班教诲，实际盯着手机看综艺。

憋笑快要憋不住的时候，趴在桌上埋头笑个片刻再抬头。

不知坐窗边的哪位同学突然打了个喷嚏，恰逢胡成停了嘴的罅隙，教室里安静，显得那声音格外响亮。

倪鸢抬头，教学楼远处的银杏树叶子黄了。

深秋就这么来了。

周麟让带来伏安的衣服没几件厚的，不足以御寒。谌年那点看似八百年才发酵一次的母爱发作了，提出晚上带他去商场买衣服。

谌年自己不爱逛街，嫌麻烦、嫌累。她不爱精致衣橱里的华衣，模特身上展示的当季新款对她没有吸引力，人各有所好。当年周承柏能把她娶回家靠的不是万贯家财。珠宝金银、衣裳首饰，戳不中谌年的心窝。

谌年天生不怕疼，力气大，一拳能打好几个，年轻时守擂台像个西楚霸王，但又天真纯粹。周承柏确确实实是靠捧着一颗真心，外加那么一副好皮囊，把人追到手的。可惜真心生变，好皮囊受酒色浸染变成了臭皮囊。谌年再多看他一眼都嫌脏。

不同于给自己买衣服的仓促敷衍，谌年从导购员手中接过每一件她觉得合适的衣服，在周麟让身上比画，耐心无限。

周麟让耐着性子："妈，你差不多得了。"

谌年把衣服给他："你去试衣间试试。"

周麟让长得高，身材比例也好，行走的衣架子不挑衣，除了倪弯的小码粉T恤穿他身上辣眼睛，其余的件件好看，谌年刷卡刷得非常爽快。

"你不用买冬衣？"周麟让问谌年。

"我去裁缝店里买。"谌年说。

六中外的洋槐巷里住着个老裁缝，年纪大了，一双长满茧子的手实在是巧。谌年夏天穿的斜襟褂子，冬天穿的夹棉小袄，老裁缝都能做，手工缝制，只此一件，看着朴实无华的衣服，其实价钱不便宜。

"能抵我这两件了吧？"周麟让说。

"店里只做女装，不然就给你去定做一件了。"谌年说。

母子俩从商场出来，周麟让手上拎满了购物袋。

外面广场上有个流浪歌手在秋夜里唱《往事只能回味》。许是某网站上的网红歌手，现场聚集了不少他的粉丝，年轻男女们手中拿着荧光棒。从远处看，像深夜丛林中飘浮的萤火。

谌年驻足听了两分钟歌，临走前从旁边的小摊子上也买了根荧光棒，跟周麟让说："拿回去给弯儿。"

普普通通一根小棍，没什么特殊，发着淡淡的光，也没有很漂亮。只是看其他女孩们手里摇着这玩意儿听歌，很快乐的样子，就也想买回去给家里的小孩。

周麟让忽而想起小时候跟在谌年身边生活的日子，她出了门，总喜欢带点东西回来给他。哪怕是路边摘的野花，河边捡的鹅卵石，小区外接到的传单随手折一只千纸鹤。

收到礼物的人永远觉得欣喜。

夜里倪鸢伏案刷题，眼睛累了，看窗外的景。

公寓外的路灯亮着，树影幢幢，头顶天空云层厚重，遮挡了月亮星光。

没多久，她又重新埋头苦干。她在数学严重拖后腿的情况下还能在年级排行榜上挤到现在这个名次，不是靠运气。

倪鸢自认为不是天生聪慧的类型，便得下功夫。天道酬勤是真的，这次月考她连数学也进了一截。

倪鸢写完两张卷子，门被敲响了。她往猫眼里一瞅，是周麟让在外面。

门打开，一只手伸进来，手里拿着荧光棒和奶茶。

"给我的吗？"倪鸢慢半拍地问，眼里装着微不可察的惊喜。

"不然给谁？"周麟让说。

倪鸢接过来，奶茶触手温热，看着穿上了新毛衣的少年，嘴格外甜："麟麟，你今天好帅。"毕竟吃人嘴软。

周麟让站在门外灯光铺不到的暗处，柔软的黑色毛衣衬得他脖颈修长，干净温暖。他好笑地看着倪鸢吸着奶茶里的珍珠，勾了勾唇："马屁精。"

倪鸢顿时改口："你今天好丑。"

周麟让："……"

倪鸢："夸也不行，骂也不行，做人好难啊。"

周麟让："你是人吗？"

周麟让呛完，也不给倪鸢反驳的机会就走了。

倪鸢回房把荧光棒插在笔筒里，看着看着，莫名有点开心。

手机响了，是丛嘉发来了视频。

"鸢儿，看我们班群里的消息了吗？"倪鸢点了接通，穿着睡衣的丛嘉出现在镜头前。

"还没有，"倪鸢说，"怎么了？"

"元旦晚会啊！"丛嘉还没跟她聊两句，卧室外传来脚步声，丛嘉做贼似的放低了声音，"我妈来了，我先挂了，明天回教室再跟你详细说。"

班上的同学在讨论这年的元旦文艺晚会要准备什么节目。

下了早读，倪鸢咬着热乎乎的红豆饼说："离元旦还远着呢，用这么早准备吗？"

"当然要，像他们排舞的，耗时长，要想跳得好早点准备肯定没错。"丛嘉说。

上次和高一（6）班打篮球赛，礼虞和班上几个女生组队跳了啦啦操，现在原班人马想重新排一支街舞。

昨天她们在群里喊人，说有兴趣想加入的可以来。

"要不我们也准备个节目？"红豆馅很烫，丛嘉小心地吹了吹。

她对表演其实没兴趣，只不过眼馋节目入选了后期排练时可以翘掉那些副科课，落个逍遥自在。丛嘉喜欢亮晶晶、金灿灿的东西，喜欢随心所欲，喜欢由着性子来。兴致来了，想做什么便去做。

"鸢儿，你想啊，来年到了高三，你学习忙，就更不会参加了，再说我们学校还不准高三表演节目呢，哪年不是随便抽两个班搞搞大合唱就完事了。

"今年不试，高中三年就没机会试了，你真的不想去台上玩玩吗？"丛嘉怂恿道。

不就是玩玩，尿什么，怕什么？

"听你这么一说，"倪鸢说，"好像有点想了。"

"对嘛，"丛嘉吞下最后一口饼，"你就当是去丰富人生经验的，老了都是回忆。"

"但我们……能表演什么呢？"倪鸢问。

她就会拉二胡，丛嘉会弹钢琴，中西能结合，但好像也不太搭，估计初选就会被刷。

丛嘉想想说："要不排个双簧？"

"不好吧？"上台讲双簧，倪鸢还是放不太开，再说双簧得抹粉扮丑。

刚才敢说想去玩玩，现在人又蔫了。

"把脸涂白，头上扎个小揪揪，"丛嘉捧过倪鸢的脸端详，道，"你这张脸能丑到哪里去啊？顶多有点喜剧效果。"

倪鸢："我在舞台上面瘫怎么办？"

丛嘉："没事啊，没表情都可以，只要张张嘴就好了。我躲在你椅子后面讲故事。"

丛嘉思来想去："普通话没意思，我用粤语来说，听着有趣，肯定能加分。"

倪鸢："你会粤语？"

丛嘉："临时学啊，用百度翻译。说不标准也不要紧吧，我们学校能有几个懂粤语的？就听个乐子。"

丛嘉之前学过几句，张口就来："雷猴。"

"好耐冇见。

"听日去拍拖？

"房费我黎出。"

倪鸢听着有那味了，跟着丛嘉学："雷猴……"她初次接触，觉得粤语好难，下了课不由自主地多念了念。

课间跑操，倪鸢在教学楼前遇到周麟让，张口就来："麟麟，雷猴。

"好耐冇见。听日去拍拖？房费我黎出。"

翻译过来即是——麟麟，你好，好久不见，明天去约会吗？房费我来出。

身边人来人往。周麟让脚步停滞，看了她半晌："臭流氓。"

倪鸢："什么？"

队伍集合，越斯伯在统计人数。看看有没有跑操前溜掉的，班上统计完，偶尔学生会还要来抽查第二遍。

丛嘉站在队伍里笑得东倒西歪，光听倪鸢口述，一想那画面，一想周麟让的表情，就乐到不行。

倪鸢将丛嘉扶稳："我本来就是想找个人检验一下学习成果，看我说的粤语他能不能听懂。"

丛嘉："哈哈哈。"

"倪鸢。"有道熟悉的声音穿透丛嘉的笑声，传到倪鸢耳边。

她转过头，周麟让就到了跟前。

"麟麟，你怎么来了？"他们两个班的队伍离得老远，虽然处在同一操场上，却宛如隔着太平洋。

抬眼望，中间黑压压的全是人。

周麟让从兜里掏出两百块钱，递给倪鸢。

倪鸢微愣，一时不知道该不该接，她万般纠结地、犹豫着问："房费你黎出？"

周麟让："……"有时候真想撬开她的脑袋看看里面装着些什么。

方才两人在教学楼前狭路相逢，说了几句话。周麟让低头在倪鸢站过的地方捡了两百块钱，以为是她掉的，拿来还给她。

两张半旧不新的红票子，叠在一起，折成个四角板。

倪鸢摸摸校服口袋，揪出十块钱："不是我的，我没掉钱，身上总共也就十块钱。"

在校用校园卡，她一般不带多余的现金在身上。

"不是那就算了。"周麟让赶在跑操开始前，回了自己班。

等他走了，倪鸢才开始懊悔。

她早将周麟让如丛嘉般划分进了自己人那一列，说话时便不怎么过脑子，"童言无忌"。

她跟丛嘉私底下就是这副模样。

从两人Studying的自习室名称，什么"平胸姐姐"，什么"翘臀妹妹"，就可窥见一二。

"嘉嘉，他会不会以为我不是个正经人？"倪鸢担心。

丛嘉还沉浸在看戏的喜悦里，觉得他们相处起来真逗，不由得揭人老底："你原来是个正经人吗？"

倪鸢："被你带坏的。"

丛嘉："物以类聚人以群分，你能跟我混这么熟，说明你本身就不是什么好东西。"

倪鸢："倒也不用这么骂自己。"

高一、高二两个年级组长站在升旗台前拿着话筒整顿纪律，然后从最左侧的班级开始出动，跑起来。每跑一圈，打卡似的齐喊班级口号。有的班喊起来斗志昂扬，声音洪亮，有的班开嗓稀稀拉拉一片，要死不活。

胡成一有空，就要守着，跟着（3）班队伍侧边陪跑。喊口号时，哪个不张口，他要看见就得揪出来，训一番，说没有集体荣誉感。

丛嘉嘴张得老大，但倪鸢跑她旁边，从来听不见声。她每次都对口型。

"你们啊，就得多出来跑跑，晒晒太阳，看看能不能把脑子里进的水蒸发掉。"这话说得多损啊。

可胡成就是故意要损他们，流动红旗拿不到，月考班级平均分排名还退了。他心里堵着气，光是一节班会课抒发不掉。

周麟让把捡到的两百块钱上交。

高一（6）班的班主任现在看他，已经不再是当初跟谌年谈话时控诉他是"不良少年"的心态。主要由于前阵子发生了一件事。

越往秋冬走，太阳落山越早。六中走读生众多，倘若留校补课，或是值日走得晚，出校门时必定天黑了。

校外曲曲折折的巷弄，树木繁杂，竹林掩映，连续几个月黑风高夜有六中学生被堵，四五个花臂青年将他们身上的生活费搜刮走。有同学还被脱了名牌球鞋和外套，手腕上稍贵重一点的电子表自然也不能幸免。

被抢的人受了威胁，大多不敢吭声，不敢向外界求助，自己默默承受。

谌年不知怎么听到了风声，但未调查，不知道事情真假。

晚间一场切磋结束，周麟让输了。谌年照例吩咐他干活，便委托他去校外巡逻站岗。

那一晚，劫匪们遭遇了职业生涯中的滑铁卢。

一分钱还没到手，正拎着四眼仔打算搜他身，背后突然冒出个手拿"长枪"的少年，在寒风中将他们擒获。

一网打尽，一个没落。

所谓长枪，其实是谌年搁阳台上的废弃晾衣杆。周麟让用着顺手，就拿来当了武器。

他联系当地警方来处理这件事。

（6）班班主任的老婆在派出所上班，班主任听说与六中学生有关，很担心，便一起过来，赶到时刚好看见少年转身离去的侧脸，觉得有点眼熟。

他们叫他，他反倒健步如飞，溜得贼快。摆明了后续的事与他无关，不想掺和。

第二天班主任在走廊上看见周麟让，看身形、看穿着、看侧脸，怎么看，怎么像他。

班主任已有八成把握推测是他。但他要是问，周麟让是不会认的。

这天又赶上他拾金不昧，班主任颇感欣慰，有种看着"不良少年"回头是岸的成就感，改天想去向谌老师取取经，请教《育儿心经》。

学校正在评"新时代好少年"，每个班一个名额。（6）班的名额，班主任决定给周麟让。

"就因为我捡了一次钱？"周麟让问。

"对啊，你看你学习好，是我们班第一，还拾金不昧，身上有很多闪光点……"班主任将周麟让夸了一通，把他夸蒙了。

再交给他一张表格："尽快按要求填好，最迟明天中午交给我。"

周麟让一看，特麻烦，中间有栏自我介绍要求八百字。把姓名、年龄、所在班级往上一凑，算上标点符号不过才十来个字。他还能怎么介绍自己？

回了家，申请表就搁在茶几上。倪鸢去301给谌年送历史作业时，正好看见。

"这个表不是催得很急吗？老班说马上要交。"倪鸢班上的"新时代好少年"评的是越斯伯，他作为班长，众望所归。

周麟让闻言，问："会写吗？"

倪鸢摇头。

周麟让回房，拿了钱包出来，压了小小一沓百元大钞在茶几上："千字千元，一个字一块钱，会写吗？"

付费劳动。

倪鸢："我会，我可以。"

她想了想，拿起笔飞快地写起来。不就是自我介绍嘛，简单呀。

姓名：周麟让。

性别：男。

年龄：十六岁。

伏安六中高一（6）班学生。

擅长吃喝玩乐，吃吃吃……吃完两百字，喝喝喝……喝完两百字，玩玩玩……玩了两百字，乐乐乐……再乐两百字。

加起来还超字数了。

"搞定了。"倪鸢交稿给面前的小老板。她每天都在挨打的边缘疯狂试探。

周麟让审视着表格，目光如把杀人的刀在倪鸢身上刮来刮去。

倪鸢："老板，不行吗？"

周麟让："你说呢？"

倪鸢讪笑两声："好像是不太行哈，那我再改改。"

倪鸢拿修正带一路划过，重新提笔。最后翻出了《伏安六中学生行为准则》，把"尊重老师，团结同学"之类的词汇往上堆砌，抄了几百个四字短语。

"这次真的没问题了，这么正能量，交上去一定能过关的。"倪鸢说。

里头的卧室内时不时传出柜门开合的声音，是谌年改完了作业，在收拾行李。

倪鸢："老师今天上课的时候说，后天要走。"

"嗯，"周麟让点头，"我也是今天才知道。"

谌年作为高二年级历史组的组长，过两天要去外省几所学校交流学习，为期一周。原本定的人选是副组长，但副组长家中有老人昨晚过世了，走不开，只能临时换成了谌年。

这些年谌年越发不爱出远门，这次是没办法，赶鸭子上架。她走前特地交代家中两个小孩："不要吵架。"

倪鸢说："放心吧，老师。"

"一日三餐准时去食堂吃。"谌年又说。

她的目光不放心地停滞在周麟让身上："麟麟不要欺负勾勾。"

周麟让表示："她不折腾我就谢天谢地了。"

隔天，天色微亮时，谌年就拎着简单的行李出了门。

谌年不在，历史课由其他班的老师代上，作业方面，纯靠倪鸢监督。她比平常忙了些。

周末倪鸢留校，秦惠心送了箱牛奶和其他营养品过来。

天气好，倪鸢领着秦惠心在校园里走了走，本想陪她散步到公交站，她说不用送。

倪鸢回了302，打开袋子，发现秦惠心给她买了柿子。大个头，柿皮橙黄，覆着层白霜，已经熟透了。

倪鸢拿了两个给周麟让送去。

因她经常301和302两边串，周麟让白天一般只将门虚掩，并不落锁。

她一推就开。

"麟麟？"倪鸢没在客厅看见人，以为周麟让在自己房间，结果房间里也没个人影。

书桌被乐高和两架飞机模型占满，再放不下任何东西。倪鸢看了看，扯过几张纸巾垫在床尾，把柿子放在上面。

周麟让拿了外卖上楼，掀开塑料盖，里头的肉片汤滚烫，下不了嘴，要晾一晾再吃。

他的眼睛看着手机，想回房间拿个充电器，腿碰到床沿，放松往后一仰，咸鱼躺。当他的后腰接触到床板却被什么东西硌住的时候，心里"咯噔"了一下。先是稍硬的触感，随后是冰凉的软绵，像雨天里的一团湿泥糊在他的背上、腰上、屁股上。

周麟让难以置信地扭头看，看到了金灿灿的明黄，熟透的柿子被压成了……

天际宛如淡蓝一片海，层云飘散，似海中游走的鱼。

下午的阳光穿透风，斜斜地洒进来。周麟让在阳台上洗床单的时候，倪鸢在隔壁读英语。

她读了一段课文，抬头看到周麟让，问："麟麟，我给你的柿子吃了吗？放你床上了，我用纸巾垫着的，不会弄脏床单。"

周麟让刚将床单上的糊状物擦掉，学谌年的方法，打算放盆里踩一遍，再放进洗衣机。他挽起裤脚，小腿上沾着绵密的泡沫，层层叠叠，在阳光下折射出淡淡的彩色。

他对上倪鸢诚挚的眼睛，边踩着床单，边发自肺腑地问她："你生下来是为了克我的吗？"

倪鸢："嗯？"

日子往后走，离元旦越来越近。

文娱委员统计班上打算表演的节目，街舞、合唱，还有丛嘉和倪鸢报上去的双簧。

大家都开始排练，等待学校初选，最终能不能通过各凭本事。

胡成不愿意他们为此耗费太多精力，三令五申不许耽误了学习。

双簧剧本是倪鸢和丛嘉自己写的，不长，但要换成粤语来背台词，难度加倍。

倪鸢每每要被丛嘉半吊子的粤语笑岔气。她自己也学，要对口型，但重担落在丛嘉身上。

两人每天在教室里一见面，就是"走伞（早上好）"。

"你食佐没（你吃了没）？"

"系咩（是吗）？"

倪鸢突然好奇："嘉嘉用粤语怎么说呢？"

丛嘉："嘎嘎。"

倪鸢磕磕绊绊，非常艰难地说出："嘎嘎，英文堂……嘞要嘿……黑板上……磨叽，再乌鸡，你就要……死梗架喇。"

丛嘉听不懂："你在说什么？"

倪鸢："嘉嘉，英语课你要去黑板上默写单词，再不记，你就死定了。"

丛嘉："……"

丛嘉这一阵被各科老师点名起来回答问题的概率极高。上节课英语老师拿着花名册点了五个人名，说下次上课让他们上黑板默写单词。

点的都是些平日里读书不怎么用心的学生，英语老师是想给他们些压力，督促他们上进。

愿望是美好的，但不上进的还是不上进。

胡成当初把丛嘉放在倪鸢旁边，想的是倪鸢囊萤映雪、刻苦上进的样能刺激刺激丛嘉，结果倪鸢卷子刷完一张，丛嘉就加油翻完一本漫画。

孩子们啊，还没收心。

英语课的单词默写，除了丛嘉勉强写出了十来个，其余四人捏着粉笔下不了手。

英语老师笑话他们："默的是单词还是你家祖传秘方？半天舍不得写出来。"

底下哄笑，英语老师说："老规矩，默不出就唱首英文歌吧。"

丛嘉还算五人里得分率最高的，侥幸逃过一劫，幸灾乐祸回到座位上听歌。

Happy Birthday to You（《祝你生日快乐》）和 *Jingle Bell*（《铃儿响叮当》）在（3）班算是最热门歌曲，毕竟生日歌和圣诞歌谁张口都能来两句。

但前面的同学唱过之后，不能再重复。

于是继 *Two Tigers*（《两只老虎》）之后，又出现了一首神曲。

"You like a fish in my（你像只鱼儿在我的）……"

"In my（在我的）……"荷塘怎么说呢，学渣想了想，"In my water（在我的水中）。"

"Just waiting for white moon（只为和你守候那皎白月光）……"

（3）班教室里一片掀抽屉盖拍桌子的声音，英语老师捂着嘴背身去，笑得直颤，平复了心情才转过来说："出去千万别说你的英语是我教的。"

笑声中，有人忽然说了句："下雪了。"

其他人不约而同朝窗外看去。细细的雪粒，云团上有个仙人撒海盐般，窸窸窣窣往下掉，听着分外静。

倪鸢竖起耳朵。

恰逢下课铃响，将寂静打破，教学楼里不知哪班的哪位壮士拼命地吼了一嗓子，响彻云霄，盖过了广播里的分贝："同学们——下雪啦——"

丛嘉吃着葡萄干，跟倪鸢说："这位兄台不去合唱团真是可惜了。"

倪鸢笑。

这是今年伏安的第一场雪，来得格外早。伏安地处南方，有的年份从头到尾不见一丝雪影子，因而看见一场大雪就能让孩子们快乐。

也是凑巧，高一（6）班家委会里的几位家长早两天在群里说，看着天冷了，要买些吃食来学校探探班，犒劳犒劳老师和学生。

他们订的是汤圆，从酒店厨房出了锅放进保温箱里，裹得特严实。到了学校，还是热气腾腾的。

班干部给每个人发一份，结果发现还多出十几份，班主任说给班上几个胃口大的男生多发，别浪费。

周麟让平白得了两份。他正处在长身体的年纪，饭量算大，但不好甜口，两颗汤圆下肚就觉得齁了。再来一碗，他真吃不下。

班里的置物架上有个小篮，里面装了几盒备用粉笔。周麟让将小篮拿下来，问旁边的男生："有绳子吗？"

对方蒙了："什么绳？"

"让哥，跳绳行吗？"

班上有跳绳，花班费买来让大家锻炼身体的，结果没人练，几根跳绳现在还是崭新的。

"行。"

周麟让把几根绳头尾打结，连起来，一头锁在篮子提手上，没动过的那份汤圆被他放在篮子里。他打开窗，就这样把篮子送了下去。

高一（6）班在五楼，高二（3）在楼三楼，但两个班的上下位置是一样。

（3）班八组靠窗的女同学正赏雪呢，一个小篮从天而降，停在了她面前。她犹豫着取出里面的餐盒，发现上面粘着一张便利贴，笔画勾连，潦草却有几分流畅飘逸，只写了三个字：给倪鸢。

"倪鸢，有你的东西。"

汤圆就这么到了倪鸢手上。

倪鸢默默接下，怀疑送错了，但看便利贴上，白纸黑字写着，确确实实是给她的没错。

"哪儿来的啊？"倪鸢问。

"天上掉的。"女生指了指自己座位临靠的窗口，笑着说。

倪鸢探出头去看，篮子早就拉上去了。

高一（6）班就在头顶的头顶，倪鸢大致能猜到。

丛嘉丝毫不客气："先吃、先吃，还热着呢，光天化日的，总不可能是来投毒的。"

倪鸢咬了第一个，芝麻馅的，咬第二个，是花生馅。味道都不错。

"好吃。"丛嘉也说。

两人把这份吃完刚刚好。

"是弟弟送来的？"丛嘉也跟倪鸢想的一样。

"我猜是他，除了学生会的干事，楼上我也不认识几个人。"倪鸢说。

"你别说，下雪天配汤圆，还真挺浪漫的。"丛嘉站在走廊上看着外面飘落的雪花，朝倪鸢说了这么一句。

倪鸢的鼻头被风吹得有点红，脸颊也是，缩在厚厚的围巾里点了点头。

晚上赶完作业，倪鸢去 301 找周麟让。

他人在房里，地板上放着许多大大小小的纸盒子和纸箱子。

"麟麟，白天的汤圆是你送的吗？"倪鸢问。

周麟让"嗯"了一声，忙着装电脑，前几天桌上的大型乐高已经不见踪影，被各种电脑零件取代。

"你为什么会有汤圆吃？"倪鸢又问。

周麟让把一个黑色盒子拆开，取出里面的 CPU 装到主板上，眼神专注："班委会家长送的。"

"你怎么不拿到班上来给我呢？"

"不想下楼。"

"你也太懒了。"

倪鸢不再打扰他，站在旁边看着他忙，觉得新奇，是她完全不懂的领域。

"帮我拿一下内存条。"周麟让说。

"哪个是内存条？"倪鸢的目光在桌上搜寻。

"算了，我自己来。"

没过多久，周麟让抬头看了倪鸢一眼。她人小小一个，身后影子窄窄一道，投映在雪白的墙上。

"螺丝刀。"他看着她说。

倪鸢反应过来，立即说："这个我认识。"说着将东西递给他。

最终，组装完成。

倪鸢觉得过程好漫长："麟麟，你为什么装这个？"

"打游戏。"

"你不是有笔记本电脑吗？"

"没这个好。"

"哦。"

周麟让开机，先装了几个软件和游戏。

倪鸢看着他的机械键盘，按了一下，声音清脆，炫酷的背景光闪过："你的键盘好漂亮！"

"'吃鸡'来吗？"周麟让问。

倪鸢点头。她可早有准备，自从上次在小荷洲的网吧吹过牛，回头就问丛嘉要了游戏账号。跟着丛嘉屁股后面打过几局，至少会跳伞了。

周麟让把自己的笔记本电脑拿来给她，见她似乎很喜欢桌上那把键盘，就说："我玩笔记本电脑，你用台式。"

倪鸢高高兴兴地坐在了桌前，登录游戏。她看了一下，丛嘉给的这个号是钻石段位，莫名心虚。

"麟麟，你的水平怎么样？"

一张书桌分两端。周麟让在另一端，轻点着鼠标："放心，比你厉害。"说着，他将倪鸢拉进了自己队伍里。

他们四排，进入游戏，随机排到了海岛图。

两人分别是1号和2号，3号和4号貌似也是双排，都没有开麦。在飞机上，3号在机场标了点，这是要去对枪的意思。

"那就去机场。"周麟让说。

"好。"倪鸢嘴上答应着。

等再过几秒，周麟让又问："你怎么不跳？"

倪鸢这才发现除了自己，其他三个队友都已经跳伞了。

"我马上来。"她立即手忙脚乱地按着F键跳下去。

周麟让落地捡枪，一把"喷子"秒了个落在他旁边的人。二级头二级甲到手，搜走M762和98K（游戏中两种武器），换下"喷子"，再一看地图，问倪鸢："你怎么飘那儿去了？"

倪鸢没掌控好方向，越飘越远，掉到了河里。

她突然再一次想起在小荷洲网吧里，周麟让面无表情呛队友的模样，战战兢兢，赶紧从水里爬上岸。

这时4号队友名字旁出现了一个小喇叭，这表示他开麦了，听声音是个小学生，奶声奶气有点可爱，但说出来的话像是在嘲讽："2号2号，你是人机吗？"

倪鸢："……"战术性沉默。

就这么短短几分钟，周麟让大概也知道她究竟是个王者还是个菜鸟了："先苟着，我搜点东西再过来找你。"

倪鸢："哦。"

她躲在荒郊野外的小木屋里，周麟让开了辆车来接她，把她载到物资丰富的点搜东西。

3 号和 4 号也在，队友终于顺利会师。4 号小学生围着倪鸢打转，感慨："你连走路都不会走啊。"

倪鸢走两步，顿一下，走两步，顿一下，像被卡住了。可她用的是周麟让花了大几万刚组好的新电脑，性能绝佳。

倪鸢："……"奇耻大辱！

不等她反应，身后有人偷袭，把她和小学生瞬间打倒。倪鸢操控着电脑屏上的游戏人物跪着爬进屋，躲避战火。

右上角不断跳出系统击杀播报，倪鸢多次看见周麟让的游戏名字"LLion106"。

"LLion106 使用 Beryl M762 击倒了 10086119。

"LLion106 使用 Beryl M762 淘汰了 10086119。

"LLion106 使用 98K 淘汰了 WeiLian999。"

枪声此起彼伏。

与此同时响起的还有 4 号小学生撕心裂肺的呐喊："爸！快救我！

"1 号，1 号，快来救我！我还不想死……"

倪鸢没忍住笑出来。

周麟让收完最后一个人头，进屋扶人，在 4 号的强烈呼唤中越过他，跑到倪鸢面前蹲下救她。

"有急救包吗？"周麟让问。

"只有六个绑带。"倪鸢说。

周麟让往地上扔了两个急救包、一个医疗箱、一根针。

旁边的 4 号因为来不及救，血条清空，图标变成灰色，旁边显示出一个骷髅头，挂了。

"1 号，你怎么不救我？？？"小奶音哭诉，委屈巴巴的。

刚才那种情况下，周麟让只来得及救一个。而 3 号队友在隔壁房子跟人对枪，脱不了身。

一直没开麦的 3 号开麦了，他问周麟让："你也带小孩打游戏吧？小孩又菜又爱玩，不陪他打两把他不肯上床睡觉。"

3 号和 4 号是父子关系，爸爸在带儿子打游戏。

周麟让的耳机戴了半边，方便他听清游戏里的脚步，又能跟倪鸢交流。

他听着就笑了，回道："对，我带我女儿打游戏。"

倪鸢敢怒不敢言，游戏里还仰仗他带她"吃鸡"。

"来，闺女，把'三级头''三级甲'换上。"周麟让把身上的好装备脱给倪鸢。

倪鸢："你自己不要吗？"

周麟让："你一枪倒，比我更需要。"

——那我真是谢谢您嘞。

周麟让见她换上了新头新甲，又说："怎么这么没礼貌？收了好东西也不知道谢谢爸爸。"

——我谢谢你个头。

2.

谌年是在圣诞节的前一天回来的。

她围着厚围巾，穿斜襟复古大衣，迎着风雪一路走来，显得风尘仆仆。盘扣上落着零星的雪粒，很快又消融。她的鞋底踩过地面，发出"咯吱咯吱"的声响。

倪鸢远远看见人，朝她喊："老师——"

谌年抬头，发现三楼窗口边有张小白脸。白得胜过她肩头的落雪，把人的眉眼颜色都衬得淡了。

起初谌年以为是隔得远，视线问题。等上了楼，到了跟前，才发现倪鸢脸上还真扑了粉。

糊墙似的，厚厚的一层。

"怎么了这是，一星期不见开始打扮起来了？"谌年把行李袋扔进门，好笑地看着倪鸢，问，"这是什么新造型？"

倪鸢除了脸上抹粉，脑袋上还扎着个小辫，像年画里的娃娃。她不太好意思地说："在练双簧。"

丛嘉手里拿着痱子粉从 302 钻出来，跟谌年打招呼："谌老师，你可回来了，我想死你了，（2）班的历史老师讲课没你好听。"还没你好看。

谌年笑了笑："这么想我，下堂课点你起来回答问题。"

丛嘉："那我不想了。"

"晚了。"谌年说。

她肚里还空着，没吃中饭，拿着碗去食堂看看还有没有饭菜。

倪鸢和丛嘉继续回屋排练。

她们的双簧参加节目初选，已经通过了，现在就在为元旦文艺晚会做准备。

高二（3）班报上去的三个节目，街舞和双簧都过了，只有大合唱因为没什么特色被刷了下去。确定入选后，翘掉副科课排练就名正言顺了。

像体育课、班会课、心理健康课……有节目的同学都可以申请去排练。

礼虞她们的街舞小队每天去体艺楼跟其他班的同学抢占场地，非常麻烦。倪鸢因为住在教师公寓，方便不少，都不用另外找场所，有现成的。中午她和丛嘉吃过饭，可以回302。

这天是倪鸢第一次带妆表演，丛嘉说想看看效果。见桌上有盒痱子粉，直接拿来用了。

"鸢儿，闭眼睛。"丛嘉捏着粉扑，先在倪鸢左眼上摁一下，再对称地在右眼上来了那么一下。

然后，丛嘉就笑了。

倪鸢听见她的笑声，不乐意再配合。

丛嘉立即保证说："我不玩了，不玩了，给你全脸涂，涂匀称点。"

弄完，有点像歌伎白面妆。头顶再扎个小辫子，又不太像了，喜庆得很。倪鸢照镜子，把自己吓了一跳。丛嘉安慰她："真不丑。来，我们赶紧来排一遍，让你适应适应。"

到时候上台也要带妆的，倪鸢也觉得自己得克服一下。不过好在，前面没镜子，她看不到自己的脸。

她们过了两遍台词，投入到状态，她还真就慢慢不觉得奇怪了。到后面，甚至忘了自己还是这副鬼样子，看见谌年回来就高兴地叫她。

倪鸢有种庆幸："还好是被老师看见不是被麟麟看见。"

丛嘉说："晚会你到台上，不迟早要被他看见的吗，不能让他看吗？"

"因为他会在台下拿出相机，抓拍我可以被做成表情包的每个瞬间，然后装订成相册侮辱我。"

丛嘉表示："弟弟好狠。"

倪鸢想了个法子。

第二天圣诞，她去（6）班给周麟让送苹果。这一天串班的人特别多，走廊上格外热闹，互送礼物的不在少数。倪鸢找到周麟让的座位前，发现他人不在。

下课几分钟的工夫，桌上多了许多显然不是他的东西——用心包装过的礼盒、心形巧克力、样子精美的手工饼干……

倪鸢看看自己手里的苹果，忽然觉得有点拿不出手了。

"你干吗？"周麟让回来看见倪鸢在他座位前，挡了他的道。

倪鸢比他矮一截，说话须得仰脖子："给你送苹果。"

"不是平安夜送苹果吗？"平安夜都过了。

"无所谓啦，不用那么讲究，今天跟昨天差别不大。"倪鸢说。

无事献殷勤非奸即盗。

周麟让把她往旁边拉了拉，坐回座位上，看见桌上散落的各式礼物，一把搂过，捧着放到了班级置物架上。

这是拒绝的意思。送礼物的人一看就明白，等没人的时候会自己悄悄把东西拿走。

"麟麟，你好受欢迎啊。"倪鸢看了，由衷地感慨。

"你的苹果呢？"周麟让问，"拿来。"

倪鸢赶忙递出去，周麟让拿着啃了一口。倪鸢来不及叫住她："等一下，还没洗！"

周麟让沉默了会，说道："下次洗了再送我。"

"吃了我的苹果，就得答应我一件事。"倪鸢说。

周麟让立即把啃过一口的苹果还给她。

倪鸢又重新塞回他手上："别啊，你怎么这样，不能退货的，你都已经咬过一口了。"

"说吧，什么事？"周麟让倒要看看她又耍什么花招。

"元旦就要到了……"倪鸢迟疑地说，"元旦晚会上，你可以替我值一下班吗？十分钟就好。"

六中的元旦文艺晚会一向会邀请家长前来观看，来的人多了，学生会就要安排人员值班，引着观众前往晚会举办的大礼堂。

为了烘托节日喜庆氛围，学生会干事们都穿玩偶服去迎宾，觉得好玩。而且每个人只安排一次迎宾任务，基本迎一趟就完事了，可以接着在大礼堂看节目。

有的家长并不那么准时，或是因为路况，或是因为别的事情耽搁，大家来的批次不一样。

晚会开始的前四十分钟，学生会都安排了人值班引路。

倪鸢和丛嘉的双簧排在第四个节目。倪鸢估算好了时间，给周麟让安排好了迎宾的时段，提前替他弄来了一身玩偶服，是大白。白白胖胖的雪人，在夜色中，踩着融化的积雪朝校门口走去。

礼堂内彩灯炫目，音乐劲爆，是礼虞她们在表演街舞。

下一个节目，就轮到说双簧了，倪鸢和丛嘉在后台做准备。

丛嘉感叹说："你为了不让弟弟看你表演双簧，真是什么招都能想出来，我服了。"

被涂白了脸的倪鸢穿着不太合身的大褂，坐在铺着红色地毯的台阶上。她透过幕布的缝隙，看到了前方舞台上的女孩们。

礼虞仍是中心位，跳得算几人中最出彩的。她戴着紫色的假发，身影在快速闪烁的灯光中模糊不清，有种失真感。

音乐声太大，丛嘉要靠在倪鸢耳边说话，她才能听见："鸢儿，你为什么会那么在意自己在周麟让面前是不是好看，会不会丑呢？别人都能看，为什么他不可以看？"

音乐声停，街舞表演结束。礼虞带领队员鞠躬谢礼，她们站成了一排，一齐弯下腰。

观众席上突然轰动，像热水沸腾。台下有人送花上台，是宗廷。许是因为顾及在场那么多的老师和家长，他手上是一捧没那么张扬的粉蔷薇。

他将花束交到礼虞手上。

这年不知道为什么，这才表演到第三个节目，三个节目表演完都有人上台送花。

丛嘉看了拍手惋惜："我们怎么没想到还能这样玩！早知道就叫我三个表哥过来撑场子了，每人送一束。"

倪鸢完全没有听进去，还沉浸在丛嘉刚才的话里。

为什么她不想让周麟让看见自己不好看的样子，为什么会那么在意？

为什么看他不收其他女生的礼物却咬了她的苹果，心里会冒出些隐秘却又说不清楚的小雀跃？

从什么时候起，听到宗廷这个名字内心变得毫无波澜，那些好感尚未发芽，就已经消失不见？从什么时候起，她在丛嘉面前提到最多的，不知不觉中变成了"麟麟""周麟让"。

丛嘉无意间的两句话，把倪鸢彻底问住了。快要登台的前十秒，她心跳的频率高得几乎不正常。

幕布拉开，她僵硬地上前，坐在了舞台中央早就准备好的椅子上。

头顶撒下一束暖黄的光，笼罩着她。让她产生了一种被夏天的太阳照耀着的灼热感和眩晕感。

丛嘉率先躲在了椅子背后，拿着话筒。她的手指轻轻敲了一下椅背，作为开始表演的暗号。

倪鸢回神。好在已经练习过太多次，她几乎可以凭着惯性去对口型，比手势。

丛嘉的粤语让台下笑声一片，这意味着她们的节目成功了一半，收获了不错的效果。

倪鸢努力地完成了整个表演。

丛嘉说完最后一句台词，关掉话筒，从椅子后面站起身，牵着倪鸢站在中间谢幕。

倪鸢深深把头低下去，余光中看见一个雪白庞大的影子。再抬头，她将那影子看得更加清楚了些。

手捧大束鲜花的大白，笨拙地穿过狭窄的过道，朝台上走来。

玩偶服笨重，两侧都是人，他的步子不快。好像费尽了千辛万苦才来到那个穿着长长的大褂，脸上涂满了粉，此刻因瞪大了眼睛而显得有些滑稽呆愣的小姑娘面前。

他将手中的花束交给了她。

堆簇的花朵像一座小山送至倪鸢面前，几乎淹没了她。

3.

后台的两间杂物室被当成了临时化妆间，桌上散乱着化妆品，四处混乱地堆叠着各式各样的服饰和演出道具。

倪鸢站在角落，旁边飘浮着许多彩色气球。

她仰头看前面的大白，伸手戳了一下大白的肚子，冰冰凉凉的，似乎还遗留着雪花消融的痕迹。却又软乎乎，贴合着她的掌心。

她想了想，还是没忍住问他："麟麟，你为什么会上台送花呢？"

周麟让摘掉玩偶服的头套："'排面'懂不懂？"

开了一点的窗户，蓝色的气球被气流推动着飘过来，挨着他，摩挲他微微蓬松凌乱的头发。

"别人都有你怎么能没有？"他随意地抓了抓头发，很理所当然地说。

晚会开始前，周麟让去门卫室帮谌年取快递，接连看着几个外卖员送花进来，一猜就知道是为晚会准备的。他掏出手机滑了滑，甚至没思索，手指已经勾选好鲜花，立刻下了单。

等他值班回来，正好赶上双簧表演完毕。他来不及脱掉玩偶服，就上台献花。

倪鸢平复的心跳又快了起来，脸上的粉太厚，遮盖住了泛起的红。她背过身，佯装镇定，对着透明玻璃把头上的小辫扯散，用手指将发丝理顺。

"你知道我要表演节目吗？"她问。

周麟让反问："我为什么会不知道？"

最近天天中午看见她和她的小姐妹往302跑，嘴里时不时就蹦出来一句没头没尾的粤语台词。他一问谌年，自然就知道了。

"而且，有种东西叫节目单，我自己有眼睛会看。"周麟让说。

学校官网早两天就挂出了节目名单，上面写得清清楚楚，序列号：4。

节目：说双簧《我家有个夜哭郎》。

表演者：高二（3）班倪鸢、丛嘉。

周麟让早就知道这家伙是故意支开他的。

倪鸢撕开片状的卸妆湿巾，把脸上的东西擦掉，动作慢吞吞的，一直背对着他，嘴上却还要装作和以往一样自然平常。她假模假样地说："让你去值班真是不好意思啊，害你少看了几分钟表演。"

周麟让扬着唇微微笑了，宛如佛祖拈花，慈祥注视着在他掌心翻滚的猴，用比她还欠揍的语气说："没关系，我让人录下来了。"

"可以回去看。"周麟让说。

倪鸢："……"我果然还是低估你了。

高一(6)班最高的篮球生，大个头，一米九一，站在人群里高出平均"海拔"一大截。手臂健硕有力，风雨不动安如山地端着周麟让的相机，拍下了表演双簧的全程。

完成任务后，特地找了后台化妆间，给周麟让检查成果："让哥，快看看我拍得怎么样？手没抖一下。"

倪鸢在他们的面前，陡然矮了下去。她踮踮脚，也抻长了脖子去看。

然后，她就瞄到了镜头里的自己。画质太清晰，清晰到能捕捉住她表演时因用力过度而抽搐的嘴角，以及系在头顶辫子上颤动的小红绳。

"拍得不错。"周麟让说，"谢了，兄弟。"

"一米九一"笑着跟他对了个拳头："这都不算事，下次找你打球可别赖啊。"

周麟让点头。

"一米九一"凭借着倪鸢身上的大褂将她认出来，知道这位同学就是说双簧的主角之一，是录像里的小白脸。他朝倪鸢夸赞道："你们双簧说得真好，一点都没顾及形象，特别专业，真的。"

倪鸢心头一梗——你可闭嘴吧。

"一米九一"把相机还给周麟让就走了。

周麟让看倪鸢吃瘪，眼里漾着笑。他想把身上的玩偶服脱了："帮我拉一下后面的拉链。"

倪鸢照做。细细的拉链容易卡住两边的布料，她往下拉一段，就停顿一下，将卡住的布料扯开。

玻璃窗上映着她和周麟让的影子。

从倪鸢的角度看过去，她藏了大半边身子在他背后，像依偎着他的脊背，以一种非常亲密的姿势。他们之间仿佛不存在任何距离。

倪鸢终于将拉链拉到底，低着头，绷着脸不让情绪泄露。

周麟让却误会了。他从玩偶服里解脱出来，看着她："生气了？你在我这儿的黑料不少啊，怎么这次还生气了？"

他说的是在春夏镇上，电视台记者采访枫叶红乐团的那次，她穿着大红大绿荷叶边的演出服。他也给拍下来了，虽然后来一换一又给删了。

那时倪鸢觉得窘，跟现在却是全然不同的心境。

周麟让靠过来跟她说话时，太近，他身上清新干净的气息若有似无地萦绕在她鼻尖。

理智告诉倪鸢，她该退开一步，退到适当的距离上。但她退不了，无法挪动脚步。

倪鸢觉得自己要完蛋了。

她说："麟麟，你生下来才是为了克我的。"

聪明如周麟让，在这一秒没有弄懂她的意思。

他们走出房间时，那晚的风从幽深走廊的尽头涌来，周麟让下意识地领先一步，走在了倪鸢面前，替她挡风。

元旦假后，进入到期末冲刺复习阶段。

倪鸢每天早出晚归，中午也不回教师公寓 302 了，吃完饭直接从食堂去教室，参加班里的随堂小测。

她与周麟让碰面的次数，呈直线般骤降。

周麟让觉得，倪鸢好像在躲他。尽管她很快地否认了，每次都以学习忙作为借口敷衍，他还要问，她就一副"我再不去教室学习我就要死掉了，就像离开海的鱼一样快要死了"的模样。

仿佛真的只有知识的海洋可以拯救她。

"麟麟再见。"倪鸢跑得飞快。

她身上灰白色的冬季校服臃肿肥大，他看她像只鸽子在寒风中艰难地逆行。

可是这个说自己很忙的人，昨晚却在Studying上吐槽新上线的电影，还发了五百字的观影感受。还有她的小粉丝们在动态下留言，询问学习方面的相关问题，她也颇为耐心地替对方一一解答。

实在跟她分秒必争搞学习的紧迫感相悖。

这次期末不仅是全市联考，还和省里的几所名校统一进行排名。

高一年级组组长紧急推出了培优班方案，把年级前五十名，临时组成一个小班，周末继续上课，老师给开小灶。

周麟让接到班主任通知，没有他拒绝的余地。

"你别不乐意啊，多少同学想进这个培优班还没机会呢，你就好好努力吧，争取在这次联考中也拿个第一……"班主任念叨。

"千万别掉以轻心，你在我们学校是第一，但如果放在全省，你还能是第一吗？山外有山人外有人，要不断地提升自己……学如逆水行舟，不进则退。你不进，别人进了，那你就是退了……"

周麟让感觉头上套了个紧箍咒："别念了、别念了，我去。"

班主任端着保温杯喝口水，润润喉，获得了战役的胜利："记得别迟到，迟到了我还找你。"

周麟让烦躁地踹飞了过道上的纸团。

星期六。

夜里周麟让上完小课，出教室时已经快九点半。

给培优班开小灶的教室选在教学楼后的学苑小筑里，这栋小房子一、二楼是图书馆，三楼有几个空教室常被作为会议厅。

处在绿树环抱当中，像被藏起来了一般。

伏安教育局这边是不赞成搞培优班这一套的，提倡一视同仁，让所有学生享受同等教学资源。但背地里，各所学校要怎么来，还怎么来。

于是学校跟做贼似的，低调再低调，连教室也选在了学苑小筑的三楼。

下课后，几十个同学很快分散开，如溪流汇入夜色中，身影匆匆隐去。

楼梯间格外寂静。周麟让听见自己清晰的脚步声，手机屏幕刚亮了一下，是周承柏问他什么时候放寒假，回不回A城过年。

周麟让没有回消息。他下了台阶，楼道里的声控灯在身后无声熄灭。他迎着夜里的碎雪，走回了教师公寓。

倪鸢和他迎面相遇。

她手上拎着垃圾袋，下楼扔垃圾。她身上穿着厚实的冬季睡衣，瑟缩着脖子，很畏寒的模样。

"麟麟，你干吗去了？"倪鸢跟他一同上楼。

"上小课。"周麟让说。

换作以往，倪鸢必定会再说点什么。但这次她没有，问过这一句之后，似乎没有了别的话。

周麟让也沉默着。走到301门口，他突然问她："你作业很多？"

"嗯，太多了，数学卷子、文言文练习、英语阅读，多得做不完。"倪鸢说。

为了增强话里的可信度，她又补充说："现在回去还得记单词。"

周麟让点了一下头。

回了屋，周麟让打开微信小号，给列表里唯一的好友"大风筝"发消息。

L："在干吗？"

大风筝："作业已经做完了！现在要泡脚，然后看一集喜欢的动漫就睡，快乐啊。"

L："你应该也快期末了，不忙吗？"

大风筝："还好呀，学习节奏不算快，我都跟得上。"

L："哦。"后面跟着一个微笑脸的表情包。

倪鸢看着L发过来的微笑表情包，感觉怪怪的，仿佛带着嘲讽的意思。

大风筝："L，我怎么感觉你今天不太对劲。"

她问："你不开心吗？"

L："1。"

倪鸢把他当树洞很久了，非常暖心地想要回馈一下，这晚她可以当他的树洞，接住他的秘密。

大风筝："为什么不开心呢？"

L："遇上个骗子，被骗了。"

倪鸢立即义愤填膺，并且感同身受地说："这年头什么人都有，坏人太多了，骗子都没有好下场！"

L："也不用这么狠。"

1.

期末考试前一晚，倪鸢熬夜帮丛嘉抓重点，两人开视频交流。

丛嘉的书桌上堆满了被她翻乱的教材，一本叠着一本，各色的荧光笔划过资料页。

她屈起一条腿踩在椅子上，下巴磕着膝盖，学了半小时后开始浮躁："鸢儿，怎么办啊？刚记的我又忘了。"

倪鸢那边显得悠闲许多。半干的长发披散在肩上，揣着热水袋，桌上放着一杯热牛奶。

她已经把押的题整理成册，放在手边，给丛嘉过知识点，自己也当复习第二遍。

倪鸢继续讲："翻到资料第十页。"

丛嘉站起身，原本想踹凳子走人，不及格又怎样，她又不怵这个，顶多压岁钱减半。但看看镜头前的倪鸢，还是坐下来。

丛嘉烦躁地拿书敲头，苦大仇深地说："鸢儿啊，学习真是要了我的命了。"

倪鸢懂，毕竟数学也几乎要了她的狗命。

"慢慢来吧，我们先把这次的考试搞定了再说。"倪鸢说。

丛嘉苦着脸："到底是谁这么讨厌，发明了考试啊？"

倪鸢："但凡你肯早一天抱佛脚，也不至于像现在这样上蹿下跳。"

"别骂了、别骂了。"丛嘉摘掉手上所有亮晶晶的链子和镯子，撸起袖子，咬牙道，"来啊，学啊！谁怕谁！"

丛嘉妈妈端着夜宵进门，看见她这种精神劲，甚感欣慰。每学年也只有到这个时候，丛嘉妈妈才会觉得自己女儿终于有点高中生的样了。

视频在半夜三点结束。

丛嘉被摧残惨了，通宵刷剧都没这么困，她打了个哈欠说"明天见"。

"明天加油。"倪鸢说。

"尽人事，听天命。"对丛嘉来说，努力一晚上，就算是尽力了。

倪鸢挂掉视频，把仅剩百分之八的手机拿去充电。她拉开帘子看了一眼窗外，楼下的路灯不知道是不是坏了，没有亮。四下漆黑，世界沉入寂静的海底，什么也看不见。

她伸了个懒腰，放松肩背，熬到这时候反而不觉得困了。她正要将窗户关上，一团黑影寻着光闯进来，在房间里忽高忽低地乱飞。

是只蝙蝠。

倪鸢吓得蹲下去。黑影时不时从她头顶掠过，她抱着头在房间移动，不知道该怎么办。

一人一蝙蝠共处一室，大概持续了五分钟。倪鸢现在何止不困，清醒得像往太阳穴上擦了十瓶清凉油。蝙蝠不断撞击窗户，偌大的窗口，偏偏飞不出去。到最后，它趴在地板上不动了。翅膀收拢起来，约有倪鸢两个手掌的大小。

要怎么把它给弄出去？倪鸢僵住了。她摸到放在桌上充电的手机，给周麟让发信息："麟麟，你睡了吗？"

谢天谢地，半夜三点，对面依旧有回应。

周麟让："有事？"

倪鸢："救命！！！"

后面三个感叹号足以表达倪鸢内心的崩溃。

手机响，是周麟让直接拨了过来，问她："怎么了？"

倪鸢盯着地上的一团黑，生怕它有异动，一边对着电话语气惊悚地说："我房间进来了一只蝙蝠，它飞不出去怎么办？"

"开门。"周麟让说。

他人已经在门外。

倪鸢佝偻着背抱头弯腰前去客厅，生怕蝙蝠突然飞起来攻击她。她战战兢兢地拧开了门锁。

周麟让身上穿着单薄宽松的灰色休闲睡衣，脸色恍惚，半眯着眼没睡醒的模样，握着手机，通话一直没有挂断。

"在哪儿？"他问。

"我房间里。"倪鸢此刻见他如见救苦救难的观世音菩萨。

麟麟是来普度众生，普度她的。她领着他前去降妖伏魔。

周麟让看着地板上那团黑影，对倪鸢说："拿扫帚。"

倪鸢递扫帚。

周麟让："拿撮箕。"

倪鸢递撮箕。

周麟让走近，用扫帚按住蝙蝠翅膀，把它挪到撮箕里。它扑腾着挣扎了两下，但徒劳无功，被摁着脱不了身。

周麟让将撮箕伸到窗外，松开扫帚，蝙蝠飞走了。他关窗，扳下扣锁，顺带拉上窗帘。

"这就完了？"倪鸢怔怔的。

"不然呢？"周麟让说，"你还想跟它道个别？"

倪鸢："……"

倪鸢房间没有开空调，纯靠热水袋取暖。在冷空气的包裹中，周麟让打了个寒战，声音因困意而沙哑，还不忘损她："胆子这么小？平时不挺能的吗？"

"胆不小了，"倪鸢说，"蟑螂、毛毛虫我都能抗得住，怕个蝙蝠、老鼠也不过分吧？再说它飞来飞去，好像随时会朝我扑过来。"

倪鸢赶紧把客厅洗手间各处的窗户都检查一遍，怕再有什么不明飞行物突然冒出来。

周麟让拿起她搭在椅背上的素色小线毯，裹身上。跟着她满屋子转了个圈，巡逻了一遍。

她现在是惊魂未定，看床底下都觉得藏着个龇牙咧嘴的鬼。

"麟麟，这么晚你是还没睡啊，还是睡醒了？"

"渴了起来喝水，凑巧看到你的消息。"周麟让说，"你干吗不打电话？"

他要是没看到消息，她打算怎么办，跟蝙蝠僵持到天明吗？

"怕被你揍。"倪鸢说，"你要是在睡觉被我吵醒了，我没好果子吃。"

"下次直接打电话。"周麟让说。

"哦。"倪鸢点头。

室内检查完毕，周麟让回 301。倪鸢站在门口问他："后天考完你回春夏镇吗？"

"还不知道。"周麟让说。

他要先回一趟 A 城，但过年他是得在春夏镇过的，一早跟谌松说定了。

"明天还要考试，赶紧回屋睡觉。"

周麟让扯掉身上的线毯还给她，想起她说自己很忙的满嘴谎话，毯子故意罩在她头顶。

倪鸢的视野中陡然漆黑昏沉。周麟让泄愤似的在她的头上揉搓了一把。

倪鸢的手指蜷缩，微不可察地攥紧了衣角，指骨绷得泛白，闷在线毯里的脸却烧红了。她心虚，没有立即将毯子拽下，藏在里头闷声说："晚安，麟麟。"

周麟让"嗯"了一声，说："明天好好考，不然你白忙活这么久。"

不知道是不是倪鸢的错觉，她觉得他说"忙"字的时候显得有点咬牙切齿。

期末考顺利，难度适中，倪鸢觉得自己把该拿到手的分都拿到手了，非常知足。

令人惊喜的是，给丛嘉押的课内文言文竟然中了。丛嘉出考场，搂着倪鸢朝她脸上狠狠地嘬了一口。

"注意口水。"倪鸢被亲得脖子缩起来。

"别污蔑我，我可没流哈喇子。"丛嘉的心已经飞远了，"最后一堂考完，我请你吃东西。"

"我们不是还有奖金没花吗？"倪鸢说。

元旦晚会上，说双簧最后评了二等奖，有四百块。

丛嘉说："那我们就把奖金给吃完。"

考完最后一堂英语，倪鸢和丛嘉顺着人潮往校门外走。

四处欢天喜地的气氛犹如过年，除了要留下补课的高三生，其他人一身轻松，冒着小雨，喜滋滋地往外冲。

校门口照旧堵满了车，鸣笛声和人声喧闹。等拐进了深巷中，老树高墙就将那些声音撇开，隔绝在外。

巷里有家甜品店，是倪鸢和丛嘉百吃不厌的。两人挑了几个甜品，点了热饮，去阁楼撸猫。

店主养了两只猫，大橘和缅因。大橘叫"不三"，肥得像头小猪崽，不爱动，吃完了睡睡醒了吃，随便撸；缅因叫"不四"，精瘦，眼神看着凶，会抓老鼠，心情好才让人摸。据说这两只猫是店主送给前男友的，给取了这么个名字，时刻提醒着前男友不要不三不四，但后来他们还是分手了。

店主就把猫要了回来。

倪鸢抱着大橘，丛嘉拿着布偶老鼠逗缅因，一人一猫玩到了窗台边，缅因甩了丛嘉一尾巴，扑了她一嘴毛。

丛嘉放开缅因，捧着热可可，趴在阁楼的窗台上哼歌，回头对倪鸢说：

"弟弟在打篮球呢。"

六中就在巷子的隔壁，阁楼正对着学校篮球场和田径场。

倪鸢抱着大橘起身，手臂一沉，还真费劲。她站过去，跟丛嘉一块儿脑袋挨着脑袋，透过面前一方窄窄的玻璃去看对面篮球场上的情形。

墨绿色的围网前，周麟让跟一个女生面对面，正说话。

倪鸢仔细地眺望，女生个子高挑，得有一米七往上，长发微卷，脸白净。再想要看得更真切，得拿望远镜来。

还有，人似乎在笑，笑容挺甜美。

"快别看了，眼珠子要瞪出来了。"丛嘉笑着打趣倪鸢。

"他们到底在干吗？"倪鸢笑不出来。

"不知道。"

丛嘉刚说完"不知道"，就见女生从帆布包里掏出白色的纸张，卷成了筒状，递给周麟让。

周麟让收下了。

女生走出几米远，还回头朝周麟让招手说"再见"。

"一步三回头，很难相信没猫腻。我赌三毛钱，押这个女生喜欢弟弟。"丛嘉煽风点火，嘴角噙着笑，看戏。

倪鸢给周麟让打电话。

周麟让刚放下手里的卷子。

方才培优班的一个同学过来，说老师临时印了套难度颇高的模拟卷，很具挑战性，让他们拿回去做。

周麟让不在，女生就帮忙拿了。又恰巧路过球场看见周麟让，便把卷子给他。

倪鸢在窗口看着周麟让接了电话。

对面传来她熟悉的声音："喂？"

"麟麟，是我。"倪鸢清了清嗓，不太自然地说，"你……你考试考得还好吗？"

周麟让："还行。"

倪鸢："在做什么？"

周麟让："打球。"

倪鸢："今天很冷，穿秋裤了吗？"

周麟让单手拍了拍篮球："你到底想说什么？"

倪鸢："冒昧问一下，你现在还单身吗？"

周麟让拍篮球的手顿了顿，不解："你问这个干吗？"

倪鸢信口胡诌："路上遇到一个刚去婚介所上班的阿姨，她找不到大龄未婚优秀男青年作为客户资源，在公交站哭……

"我觉得你挺优秀的，又觉得阿姨很可怜，就把你的联系方式给她了。"

"倪勾勾，你是不是有病？"

"你别骂我。"倪鸢的声音低低的，想起刚才那幕，心里有种难以形容的细微低落在咕噜冒泡。

周麟让大概也察觉出她的反常，说："我不骂你，回来再收拾你。"

倪鸢："你一定要回来啊，我在春夏镇等你回来揍我。"

周麟让："……"看来还病得不轻。

"所以麟麟，你还没有说你到底是不是单身。"倪鸢对这个问题有非同一般的执着，为此她又掩人耳目地补充说，"这样我好跟婚介所阿姨交代。"

"告诉她，鄙人未婚，单着，没对象，忙着搞学习、打游戏，勿扰。"周麟让说。

"好嘞。"倪鸢的声音轻快了不少。她用手指在玻璃窗上画了个只有自己能看见的笑脸，将脸埋在大橘圆圆的后脑勺上，狠狠吸一口，这是她放松的表现。

最后，她对周麟让语重心长地劝说道："麟麟，做人还是不要太招蜂引蝶。"

周麟让："什么？？？"

2.

寒假开启的第一天，倪鸢启程回春夏镇。

一学期结束，行李多，秦杰让秦则开他的车送倪鸢回去。

秦惠心还要在伏安多留几天，帮秦杰张罗相亲的事。

"舅舅真要相亲啊？"倪鸢问，"靠谱吗？"

车子在高速路上行驶，秦则把着方向盘，目视前方，对秦杰的事似乎不太感兴趣："上星期同学会上，老同学介绍认识的。"

秦惠心说过多次，想要秦杰再找个伴，老了可以相互扶持，相互照顾。秦杰却总说年轻时候都没遇到合适的，现在更难。

这次，或许有戏。

秦则面对秦杰时是一个核桃，坚硬，头尖而锋利，面上有道道细小的裂痕和沟壑。父子俩对彼此的生活知之甚少，倪鸢问秦则，也问不出什么。

倪鸢不说话，秦则便也不开口。车里就陷入了寂静。

"我想听歌。"倪鸢突然说。

秦则："自己放。"

倪鸢挑了首英文歌。

"Deep magical trees murmuring breeze, carry me home.Tell stories of hope, hope there's a light……（微风吹过神秘的深树发出低语声，带我回家。诉说着希望的故事，希望有一线光明……）"

歌声中，宽阔的马路在崇山峻岭中蜿蜒而上。两岸青山倒退，水雾中的绿意扑面而来。

天气不好，少有人出门，春夏镇上看着冷清了许多。

秦则把车靠边停好，倪鸢翻出钥匙开门，小雨落在她戴的帽子上。

秦则拎着她的行李放在屋檐下。

倪鸢说："舅让你在这边住几天，他跟你说了没？你乐队那边最近有演出吗？"

秦杰相亲，估计怕被秦则撞见了尴尬，让倪鸢留他在春夏镇住几天。

"我有乐队。"秦则说，意思就是脱不开身。

虽然这星期不忙，没演出，但他每天跟签到似的要去一趟，摸摸吉他练练琴。

"多稀罕啊，我还有乐团呢。"倪鸢说。

秦则"嗤"了一声："你那个夕阳红老年乐团？"

倪鸢纠正他："是'枫叶红'，不叫'夕阳红'。"

倪鸢扶起电闸，室内通了电。

她站在楼梯上再次问秦则："要住两天吗？"

"没带衣服。"秦则说。

"镇上有服装店和超市，我带你去买。"倪鸢说完又立即强调，"不过你得自己出钱。"

"买老头衫、军大衣、雷锋帽？"

"能穿不就行了。"

倪鸢心说：隔壁大少爷的生日礼物都是在小店里挑的，你也别瞎讲究。

"吃什么？"秦则又问。

"我做饭，待会儿就去买菜。"倪鸢说。

"要伙食费吗？"

倪鸢思索两秒说："你洗碗可以抵伙食费。"

"我选择付费。"

"也可以，荤菜十五块，素菜十块，付多少钱就看我那天做了什么菜，好吃实惠，价格不贵，童叟无欺。"

客房在楼下，倪鸢从柜子里找出干净的床上四件套给秦则，让他自己换上。

"空调遥控没电池。"秦则说。

"我找找。"倪鸢从抽屉里翻出一对新电池给秦则，"我下午去松爷爷那儿烤火，一起去吗？不然你一个人待在屋里也无聊。"

秦则："我不无聊。"

话是这么说，吃过午饭后，秦则还是跟着倪鸢去了隔壁院子。

谌松答应给人做五斗柜，这几天快要完工了。后院角落的盆里生着火，木头往上架，火苗跳跃，偶尔爆出几颗火星子。

头顶的梁上悬挂着一根铁做的单钩，长短可伸缩，被火熏得乌黑。钩上挂着一把小壶，壶中煮水，用来沏茶，也可烫酒。

冬天倪鸢最喜欢火炉旁的位置，惬意地窝在椅子里。飞雪飘絮，都被挡在了外边。

倪鸢家里冷清，她爸倪路康常年在外，没人上山拾柴，她就来隔壁谌松的后院蹭他的火烤一烤。

谌松在给五斗柜刷清漆，见倪鸢和秦则过来，停了手里的活，给两人拿了几包酒鬼花生和一大包瓜子。谌松不认识秦则，但倪鸢一提秦杰的名字，说是秦杰的儿子，他就知道了。

"松爷爷，你吃饭了吗？"倪鸢问。

"吃了。"谌松说，"待会儿给你们煨牛肉。"

谌松上完漆，洗完手，在火边烤了烤，从厨房端来牛肉和各种调料。他手法粗糙，用刀在肉上划出切口好入味，油、盐、胡椒粉统统抹上，拿菜叶裹好，裹了一层又一层，最后再糊点泥巴在表面。

在灰里挖出一个坑，把东西埋进去。

倪鸢就等着吃了。

秦则昏昏欲睡，舒服得不想动弹，这片方寸之地是暖的、静的、安逸的。

木头燃烧的声音，雨雪落在瓦楞上的声音，还有倪鸢跟谌松有一句没一句聊天的声音，像春蚕食桑，窸窣地响在耳边，催人入眠。

秦则是闻着香味醒来的。

谌松用火钳从灰里扒出泥巴团，将泥巴敲碎，菜叶剥开，里面被煨熟了的牛肉热气腾腾，香味扑鼻。谌松撕了两块分别给倪鸢和秦则。

因为烫手，倪鸢用干净的菜叶盛着，端在手上小口地咬。

"好吃。"她嚼着牛肉满足地说。

"勾勾，多吃点。"谌松说。

他烫了甜米酒，问秦则："要不要来点？"

秦则将杯子伸了过去，倪鸢也尝了一点点，全身上下都是暖的。

倪鸢将酒和肉拍下来，发给谌年。

谌年人还在学校，得批卷阅卷，开各种会，进行学年总结。她忙里偷闲回了句："让你松爷爷给我留点。"

倪鸢回了个"没问题"。

秦则的手机也响了，有人给他发照片。

他点开，是一个女孩。柳叶眉、桃花眼，齐肩短发蓬松内扣，看着清新自然。照片占满整个屏，实在过于显眼。倪鸢坐在秦则旁边，一不小心就瞟到了。

她无意间窥见了秘密般，神秘兮兮地问秦则："这是谁？"然后，干脆凑近了看个清楚。

倪鸢越看越觉得这女孩有点眼熟。

秦则又往旁边滑了一下，照片风格突变，从清新小茉莉变成了"杀马特"公主。

看到第二张，倪鸢就认出来了。

当初因为礼虞，倪鸢和丛嘉一起被七八个女生堵在校外的巷弄里，为首的，就是照片上的人。

情急之下礼虞曾提过一嘴，说这人是秦则的粉丝。但倪鸢已经记不太清她的名字，也不知道她是隔壁技校雕塑班的。

一前一后两张照片看上去差别太大，仔细从五官分辨，勉强能认出来是同一个人。

倪鸢试探着问秦则："不会是你女朋友吧？"

"不是。"秦则说。

给秦则发照片的，是技校的一个同学。

之前秦则无缘无故去雕塑班找过邹怡一次，这事大家都知道，但不了解具体内情，还以为秦则跟邹怡之间有点什么故事。私下流传了好几个版本。

一个月前，邹怡突然退学，人间蒸发般消失于众人视野外。

直到昨天有人在路上偶遇她，见她完全换了副打扮，换了个模样，就举着手机偷拍了几张。本着八卦的心态，对方给秦则发了这两张照片，想从秦则口中挖到更多的料，好作为谈资。

秦则觉得无聊，直接把两张照片删了，也没理对面的人。

"她叫什么名字？"倪鸢问。

秦则仰头往后靠了靠："忘了，好像叫邹什么。"

他是真不太记得了。

谌松干完活，吃完肉，把手风琴拿过来弹。秦则看着，也想试试，乐理相通，他上手很快。

谌松突然收了个徒弟，很高兴，在一旁指导。

秦则弹了首简单的《小星星》。

倪鸢摸到兜里有枚一毛钱的硬币，等他弹完了，就把硬币丢到他怀里。

秦则很无语。

倪鸢笑了一下。火苗映着她的脸颊，把白皙的皮肤映出轻薄的红，她稍微往后挪了挪。

手机握在掌心微微发烫，她最后才点开微信对话框，跟对面的人说："麟麟，松爷爷家的米酒好好喝。"

一天没见而已，她没能忍住。

A 城。

周麟让出了机场拦了辆车，到达目的前，他收到了倪鸢的信息。

A 城的冷雨下得比伏安大，车窗上密密麻麻流下无数道水痕，叫人看不太清外面的景象。

周麟让没打算多待，连行李都没有，只背了一个书包。

下了车，他两手空，撑开伞走进面前的别墅群。

周家爷爷奶奶有来客，屋里人很多，厨房阿姨在备下午茶，一屋子闹哄哄的。

周麟让打开门悄无声息进来时，伞面上的雨珠滴湿了地毯。

他随意丢开伞，换了鞋。

周家奶奶跟身边的朋友聊着天，蓦然看见他，面上一喜，立即过来问他有没有淋湿："外面下雨，也不知道打电话给奶奶，我好叫司机去接你。"

"懒得麻烦，自己打车也一样。"周麟让说。

奶奶带着表演性质般在众人面前以示亲昵展开手臂时，他也没有拒绝，轻拥了一下比他矮了太多的老太太，拍拍她的肩。跟爷爷打了声招呼后，周麟让说："您忙，我上楼放东西。"

这边应酬很多，跟春夏镇上宛如两个极端。

旋转楼梯将他载往安静的天地，他上了楼，就脱身了。

身后有客人在谈论他。

周家的几个小辈里，周麟让不是最讨喜的那个，但绝对是耀眼到让人不可忽视的那个。相貌、气质、成绩，周家爷爷奶奶最喜欢拿他撑场面。无论和哪家的小孩比，都不会输。

周麟让回房间洗了澡，出来给倪鸢打电话。

"麟麟，你现在在哪儿呢？"倪鸢问。

"到爷爷奶奶家了。"

"哦。"

周麟让盘着腿坐在床上，问她："你今天偷偷喝酒了吗？"

"只是甜米酒。"倪鸢说。

她似乎还有很多话想要说，但一时不知从何说起，又不想挂电话，也克制着没有问归期。

周麟让例行公事般回 A 城住了三天。

这三天里，周承柏出差不在，继母唐依离带着儿子周腾去雪山滑雪了，周麟让与他们三个都没碰上面。

唐依离与周麟让上一次见面还是这年九月，两人起了点冲突。

周麟让要回伏安读书是他自己一早计划好了的，他突然要走，把唐依离吓得半死，短信、电话接连轰炸。周麟让在机场直接把人拉黑了。

这次唐依离不在，兴许是在躲他也说不定。抛却血缘不谈，周麟让很难发自内心地喜欢上周家。他跟谌年身边长大，后来被周承柏接走，很长一段时间里无法适应在周家的生活。

与唐依离自不必说，相看两厌。爷爷、奶奶身上也有种不自知的高人一等，周麟让厌恶他们提起谌年名字时眼里闪过的轻视，像冬日的凛风从稠密的松树林中迅速刮过，留下摇晃的暗影。

三天一到，算是完成了和爷爷、奶奶的约定，周麟让坐高铁回伏安。再由伏安转车，去春夏镇。他回来这天，秦则刚好走。

倪鸢站马路上送走秦则，遇见附近在玩耍的小孩，骗来了一颗牛奶糖。

还没进院子，中巴车驶来，在她身后停下。

有人下了车。

周麟让这一路过得不太好。早上起床时，喉咙微微刺疼，鼻子堵塞不通。到高铁站开始发烧，四肢软绵无力。在转来春夏镇的车上，他昏昏沉沉地睡了一觉。睡醒时，感冒的症状并未减轻，反而更加严重。

车门打开，他看见一个熟悉的影子。他走过去，弯下腰，头一低，万分疲倦地栽在了她单薄的肩上。

倪鸢没防备，口中的糖囫囵吞咽下去，差点噎住。

她却忍着没咳嗽，放轻了声音，有些无措又温柔地问："麟麟，你还好吗？"

她垂在身侧的双手，试探着，将少年环抱。

3.

周麟让的这场感冒来势汹汹，咳嗽不断，喉咙肿痛，全身乏力，好在当晚退烧了。

谌松说每天起床双脚落地之前用热水泡脚有奇效，特地强调，双脚不能落地，从被窝里出来直接入水，效果最好。

谌年半信半疑，早上却还是给周麟让倒洗脚水。这是病中才有的待遇。

"烫。"周麟让说。

他刚把脚抬起，谌年面不改色一把给他摁下去，另一只手翻着《旧唐书》，说："忍一忍。"

热水没过周麟让的脚背，先是针扎般的麻。等过了十几秒，适应了温度，双脚已经被烫得通红。不到半小时，他身上微微发汗，感觉舒服了不少。

谌年放下书，手背在他脑门上贴了贴，担心他又烧起来，好在没有。

"你是怎么感冒的？"她问，"是不是穿少了？都说了让你穿秋裤。"

周麟让声音沙哑地跟她搞辩论："别什么都跟秋裤扯上关系，改天要是摔了一跤也是没穿秋裤惹的祸。"

"可不是嘛，"谌年说，"穿了秋裤你摔起来就没那么疼。"

"真不愧是倪勾勾她老师。"怎样都有理。

周麟让决定暂时闭上嘴，说多了不仅嗓子疼，还头疼。

生病的人嘴里苦涩，食欲不振，吃什么都没有胃口。谌松在炉子上煲着骨头汤，周麟让烤着火，面前的小锅里浓白汤汁沸腾，热雾不断飘散。

等他想吃的时候，就拿勺舀一碗。

周麟让体质好，很少生病。突然病了，即便只是感冒，大家见他窝在火炉前没什么精神的样子，也不由得对他有点宠。

倪鸢坐在旁边给他剥了个橘子，开胃。周麟让含了一瓣，酸甜酸甜的。

倪鸢又立刻反悔说："不能多吃，吃多了上火。麟麟，你还一半给我吧。"

橘子就剩一个了，她也想尝尝。

周麟让："……"

药里有安眠的成分，周麟让身上搭着毯子，躺在藤椅上打瞌睡。倪鸢没再打扰他，边烤火边做寒假作业。

有的人要等到开学前一晚，"生死时速"呼天喊地赶作业，比如丛嘉。有的人喜欢一放假就开始做题，做完了事，比如倪鸢。

倪鸢搬了张谌松的小桌过来，火苗将她的手烤得暖烘烘，她趴在上面写作文写得飞快。等换到数学试卷时，她手上的速度明显慢了下来。草稿纸上的椭圆和双曲线来来回回画了好几遍，交点坐标涂涂又改。

周麟让的眼睛撑开条缝，看她苦思冥想的模样，说："选 C。"

倪鸢抬头看他："真的吗？"

周麟让拿过她的纸和笔，准备写步骤，落笔前不知怎么犹豫了："我来念，你自己写。"

"设 P 点为（X1，Y1），Q 点为（X2，Y2）……"

倪鸢赶紧照着写。

一路算下来，得出答案，最大值为"2"，选 C。

一路念下来，周麟让的嗓子更哑了。

"麟麟，你的声音好……"倪鸢老半天想出一个词，"好性感。"

周麟让："……"他现在不能骂人，说句话都疼，且先忍着。

倪鸢看着解题过程，有点佩服，又有点纳闷："你一个高一的，为什么会高二的题？"

周麟让拿起她的教材随意翻了翻："提前学的。"

倪鸢只听人说高一（6）班的转学生是个学霸，在学校宣传栏张贴的红榜前，也亲眼看见他的名字高高挂在第一位。但到了这一刻，她这个半吊子学霸被真正的学霸碾压，才由衷道："你好厉害啊。"

周麟让抿着干燥的唇，手里握着盛满棕色冲剂的瓷碗，喝了一口："是比你厉害。"

倪鸢："你好臭屁哦。"

谌松和谌年聊天的时候，不知怎么聊到两个小孩的年纪："等过了年，麟麟就十七岁了，勾勾就十八岁了，成年了。"

谌松忽然有些感慨。

他最近得了一块好料，想着给倪鸢做把二胡，算是新年礼物，也算成年礼。他先制作琴筒，拿现有的模子比样，在木料上画了个六边形，用凿子将里面凿空，留下壳子，再用毛笔在木板上画二胡的音窗。

谌松提笔，手异常稳，丝毫不抖。

倪鸢在旁边看着："松爷爷，你怎么什么都会？"画也画得这么好。

"小时候跟着师父学手艺，扔一本《芥子园画谱》，照着上面摹。十几个徒弟，书只有一本，轮到你手里就得抓紧时间没日没夜地看，书都翻烂了……"

以前做老式的床、柜，都是手工刻花纹，缠枝莲纹、荷塘鸳鸯，要拿得出手。

琴轸、琴杆、琴托，也依次做好，拿砂纸打磨。

谌松给二胡弓杆装上马尾，最后组装，上漆，贴上一块仿真蛇皮。

倪鸢收到崭新的手工二胡那天，周麟让的感冒已经好了，在院里跟着谌年打太极。

天气好，微凉的日光穿透云层，薄纱一样落在人身上。

倪鸢拿着新二胡爱不释手，在周麟让跟前拉了曲《新年好》。

把周麟让给气笑了，对谌年说："你们可真行，我生日，送八块八的《散打秘籍》，还有 T 恤跟假发，她成年了，送把二胡。"

木料是上好的，琴弓上的马尾是特地差人从内蒙古带回来的。

没有对比，就没有伤害。

谌年一招野马分鬃，神情淡定地弓步甩掌："专心练功，切勿攀比。"

腊月二十八，倪路康终于回了家，带回来许多年货。

倪鸢跟他许久未见，觉得他还长胖了一点，以前没有啤酒肚，现在衣服下肚子微微鼓，脸也圆润了些。倪路康问她的学习情况，问她在学校过得怎么样，她零碎地说了几句。

倪路康有电话进来，父女俩的谈话就此终止。

秦惠心把各种年货搬上楼，分类放好。

倪鸢从中找到一对红灯笼，想着要挂上，去隔壁借来人字梯。

周麟让帮她扛着梯子过来，帮她将灯笼挂好。

远看，是红彤彤的两抹旭日缀在屋檐下。

"对联要不要一块儿给贴了？"周麟让站在高高的人字梯上，问倪鸢。

"好呀。"倪鸢进屋去拿对联。

是昨天谌松给写好的，蚕头燕尾的隶书，上联"迎新春江山锦绣"，下联"辞旧岁事泰辉煌"。

横批"春意盎然"。

周麟让接过胶水和对联。倪鸢站在院子中央，替他看左右两边是否对称，上下有没有贴歪。

"再上一点。"倪鸢说，"好了。"

周麟让从梯子上下来，倪鸢叫他一起去林子里，折了几根松树和桃树的枝丫，插在窗户上。

松枝长青，桃枝辟邪。

"你还懂这个？"周麟让说。

倪鸢说："图个吉利，大家都是这么做的。"

大年三十除夕夜，倪鸢一家三口吃团圆饭。秦惠心做了满桌的菜，还包了饺子。

客厅开着电视，看中央台的春节联欢晚会。

天一入夜，窗外的烟花接连腾空炸响，蹦出万千金丝银缕，在夜幕中倾泻而下，流光溢彩。

爆竹声不断，噼里啪啦，几乎要盖过电视机里的声音。

"小鸢要去庙里吗？"倪路康坐在沙发上抢红包。

"嗯，"倪鸢说，"一起去。"

倪路康在外办厂做生意，每年过年回来，除夕夜要去庙里上头香，求平安顺遂，求财源滚滚。

从三十到初一，零点一过，上的第一炷香，就叫头香。

春夏镇上有座观音庙，月穷岁尽之时，前去祈福的人络绎不绝。

开车会堵，又因隔得不远，大家全是步行。

深夜里，一眼望去，路灯下密布的人影宛如深海中游曳的水母群，踩着未融尽的积雪，天寒地冻，却热闹得仿佛去赶集。

倪鸢跟着倪路康出门，在路上偶遇了谌松和周麟让。倪路康发了根烟给谌松，两人聊了起来。

倪鸢和周麟让走在了他们前面。

周麟让第一次这样过除夕夜，双手插兜里，看四周，也觉得新奇。

前后都是人，倪鸢走在他旁边。她怕冷，穿得多，围巾绕了好几圈，把口鼻都遮住。

走了十来分钟，他们抵达观音庙。

门前一棵巨大的古樟遮天蔽日，向四周肆意地伸展着枝丫。庙前有许多摆摊的，卖烟火棒、卖零食、卖玩具，多是小孩聚集在摊子前挑选。

倪鸢闻到了烤红薯的香味，问："麟麟，你想吃点什么吗？"

周麟让摇头。

倪鸢："可是我想吃。"

周麟让："自己去买。"

人太多，倪鸢上前时，周麟让跟上去，抓住了她的手臂。他稍微侧身，将她与人群隔开。

倪鸢挤到摊子前买了个红薯，见个头太大，掰了一半给周麟让。

谌松和倪路康早已经进了殿内，不见踪影。戏台子上有人唱戏，敲锣打鼓震天响。

倪鸢见周麟让是第一次来，带他把前殿后院转了一遍。

庙里有种积年累月萦绕不散的檀香味，钱纸、盘香燃烧过后的灰烬像雪花般簌簌扬起又落下。

倪鸢看了一眼时间，才十点四十分。

在结实又粗壮的木柱子后，她找到两个蒲团，拍了拍："麟麟，你坐吧，我们还要等好久。"

面前一方深蓝色的粗布垂下，将他们与外面的人群稍微隔开。

"要等到什么时候？"周麟让问。他打了个哈欠，昨晚睡得很少，现在似乎有些困了。

"过十二点。"倪鸢说。她透过面前的窗，可以看到对面的戏台。

台上的青衣甩出了水袖，口中唱着什么，对面的老生捋着黑胡子。

倪鸢听不太清，等回过头来时，周麟让靠着柱子闭上了眼睛，睡着了。

倪鸢的呼吸一瞬间变轻了。

樟树枝叶的缝隙中，烟花照亮了夜空。布帘子外，殿上的观音慈悲含笑，殿中人头攒动。

倪鸢看了周麟让许久，时间变得无比漫长。

她忽而倾身上前，靠过去，在殿内喧闹嘈杂的人声中，靠近了少年的脸颊。她的鼻息滚烫，心跳如鼓。

顿了两秒后，她慌乱退开，撩开布帘快步走了出去。

身后，周麟让睁开了眼睛。

1.

大年初一，半夜两点半，周麟让躺在床上翻来覆去睡不着。手机里涌进来许多条新年祝福，他都没有回复。他脑子里闹得慌，似乎"嗡嗡"地响，神经异常亢奋，像一个喝了十罐咖啡在夜里游荡的幽魂。

最后周麟让裹着毯子下床，打开桌上的笔记本电脑，登录"吃鸡"。

有人手滑，见他上了线，一紧张，一不小心，就拉他组了队。

隔壁的倪鸢，同样半夜三更睡不着，在没一刻停歇的爆竹声中摸起来偷偷打游戏。她分明没有游戏瘾。在她的大脑尚未发觉内心里那些隐秘的心思时，她的身体率先做出了反应，点开了游戏中的好友列表。

列表里总共就那么几个 ID，还都不在线。

周麟让的"LLion106"赫然排在第一位。

倪鸢用的是倪路康用过的旧电脑，有点卡。鼠标顿住，周麟让突然上线了。她的手指头鬼使神差地按动了两下，发出了组队邀请。

她没有做好心理准备，正打算取消，一个戴着骷髅面具的游戏人物出现在了她的屏幕上。

距离那件事已经过去了三小时零七分钟，倪鸢和周麟让在绝地大陆上相遇了。

"点准备。"周麟让 ID 旁的小喇叭闪了闪。

"哦。"倪鸢僵着脸，心却跳得飞快。

游戏开始，倪鸢才发现自己点的是双排。

大过年的，都放假了，大家不睡觉在游戏里撒野，公开麦里有大哥激情开嗓，有小朋友诗朗诵，有人叽里呱啦说方言。

"你要觉得吵，打开语音频道，从'所有人'调到'仅团队'，就听不到其他人说话了。"周麟让说。

倪鸢说："没关系，还挺热闹的。"

喜气洋洋的，还有人在唱《恭喜发财》。

倪鸢想要周麟让游戏人物身上的黑色大衣和骷髅面具，周麟让脱下来给她换上，他自己便成了光膀子，裸奔。

"你穿我的衣服呀。"倪鸢说。

周麟让嫌她的衣服丑："还不如光着。"

"可是影响不好。"倪鸢说，"你这样让我很为难。"

倪鸢这次学聪明了，跟随周麟让跳伞，跟他落在同一栋楼房前。

她进门，照旧慢吞吞的，走了几步，面前的好装备悉数进了周麟让的三级包里。

周麟让上楼，叮嘱她："别去东边那栋楼，楼里有人，落了一队。"

"哪边是东边？"倪鸢问。

"算了，你跟着我，别乱跑。"

"可是跟你，我只能捡垃圾。"捡的装备都是他剩下不要的。

倪鸢委婉地表达了一下她现在很穷。

周麟让搜刮了一圈，破窗而出，跳下楼。

跑到倪鸢面前："你要什么？"

"给我把好点的枪吧。"倪鸢其实也不知道什么枪伤害高，什么枪算得上是好枪。

周麟让扔地上，她就捡起来。

"回来，站那儿容易被打。"周麟让在窗口架着 M24（游戏中的一种武器），瞄远处山坡上的人。

倪鸢没看到人，趴在地上匍匐前进，站起，又蹲下，重复这几个动作，想让自己更熟练。

周麟让一枪收掉一个人头，系统跳出击杀。

有飞机从上空飞过，扔下了物资。

周麟让找到一辆车："走，去捡空投。"

倪鸢坐上他的三轮车，看看路上的风景，她感觉自己是来逛地图的："麟麟，为什么这么晚了你还在打游戏？"

一个俯冲，周麟让操控着三轮车从高低不平的坡上跃下去，颠簸着差点撞了树，他说："先问问你自己。"

倪鸢说："我睡不着。"

周麟让："我也睡不着。"

倪鸢是因为他才睡不着，于是也想问问他是因为什么而睡不着。她换了话题，带着试探的意味："你晚上在观音庙里睡着了。"

"嗯。"周麟让没否认。

"我不是丢下你先走的，我就是口渴了，出去买水喝，回来你就不见了。"心虚的人没底气，撒谎的时候老担心穿帮。

"醒来你不在，就出去找你了。"周麟让说。

脱口而出的一句话，似乎只是在描述既定的事实，电脑前的倪鸢却头顶冒烟。

周麟让把车停在空投边，运气不错，捡到了AWM（游戏中的一种武器），对倪鸢说："里面还有三级头盔三级甲。"

倪鸢看中的是空投里的"吉利服"，赶紧给自己穿上。

有车声靠近，附近来人了。空投里有好物资，眼馋的人不少。

"躲到草垛后面去。"周麟让对倪鸢说完，借着空投箱为掩体，将吉普车上的敌人扫落了一个。

剩下的一个也已经是残血。周麟让再补一枪，人就没了。

"等一下、等一下！先别杀我！"公开麦里传来一个女生的嗓音，说话甜丝丝的，"对面的兄弟手下留情！我给你唱首歌，你放我们走怎么样？"

倪鸢蹲在草垛旁，不远处有个戴蓝色兔耳朵的游戏人物正围着周麟让转圈圈，说她可以唱歌，随便点，眼看着就要唱起来了。

倪鸢说："麟麟，你觉得我这身衣服好不好看？就是头顶有点绿。"

海岛图空投里掉落的"吉利服"，从头到脚，是统一的草绿色。

没等对面开嗓唱，周麟让将人击杀。

女生又说话了："喂喂喂，兄弟，我们这边两个女生，你真的好意思打女生吗？"

周麟让补完第二个，利落收枪，右上角存活人数减少至二十一。

周麟让："没什么不好意思的。"电子竞技，没有性别。

"去'舔包'。"倪鸢的耳机里响起他的声音。

"哦。"

倪鸢"舔"走了许多好东西："麟麟，你要饮料吗？"

"我有。"周麟让说。

"我好像还没杀一个。"倪鸢想起上次跟他打游戏，自己也是"零杀躺鸡"。虽然也很快乐。

"……"周麟让想了想，"待会儿我先把人打倒，你来补，这样可以拿助攻。"

"行。"倪鸢答应了。

接连收获了两个助攻后，倪鸢突然问周麟让："如果……如果我在你对面，你能手下留情吗？"

她问出口后，舌尖顶着上颚，默默捂了把脸。觉得这问得实在是矫情、造作。

墙角的加湿器喷薄出细腻的白色水雾，倪鸢觉得，是空调温度太高。

周麟让的左手滞在键盘上。他在片刻的寂静里无师自通，领悟到什么，笑了一下，声音低低的："你为什么会在我对面？"

"除了我，谁还会跟你组队？你这么菜。"

倪鸢："……"

周麟让："上车，毒来了。"他载着她向地图上的安全区驶去。

这把游戏结束，倪鸢拿了五个助攻，游戏体验还不错。

两人又开了一把，最后她忘记到底是不是自己先说的困了，要去睡了。

"麟麟，你忘记对我说新年快乐了。"她终于撑不住，眼皮往下掉，退出游戏时哈欠连连。

"新年快乐。"周麟让说。

周麟让在清晨入睡。

梦里他回到了古樟下的观音庙。一切在眼前重现，他又经历了一次昨晚经历过的。拥挤的人群、掉落的香灰、殿中的神像、燃烧的香烛、窗外的烟花树影与戏台……

他坐在蒲团上，倚着柱子假寐。女孩靠近，影子覆盖在他身上。他伸手，手掌扶住了她的后颈，稍微施加一点力，将她拉得更近。

她丝毫没有防备，整个人慌乱地扑倒在他身上，像坠落的蝶翼。他接住她，有些恶劣地笑了，说："倪勾勾，我抓住你了。"

中午十二点，周麟让睡到自然醒。

他拿起手机，切换到微信小号，发现一个钟头前，"大风筝"给他发了新年祝福，祝他新的一年开开心心、诸事如意，并且问他："L，如果我发现自己对一个男生有好感怎么办？"

刚吃过午饭的倪鸢收到了来自 L 的建议，他只言简意赅地回复了她两个字。

L："上啊。"

2.

正月里走亲戚，倪路康和秦惠心上午十点多出了门，开车走了。

倪鸢留守在家。

隔壁谌松不喜人情往来，又亲缘浅薄，早已没有在世的兄弟姊妹需要走动，闭门在家烤烤火，弹弹手风琴。

谌年看书打坐，周麟让更是懒得动。祖孙三代看上去异常清闲和随意，外面此起彼伏的烟花炮仗声跟他们全然不相干。

谌年似乎知道倪鸢一个人在家，打电话给她："鸢儿，中午过来吃饭。"

倪鸢把手边的一沓英语语法笔记整理完，迫不及待地去了隔壁。刚推开院门，就与周麟让面碰面。

周麟让在菜圃掐了把小葱，谌年下面条要用。倪鸢站旁边看着，毛茸茸的棉拖鞋底碾着地上的小石子，欲言又止。

周麟让狐疑地回过头看了她一眼："有话说？"

"没……没有。"倪鸢支支吾吾道。

"赶紧进屋，外面冷。"周麟让说。

"哦，好。"倪鸢走着走着，抬头说，"麟麟，你……"

"你到底想说什么？"

倪鸢抬手指了指："你的脸花了。"

应该是烤火时落的灰。倪鸢伸出插在兜里暖乎乎的手，示意周麟让弯腰低头，柔软的指腹在他脸颊上擦了擦。

"麟麟。"

"嗯？"

"你的脸好嫩啊。"

"……"

倪鸢没忍住多摸了两把。黑色的一点扬尘，沾在冷白的皮肤上，很难擦干净，反倒被她越抹越黑。

"好了吗？"周麟让垂着头，额发下露出锐利的眉峰，睨她。倪鸢顿时有点慌，慌乱中，在他脸上画了三条猫胡子。

"好了。"倪鸢违心地说。这时候要是说真话，她得玩完。

周麟让去厨房把葱给谌年。

谌年捞出滚水里的番茄，撕开皮，看见他的脸，犹豫着问："你这是……去哪儿画了个烟熏妆？"

周麟让去洗手间一照镜子，什么都明白了。

中午吃番茄牛腩面，倪鸢捧着大碗坐在火炉边，一边喝面汤一边偷瞄对面的周麟让。她跟他坐在对角线上，两人之间的距离被刻意拉远。

吃完面，倪鸢把碗收到厨房去。再回来，就换了个位置，挨着周麟让坐下。鞋面在周麟让脚上磕了磕，问："你生气啦？"

"我是真的想给你擦干净，但是擦不掉，"她辩解道，"也不能怪我啊。"

周麟让没生气，但用手掌在她的帽顶上泄愤似的压了压。

倪鸢戴了谌松的毡绒帽。烧明火唯一点不好，容易落灰尘。倪鸢如果嫌麻烦不想洗头，就戴着帽子挡一挡。帽子大，两边的护耳耷拉在脸颊旁，更加显得她脸小。

倪鸢躲开："不能压，会长不高。"

周麟让见外面的风停了，手臂擒住帽子，倪鸢的脑袋卡在了他臂弯里。

"跟我去打球。"周麟让说。

倪鸢感觉快要不能呼吸，帽子歪了，她的声音从里面传出来："你自己去不行吗？"

周麟让："我找不到球场。"

倪鸢："就在老年协会活动室那边，我们乐团练琴的地方，你之前去过的。"

周麟让："不记得路了。"

他强行抓着人往外走。谌松去午睡了，谌年不在，倪鸢孤立无援。

倪鸢扑腾了两下，转念一想，她为什么要拒绝？于是她拍拍周麟让的手背，大义凛然道："放开我，我跟你走。"

谌松的帽子还是太大，又笨重不方便，倪鸢脱下来，挂在屋檐下晾衣的竹竿上，准备待会儿回来再拿进屋。帽子一拿，她顿感脑袋凉飕飕的。

忽然又一热。

周麟让摘了自己的鸭舌帽，扣在她头上："走了。"

球场上没有人。除了他们，只剩树上还有两只小麻雀啾啾。云层飘浮不定，天气一会儿阴一会儿晴，地面是干的。

周麟让拍了几下篮球，在三分线外起跳投篮。篮球从网兜里穿过，高高朝倪鸢砸去，她畏惧又笨拙地伸手去接，被周麟让拦下。

球到了他手里好像变得很听话。

"让我试试。"倪鸢说。

周麟让把球给她。

倪鸢投了一个，没中。

"再站近一点。"周麟让说。球筐太高了。

倪鸢挪近几步，学着他的样子在地上拍了拍，然后跳起来一掷，这次中了。她似乎有了点手感。

虽然命中率不高，但是倪鸢从中找到了乐子。她开始频频从周麟让手里抢球。

周麟让弓腰屈膝，篮球流畅地从左手运到右手，随随便便转身就避开了她。等她好不容易抢到了球，周麟让拦她，堵在面前像堵不可逾越的墙，横亘在她和篮球架之间。

倪鸢索性抱球撞人，偏偏她力气不大，还撞不开。

"倪勾勾，你犯规了。"周麟让说。

"哦，"倪鸢歪头看着他，"那又怎样？"

该死的胜负欲冒出了头。

周麟让笑了笑："不怎么样。"

只是等她投篮的时候，他直接把她的球盖了下来。

倪鸢静默了几秒："我是新手，输给你很正常。"

周麟让手上转着球，敷衍地"嗯"了一声。

见他仍在笑，她非要博得认可，不死心地问："我不厉害吗？"

"厉害、厉害，"周麟让不怎么走心地说，"全世界你最牛。"

倪鸢无语："下次别叫我，我不跟你出来打球了。"

"别。"周麟让把篮球双手奉上给她，细听，尾音里夹杂着有来不及收敛的笑意，"你不来，我太无聊。"

倪鸢不知他这随口一说，是真心还是玩笑，但听着很开心。

周麟让的手机响了，他把球扔给倪鸢接电话。谌年问："人呢？"

周麟让说："在打球。"

谌年道："我打算给你外公开个淘宝店，回来商量商量？"

周麟让招招手，把倪鸢叫过来，对电话那头说："马上回。"

倪鸢抱着球，问："怎么了？"

"有大事。"周麟让说。

谌年想给谌松开个小淘宝店不是一时兴起，念头早就有了，这次趁着寒假有空，大家又都在，才提出来。

谌松平常接木工活，附近的人家需要什么物件，会来他这里定制。有一单，他就做一单。但还有一些囤货，是他清闲时随便做着玩玩的。小到木头做的杯垫、筷子筒，大到桌子、柜子，都堆在家里。谌年想替他把这些东西卖出去。

谌松表示："随你卖，但谁会买？"

他全凭自己心意做的东西，粗糙、古朴，有瑕疵，不精致也不细腻，跟网上那些看着就十分高档的木头比不了。

谌年说："试试不就知道了。"

谌年把淘宝店注册好，挂上招牌——谌记木坊。

周麟让负责拍照，把所有物件照片拍好上传，讲究光影、讲究构图、讲究细节与氛围，方方面面。文案交给倪鸢，她是写作文的一把好手，三五行字，简单地介绍了物件，诙谐幽默又趣味横生。

三人尽了自己的努力。等忙完，各自瘫在炉子前烤火，反倒随意了。等有缘人光顾，全凭天意。

"还差两个客服，"谌年说，"要是有顾客咨询，不得要客服回答吗？"

她指了指周麟让和倪鸢："就你们吧。"

一号客服"勾勾"，二号客服"麟麟"，上线。

还真有顾客上门。倪鸢遇到的第一个是来咨询杯垫的。

顾客："我看图片上说是实木的对吗？"

客服勾勾："是的。"

倪鸢回忆了一下自己在淘宝上买东西时，对面客服的习惯用语，于是非常专业地补充了一句。

客服勾勾："是的呢，亲亲。"

顾客："大概有多厚？"

客服勾勾："0.8厘米左右。"

顾客："不能包邮吗？"

客服勾勾："小本生意不包邮，不好意思呢，亲亲。"

那位买杯垫的顾客走了，没多久又回来了，继续咨询，这次上线的是客服麟麟。

"介绍上说是纯手工制作的是真的吗？"

客服麟麟："是。"

顾客："木头用着会不会开裂啊？我看你们定的价钱也不便宜，要是用不了多久就开裂，那太不划算了……"

客服麟麟："不会。"

顾客想：我问了五百字，你就回了我两个字。

倪鸢凑到周麟让的手机面前，看他怎么应对顾客："麟麟，你这样别

156

人不会买我们的东西的。"

"要买早下单了，不会啰唆这么多。"

"有道理。"

"他爱买不买。"

"……"行吧。

倪鸢遇到的第二个顾客是咨询桌子的。

顾客："是什么木头做的？"

客服勾勾："是榉木哦。"

顾客："可以用来当书桌吗？我想买给家里小孩当书桌。"

客服勾勾："可以的，亲亲。"

顾客："什么时候能发货？"

客服勾勾："等快递公司上班就可以。"

顾客："不包邮啊？我才看见你们家东西不包邮。"

客服勾勾："您家小孩多大？上几年级？"

顾客："高一。"

客服勾勾："虽然不包邮，但是有赠品。买书桌，可以送您小孩一份学霸笔记，是非常好的学习资料哦。"

——我去把以前期末给丛嘉整理的资料复印一遍就好了。

顾客："真的吗？"

顾客家的小孩心想：我真是谢谢你了。

客服勾勾："收到货以后麻烦给个五星好评哦。"

客服勾勾："好评如果够五百字，能把老人家夸得心花怒放那种，还会补送习题册。"

顾客家的小孩：大可不必。

对面下单了，桌子卖出去一张。谌松知道后虽然嘴上没说什么，但大家看得出来他很高兴。

周麟让这边也卖出去了一个泡脚的小木桶。对方只咨询了一两句，他也就回了一两句，双方言语都简明。

倪鸢提醒周麟让："最后你应该说：谢谢亲亲，欢迎下次光临。"

周麟让："……"

3.

正月初八，春夏镇上的快递点上班。谌年联系上人，帮着她把家里卖出去的木头物件打包发货。倪鸢当天要跟秦惠心回伏安，去舅舅家。

听说秦杰相亲的事成了，进展顺利，后面只要秦则不出来捣乱，秦杰估计就会组建一个新的家庭。

新春年头，秦惠心带着一家人去和女方吃个饭。

秦杰的新对象叫房静，比他小六岁，是超市收银员。三年前丈夫因病去世，房静独自抚养女儿长大，过得辛苦。

两家人见面，定在离房静上班处不远的酒店。倪鸢一家人去得早，房静还没到。秦杰跟倪路康先聊了起来，倪鸢觉得没趣，出了包厢门。

秦惠心在背后叫她："小鸢，你去哪儿？"

倪鸢回头："出去逛逛，待会儿就回来。"

外边寒风凛冽，天边挂着轮明显供热不足的太阳。倪鸢搓了搓手，呵出的都是白雾。旁边的广场边缘有几排长椅，中央有个音乐喷泉。她一眼看见了长椅上的秦则，旁边放着他的吉他盒。

原来他早就到了。

新年第一次见，倪鸢对秦则说了句"恭喜发财"，在长椅的另一端坐了下来。

秦则扔给她一个红包。

没想到有意外之喜。倪鸢打开红包一看，里面只有张红色卡片，上面写着："太遗憾了，您的手速太慢，红包派完了。"

倪鸢看着秦则，心想：我就不该对塑料兄妹情抱有期望。

秦则刚从乐队过来，红包是乐队鼓手给他的，说："阿则，新年快乐，一点小意思。"

秦则没拆，转送给了倪鸢。没想到是恶搞，秦则摸了摸兜，没带钱包出门。掏出手机转账，问倪鸢："说吧，你要多少？"

倪鸢说："八千八百八十八吧，吉利。"

"做梦。"秦则没忘记她曾经给自己转的"1.11"，发了个"8.88"过去。

倪鸢一边说着小气一边点"确认收款"。顺带翻了翻自己跟周麟让的聊天记录，时间停留在这天早上。

她告诉他："我提前去伏安了。"

周麟让大概还没起床，隔了半小时才回："开学见。"

六中一贯是正月十四，元宵节的前一天开学。倪鸢掰着手指头数，还有六天，六天太久。

倪鸢："麟麟，如果我给你打视频，你会接吗？"

周麟让："你可以试一试。"

倪鸢多余地解释了一句："我给你发视频，只是想看刘婶家的大黄狗。"

大黄这几天跟周麟让处得好，混熟了，常来找他要肉吃。

倪鸢这会儿再看聊天记录，觉得自己在掩耳盗铃，不知道周麟让看了怎么想，会不会信。

秦则瞟了倪鸢两眼，冷不丁说："你谈恋爱了？"

把倪鸢吓了一跳："没……没有啊。"

"为什么这么说？"她内心惊疑不定。

"猜的。"秦则说，"直觉。"

倪鸢掩饰似的把手机屏摁灭，目视前方，跺了跺冰冷的脚："你的直觉不准。"至少，现在还不是。

"你见过房阿姨了吗？"倪鸢转移话题。

秦则坐在上风口，旁边几棵梅树被风吹得乱晃，枝头梅花落了一地。

"还没。"他说。

"你……"倪鸢想起秦惠心说的"只要你哥别打岔，这事大概能成"。

秦则笑："你在担心什么？担心我饭桌上掀桌子，闹得大家都难堪？"

在秦杰眼里，他这个儿子自小叛逆，不服管教。成年以后，秦则回家的次数更少，秦杰不知道他在外面混什么，总担心他误入歧途。

但秦则活得挺明白，他自己一个人可以过得很好。

如今他甚至觉得秦杰身边要有人陪着也好，他少了挂碍，父母与子女本就是单独的个体，有自己的路要走。日后秦杰有了新的家庭，哪怕再有了新的骨肉，这些都不会伤害到秦则。

倪鸢自问还做不到这么洒脱。

一时，两人陷入沉默。

对面的喷泉没开，低洼处有积水，结了一层冰，几个小孩在上面滑来滑去。其中有个戴蓝色毛线帽的孩子玩得特别猛，起跑快，在冰面上溜出去老远，一不小心就摔了个跟头，爬起来又继续。

没多久，小孩们来到长椅这边，要比赛爬树。站在底下呱呱叫，七嘴八舌地讨论。树干太高，孩子们太小，只能嘴上逞强，没人敢真正敢往上爬，除了"小蓝帽"。

"小蓝帽"像只松鼠，攀着枝丫灵活地上树，底下传来其他小孩的惊叹和叫好。

"喂，小孩，"秦则从长椅上站起来，对树上越爬越高的人说，"下来。"

他长着一张厌世脸，没有表情，显得凶，很能唬人。

"小蓝帽"不想听他的，但也迟疑了，抱着摇摇晃晃的枯枝犹豫不决。

"把腿摔断了这里没人管你。"秦则说，"都会笑你。"

倪鸢真是佩服他这张嘴。

"小蓝帽"开始往下爬。上树容易下树难，速度明显不如先前快。落脚的树杈光滑，踩不太稳。最后一跳，"小蓝帽"终于有惊无险落了地。

倪鸢这才发现"小蓝帽"的鼻头被冻得通红，袖口被打湿了。

"小蓝帽"正在悄悄看秦则。

远处跑过来一个女人，叫了声："小金。"女人穿着细高跟，迈着小碎步，跑起来有种滑稽感。而且看得出她平常应该不怎么穿高跟鞋，中途身体重心不稳，晃了好几下。看得倪鸢心惊，担心她不留神下一秒就摔了。结果娘没摔，崽子翻车了。

"小蓝帽""嗖"地跑过去，脚底一溜，人砸在地上。倪鸢无聊地计了数，加上之前在喷泉那儿摔的，这是第五跤。

女人赶紧把小孩提起来，给她拍拍身上的灰尘、草屑，什么事没有，也亏得孩子长得结实。

"你是小则吧？"房静领着"小蓝帽"走到秦则面前，认出他来。

秦杰给房静看过秦则的照片。

"我是房静。"她先自己介绍了自己，表明身份，"这是我女儿，叫余金。"

"小蓝帽"吸溜了一下鼻涕，左右脸颊上各有一团冻疮红。房静不说，秦则和倪鸢都没认出这小家伙是个女孩。

"阿姨好。"倪鸢站出来简单地跟房静打了声招呼，要指望秦则跟人聊，恐怕得等到下辈子。

倪鸢对"小蓝帽"有点好奇，问她："你的名字是怎么写的？哪个'余'，哪个'金'？"

房静扯出纸巾，替小孩擤了把鼻涕，笑盈盈地代她回答说："是留有余地的'余'，金子的'金'。"

余金余金，余下金银财宝。

房静说完怕秦则和倪鸢嫌这名俗，又说："是她爷爷给取的。稀里糊涂上了户口，再改又麻烦，就将就着用了。"

秦则背起吉他盒，难得说了句："好名字。"大俗即大雅。

余金听出来是在夸她，咧嘴笑了，笑得露出牙花。

房静看时间，说："我们赶紧进去，老秦也到了。"

饭桌上，秦杰和房静是主角，其余人的目光却不约而同有意无意地瞟向秦则。秦则吃完这顿饭得消化不良。

好在气氛是和乐的，没出什么岔子。

房静刻意打扮了一番，人看着秀丽。言语中有种质朴真诚，像是没什么心眼。她用公筷给秦则夹了好几次菜。

秦则掐好了点，让乐队的人给他打电话。手机一响，他就起身，说有点事先走了。他走后，倪鸢敏锐地察觉到，包厢里的众人似乎松了一口气，显得比之前自在随意许多。

倪鸢看着几个大人，心里觉得好笑。余金正在给自己剥虾，吃得起劲。

没多久，倪鸢也撤了。她估计下次再见面，就要管房静叫舅妈了。

酒店后面的小街上有家网红奶茶店，倪鸢虽然现在喝不下奶茶，但她想着来都来了，还是去买一杯吧。店里人多，她边排队等，边点开手机。微信置顶，电话簿置顶，全是同一个人。

她把周麟让的备注名改成了"小妖精"。

小妖精："在写小作文？"屏幕上突然冒出一行字。

倪鸢："啊？"

小妖精："老显示正在输入中……你到底输入了什么？"

倪鸢："没什么，只是不小心点开了你的对话框而已。"

小妖精："视频？"

倪鸢："我现在在奶茶店买奶茶，人很多，不方便。"

小妖精："人多为什么不方便？我们视频需要偷偷摸摸？"

倪鸢："怎么可能！我们之间光明正大！一清二白！是我没带耳机出门，怕听不见你那边的声音，还是等我回去吧。"

倪鸢还不知道这天什么时候能回去。她爸妈晚上的火车，她打算去送送他们，然后自己再回六中的教师公寓302。

过几天房静跟秦杰就会去领证。有房静在，秦惠心自然不可能再住在秦杰家里照顾他。

秦惠心打算跟倪路康一起去厂里。那边还缺个厨师，她正好顶上。而倪鸢住在学校，平时有谌年照应，也没什么不放心。

小妖精："开学还有几天，送完你爸妈，你可以回春夏镇。"

倪鸢："搭车好麻烦，回去了过几天还是得来伏安，而且我把行李已经全部带过来了。"

其实在 302 她一个人住着,回春夏镇也是一个人在家,没有太大的差别。只不过,春夏镇有谌年的火炉和周麟让。

倪鸢:"麟麟,你真的很磨人。"

小妖精:"嗯?"

队伍已经轮到倪鸢了,柜台前的服务员说:"你好,请问要点什么?"

倪鸢点了他们家的招牌酒酿麻薯豆乳茶。

"要热的吗?"

"对。"

"要全糖吗?"

"半糖就可以了。"

倪鸢拿着打包的奶茶推开玻璃店门,绕回酒店,却看见余金躲在梅树后,正哭得稀里哗啦。

倪鸢犹豫着走近,蹲在她面前:"小金,你怎么了?"

余金抬头见是她,觉得她是秦杰那边的人,转过身去,背对着她。倪鸢想了想,把手里的奶茶伸到她面前。余金打着哭嗝,立刻接了。

"怎么哭了?"倪鸢又问了一遍。

接受奶茶的贿赂后,余金抽抽噎噎地向她袒露心声:"我要有后爸了。"

小孩大概是果腹之后突然有了危机感,一个人脑补了许多。倪鸢不擅长安慰小孩,有些词穷。

她知道秦杰身上有太多缺点,邋遢、懒、不怎么讲究,生过病身体内还留有隐患。他也有很多优点,待人真诚、讲义气、对小孩好。他还有个稳定的工作,有一套地理位置尚算不错的房子。

房静选择他,想必这些都心里有数。

倪鸢不是当事人,说不出两个家庭重组好还是不好。只是跟余金说:"不用担心后爸会对你不好,他很喜欢小孩的。你还会多一个哥哥。"

"那个光头哥哥吗?"余金问。

倪鸢窘了一下,秦则只是把头发剃得很短,是寸头不是光头。

"对,"倪鸢说,"他看着有点凶,其实人很好。你爬树的时候,他也是因为担心你才叫你下来的。"

余金冒出一个鼻涕泡:"真的吗?"

倪鸢点头:"真的,不用怕他。"

余金喝完了倪鸢的奶茶,基本也哭完了,倪鸢带她去找房静。

倪路康和秦惠心提前订的下午四点的火车票，这时候赶去火车站差不多。他们不让倪鸢送，但倪鸢说："反正也闲着没事。"

"那你不如回去多写几道题。"秦惠心就这么把倪鸢给顶回去了。

倪路康拍了拍女儿的头顶："一来一回多麻烦啊，你不是最讨厌麻烦吗？等你再从火车站赶回去，天都黑了，我和你妈也不放心。"

没办法，于是就不送，他们在岔路口分道扬镳。倪鸢拦辆出租车坐进去，从后视镜里看见路边两道人影离她越来越远，说不出的酸涩情绪堵得她心头难受。

车内闷，她长吁了口气，现在特别不想一个人待着，不想独处。

堵车加上路程远，四十多分钟后才到六中门口。

倪鸢跟门卫熟，打完招呼还从书包里拿出一个苹果给人家，拖着行李进去。

天不知不觉已经黑了。

放假期间学校冷清得像片荒原，昏沉天色中，风吹着成排的翠竹弯腰。

从校门口到教师公寓的路似乎格外长。倪鸢听见自己的脚步和行李箱辘辘拖在地上摩擦的声音。

终于快到楼下。倪鸢蓦然看见被玉兰树遮挡的路灯下，有个熟悉的身影，他在等着谁。

他朝她走了过来。

倪鸢怔怔地看着周麟让："麟麟，你怎么会在这里？"

周麟让想了想说："热爱学习，提前回校，归心似箭。"

——我信你个鬼。

周麟让接过倪鸢手里的行李："你不是不回春夏镇吗？我就来了。"

1.

周麟让的到来驱散了倪鸢心底的小落寞。

她晚上回 302 把东西整理好，稍微打扫了一下卫生，在阳台看见隔壁亮着灯，给周麟让发消息提醒他："麟麟，我们还没有视频。"

浴室里水雾升腾，白茫茫一片。

周麟让站在花洒下冲澡，看见手机屏上亮起的消息，用毛巾擦了下手就去拿置物架上的手机。

他回："就在隔壁还视什么频？"

倪鸢："可之前明明说好了的。"

她觉得很有必要履行约定，毕竟她还没跟周麟让视频过。全然忘记了自己说过的，视频是为了要看大黄狗。

倪鸢果断点了微信上的视频通话，周麟让来不及告诉她自己正在洗澡。手机屏上爬满了细密的水痕，操作不敏捷，周麟让不小心按了接通键。

倪鸢只见他那边白雾缭绕，很有如梦似幻的氛围，眨了眨眼问："麟麟，你在修仙吗？"

"……"周麟让说，"洗澡。"

"哦，"倪鸢没有语调起伏地轻轻感叹了一声，"那多不好意思。"

有的人嘴上说着不好意思，眼睛却想看得更真切，可惜入镜的最低点是周麟让的锁骨。看着平直而嶙峋，水珠从上面滚落。

倪鸢的脸烧起来："你洗澡怎么还视频呢？臭不要脸。"

周麟让："……"

倪勾勾倒打一耙的本事真绝了。

倪鸢做贼心虚，赶紧挂断了视频。

学校没开学，食堂不开张。

大冷天倪鸢也懒得做饭，一日三餐就和周麟让商量好去外面吃。

但周麟让一般起床起得晚，早上倪鸢便自己去学校外的小店里吃油条豆浆，逗逗店里客人的小猫小狗。

回去再给周麟让带一份。

装油条的白色塑料袋打了一个简单的爱心结，但看着实在不明显。

周麟让起床后，看见桌上有份早餐。触手一碰，已经快凉了，得用微波炉加热。

塑料袋上的结不知道怎么打的，他一下没解开，稍微用力直接将袋子扯开一个口，将油条夹进了瓷盘。

倪鸢过来时，周麟让正在喝最后一口热豆浆。

"好喝吗？"她问。

周麟让点了一下头，"还行。"入口温醇，不甜腻。

"那我明天早上还买这家的，丛嘉也说这家的好吃还干净。"

日光倾斜着洒进室内，倪鸢把板凳搬到阳光下，背朝外，面朝周麟让："油条味道怎么样？"

"一般。"周麟让说。

垃圾桶就在旁边，倪鸢瞄见里面一团皱巴的塑料袋，不死心地问："塑料袋你是怎么打开的？"

"扯开的。"周麟让说，"你打了死结。"

倪鸢忙说："那不是死结……"说了半句，她一顿，觉得把这事捅出来太傻了，小学生都嫌幼稚。

话在她嘴里转了个弯又吞回去，她坐小板凳上仰着头气鼓鼓地看着周麟让，脑子一抽地说："那是我的心结。"

周麟让半晌无言："神经病。"

倪鸢摸摸鼻子，强行岔开话题："我们中午去吃什么？"

日常除了学习，还有两问——中午吃什么，晚上吃什么。

其实点外卖也可以，但外面天气好，倪鸢就想出去走走。

"你挑地方，中午出门叫我。"周麟让说。

"去远一点的地方也可以吗？"倪鸢问。

"随你。"

中午他们去了市中心。倪鸢不嫌远，她还要路过书店，进去挑几本教辅书。

新春年头，店铺开始营业，四处张灯结彩，喜庆的气氛未消退，路上车辆也已经渐渐多了。

买完书去吃火锅，走在他们前面的是几对小情侣。要么穿着情侣装，一眼就叫人能认出来；要么直接搂着腰，牵着手。

倪鸢不自在极了。

周麟让看见前方落地窗上投映出的影子，侧头告诉她："你同手同脚。"

倪鸢："……"她的手指攥住了斜挎包的带子。

等去店里落座，吃起了火锅，她就忘记了刚才的尴尬。

中途谌年来了电话，大概担心两个小孩待在学校三餐敷衍不定时吃饭。倪鸢说："老师放心，我带麟麟出来下馆子了，不会饿着的。"

周麟让已经懒得纠正她话里的措辞了。

谌年跟倪鸢提起了周麟让："昨天下午非要提前回伏安，说是以前A城的几个同学过来找他了，要聚一聚……鸢儿，你帮我盯着点，夜里九点隔壁要是还没亮灯，他人还没回来，你就告诉我。"

倪鸢心说：我也没见有什么同学过来找他啊，他从昨晚到今天也就跟我一起出门了。

倪鸢的眼睛盯着对面的周麟让，连忙答应着，语气郑重："好，他要敢夜不归宿出去鬼混，我一定向您报备。"

手机开的外放，周麟让没插半句嘴，却将这两人一来一往的对话听得清清楚楚。

倪鸢挂了电话，给周麟让捞了粒肉丸，试探着问："麟麟……你回来真的是为了见同学吗？"

她分明记得昨晚他说的是，因为她没有回春夏镇，他就来了。

周麟让不说话，她就又给他捞了豆腐、香菇、冬瓜，碗里快要堆成一座小山。

"好好吃你的。"周麟让制止她。

小姑娘有种锲而不舍的精神，固执地刨根问底："回来真的是为了见同学吗？"

"你是我同学吗？"周麟让反问。

"不是，"倪鸢摇头，"我只能算你的校友、学姐、邻居，还有一起吃饭的饭搭子。"

"那就不是。"周麟让说。

吃完周麟让去结账，倪鸢觉得要AA，或者中餐晚餐跟周麟让轮流付，否则后面天天一起吃饭，她不太好意思。

周麟让看她纠结，于是说："我直接把伙食费转给你，你想怎么付就

166

怎么付，多退少补，都行。"

他转了五千块过去。

倪鸢手机上振动一声，屏幕亮起，微信上显示有新消息。

"太多啦。"倪鸢看见金额咋舌，"吃饭哪用得着这么多？我退你。"

周麟让没出声，关注点全在她给他的微信备注上，问："小妖精是谁？"

倪鸢握着手机呆了两秒，后知后觉想起这事，把手背到身后，背脊挺得笔直："是……是丛嘉！"

——嘉嘉，对不起。

"手机给我。"周麟让说。

"不给。"

周麟让腿长手也长，轻松从她手里抢到手机。

他的眼神带着警告望过来，倪鸢没底气地伸手用指纹解了锁屏，当着他的面规规矩矩把备注改回了"周麟让"三个字。

饭后一杯奶茶，倪鸢拐进了奶茶店里。

"麟麟，你不懂，'小妖精'可以用作朋友之间的称呼，表明我们关系好。像我经常顺口管丛嘉叫'小妖精'，并没有别的意思。"

——嘉嘉，对不起。

"真的吗？"

"嗯。"倪鸢认真地点头，指了指点单屏幕上的一款奶茶。

周麟让先她一步扫码付款，半倚着柜台，默不作声在小卡片的称呼一栏上，提笔写下了"小妖精"。

还有其他顾客要点单，他们让开位置，坐在店里等。

五六分钟后，戴着"小蜜蜂"的服务员在柜台前喊："10 号小妖精，您的奶茶好了。"

店内安静了一两秒。众人四处张望，唠嗑聊天的全部抬了头。

倪鸢看了看手里的小票，难以置信，上面赫然印着数字"10"。

在这之前，全是"7 号王小姐，您的奶茶好了，请过来取""8 号李小姐，您的奶茶好了，请过来取"……

到了倪鸢这里，就是"10 号小妖精，您的奶茶好了，请过来取"。

倪鸢提了提围巾遮住半张脸，想装死。

周麟让收起手机，似乎好心提醒她：不去取吗？你的奶茶好了。

"10 号顾客小妖精，您的奶茶好了……"

她不去，服务员就会接着喊，喊很多遍。

倪鸢站起来，众目睽睽之下，迈着沉重的步子去拿奶茶。

服务员面带标准微笑，眼神复杂地看了她一眼，将奶茶递给她："喝前需要搅拌一下，两个小时内饮用口感最佳哦。"

倪鸢面上淡定得很："谢谢。"

她回到小圆桌前，拉起周麟让的袖子往外走，步子越来越快。

"麟麟，我被你坑惨了。"她苦着脸说。

哪里有洞？她要去钻一钻。

周麟让衣袖上的布料被她攥出了一朵花，他看她恼怒地瞪自己，脸上扯出了笑："'小妖精'不是朋友之间的称呼？不是可以表现我们关系很好？我留这个称呼有什么不对？"

倪鸢："……"

睚眦必报周麟让，哑口无言倪勾勾，她又输了。

倪鸢在坑周麟让的喜悦，和被周麟让坑的愤慨中，度过了这几天。

正月十四，六中开学。

与前几天的冷寂景象全然不同，学校像座被大雪覆盖的森林突然苏醒，冬眠后的动物们纷纷涌进来，给森林重新注入了生机。

丛嘉搭她妈妈的车来学校报到，倪鸢昨晚说好了在教学楼前等她。

倪鸢跟丛嘉妈妈相互认识："阿姨，新年快乐。"

"小鸢，新年快乐，我好久没看见你了，下次跟丛嘉到家来玩啊。"丛嘉妈妈说。她身上穿着正装，看上去干练而精神。

"妈，你赶紧去忙，我自己去教室报名。"丛嘉摆摆手说。

丛嘉妈妈无奈又宠溺地在她头捋了一把，握着包走了。

倪鸢的眼神好，丛嘉偏头时发丝甩动，露出底下一抹深蓝："嘉嘉，你染头发了？"

"我就染了一小撮还藏在底下也被你看出来了？"

"你最好不要被老班发现。"

"等发现了再说。"

一碰面，两人完全不像已经有整整一个寒假没见了，仿佛今早还一起去甜品店吃了东西、撸了猫。

倪鸢替丛嘉把头发拨弄几下，从外面看不出端倪了。

丛嘉拉着倪鸢就问："你跟弟弟现在怎么样了？"

倪鸢把丛嘉牵到僻静处，跟她分享内心感言："说起来可能有点厚脸皮，但不知道为什么，我觉得我对他来说比较特殊，也不知道是不是我的错觉。"

"你对他来说本来就很特殊啊，"丛嘉嚼着口香糖说，"有眼睛的人都看得出来。"

"是吗？"倪鸢狐疑道。

丛嘉指了指自己的眼睛："信我，火眼金睛。"

"先别管这个，我们去报到吧，时间不早了。"倪鸢说。

高二（3）班的教室里喧闹无比，胡成叫了几个同学在打扫卫生，桌椅拖动声刺耳嘈杂，多数人在嬉笑打闹。

开学第一天，爆出了头一桩八卦——宗廷和礼虞闹掰了。

这两人座位都靠后，但全然没有任何交流，成了不相干的陌生人。而且据说礼虞现在跟高三的一个学长走得很近。

学校生活枯燥乏味，本来两枚硬币都能玩出花来，何况这么大的八卦，好事者不在少数。

熊吉元跟宗廷形影不离，像宗廷的影子。因此大家都从熊吉元那里打听，熊吉元还真不知道，什么都说不出来，他也不敢问宗廷。

倪鸢和宗廷也是同一所初中升上来的，以前算走得比较近，甚至有人拐弯抹角问到倪鸢这里来了。

倪鸢说："把历史寒假作业交一下。"

对方立刻跑了。

丛嘉笑："哈哈哈，鸢儿，真有你的。"

倪鸢："你的历史寒假作业也交一下，老师就发了五张卷子，说不能敷衍要认真做的，开学她会检查。"

丛嘉："我笑不出来了。"

丛嘉边写卷子边念叨说："八百年过去了，含香都变成蝴蝶飞走了，唐僧都去西天取完经了……看看人家，再看看你……"

倪鸢端坐在座位上，手里握着笔在教辅书上做标记，柔软的灰粉格子围巾抵在小巧白皙的下巴处，她一本正经地说："那又怎样？"

丛嘉："哦豁。"

倪鸢："这个星期内，一定要取得新进展。"

丛嘉激动地合掌拍了下手，露出看好戏的表情："拭目以待——"

2.

丛嘉问："你打算怎么做？"

倪鸢的"豪言壮语"说出口，想要反悔已经来不及，教辅书上的线画歪了好几条。

教室门口，越斯伯领来了新的粉笔和黑板擦，熊吉元扛进来两桶饮用水。下午开始正式上课，胡成提前来了教室巡视。

丛嘉埋头，压低声音问倪鸢："要不要本军师帮你合计合计？"

倪鸢："说来听听。"

丛嘉说："在302摆蜡烛，撒玫瑰花瓣，晚上把人叫过去。"

倪鸢摇头："俗。"

丛嘉说："你不是会二胡吗？给他拉一首《今天你要嫁给我》。"

倪鸢："不至于。"

丛嘉改口："那就换一首《月亮代表我的心》。"

倪鸢手里的笔尖戳破了草稿纸，留下小团浓重的墨迹，跟丛嘉脑门对脑门趴在桌上："用二胡拉《月亮代表我的心》您觉得合适吗？我怎么不吹唢呐呢？"

丛嘉："你要是会唢呐也可以啊，多喜庆，多热闹。"

倪鸢："……"

——我的军师不靠谱，她只想是看戏罢了。

"不如我直接说吧？"倪鸢突然觉得这种事，也不一定非得大张旗鼓。对方如果接受，自然皆大欢喜。

如果不接受……

倪鸢想了一下周麟让拒绝她的样子，如果被拒绝，还能不能做朋友？或是从此只安静地做他的校友、学姐、邻居、相顾无言的饭搭子。

她也开始变得患得患失，尝到了许多以前不曾尝过的滋味。犹豫、试探、期待、忐忑，一颗心七上八下。

丛嘉抱住她的脑袋揉了揉，犹如老母亲般发出一声叹息。

揉着揉着，觉得手感真好，散了倪鸢的马尾，玩她的头发，一左一右编了两个小辫，特地挑了自己最喜欢的蝴蝶结缀在发尾。

倪鸢一摸："土吧？"

"甜。"丛嘉拿出小圆镜给她照。

"土甜土甜的。"倪鸢说。

"倪鸢，有人找。"走廊上有同学高声喊。

倪鸢抬头，周麟让人已经进了（3）班教室。他身上穿着跟她一样的冬季校服外套，颜色是大片暗沉的灰。

大多数人穿冬季校服显得臃肿，他却高高的，身量颀长，像暮色中被雪覆盖的青松。

倪鸢来不及散开辫子，周麟让看见了她，走过来："换造型了？"

"我们鸢儿甜吧？"丛嘉挑眉问周麟让。

倪鸢的手在桌子底下捏了她一把，警告她收敛。

周麟让没表态，揪了一下倪鸢发尾的蝴蝶结，把手里的本子扔给她。

倪鸢接过来一看，是她的英语笔记本。

"怎么会在你那里？"

"我还想问你，"周麟让说，"地上捡到的。"

应该是倪鸢昨天落在 301 的。

"谢谢。"倪鸢没想到他还会亲自给她送过来。

"差点当垃圾扔了。"周麟让说。

倪鸢想收回"谢谢"二字。

周麟让把本子还给她以后就要走，她把人叫住："麟麟，我有事跟你说。"

她一脸认真，是要说大事的表情。

丛嘉比倪鸢激动，忘我地拍了下桌子，这一下把掌心给拍麻了。

倪鸢和周麟让不约而同望向兴奋的丛嘉。

丛嘉赶紧回避："你们说、你们说，当我不存在。"她假装咳嗽，"我再多嘴提醒一句啊，尽量低调。"

倪鸢回头看，胡成在教室后边清理着墙壁上上学期留下的各种背诵默写登记表。

周麟让等着倪鸢开口，用眼神示意她快点。

"我……我就是问问你，蒜泥和葱花打架谁会赢？"倪鸢说完，丛嘉扑倒在课桌上，周麟让看她的眼神无语至极。

"蒜泥会赢。"倪鸢径自揭晓了答案，尴尬地说，"因为算你（蒜泥）狠。"

丛嘉：神的算你狠。

周麟让问："你要说的就是这个？"

倪鸢："还有……"

倒下的丛嘉瞬间复活，头又从课桌上抬了起来。

倪鸢低头看周麟让的鞋子："你放门口的球鞋是被我踩脏的，对不起。"

周麟让："……"

丛嘉彻底倒下了。

周麟让骂了一句"傻子"。

倪鸢说："就算我做得不对你也不能骂人，而且我是不小心踩到的。"

顾及着教室里这么多人在，后面还有个班主任，周麟让忍着没揍她。

胡成撕完墙上粘着的碎纸屑，回头看见教室里的高个男生明显不是本班的。在他说"不要串班"之前，周麟让已经从前门走了。

胡成打旁边过，丛嘉戴起帽子，遮住她新染的几撮蓝毛。

倪鸢的目光重新移回书本上，仿佛无事发生。

两天后举行开学典礼。

周麟让前一晚才听说了六中有个"状元奖"，而且这次的"状元奖"还与他相关。

这其实就是学校设置的奖学金，用于奖励年级前五和单科状元。校长在每学期的开学典礼上给他们颁发荣誉证书。

倪鸢去红榜前再三确认，周麟让的名字确确实实挂在榜上第一位。

晚上她告诉他："麟麟，你明天要戴大红花了。"

周麟让莫名有种不好的预感。

倪鸢随便去六中论坛搜一搜，还能翻到往届"状元奖"颁布时的照片，她把手机递给周麟让："你自己看。"

照片隔得远，拍得模糊，但能分辨出是在学校升旗台前。

台下是黑压压的人，台上站了几个胸前带着红绸子大花、头戴状元帽的学生。

喜庆程度，五颗星；搞笑程度，五颗星；尴尬程度，五颗星。

那哪里是上台领奖，怕不是上台受刑。

周麟让只看一眼就挪开了视线："哪位大仙发明的状元奖？"

倪鸢解释道："据说是第三任校长创立的，很有历史感和仪式感，'状元奖'是所有六中学子的目标和追求。"

周麟让问："包括你？"

倪鸢摇头："不包括我。"

因为在全校师生面前戴状元帽和大红花真的太傻了。

倪鸢算是学霸一枚，但总分还够不到年级前五的高度，偏偏单科成绩出众，上次期末考她的英语和历史都是第一名。

所以，这次的状元奖她也有份。

开学典礼上，从校长到各位校领导发表讲话，走到流程的最后一步，就是颁"状元奖"。

先从高一年级开始。

周麟让接过状元帽，没有表情的脸上出现了一丝裂痕。

大红色帽子，棉布面料，轮到这一届，已经有些显旧了，内里是白色细网格，颜色略微发黄，先前不知道被多少位学霸的脑袋拱过。中间镶了颗价值八毛钱的小粉钻，帽子翅膀上敷衍地绣着两行锦绣山河和一轮冉冉升起的朝阳。

总而言之，极致奢华、大气上档次。

周麟让旁边站着的是年级第二，一个白胖的男生，小心翼翼捧着神圣的帽子跟年级第三交流："你看这帽子上是不是有仙气？"

"历届学霸学神们的仙气啊，这次终于轮到我头上来了。"

周麟让想原地消失，但是来不及了。音乐响起，被迫上台，一行人站一排。周麟让是首位，头一个，不知道有多少目光聚焦在他身上。

校长挨个把荣誉证书颁给每个人。

阳光下，大家胸前的大红花更加鲜艳了。

周麟让的视线扫过台下，跟他昨晚在倪鸢手机上看到的情景一模一样，历史重现了。台下是人，最前面一排还有校园电视台的小记者在录像和拍照。

不用想，他这么傻分分的样子也将留存，登上校园报、学校论坛，隔个几年还能被翻出来鞭尸。

终于熬过漫长的几分钟。高一的状元们下台，高二的上。倪鸢在队伍中，跟周麟让打了个照面，面对面走来。

周麟让见她淡定又严肃，白皙的小脸被红彤彤的帽子衬着，有种别样的稚气可爱，忽然觉得也没那么难以忍受了。

两人擦肩而过，倪鸢隐在队伍中，装作不经意地撞了一下周麟让的手臂，像是故意找碴儿。

一张折叠了好几下的小字条，落入周麟让手掌心。

周麟让避开人，打开字条，上面特别欠揍地写着："麟麟，你今天好靓。"

前面还有一行字，却被笔涂黑。

谌年一早拿着周麟让的相机在蹲守，等周麟让下了台，制止他："先别摘，我给你照一个？"

"妈，你就别凑热闹了。"

"鸢儿也下台了，我给你们一起照一张？"

周麟让摘大红花的手一顿。

太阳照竹林，风吹竹叶簌簌响，地上稀疏的树影摇曳，不知哪位老师家养的猫卧在花坛上打盹。

谌年举着相机，对准两人，越看越搞笑。两个小孩，大红花、大红帽，端端正正地站在竹林前的小径上。

"站近点。"谌年说。

倪鸢犹豫时，周麟让往她这边跨了一步。

两人的手臂挨着了。

"笑一笑吧。"谌年又说。

倪鸢配合地扬起笑，周麟让仍只是没有表情地看着镜头。

谌年按下了快门，日后照片洗出来，谌松要去了一张，这张照片被老人家装进了他的老相册里，背面写着："十八岁的勾勾和十七岁的麟麟，状元奖。"

谌松为他们骄傲。

终于摘了帽子和花，周麟让和倪鸢不约而同松了口气。回教室的路上，倪鸢问周麟让："我给你的字条你看了吗？"

周麟让点头。

"麟麟，我好屌。"倪鸢这句话说得没头没尾。

"你划掉的那行字写了什么？"周麟让沉默了几秒问。

"骂你的。"倪鸢说。

已经走到了三楼，她进教室前周麟让塞回给她一张字条，礼尚往来。

倪鸢以为他要以牙还牙辱骂自己，捏着字条回到了座位上。

铃声刚好响起，数学老师走进教室。

倪鸢在铃声中打开了纸条，上面没有嘲笑她的话，只有回应她的直白的四个字。

3.

数学老师的语调慢悠悠的，像首催眠曲，让人昏昏欲睡。

丛嘉强撑着听了十五分钟，躲在书本垒砌的高墙下眯了会儿，等不困了就开始转笔。

她技艺娴熟，一根中性笔在指间转得飞快。

"吧嗒——"笔掉地上，滚到了倪鸢的桌底下。丛嘉伸手去捡，够不到，不得已俯身趴在了倪鸢的膝上。

"能不能行？要不我帮你捡？"倪鸢压低声音说。

"不用，我自己来。"丛嘉手指钩到了笔盖，直起脑袋时，耳朵贴在倪鸢的胸口停了两秒。

"鸢儿，你的心跳为什么这么快？"丛嘉问。

她又看倪鸢的脸，非常顺手地摸了一把揩油："还有你的脸为什么这么烫？"

"我热。"倪鸢说。

"热个鬼。"

"老实交代。"丛嘉说。

倪鸢手掩在嘴边，跟汇报机密似的鬼祟："窗户纸破了。"

"啊？"

丛嘉慢半拍反应过来："我太小看你了，还以为你只会打嘴炮。"

丛嘉喜不自禁："真是出息了，家里养的大白菜会拱猪了！"

倪鸢："……"

她们窃窃私语，数学老师在讲台上看得一清二楚。数学老师扶了扶老花眼镜，递出手里的粉笔："给大家五分钟，完成大屏幕上这道题。来，倪鸢、丛嘉，你们到黑板上来写。"

猝不及防被点名。倪鸢从座位上站起来，丛嘉跟在她身后慢吞吞地走向讲台。

乐极生悲。两块黑板，一人占一边。

倪鸢边看屏幕上的题干，边列出已知条件，清楚了大致的解题思路。

丛嘉边看屏幕上的题干，边偷瞄倪鸢的解题步骤，能抄一点是一点。

数学老师在下面巡视，时不时回头看一眼，瞪丛嘉。

五分钟一到，两人下台，倪鸢的题差最后一步没解出来，丛嘉差得就更多了。

数学老师上了年纪脾气好，语重心长地劝："上课要专心啊。"

倪鸢有点惭愧。

后半节课，丛嘉全程憋着，想问又不能问。终于等到铃声响，等到全体起立说完"老师再见"，丛嘉迫不及待地问倪鸢："赶紧交代清楚，在我不知道的时候你们到底发生了什么？"

倪鸢："你干吗这么激动？"

丛嘉："废话！"

倪鸢把事情经过简单地跟丛嘉说了一遍。

丛嘉："弟弟牛。"

她看倪鸢，道破了真相："原来你刚才不是热，是荡漾。"

倪鸢："……"

丛嘉："那现在你什么打算？"

倪鸢想了想："先好好读书。"她装作很沉得住气的样子，"别的，天机不可泄露，等毕业了再说。"

"课代表，"谌年从走廊上经过，隔着窗玻璃朝里头的倪鸢招招手，"我的历史课代表出来一下。"

倪鸢撇下还想继续八卦的丛嘉，出了教室。

谌年亲亲密密地揽着倪鸢的肩膀，往小办公室走："鸢儿，问你个事。"

"老师，你说。"倪鸢关上门。

"开学前几天你跟麟麟提前返校了，待在一块的时间多……"谌年话说到一半，倪鸢的心陡然悬空。

"就想问问你，有没有看见他抽烟？"

倪鸢的心又落地了："没有呀。"

倪鸢发誓，她绝没包庇某人。

谌年昨晚出了趟门，在巷里的烟酒店外碰见周麟让。她的眼睛一瞥，见他手里拿着条烟，还是有价无市的特供烟，不知怎么弄到手的。

"来进货啊？"谌年问。

她挎着菜篮子，有豌豆、红萝卜、肉，几根碧绿大葱支棱着伸出了头。

暮霭沉沉，旁边洗头店门口的霓虹灯一亮，两人相距不过一米。周麟让手里的东西想藏都来不及藏，他觉得自己有必要解释："给外公弄的。"

"哦？"谌年摆明了不信。

周麟让干脆说："我要抽也就买一包，至于买一条这么嚣张？"

谌年发自肺腑地问："你难道还不够嚣张吗？带人抢球场是家常便饭。明目张胆翘掉培优班的小课。遇学生会检查十有八九不配合，全凭心情。"

谌年拍拍周麟让的肩膀："儿子啊，你是不是过得太随性了点？懂不懂谦和礼让？懂不懂与人为善？"

周麟让挑唇笑了一下，眼神桀骜："不懂。"

"只懂愿赌服输，输的人没话语权。"就像他每次打不过她，就认命听吩咐。

"但真没偷偷抽烟。"敢作敢当，没做过的他也不认。

他这么说，谌年已经信了八分。还剩下两分，是她想要敲打、警惕、防患于未然，所以又来问了倪鸢。

倪鸢说："没看见他哪里藏了烟，应该没有。"

（3）班包干区经常被学校分到一些犄角旮旯儿，她去打扫卫生时好几次遇到过抽烟的学生，还有天台上、器材室的角落，也有燃尽的烟头。

但倪鸢没有碰见过周麟让抽烟。

"行，我知道了，"谌年说，"他要有情况你就跟我说说，我怕他不学好。"

倪鸢点头答应下来。

下午上完体育课回教室，倪鸢在楼梯间和周麟让不期而遇。她刚跑完圈，出了汗，脱了校服外套抱在胸前，身上穿着件米白浅格纹毛衣，还止不住地有点喘。

倪鸢上楼梯时，周麟让正从上面下来。

倪鸢的脑袋空白了一瞬。她刚用清水洗过脸，几根细碎头发丝粘着脸庞，抬眼看见周麟让又避开视线，一时不知看哪里才好。

她也就慌了两秒，就很快恢复了镇定。想起正事，她将人堵在楼梯间。

"麟麟，你配合一下。"倪鸢说。

周麟让高她一个台阶，垂着视线，饶有兴趣地问："怎么配合？"

倪鸢抓住他的手，修长且干净，骨节分明。

倪鸢握着他的手凑在鼻尖闻了闻。她见过胡成怎么抓班上抽烟的男生，光搜书包和抽屉，可能搜不到证据。但抽过烟的人衣服上会有没散去的烟味，倘若次数频繁，夹着烟的手指内侧会发黄。

这时候一抓一个准。

倪鸢没发现蛛丝马迹，放下周麟让的手。又倾身，凑近，嗅了嗅他的校服外套。

倪鸢立即闻到了某种洗衣液的味道，是清淡的薄荷香。

到这时候周麟让还有什么不明白，敢情是来查他的。他站着一动不动，语气似是不耐烦："有烟味吗？"

倪鸢摇头："没有。"

"冤枉我了知道吗？"

倪鸢想要辩解："我没怀疑你。"

"你刚刚的举动就是在怀疑。"

周麟让步步紧逼。他往下走一步，跟倪鸢站在同一阶楼梯上，还是高她太多，他弯下腰声音就响在她耳边："勾勾，我要被冤死了。"

倪鸢僵住。

周麟让恶劣地看她："这要是六月也得飞雪啊。"他跟窦娥比冤情。

倪鸢回座位上做了两道英语选择题冷静一下，下一堂课进行全校性大扫除，这会儿教室里空荡荡的，没几个回来的，大多数人还逗留在操场上玩耍。

丛嘉只晚了两分钟进来。放一罐可乐在倪鸢桌上，激动过后，她的语气神态已经变得平静沉稳，只面上微微带笑："我都看见了。"

倪鸢："看见什么了？"

丛嘉："你对弟弟又亲又抱。"

倪鸢："这要是六月也得飞雪啊。"

她才是真的冤。

倪鸢："现在是不是无论我说什么你都不会信了？"

丛嘉："是的。"

倪鸢起身向教室后排走去，拿起被人绊倒的扫帚和撮箕，丛嘉咽下一口可乐追问："干吗去啊？"

"打扫包干区。"倪鸢说。

她顺带去办公室告诉谌年："老师，麟麟抽烟的事应该是误会。"

谌年问："怎么确认的？"

——付出了清誉去确认的。丛嘉从此不再相信我的清白。

1.

高二（3）班的包干区在学院小筑三楼的两间会议室。

倪鸢直接过去。

学院小筑肃静。甭管外头多热闹，进了楼里，学生们自动放轻脚步，进门抬头就能看见对面墙壁上挂着裱起来的一幅字——切忌喧哗。

第三任老校长留下的墨宝，气势开张，笔力遒劲，像道符咒镇压在楼内。写的是秦篆，没几个学生真正认识，但都心照不宣知道是那么个意思。

楼里落针可闻。

倪鸢拿着扫帚上了台阶，一路上没碰见人。进了要打扫的会议室，推开木窗就是大片茂盛的绿，树枝盘虬卧龙，横斜在窗外。夕照探入，把墨绿窗框染得旖旎。

倪鸢是第一个到的。

他们组分了有七个人。没多久，越斯伯提着水桶也来了，身后跟着班上几个女生。

卫生部检查卫生的人刁钻，细枝末节全不放过。倪鸢指了指墙角，问越斯伯："班长，蜘蛛网怎么弄？我没找到工具。"

越斯伯把手里的抹布给她："我去一楼看能不能借到。"

另外几个女生是同一个宿舍的，话匣子打开，渐渐收不住，拖地、擦门的同时，没忘给对方推荐自家偶像的新剧。

室内热闹了许多。

半桶水尚算干净，倪鸢把脏抹布放进去洗了洗，拧干，第一遍把窗玻璃上蒙的灰尘带走，第二遍再细细清理上面的各种脏印子。

"这些书是谁的？"有同学拿起桌上的书本，翻了翻。

会议室闲置，但桌上居然有没带走的书和资料。

"是高一的卷子，题好难啊，我一个高二的不会做。"

"别说了，我题都没看懂。"

试卷头一行分明印着"高一数学小测试题"，题目密密麻麻铺满了整张纸，可考的不仅仅是高一的内容。

倪鸢听着她们说话，想到了周麟让。

"早听说高一搞了个培优班，应该是在这儿上课。"

"还有人说是学校自己拨款的，给开小灶还不收他们的钱，资料费、课时费全免，真是放手心里捧着了，天之骄子们啊……"

"毕竟就指望着他们中间能出个状元了。"

"我们高二怎么不办个火箭班？"

"办了你也进不了……"

倪鸢的手指顶着抹布，面前是块指甲盖大小的干涸的黄色不明物，像昆虫被拍死在窗玻璃上爆出的浆。她视线往下，余光里闪过一抹灰影。

她还没看清，室内突然响起一声尖叫："啊——"

老鼠在桌底下跑酷，慌乱逃窜。场面一度十分混乱，硝烟四起。有拿扫帚扑老鼠的，有四处躲老鼠却差点踩到老鼠尾巴的，有光顾着踩脚和乱叫的……包括倪鸢在内，总共也就七个人，生生营造出了七十个人的热闹景象。

一楼值班的老师这个时间点不在，否则直接冲上来将他们一顿训。

每个人受到惊吓时的表现不同，有人开嗓拔高了音调能直冲云霄，有人心惊肉跳瞳孔放大，内心狂喊，但怎么也不发出声。

倪鸢属于后者，她贴紧了窗户，像粘在了上面。

越斯伯身为班长临危不乱，拎起混乱中被人踹翻的水桶，手疾眼快，再加上那么点运气，一桶罩下，把老鼠盖住了，封锁在桶里。

风波平息，但所有人的目光仍盯着桶，还没彻底放松。越斯伯手压着桶底，往外平移，把危险物移出女生们的视线。

周麟让进门来拿书时，风波平息不到半分钟。

一室的人尚未回神。

还有两个女生蹲在桌子上、讲台上，没跳下来。地上漫着水，扫帚撮箕乱飞，椅子倒了几张。

一片狼藉。不知道的还以为这里刚经历了一场浩劫。

但周麟让不管闲事，哪怕天上露窟窿了他要是不想理会，都不会多看一眼，旁若无人地跨过水和椅子，去找几张他用得上的资料。

他的视线上扬，却发现窗户上还有个认识的，贴着玻璃，站得老高。

周麟让把两页资料叠了叠往宽大的校服口袋里一塞，眼睛没从倪鸢身上移开过："你怎么蹿上去的？被老鼠吓成这样？"

倪鸢一听就明白，他这是早在门外听见里头闹老鼠了，懒得搭理，等战火歇了，才推门进来。

"我本来就站窗台上擦窗户，不是被老鼠吓到的。"倪鸢说。

她先前踩着上来的凳子已经翻了。周麟让也不帮她扶起来，半真半假地说："抱你下来？"

大庭广众之下，有同班同学在，倪鸢没他那么大狗胆。周麟让只好将凳子扶起，把手递给她。倪鸢抓着他的手从窗户上下来。

"这间教室归你们班打扫？"周麟让问。

"之前不是，新学期划分成了我们班的包干区。"

倪鸢把手里的抹布给周麟让："麟麟，你忙吗？不忙的话，去厕所水龙头帮我洗一下抹布吧。"

"自己洗。"

"女厕所停水了。"

见周麟让不信，倪鸢说："不信你可以自己去女厕所看。"

周麟让："……"

越斯伯处理完老鼠回来，发现会议室里安静了不少。

大家该拖地的拖地，该擦讲台的擦讲台，虽然也还有聊天声，却变成了窃窃私语，没先前那么肆无忌惮放得开了。

明显矜持了。

再一看，擦窗户的不再是倪鸢，变了个人，还不是本班的。越斯伯第一眼就觉得眼熟，第二眼就把周麟让认出来了。毕竟这人上台领过状元奖，宣传栏里还挂着他的寸照，又长着张容易让人印象深刻的脸。

"哎，你不是……"越斯伯的话卡喉咙里，说到一半又讪讪退回去，觉得对方可能不太好说话。

倪鸢站出来说："班长，他长得高，擦窗户比较合适。"

越斯伯跟周麟让客套："同学，真是辛苦你了。"

倪鸢帮忙答话："不辛苦，他是志愿者，特地来帮忙的。"

越斯伯诧异地说："我们学校搞卫生大扫除也有志愿者了吗？"

"嗯、嗯。"倪鸢神色认真地点头。

越斯伯对周麟让完全改观，之前没与他打过交道，远远看他的样貌气势，加上听人说的传闻，以为他高冷倨傲且难相处。

现在看来，人家明明是副热心肠。

"既然是志愿者，那就更加辛苦了。"越斯伯说。

"不辛苦，"这次是周麟让自己接的话，他头也没回，任劳任怨地擦着玻璃说，"团结友爱，助人为乐。"没有任何语气，没有声调起伏。

把倪鸢听得一乐，乐完又静默地盯着他的背影看了片刻。

夕阳迎面照进来，被窗外横七竖八的枝丫挡了一半，剩下一半已经不再刺眼，柔和地勾勒了他的轮廓。

完成大扫除任务，倪鸢先去归还卫生工具。

出来发现周麟让没走。他说："我帮你擦了窗户，你也考虑考虑帮我个忙。"

"你说。"倪鸢非常讲义气，"除了借生活费，其他的赴汤蹈火，在所不辞。"

忽然他不说话，倪鸢不太确定了："不会真要借生活费吧？"

她万分犹豫，但还是在犹豫中掏出了自己的校园卡："麟麟，省着点花。"

她不放心地叮嘱："多吃馒头少吃菜，留下……"

周麟让忍无可忍："你是傻子吗？"

"不是。"倪鸢脚尖碰了碰他的鞋子，"你最近好凶，老骂我。"

周麟让见她低着头的样子，心跳顿了一秒，把校园卡放回她兜里。

"陪我去散个步。"他说。

"不是要我帮你的忙吗？"倪鸢说。

周麟让："老老实实陪我去散步就是帮大忙了。"

太阳彻底沉入山头，灰蓝的云层像鸟雀翅膀上整齐的羽毛排列在天际，操场上依稀有几个人影。

学校广播里在放歌，曲调和缓轻柔的纯音乐，流水一般漫过耳朵。

以前倪鸢跟丛嘉站在走廊上，站在巷里甜品店的阁楼上，不知眺望过多少次黄昏时分的六中操场，看着操场上散步的人，猜测他们在想什么。

她没想过，有一天自己和周麟让会来逛操场。

暮色笼罩着她和周麟让。

走了半圈，倪鸢跟着周麟让的脚步停下来。

"字条看到了吗？"周麟让毫不迂回，说出口的话跟他纸条上的四个字一样直白干脆。

倪鸢点头。

"我想听你的答案。"周麟让说，"想确认一下。"

倪鸢攥着手心，心里默数着秒数。

天越来越黑，即便他们站得这样近，眼中对方的面容也逐渐模糊，像隔着层蒙着灰尘的玻璃。

就在周麟让以为听不到答案的时候，倪鸢开口了。

"我今年就要进高三，时间会很紧张。"她的声音变得闷闷的，掺杂着许多不确定。

"嗯。"

"会很忙。"

"嗯。"

"那时候怕事情一多，顾不到你……"

"不会。我来顾你。"周麟让截住了她的话，她所有的不确定像深冬里纷繁落下却遇火消融的雪，不见了踪迹。

她的耳边只剩下他认真的声音："你往前走，去努力，去考你喜欢的大学，不用回头。

"也不用等我，我会自己跟上来。

"一直在你身后。"

2.

如倪鸢所说，时间会过得很快。

七月底，全市联考结束，意味着倪鸢高二学习生涯的结束，她成了一名准高三生。

下考后，全体高二学生留着没走，要搬教室。

六中是历史悠久的百年老校，建校至今扩建了三次，占地面积大。

六中的高三学子享受着特殊待遇，学校专门给他们安排了一栋教学楼，名为"勤思楼"。

勤思楼与学校其他建筑划清界限，与高一、高二划清界限。是学校里除了学院小筑，第二庄严肃穆的建筑。

遑论外面怎么沸反盈天，都与这里无关。

勤思楼地处西南角，旁边有一小土坡，坡上种了些树。

年岁久了，长成了林。

据说有人压力大到在林子里哭，有人指着树杈上的鸟窝骂娘。

哭完骂完，还得回教室写卷子。

倪鸢的书包装满了书，沉得像块石头，手里抱着杂物，跟丛嘉来来回回跑了三趟，才把所有东西搬完。

两人汗流浃背，说不出地狼狈。

跑完最后一趟坐在树荫底下的长椅上，忙里偷闲歇歇脚。

"累死了。"丛嘉说完。两脚一伸，毫无形象地瘫着，像条咸鱼。

倪鸢热得脸颊泛起红晕，用手边的试卷折成纸扇，扇了扇风。她跟丛嘉一样，仰躺在椅子上，头朝下，视野颠倒。

隔着落错的树影，能看见日光下的主教学楼。高一要考的科目多，这会儿周麟让应该还在考场上。

倪鸢正这样想着，小径那头来了人。

周麟让站长椅后边，弯腰，脸悬在倪鸢上方，与她四目相对。

"麟麟！"倪鸢猛地直起腰，额头不小心与周麟让的下巴磕碰在一起，疼得他"嘶"了一声。

"你下考了吗？"她分明没听见下考铃。

"提前交卷了。"周麟让揉了一下她的额头。

丛嘉对倪鸢露出迷之微笑："你们聊，我去小卖部买可乐了。"

倪鸢朝她挥了挥手。

"昨晚不是说让我帮你搬书？"周麟让说。

倪鸢拍了拍旁边的座位，示意周麟让坐下，不在意地说："我开玩笑的，时间又不凑巧，总不能耽误你考试吧。"

"搬了几趟？"周麟让问。

倪鸢伸出手指，比了个"三"。

"真的没关系呀，也没有很累，还有丛嘉帮我呢。"倪鸢眉眼弯弯，笑得像个快活的小神仙。

她看见他，心情莫名就变得很好。

倪鸢已经歇了有一会儿，不再感觉像先前那样热。但后背心还是黏的，再看周麟让一身清爽干净，她问他："你不热吗？"

不等周麟让回答，倪鸢把手里的纸扇给他，使唤人使唤得越来越顺口："你不热就帮我扇扇风。"

周麟让敷衍地扇了两下。一抬手，倪鸢就发现他手掌一侧有黑色的油墨印，多半是压在试卷上蹭到的。

倪鸢手痒，一把抓过来替他擦了擦，没擦干净。反倒把自己的指腹蹭脏了，就很无语。

"明天开始补课？"周麟让问。

倪鸢："对呀。"

周麟让："明天我要开始放暑假了。"

倪鸢："……"

——感觉你在炫耀。

周麟让接着说："我要睡懒觉，早上别来 301 吵我。"

倪鸢瞪大了眼睛，周麟让笑了笑："怎么，有意见吗？"

倪鸢顿时泄了气。

周麟让说："中午过来，给你打好饭。"

倪鸢刚还在心里骂他，立即改了立场："麟麟，你真是心地善良、温柔体贴、贤惠顾家……"

她擅长堆砌辞藻，用于赞美他。

周麟让额角的青筋跳了跳："闭嘴。"

他忍无可忍地捂住了她的嘴巴，堵住她不停往外蹦的糟心夸奖。

倪鸢像个被绑架了的人质，被他桎梏，在他的掌心下挣扎。

周麟让不知想到什么，像被烫到般松开了手。

倪鸢终于重获自由，感到不解地问："为什么我每次夸你，你都这个反应？"

周麟让似笑非笑："你说呢？"

倪鸢："是因为害羞吗？"

周麟让："……"

倪鸢看了看手表，十分钟后,准高三生们还要参加动员大会,她要走了。

她回头望了望勤思楼与主教学楼之间的距离，远得仿佛隔了条银河，不再是三楼到五楼的距离。她喊："麟麟……"

"你是进高三，不是出国，也不是去月球。"周麟让毫不留情地说。

倪鸢依旧站着不动。

周麟让沉默了片刻，把一本活页夹本子交给她："把题做了。"

里面全是他精挑细选的数学题，很具代表性。

倪鸢："……"

倪鸢回教室，丛嘉已经在座位上等着了。

"可乐没了，阿姨说明天去进货，现在只有冰红茶。"丛嘉说，课桌已经被瓶身上滑落的水痕沾湿一片。

倪鸢拧开盖喝了口。

"弟弟走了？"丛嘉问。

"走了，给我留了份礼物。"倪鸢说。

倪鸢拿出活页夹本子，打开，里面夹着许多试题碎片，是从不同的书和卷子上剪下来的，后边贴心地附上了打印出的参考答案。

丛嘉："这就是礼物？"

倪鸢点头："说是庆祝我升高三。"

丛嘉笑得前俯后仰："绝了。"

胡成跟着(3)班一路上高三，还是班主任。除了数学老师因为年纪大了，说折腾不起，承受不住高三的强度，换了一位年轻女老师接手，其他科任老师都没有变动。

倪鸢感觉补课跟寻常上课差不多，但发下来的试卷明显多了，节奏明显快了。

老师们喜欢拖堂。上节课拖三分钟，下节课提前三分钟，课间十分钟还剩不到四分钟，上厕所都得小跑着去。

倪鸢每天的治愈时间是中午回302午休，以及下了晚自习回302睡觉。

因为只有一个年级在校，学校只开放了食堂的第一层。

可供选择的菜式有限，卖面和卖饺子、馄饨的窗口一律关闭，面包房、水果店都没营业。雪上加霜的是食堂还换了位大师傅，炒出来的菜蔫蔫的，油盐不均，一口打死了卖盐的，一口吃嘴里又淡得出鸟。

丛嘉嫌弃学校饭菜，家里每天差司机送三菜一汤，甜品点心。

她盛情邀请倪鸢共享佳肴，但倪鸢有周麟让。

周麟让多数情况下叫外卖。他近两天出门觅食，发现一家酒店的中餐很合胃口。打包回来一份芥蓝虾球和桂花糖藕给倪鸢，倪鸢说不错。

周麟让便开始点这家的外卖，ABCD套餐轮着点。

谌年每次看见大大小小的高档外卖盒摊了一桌，盒身一角还印着低调大气的烫银标志，心里随便算算价钱，都觉得极度奢侈、极度浪费。

周麟让无所谓地说："周家的钱，我不花就便宜了别人。"

谌年想想觉得在理，便也不再说什么。她懒得吃食堂或是回来下厨了，坐下只管吃。她给倪鸢倒了杯饮料："高三累不累？"

"有一点，"倪鸢说，"下午的课容易打瞌睡，我在喝咖啡。"

谌年说："还是少喝为好，实在累了就趴桌上睡会儿。"

倪鸢点点头。

吃完饭，还有饭后水果。切好了，码在盒子里，精致水灵。倪鸢吃了几颗葡萄，周麟让让她把剩下的全带走。

教室里，丛嘉的抹茶千层还等着她。

于是乎，在别人都说高三辛苦体重骤减的情况下，倪鸢和丛嘉不但没瘦，反而胖了两斤。

两人站在小卖部的体重秤上，不敢相信自己的眼睛。

倪鸢晚上给周麟让发消息说："明天外卖不用点我的份，我在食堂吃。"

周麟让："嗯？"

倪鸢："外卖好吃，食堂难吃，我喜欢吃难吃的。"

周麟让："长胖了？"

这人是狗吗，为什么这都能猜到？！

第二天中午，倪鸢果然没去 301。

太阳依旧毒辣，空气中有树木暴晒后辛烈的味道。午后的蝉鸣声像夏天的莫尔斯电码，传递着这个季节的讯息。

周麟让敲门，里头没动静。

倪鸢把 302 的备份钥匙放在他这儿。他开门进去，里面的冷气涌来。

客厅安静，地板上铺着一块长形的棕色凉席，倪鸢躺在上面，肚子上搭着碎花小毯。

周麟让脱了鞋，放轻脚步过去，蹲下看她。

倪鸢侧躺着，白皙的脸颊上压出了几道红红的凉席印子。她闭着双眼，睫毛卷翘，双手微微握拳，抵在胸前。

周麟让又盘腿坐了下来。他想等她醒，但她似乎累极了，这一觉睡得很深。周麟让等了又等，从站到坐，到最后自己也跟着躺下了。

他伸手拨了一下倪鸢的睫毛，倪鸢终于醒了，眨着眼睛，却似乎还迷糊着。

她保持着先前的姿势，一动不动，只是怔怔地望着周麟让。

3.

倪鸢从凉席上坐起来，将毯子顶在头上，像万圣节大街上披着床单扮鬼的小孩。似是终于慢慢回过味来了，不太好意思。

"去吃饭吗？"周麟让将毯子扯下来，把她的头发弄得凌乱。

倪鸢用手顺了顺，扯下手腕上的黑色皮筋扎一个低马尾，说："在食堂吃过啦。"

"不是说换了大师傅，食堂的饭菜难吃？"

"所以我可以少吃一点。"

"明天还是过来301吧，没你外卖都吃不完，"周麟让捏住她的发尾在手心把玩，分成三股，编辫子，"浪费粮食，外公知道了会骂人的。"

倪鸢："……"

"你可以少点一些。"倪鸢说。

"不可以。"周麟让说。

他手里的头发开始打结。

人生第一次编辫子，惨遭失败，他反倒把她的马尾给弄乱了。

倪鸢从他手中抢救出自己的头发，瞪他。

周麟让只好放弃。

他看着她："真的长胖了吗？"

倪鸢一个劲地点头。

"每天睡前对着镜子说'不长胖'，默念十遍就好了。"周麟让告诉倪鸢，"你试试，偶尔也会灵。"

倪鸢："你骗傻子呢。"

周麟让笑了："就是在骗傻子啊。"

他一边笑一边捏住她的脸，细细看："明明一点肉没见长。"

"可能没长脸上。"倪鸢说。

高三补课进行到一半的时候，六中发生了一件大事。

有学生把自己的学校给举报了。

教育局一再声明，禁止学校私下补课，但不止六中，几乎全市所有高中，都在进行着这项默认的"秘密行动"。

教育局来人突袭检查时，高三两千多名学生，没处藏。

高三年级主任恨不得能有个紫金红葫芦，大叫一声，将这群小兔崽子们全收进去。看着楼下人马越来越近，绝望地认了命。

这事把老校长都给惊动了。

所有学生在教室，没上课，却被空前紧张严肃的气氛给吓住，鸦雀无声。

检查人员随机抽取了几个倒霉蛋去回答问题，了解情况，问问补了多久了，补课费收了多少，各种。

倒霉蛋说实话怕老师秋后算账，不说实话，凭空杜撰，跟另外几位同学说的又不一定对得上，实在为难。

心理素质不好的，一张嘴，该说的不该说的全部说了。

倪鸢坐在（3）班教室里，心里祈祷"别抽我"，视线对上丛嘉放在桌上的小圆镜。拿起来，对着镜子在心里默默念了十遍。

检查人员进门，一时间所有人屏息凝神。

有脚步声停在了倪鸢旁边的过道上，叫走了她的前桌。

丛嘉埋头在桌底，低声道："刚把我魂吓飞了。"

倪鸢："麟麟保佑。"

丛嘉："嗯？"

倪鸢把镜子法则传授给丛嘉，丛嘉表示"弱智"。

事后立即放假，所有人原地解散。

丛嘉收拾书包，心情复杂："虽然我也不想补课，但我还不至于把我们学校给端了，多损啊。"

毕竟还有人是想学习的，争分夺秒，走路带跑，盼着多学多在高考考场上拿分，时间对现在的他们来说异常宝贵。

倪鸢往她书包里塞东西："后面还不知道怎么样，不管其他，发下来的卷子你可以先做完。"

丛嘉感慨："我高中三年不至于吊车尾，全靠你拖着我了。跟我妈说了，甭管以后考得怎么样，考完办升学酒，请你上座。"

"少贫了。"

一出教室，没了空调，外面的热气闷上来，倪鸢感觉自己像进了蒸笼。

丛嘉撑开太阳伞，又绕回到这次事件的话题上："鸢儿，你说究竟是谁干的好事？"

倪鸢摇头："不知道。"

两人共伞走了一程，丛嘉往校门口去，倪鸢回教师公寓。

301 的门一推就开，周麟让居然在跟谌松视频。

谌松新换了智能手机，在枫叶红领队的帮助下学会了使用微信。他给周麟让发视频，只说是不小心按错了。

倪鸢凑到手机前，喊人："松爷爷。"

谌松的脸几乎顶在镜头前，角度很迷，声音倒很清晰："勾勾，是勾勾吗？"

"是我。"倪鸢说，"松爷爷，你把手机拿远一点。"

那头一阵晃动。

周麟让干脆把手机给倪鸢："被抓了？"

他听见外面的动静，班级群里的消息也刷得飞快，都在说高三补课被抓的事。

倪鸢点头："我们年级主任脸都绿了。"

谌松跟倪鸢聊了几句乐团的事，有人找他，他就挂了视频。挂之前还抱怨："狗蛋、铁柱他们都放暑假了，勾勾怎么不回来？"

"我今年高三啦，要补课。"倪鸢说。

谌松又说："高三累，会吃苦，你忍一忍，要加油考个好大学。"

"我会加油的。"倪鸢说。

视频结束，倪鸢把周麟让的手机还给他。

周麟让突然问："狗蛋是谁？"

"……"倪鸢窘道，"小街上的邻居，比我小四岁，现在读初中。"

周麟让继续问："铁柱又是谁？"

倪鸢答："也是邻居，不记得今年是上五年级还是六年级了。"

她突然觉得自己小名叫"勾勾"也挺好的。

门外楼道里有脚步声，倪鸢以为谌年回来了，结果是住在二楼的退休老教师。

倪鸢看了看墙上的挂钟："老师怎么还没回？"

"学校发生了这么大的事，估计她一时半会儿回不来。"周麟让猜测。

谌年的确在开会，她身上担着不大也不小的职务。

一屋子的老师校领导，想对策，想解决办法，补课的事该怎么办，还要不要继续，怎样继续。

后来听说，伏安排名前五的高中，全军覆没。

教育局派人去，没走漏半点风声，全部当场抓获。

假期来得突然，倪鸢在302歇了一天，白天跟周麟让去看了场电影。难得的悠闲。

第二天，谌年就带来了新消息。

校方说补课还是得继续。本校怕被查，那就出去补，租赁场地，专往犄角旮旯里钻，又偏又远，查也查不到。

年级主任放话说去留随意，爱来不来。但谁又敢在这种紧要关头落后一步？这届总共两千零二十七名学生，除去在外参加集训的特长生，报名的有一千八百人。

倪鸢和谌年都得走，且住宿。

前一天晚上，周麟让摸进了 302。

倪鸢正在收拾书本和生活用品，椅背上搭着几件要带走的夏装。

周麟让坐在床上看她。

"什么时候回？"他问。

"老师说不确定，可能是 8 月 28 日。"倪鸢背对着他，要拿衣柜里的内衣裤，用身形挡住，快速将贴身衣服放进深色的收纳袋中。

"好久。"周麟让突然说。

倪鸢问他有什么安排，他也不知道。

倪鸢摸了摸他头发："麟麟乖，一个人在家不要随便给陌生人开门哦。"

周麟让："……"

"要不你回春夏镇住几天也可以，松爷爷肯定很想你。"倪鸢提议。

"他可没说。"

"他不会说，就像你一样。"

"就像我什么？"

"就像你如果想我，也不会说。"倪鸢笑着说。

她只是打趣，望着周麟让笑，却听见他说："我会。"

因为这次去补课不能带手机，倪鸢没睡着，又坐起来刷了会儿手机。

倪鸢已经很久没有登陆 Studying，也很久没跟 L 联系。

倪鸢看见 Studying 举办的第二届知识竞赛已经开始预热，这年的时间比去年还提前了。

她想了想，决定跟 L 交代一声。

大风筝："L，今年的知识竞赛你还参加吗？"

L："随便。"

大风筝："我高三了，没时间，就不报名了。"

她在补课的地方断网断联系，也没法参加比赛。

L："嗯。"

大风筝："你如果还想报双人的，随便发篇帖子，肯定有很多人愿意跟你组队。"

大风筝："报单人的就更方便了，你继续参加肯定能拿奖，不报名就可惜了。"

L："没时间，今年算了。"

倪鸢想了想，还是跟他汇报一下情况："上次跟你说的那个男生……"

倪鸢床头柜上还放着周麟让给的活页夹，想到他明明低她一个年级，指导她做题完全不在话下，一时得意，忍不住夸他："他超厉害的！"

L："谢谢。"

大风筝："嗯？"

L："谢谢你跟我分享这些。"

1.

他们早上七点出发，八点二十分抵达。

一辆接一辆的大巴车把学生们运送到了漱石湾。

漱石湾就是学校精挑细选出来的山旮旯儿，群山环抱，一面临湖。灰扑扑的低矮水泥建筑群，坐落在青山绿水中，说不出地古朴陈旧，有种扑面而来的历史感。

据说前身是所私人美术培训学校，后来倒闭了，房子也闲置了。

丛嘉头一回住宿舍，到了地方，第一感觉竟不是嫌它落魄，而是新奇。上了二楼，找到寝室，推开窗就能看见稠密的树丛和一面平镜似的湖。

"嘉嘉，你想睡上铺还是下铺？"倪鸢问。

"下铺吧，"丛嘉趴在窗台上看外面的景色，"上铺我怕掉下来。"

"那我住你上铺了。"倪鸢把行李放上去。

班上其他几个女生也陆续进来。

初到新环境，大家都在好奇地打量四周。

一间寝室住八人，里面摆着四张上下铺的黑色铁架床，附带一个狭窄的阳台和卫生间。

没空调，两把老式电扇，转起来有轻微的吱呀声。

热水只在早晚特定时间供应。三餐由漱石湾附近的居民承包，每天给送进来。没商店，没外卖，零食就别想了。

年级主任说留两个小时给大家安顿、休息，熟悉新环境，十一点还要抓紧上节课。

中午在教室吃午餐，在教室休息。

过完一天，倪鸢觉得还算不错。

丛嘉也说还行，除了没吃的、喝的，半个行李箱的肉干、辣条、龟苓膏、巧克力，不知道能撑多久。

晚自习下课，丛嘉去了趟厕所回来，悄悄地附在倪鸢耳边："鸢儿，你知不知道这里以前是干什么的？"

倪鸢拿尺子在试卷上画辅助线，说："美术培训学校，早知道了，不新鲜。"

"错，"丛嘉的声音变得神秘兮兮的，"是家精神病院。"

"你在哪儿听到的？"

"厕所，蹲坑时听到的。"

"假的吧？"

"最后一个隔间的门上有血手印。"丛嘉举起三根手指头，"我发誓，亲眼去看了，真有。"

"听说今天第一个看见血手印的女生是（8）班的，当场就叫了。"丛嘉补充说，"还把老师引过去了。"

倪鸢看着她的手势，提醒说："你不是在发誓，是在 OK。"

食指、中指、无名指并拢才是发誓，而她大拇指和食指圈了个圆环。

晚上熄灯睡觉，同寝室的女生也说起了血手印的事，看见的人不止丛嘉一个。

丛嘉感觉背后凉飕飕的，爬到了倪鸢的床上。

倪鸢："不是说上铺怕摔下去吗？"

丛嘉："我睡里面，你睡外面。"

倪鸢："你不会挤我吧？"

丛嘉睡前擦了水乳，香喷喷地亲了她一口："不会的，我抱着你。"

"热死了。"倪鸢假装嫌弃地说。

倪鸢对面床的女生还在说，"血手印""太平间""鬼打墙"……话题逐渐越来越偏，越来越恐怖。

自古学校多坟场，这次倒好，来了个精神病院。

氛围感实在太强。

夜里山风吹，走廊的老灯泡亮着不如关了，打下一片参差暗影。

毛月亮挂在树梢头，室内朦朦胧胧的。

要是换作白天，倪鸢听见这些不靠谱的传言是不会怕的，但现在，心里还真有点怪怪的。

丛嘉死死地搂着她的腰。

"嘶，"倪鸢拍拍她，"放松点，我感觉自己无法呼吸。"

丛嘉试探地接了一句："连自己的影子，都想逃避，baby（宝贝）你就是我的唯一？"

她唱了起来，王力宏的《唯一》，偏偏还跑调跑到了青藏高原。

倪鸢一秒破功，什么精神病院都暂且抛在了脑后。她贴着丛嘉，笑得整个人打战。

夜深，查寝的老师出现在走廊上，做贼似的听各个房间的动静。

说话声消失。

倪鸢就在各种惊疑不定的猜测和不合时宜被戳中的笑点里，度过了在漱石湾的第一晚。

她们不知什么时候睡着了。

第二天"血手印"的事就有了下文。

一个老师破案了，认真研究了那掌印，发现是用红色颜料画上去的，压根儿不是血。

丛嘉半信半疑道："我觉得那手印跟真的一样，完全不像是画上去的，不过我也没仔细盯着看，瞟一眼就跑了。"

"毕竟是美术培训学校，人家美术生比较厉害，画个手印不成问题。"倪鸢说。

"为什么要在厕所门上画这个，恶作剧吗？"丛嘉揣摩人心思。

倪鸢随口道："总不可能是为了占坑吧？"

"还真有可能。"丛嘉觉得林子大了什么鸟都有，"一层那么多间教室，那么多人，女厕所内常年拥堵，说不定当初就是为了吓唬人，好方便自己。"

"不管怎么样，真相大白了，上厕所不用提心吊胆了。"

"血手印"一案侦破，"精神病院"的谣言也自动破除。

倪鸢在水池前搓衣服，铁栏外的夕阳映红了半边天，橙色的光影倒映在湖面上。

丛嘉突然扭过头来对她说："衣服等下了晚自习回来再洗，现在我们去看湖吧？"

丛嘉已经摸清了门道。

前面有铁门拦着，挂了锁，出不去。但寝室后面的灌木丛里有条路，能钻出去。是班上几个女生逗流浪猫，追着追着，偶尔发现的。

倪鸢看手表："我们有十三分钟。"

她冲干净手上的泡沫，和丛嘉一起出去了。

她们跑着去了湖边。夕阳像碎金，洒在她们身上。

湖对面是山，向阳的一面沐浴在光里，背阴的一面呈现出幽深的绿意。

丛嘉问："我能大喊大叫吗？"

倪鸢说："你一喊我们就得跑，主任肯定在后面追。"

丛嘉说："他跑不过我们，也抓不到我们。"

两人想象了一下那画面，挺着啤酒肚的年级主任气急败坏地追着她们跑，跑急了，头上假发说不定都得掉。

太缺德了。

两人坐在地上傻乐。

倪鸢捡起石子打水漂，能漂三下，丛嘉顶多两下。

丛嘉扔完手里的一把石子："鸢儿，给你个惊喜。"说着就把手机掏了出来。

"怎么可能说不让带就真不带，我没那么听话，"丛嘉笑得很狡诈，"手机借你，要不要给弟弟打电话？"

倪鸢犹豫了，出乎丛嘉意料地说："不要了。"

"今天打了，明天也想打，这样不好。走之前跟他说了半个月不联系。"

丛嘉评价一个字："虐。"

倪鸢表示："我心性坚定。"

"我看你是自我折磨。"丛嘉把手机收起来，"想好了啊，机会只此一次，以后你想借就没那么容易了，得求我了。"

倪鸢："做梦。"

寝室里没有充电的地方，即便丛嘉还带了充电宝，没过几天，手机也只剩下最后百分之十五的电量了。

格外珍贵。

中午，刚吃完饭，倪鸢给丛嘉倒了杯水："求你了。"

丛嘉一口水喷出来，咳嗽了好几声，终于缓过来："再说一遍。"

倪鸢说："手机借我吧，求求了。"

丛嘉笑得见牙不见眼："这就撑不住了？"

倪鸢认命地点头。她好想给麟麟打电话。

丛嘉从书包里鬼鬼祟祟地掏出手机，还没递给倪鸢，谌年突然出现在面前。

两人吓得一激灵。

丛嘉的手机差点掉了，慌乱地往身后一藏，心里犯嘀咕，也不知道谌年是看见了还是没看见。

丛嘉："谌老师。"

倪鸢："老师。"

两人满脸愕然地跟谌年打招呼，表情神态几乎同步。

谌年看着她们笑，心里觉得有趣，但没忘记正事，把自己的手机递给倪鸢："麟麟说有本书好像落在302了，问你有没有看见，让你给他回个电话。"

倪鸢接过手机，幸福来得太过突然。她拨了周麟让的号码，那头很快就接通。

"喂，麟麟，是我。"

"嗯。"

"你的书应该不在302，我收拾东西的时候没有看见。"倪鸢说。

"我知道。"周麟让说。

他根本没有弄丢的书。

"你在那边怎么样？"周麟让问。

倪鸢有点紧张地握着手机："还好，这边空气好，也没有市区那么热，晚上的风吹起来很舒服。"

倪鸢还有很多话想说，但是此刻她站在教室里，身边有老师和丛嘉，还有别的同学散布四周。

那些话便堵住了，只能她听周麟让说。

"我输了。"周麟让说。

倪鸢将手机贴紧耳侧，生怕将他的声音泄露，克制地说："我知道了。"

倪鸢走前跟他说半个月不联系，打个赌，看谁会先联系谁。

现在周麟让告诉她，说他输了。

8月28日，补课结束，大部队离开漱石湾。

也有家长迫不及待直接开车过来接人的，跟班主任打声招呼就好。丛嘉因为要赶着回去参加她外婆的七十寿辰宴，翘掉最后一节课，跑路了。

倪鸢同样归心似箭，前一晚就收拾好了行李。等所有课程结束，直接回寝室拎东西。

人多且混乱。她好不容易终于找到了贴着（3）班红色字条的大巴。

倪鸢把自己的箱子放进行李舱，上了车。车上座位满了将近一半。倪鸢往里走，走到偏后的位置，看见一个穿黑T恤的男生窝在座位上睡觉，脸上盖着鸭舌帽。

倪鸢先是愣了一瞬，随后被惊喜淹没。她不动声色地靠近，在他旁边坐下。然后拿走了他的鸭舌帽，戴在自己头上，笑着说："好久不见，麟麟。"

周麟让撑开眼皮，见是她，眼里的冷淡退去，弯了一下嘴唇："你很慢。"

其实要怪他自己来得太早，在车上已经等了四十多分钟。

"你来接我吗？"倪鸢问。

"不然呢？"周麟让说。

发现有同学在看他们，倪鸢努力装作自然地偏头去看车窗外的景象，脸上还是在笑，抑制不住地开心。

十分钟后，司机来了，马上就要返程。

胡成有事，差班长越斯伯清点人数。

继学院小筑擦玻璃之后，越斯伯又见到了周麟让，也算认识了，倒没有多诧异。

倪鸢解释说："他跟着谌老师来的，老师那车坐满了，他就来我们班这边了。"

"行。"越斯伯说。

反正班上有同学已经被家长接走了，座位空着。

大巴车逐渐驶离漱石湾。

大家疲累，一个个睡得东倒西歪，车上也没人大声说话，有些安静。

冷气开得很足。周麟让将手边的外套搭在倪鸢身上，头凑过来一点，低声问："困吗？"

"有一点。"倪鸢说。

"那你睡会儿。"

2.

高三假期少得可怜，补完课学校给了两天时间，让大家回去调整状态。

正式开学后，改作息时间，晚自习延长到了十点四十分。

胡成变成了一碗行走的鸡汤，天天念叨"吃得苦中苦，方为人上人""宝剑锋从磨砺出，梅花香自苦寒来""没有付出，就没有收获"……

倪鸢听得耳朵快要起茧了。

从嘉分了一对耳塞给她，必要时候派得上用场。

生活变得越来越单调重复，串班的人少了，下课走廊上嬉笑打闹的声音几乎听不到。试卷像冬日的雪花一样飘落到每个人面前的课桌上。有人开始收集写完了的空笔芯，计算着攒到一百根要多久。

谌年发现最近自家儿子养成了一个新习惯——夜跑。

每晚十点半准时出门，十点五十分之前回家，雷打不动。

外面正下暴雨，雨珠敲打在窗玻璃上，水花迸溅。

谌年在灯下改完了试卷，听见门外有动静，出来跟周麟让碰了个正着。

"这么晚了还出去干吗？"

别问，问就是夜跑。

"下雨也跑？"谌年端着水杯看了外面一眼，夜色中水雾弥漫，树影婆娑。

周麟让动作没停顿，换鞋，拿伞："怎么能因为天气不好就中断，不是你说的做事要持之以恒？"

"……"谌年一时半会儿还真不好回他。

周麟让进了勤思楼，收伞。地面上湿漉漉的，有泥泞潮湿的脚印。

他径直上了二楼。

没多久，铃声响，身后的教室门打开，里面的人接连不断地涌出来。

倪鸢走在人群中张望，第一时间看见了周麟让，自如地走到他身边，两人一起下楼。

周遭喧闹，人多且挤，他们挨得很近。

"今天数学小测我考得应该还不错。"倪鸢跟周麟让说着学习上的琐碎小事，"但是差点时间不够用，前面的题没来得及检查。"

她心里估着分："或许能上一百分。"

总分一百五十分，但对她这种偏科偏得厉害的人来说，实在是很大的进步了。

周麟让夸她："厉害，真要上一百分有奖励。"

"什么奖励？"倪鸢来了兴趣。

"看你想要什么，"周麟让说，"都可以。"

两人顺着人潮下了楼梯。

周麟让撑开伞，举到倪鸢头顶，两人一同走进雨中。

像很平常的同学，共用了一把伞，没有越矩的举动。却又磁场相容，连背影都无声地透着和谐。雨水像帘子，将他们与其他人隔开，自成一个小世界。

倪鸢仍在想奖励的事："明天放月假，我打算出去逛逛买点东西，要不你给我当苦力？"

周麟让把伞偏向她那一侧："就这个？"

"你以为很容易吗？你是去给我做小厮的。"

周麟让："……"

"行不行？"倪鸢问。

谁不想使唤大少爷？

周麟让严谨道："分数不也还没出来？你自己估的一百分，不算数。"

"我就不能预支吗？"倪鸢耍赖。

"奖励还能预支？"周麟让反问。

路面有积水，倪鸢说话时视线望着脚下，粼粼的水光在路灯下细碎地闪耀，仿佛有无数亮片。

她忽而抬头看周麟让，眼里带着狡黠的笑意："行吗？"

周麟让被她看得一愣，也笑了："行。"

"那就这么说定了。"倪鸢拍板定案，"明天我去 301 叫你。"

"你知不知道怎么给人当小厮？"她得寸进尺。

周麟让向她请教："怎么当？"

"要戴白手套、穿正装。帮我拎东西、帮我开车门、帮我拧瓶盖、帮我递纸巾，我指东你不能往西，我叫你打狗你不能撵鸡。"

倪鸢自己没忍住先乐了，说完居然没听见周麟让骂她傻。

"白手套和正装就算了，没有。后面的都可以有。"周麟让说。

"麟麟啊。"

"嗯？"

"你觉不觉得……"倪鸢斟酌了一下，"怎么说呢，就感觉你比之前更让着我了？"

不止周麟让，其他人也是。

比如秦惠心在电话里嘘寒问暖，在外省也关注着伏安的天气预报，这边随便变个天，她也要叮嘱倪鸢千万别感冒。比如谌年已经下厨炖了五六七八回鸡汤，虽然是一起吃，但感觉是刻意给她补身体的，之前绝对没这么频繁。

连跟她不对付的秦则，竟然也有一天晚上莫名其妙地在微信上问："你今年高三？"

倪鸢阴阳怪气地回他："您才知道啊。"

秦则随后给她转了五百块钱。

倪鸢："什么意思？"

秦则："给你买笔芯用的，没写完就是你高三偷懒了。"

倪鸢："……"

200

倪鸢回过神来，觉得好像因为高三压力大，课业繁重，身边的人都有意无意地迁就着自己，有意无意地表达着关爱。

这起初让她有些无所适从，后来却在无数她被试卷压得抬不起头的瞬间传递给她一点力量与激励。

"没骂你就是让着你了？"周麟让笑。

倪鸢说起来怪不好意思的："就感觉……读个高三，大家还都拿我当宝贝了。"

从勤思楼到教师公寓的这段路已经快要走完了。

他们偏离了大部队，同行的人越来越少，路上变得空旷，只有两侧的树和不曾停歇的大雨，以及周麟让伴随着雨声的一句："你本来就是。"

他事后再想起，或许会觉得牙酸。

但这一刻是捧着真心不假思索说出口的，是非常、非常地想要珍惜的意思。

3.

一夜大雨，翌日天气放晴。

楼下的玉兰树和香樟树上还挂着清亮的水珠子，天空蔚蓝，几朵游云飘荡。

倪鸢忘了拉窗帘，被阳光唤醒。看时间，也才八点。

她跟周麟让约好的十点出门。于是她爬起来给自己热了两片面包，就着牛奶喝下。再刷了张历史卷子，背了篇英语范文。

看时间差不多了，她给周麟让发语音消息："喂喂喂，起床了吗？太阳要晒屁股了——"

魔音灌耳。

过了不到半分钟，周麟让回她："刚醒。"

倪鸢问："你还要多久？"

"马上，"周麟让说，"五分钟。"

周麟让说走就能走的速度永远让倪鸢诧异。他说五分钟，就真的在五分钟之内起床洗漱，将自己收拾好，穿上鞋就来敲门了。

而倪鸢才换好衣服。

"不急，我等你。"周麟让去窗台上看了看倪鸢前阵子刚买的小仙人球，手指拨了拨上面的白刺。

蓝色的茶缸瓷盆，不及拳头大的深绿色小球，泥巴上撒了一层干净的碎石。倪鸢买回来就没料理过，它随意生长着，长得还不错，极其让人省心。

"你还没吃早餐吧？"倪鸢问周麟让。她把头发梳好，差不多能出门了。

"出去随便吃点。"周麟让问，"你吃过了？"

"牛奶和面包，凑合了一下。"

倪鸢这天要买书和文具，索性背着书包出门，方便装东西。她从房间把书包拎出来，给周麟让："昨天说给我当小厮的，还记得吗？"

周麟让接住书包，将背带调长了一些，问："保温杯要不要带？"

他看多了谌年出门像个老干部一样带保温杯，后来竟然觉得还不错，养生。

"那你帮我带上吧，小李子。"倪鸢说，"水壶里有水，刚烧好还没多久。"

"小李子？"

"我现在是老佛爷，你就是小李子呀。"

倪鸢说："小李子是伺候老佛爷的，懂不懂？"

周麟让心想：让着她吧，揍傻了还怎么参加高考。

他认命地拿起倪鸢放在桌上的保温杯，去给她灌水，看旁边小塑料盒里有红枣片，扔了几片进去。

倪鸢在一旁，光看着。等他弄完，她才说："我们走吧。"

"知道这时候你应该说什么吗？"她问周麟让。

周麟让："说什么？"

"你应该回答，"倪鸢捏着嗓子模仿电视里的太监，"嗻，奴才知道了。"

周麟让走她后边，伸手，虚虚地掐住她雪白的一截后颈，暗含警告。

倪鸢讨好地笑了两声，稍微收敛。

看到他将她的书包背上，意外地很合适。当初她因为觉得高三时间紧张，书包懒得洗，换了个黑色的帆布包，容量大、简约、中性。

倪鸢："早知道有这么一天，当时就该买个死亡芭比粉。"

"快别骚了，老佛爷。"周麟让低头，冷不丁照着她的脑门狠按了一下。

倪鸢猝不及防："大……大胆。"

周麟让笑了一下："老佛爷怎么还结巴上了？"

两人去市中心，吃吃喝喝，买买东西。

本来倪鸢还想看场电影，但又觉得看电影至少得两个小时，太耗费时间，不如拉着周麟让在外面四处逛逛。

周末人多，到哪儿都拥挤。但架不住倪鸢心情好，像是出笼的鸟雀，试卷和月考都暂时被她抛在了脑后，这天就是出来玩、出来放松的。

面前的商场里有一家文具店，装扮得很漂亮，倪鸢被吸引了注意力，想要进去看看。

周麟让跟着她。

倪鸢想起秦则给她转钱的事。

"麟麟，你知道吗？秦则居然给我转了五百块钱，让我买笔芯。还说我要是没写完，就是高三没努力。真不要脸，他自己一根笔芯能用三年。"

"钱呢？"周麟让问。

"那我当然收下啦。"

文具店里有扇特别的墙，被钉在墙壁上的木头货架，像《千与千寻》里锅炉爷爷的药材柜。分成了许多层，许多个迷你小抽屉。每个迷你小抽屉里都有张纸条，上面写着数字编号，分别对应一个福袋。

分了好几个档，二十元、五十元、一百元……

最高一档是五百元。

不同价位对应的福袋不同，里头是等价或超出原本金额的学习用品。比如二十元的福袋里多为一些中性笔、本子、纸胶带，五十元的福袋里可能开出活页本和活页夹的套装。

买福袋向来是一件非常看运气的事，甚至带了一点点"赌"的成分在其中。赌自己下一秒开出来的是什么，赌自己能不能成为幸运儿。

即便知道结果不一定能如愿，但在打开福袋揭晓谜底之前，这个过程仍然令人充满期待。

店方弄出最大的噱头是，其中有个编号为0000的纸条，藏匿在无数个迷你小抽屉当中。

0000对应店内最大的福袋。

里面的文具多到可供一个高中生使用整整一个学期，从纸笔到资料夹、修正带、手账工具、钢笔彩墨……

其中还有品牌限量发售的印章、印泥和绝版书衣。

总而言之，是个超级无敌豪华大礼包。

有人专门冲着0000而去，但抽中的难度太大，宛如大海捞针。

店方甚至没有说明，它藏在哪片区域。所以即便是最便宜的二十元区，也有可能。但也有人猜测，那么贵的福袋八成会藏在价格最高的五百元区内，所以宁愿买五百元的福袋。

倪鸢站在木头货架前，旁观了六七个人买福袋，开出来的都是普通数字，有人雀跃，有人觉得不值。

"麟麟，我也想开抽屉。"倪鸢说。

"那就开。"周麟让问，"你开哪个价位的？"

"五十元的吧。"倪鸢想了想说，五十元比较折中。

付了钱，倪鸢在五十元的那片区域内，选了一个靠下偏角落位置的迷你抽屉。

抽出来，编号998。店员把对应的福袋拿给她，里头有瓶墨水和一支普通的钢笔，算下来，价格差不多就是五十元，不亏不赚。

倪鸢是赌徒心理，期待下把逆风翻盘。于是站着没走，看向周麟让："再来一次？"

周麟让点头。

第二次，花二十块，开出来三个品牌笔记本，小赚。

倪鸢把东西放进周麟让背上的书包里。

"麟麟，要不……我再试一次？"

她其实是想让周麟让阻止自己，结果周麟让比她丧心病狂多了："每个价位的都再来一次好了。"

倪鸢："你不应该劝我适可而止吗？"

周麟让一本正经,似乎还入戏了:"小李子怎么敢违背老佛爷的意思？"

她怎么开心怎么来。

倪鸢经过了好一番激烈的心理斗争之后，说："这样吧，把秦则的五百块花完了就不买了，没抽中我也不心疼。"

"你多观察抽屉，看看它们之间哪个最有可能是0000，"周麟让说，"用脑电波跟它交流一下。"

倪鸢："又忽悠我。"

她虽然不信，但还真观察了起来。她的视线从那些刷着深棕色油漆的小抽屉表面掠过，看它们木头的纹路。调动直觉，调动看不见、摸不着的脑电波。

倪鸢心里默念："0000，稍微蹦跶一下，快出来跟我打个招呼吧。"

她又想，这要真能行，她还读什么书、考什么试、上什么大学？直接去当神婆吧，生意肯定红火。

"想好没有？"周麟让问。

倪鸢摇摇头："没把握。"

周麟让悄然把她往左边的位置带了带："那不如闭上眼睛随便抽好了。"

倪鸢闻言，闭眼，手伸上前摸索。

周麟让把她的手牵引到一个迷你抽屉的把手上，她缓缓将抽屉往外拉，取出里面的纸条。

先前几次都是白色纸条，这次是红色的，上面印着四个零。

倪鸢第一反应是怀疑，赶紧把纸条给周麟让确认一遍："我脑电波沟通成功了？真的啊？我也太幸运了吧？！"

倪鸢每问一次，周麟让都给予她肯定的答案。

蒙过之后，倪鸢脸上涌现出开心的情绪，超级开心，无敌开心，恨不得跳到周麟让背上撒野的那种爆炸开心。

倪鸢："麟麟，我想去当神婆了。"

周麟让："……"

倪鸢："我可以跟各种物质沟通，然后帮人算命。对了，我还可以买彩票，能发财。"

因为倪鸢开出了编号 0000，店里不少顾客上前围观，店员们也纷纷恭喜她。

店主把终极大福袋抱了出来。

那哪里是福袋，明明是福箱。好大一个礼物箱，上面扎着红色蝴蝶结，写着"好运连连，福气冲天"。

"箱子比较大，也比较重，可以留个地址给我们，我们会把福袋直接送到家。"店主实在太贴心。

倪鸢向他道谢。

对方由衷地说："你的运气真的太好了，万分之一的概率都被你碰到了，以后也会一直好运的。"

那些倪鸢不知道的事。

倪鸢观察抽屉，周麟让在她身后消失的那几分钟里。周麟让找到文具店店主，谈了笔生意。

"0000 可以买下来吗？"他问。

"不行啊，"店主是个留着两撮小胡子，戴复古棕色圆眼镜，相貌忠厚的中年男人，他遗憾地驳回了周麟让的交易要求，"年轻人，要遵守游戏规则哦。"

"福袋里的东西值多少钱，我出双倍。"

店主开始犹豫。

"十倍。"

店主快要动摇。店主总归是名商人，开门做生意，本质是为了赚钱。况且用福袋为噱头，已经有一阵了，0000始终没人开出来，也会让人心生怀疑，是不是真有0000存在。

不如借这个好时机，顺水推舟，将福袋给卖出去。

"她高三，关键时期。福袋是个契机，她需要心理暗示，相信她自己是幸运的。"

相信她被眷顾，会好运，会一切顺利。

店主动容了。站在理性的角度想，这生意赚大发了，不亏。站在感性的角度想，还能成全人家，多好。

店主觉得可行，于是将0000迷你抽屉的位置告诉了周麟让。

倪鸢跟着周麟让走出文具店，仍觉得不真实，想想还觉得美滋滋："麟麟，我太幸运啦。"

"你会一直好运的。"周麟让说。

1.

或许真的是因为有福袋的好运加持，倪鸢觉得自己的高三度过得很顺利。她平常心对待每次周测、月考、模拟考。在每次考试中总结经验，查漏补缺，巩固知识点。

尽管不可能每一次考试结果都如愿，但她心态稳，淡定如老僧。

时间被压榨狠了的时候，她呼叫隔壁的周麟让。

"麟麟，来充个电吧。"

周麟让随后就到。

从 301 到 302，几步的距离。

他刚洗完澡，身上带着潮湿的水汽和沐浴露淡而干净的香味，把倪鸢从书桌前的椅子上掰下来。

"放假了就休息。"周麟让说。

倪鸢说："我想听你讲故事。"

周麟让苦思冥想："在很久很久以前，有一只猪，它想要进京赶考，成为'猪上猪'。无论严寒酷暑，每天很早就起来背书，直到有一天……"

倪鸢静待他的下文。

"直到有一天，猪累死了。"周麟让说。

倪鸢笑到不能自己。

周麟让拨开她拂到侧脸上的发丝，嗓音也带笑："在很久很久以前，有一只猪……"

倪鸢打岔："怎么跟刚才一样？"

"还没说完，你别急。"

周麟让接着往下说："这只猪是刚才那只猪的兄弟。兄弟死了，它非常痛心，想要完成兄弟的遗愿，代替它成为'猪上猪'……也开始彻夜不眠发愤图强，后来……这只猪也累死了。第三只猪，是刚才两只猪的兄弟。兄弟们死了，它非常痛心，想要完成兄弟们的遗愿……"

倪鸢已经猜到了故事的走向："于是，越来越多的猪都被累死了。"

周麟让点头："所以肉价就下降了，大家顿顿吃得起猪肉了。约等于，读书可以使人民的生活水平提高。"

升华了主题。

倪鸢："……"

这个故事走向是她万万没想到的。

她感觉哪里不太对劲。

周麟让的手掌盖在倪鸢的眼皮上，她视野中的风景退去，只余一片昏沉的黑，嘴角还有未收的笑。

周麟让说："故事讲完了，休息会儿吧。"

倪鸢合眼靠着他，本以为不会睡着，却不知什么时候进入了梦乡。

进入高考一百天倒计时那天，黑板右上角多了块计时牌。

每天第一个进教室的同学，从上面翻过一页。

100，99，98，97……

字数在逐渐减小。

班上有个平时挺文静的长发女生某天清晨去学校理发店换了个发型，近似于板寸，叫所有人大吃一惊。

第一节课是谌年的历史课，她在门口撞见那女生，评价女生的新发型："酷啊，是真好看。"

女生听后笑了。

丛嘉也觉得挺酷，问倪鸢："要不我也去剪一个？"

倪鸢咽了两口味道有点浓的咖啡："还是别了，跟风一时爽，过两天你就得找我哭。"

"也是，后悔了可怎么办？再说还要拍毕业照，拍毕业照的时候我得保持形象，我还是长头发比较漂亮。"说着还臭美了起来。

倪鸢笑着帮她在耳侧别了个小小的发卡。

拍毕业照已经到了高考前夕。

六月的第一天，天气晴，有云层挡着，太阳还不至于灼人。

（3）班班次靠前，很快就轮到他们班。

胡成在后面催："都赶紧给我下楼去，动作麻利点，别耽误了下节课的上课时间。"

拍照地点选在勤思楼前面的一片碧绿小草地上。前排摆了一排天蓝色的木凳子，是老师专座。后面是临时搬过来的四层木台阶，一阶比一阶高。学生们挨个站上去，甭管高矮，谁也遮不着谁，齐齐露出个大脸蛋儿。

木台阶上还铺了红毯，不知已经用过多少年，看着有些旧、有些显脏，上面还有不少脚印。但谁也顾不上挑剔，被胡成赶鸭子上架似的撵上去。

"高的站后面，矮的往前面站，别都往后面缩。"关键时候，越斯伯出来指挥。

倪鸢和丛嘉踩上台阶，站在第二排靠左的位置。两人相互给对方把衣领整理好。

同学们都说说笑笑，还有摸出面小镜子弄发型的。

老校长也在，正中间的位置属于他。年级主任和校领导分坐他两侧。大家坐姿意外地统一，挺直背，双目炯炯有神，目视前方，两只手平放在膝盖上，全是老干部坐姿。

几个科任老师倒随意很多。谌年穿着浅灰色的斜襟棉麻褂，长发散着，远看一派仙风道骨，偏偏坐得随意，跷了个二郎腿，脸上挂着淡淡的笑，望向镜头。

摄影师在正前方，出声让后排几个男生换了一下位置。

万年不变的老台词："我喊'三、二、一'，大家说'茄子'，都笑笑哈，笑起来多漂亮，别那么严肃嘛……

"三——二——一——"

与之对应的，是整齐的一声："茄子——"

后来大家都拿到了属于自己的那张毕业照。

倪鸢看照片里的自己，是抿唇笑的，在镜头前仍带着一丝拘谨。

丛嘉的手跟她挽在一起，比了个"剪刀手"，说"茄子"时露出了洁白的牙齿。右手边是班上将头发剪得很短的那位女生，目光有神，似乎咬着牙根在同什么较劲。

倒数第二排往左数第一个，是礼虞。她将长发拢在肩头一侧，画着有点港风的妆容，被渣像素一过滤，港风就被抹不见了。

礼虞的对角线上是熊吉元，旁边的宗廷不知看向了哪里。

越斯伯眯了一下眼，本来眼睛就小，这下直接变成弯弯一条线。

很快就要毕业了，他们即将各奔东西。

无论曾经发生过什么，都会被时间抹去。最后变成对方记忆里一个个渺小的点，如火星没入夜色中。

考场安排出来，丛嘉留在了本校，倪鸢的考场在外校。

考前有一天的温书小假。

谌年本打算陪倪鸢一起去看考场，但遇上学校临时有事，就将重任委托给了周麟让。

两人在家吃过午饭出发。

气温还不算高，是很舒适的天气。熟悉完考场环境后，周麟让问倪鸢："要不要在外面转转？"

"好呀。"倪鸢也不太想这会儿再回去看书刷题，不如放松一下，调整好心情。

他们沿着河边散步，柳树枝条在风中轻轻晃动。午后行人，三三两两地从他们身旁经过。

周麟让手里还拿着倪鸢的保温杯。她没买奶茶，渴了就倒一小杯茉莉花茶喝。中途遇到卖烤玉米的，她要了一根，边走边啃香甜的玉米棒子。

倪鸢看到河里几只鸭子在游泳。她停下来，靠在水泥浇筑的护栏上，揪下几颗玉米粒扔过去。

"麟麟，你明天要送我吗？"倪鸢问。

周麟让点头。她考试，他放假，时间又不冲突。

"晚上你想吃什么？"周麟让刚收到谌年的短信，说她有事，让他们自己填饱肚子再回。

倪鸢说不知道，周麟让就带她去吃了清淡的粤菜。

从餐馆出来，黄昏时分的天空格外绚烂，像一幅浓墨重彩的油画。

他们在天桥上偶遇了卖花的奶奶。周麟让买了一串白兰花做的手环，戴在倪鸢腕间。

然后，他们回了家。

倪鸢将考试用品整理了一遍，把准考证和各种要带的东西装进文件袋里。洗了个澡，设置好闹钟，早早地睡了。

许久以后，倪鸢再回想起高考前的这一天，仍觉得平静无比。周麟让陪着她散步、吃饭，他们一起聊了聊天。夜里她躺在床上，没有焦虑，也没有不安。天幕上星星闪烁，她伴着月光进入了睡眠。

第二天，一贯喜欢睡懒觉的周麟让没有睡懒觉。

在倪鸢闹钟响过五分钟之后，他来敲了302的门。

谌年开车送倪鸢去的考场。走前，周麟让问倪鸢东西有没有带齐，倪鸢检查了一遍，万事妥当。

因堵车，三人最后步行了一段路。

他们出门早，时间倒是很充裕，一点也不觉得着急。

倪鸢进考场后，谌年有自己的事情要忙，得走。周麟让还在外面守着，他混迹在成百上千的家长当中，丝毫没有违和感。

谌年走前还问他："中午你打算怎么办？"

周麟让说："安排好了。"

听他这么说，谌年也就放心地走了。

倪鸢考完第一堂语文出来，感觉不错，但也不敢跟人对答案，怕影响心情，一个人闷头往校门外走。

是周麟让先找到她的。

她在人群里四处张望，肩膀被人拍了一下，回头就看到了他。

"热不热？"周麟让问。

倪鸢摇头说："还好。"

周麟让没问她跟考试相关的问题，只说："带你去吃好吃的。"

他提前订好了酒店房间和中餐。酒店离考点很近，走几分钟就到。

倪鸢在酒店吃完东西，直接上楼午休，养精蓄锐，准备下午的考试。

周麟让将房间空调打开，调好温度，说："我书包里有新的耳塞，自己拿。"

酒店房间隔音效果一般，走廊上的动静时不时传来。

倪鸢拉开书包拉链，不仅看见了隔音耳塞，甚至还有预防中暑的药。周麟让似乎早早着手替她准备好了一切。

他就这样守了她两天。

八日下午，最后一堂英语考试结束前十分钟，倪鸢停笔，看着教室正前方墙壁上悬挂的时钟一刻不停地走动，恍然间有种不真实感。铃声响后，她跟着前面的人出了考场。

她一路小跑着，出了校门，找到周麟让。他怀里一捧金灿灿的向日葵，比太阳还明亮。

他说："毕业快乐，勾勾。"

身边人来人往，倪鸢伸手抱了他一下。

2.

倪鸢开启了漫长的暑假。

毕业、离校，倪鸢打算从302搬出来，回春夏镇。

秦惠心照旧打算找秦则开车送她，挂电话前犹豫再三，还是没忍住问她估分了没有，有没有把握。

倪鸢考完感觉还不错，但没有对答案。

八日晚上她跟周麟让组队打游戏，在绝地大陆上收割人头，冒着枪林弹雨抢空投，光顾着刺激了，没空想分数的事。后面周麟让催她睡觉，她就打着哈欠倒在床上，卷着薄毯睡了。

班级群里接连有人发出各种邀约。大家都想趁成绩还没出来，先玩个痛快。

从嘉问倪鸢有没有出行计划，倪鸢暂时不想出远门，觉得麻烦，也嫌累。

"那就来我家住两天，白天随便找地方玩玩，就在本市不走远。"从嘉说，"我妈都说好几回了，让你来我家。"

倪鸢想想答应了。

倪鸢跟从嘉逛动物园的时候，周麟让在期末备考，培优班每晚加课。有谌年坐镇，他想逃也逃不了。

周麟让晚上回了301，从抽屉里扒拉出手机，发现三分钟前倪鸢给他发了好多照片。

红鹳、白虎、黑犀牛、羊驼、叶猴、长颈鹿……

倪鸢问："好看吗？"

周麟让席地而坐，回她："还行。"

他将照片从上滑到下，直到末尾，除了动物，就是不小心入镜的其他游客，倪鸢自己连半根手指头都没露。

他敲字："我看看你。"

倪鸢发了张对着长颈鹿自拍的照片过来，周麟让盯着看了几秒，长按保存："好看。"

倪鸢："你上完课了？"

周麟让："刚回。"

倪鸢："可怜的娃。"

周麟让左手撑着额头，笑了一下。

"什么时候回？"他问。

倪鸢："明天下午来302搬东西。"

她一看日历："明天是周日，你是不是有半天假呀？"

"对，"周麟让说，"半天假跟你告别，看看你是怎么抛弃儿子的。"

这话说得……

倪鸢："别胡说八道，'儿子'在哪儿呢？"

周麟让拍了张书桌上的仙人球。

这小刺球本来是倪鸢放在302阳台上的，她带走不方便，就让周麟让拿过去继续养着。

"你之前每天对着它背课文，用知识浇灌它，它算不算你半个干儿子？"周麟让说。

倪鸢笑倒在床上。

从嘉端着果盘进房间，用牙签叉了块西瓜塞她嘴里："你看看你，去照照镜子，笑得跟朵喇叭花似的。"

倪鸢嚼着西瓜："甜。"

隔天下午，倪鸢离开从嘉家，回六中。

她撑着把太阳伞，边走边吃冰激凌，在校门口看见了站在香樟树荫下的周麟让。他穿着宽松的短袖和休闲裤，脚上一双夹板，随意极了，像饭后出来散了个步。

"麟麟！"倪鸢高兴地朝他招了一下手，冰激凌飞出去，"吧嗒"一声，掉了地上。

倪鸢的笑容顿时垮掉，看着地上，觉得愁人。

周麟让走过来，看着面前举着粉色太阳伞把眼睛瞪得大大的女孩，才觉得愁人。

"麟麟，你害我的冰激凌掉了。"她控诉。

周麟让挑眉："这也能怪到我头上？"

"是因为想跟你打招呼，我才会挥手。"倪鸢理由充分，"冰激凌才会掉。"

周麟让从她手中扯过纸巾，蹲下，把冰激凌捡起来。

倪鸢满眼的难以置信："你不会捡起来想让我吃掉吧？"

周麟让："……"一脸无语。

他的眼神中明明白白地写着两个字，傻子。

周麟让把冰激凌扔进垃圾桶，就着门卫室旁边的水龙头冲了冲手。

"在树下等着。"他跟倪鸢说。然后去马路对面的麦当劳买了个新的甜筒回来，赔给她。

"麟麟，你真好。"倪鸢舔着甜筒说。

她俨然忘了，五分钟前她责怪周麟让害她甩掉冰激凌的事。

"川剧变脸不请你可惜了。"周麟让咬牙切齿地捏了把她的脸颊。

倪鸢在302整理东西。她最重的行李就是各种书和学习资料。高考前扔了一部分，有的实在舍不得丢，毕竟曾经为此付出过许多个日日夜夜，就留下了。

周麟让拿了五六个纸箱过来，用胶带封底，横竖缠了几道。

倪鸢把书分门别类地放进去。

"我得快点，秦则说四点来楼下接我。"她加快速度。

"不能再住一阵？房租交到了六月底。"周麟让用小刀划断透明胶带。

"早走晚走不都要走？"倪鸢说。

周麟让停了手上的动作，眼皮一抬："你觉不觉得，你现在特别像个渣男？"

倪鸢："……"

周麟让："再想想你进高三我是怎么对你的，现在我要升高三了，你拍拍屁股恨不得马上走人。"

倪鸢："……"

周麟让打开倪鸢平时用来放英语听力的蓝牙小音箱，连上手机，随便一搜，放了首《我拿真心喂了狗》。

"一次次的放纵却只是换来你肆无忌惮残忍的伤害，既然是这样再没啥好挽留，就当我拿真心喂了狗。该死的借口我早已经听够，从此我不会再选择沉默……"

歌声在房间里回荡……回荡……回荡……

倪鸢人傻了。她赶紧起身把小音箱关了，盘腿坐在周麟让对面。两人膝盖抵着膝盖，她一副知心姐姐要与他谈谈心的模样："麟麟，你是不是不想我走？"

"我什么时候说过想让你走了？"周麟让不爽道。

他这天似乎比往常要暴躁。

倪鸢带着一点点哄人的意味："那好吧，我不走，陪大少爷读书。"

周麟让说："你最好说话算话。"

倪鸢给秦则发消息："我今天不回春夏镇，不用来接我，谢谢。"

秦则一看后面两个字，还挺客气。

"你想什么时候回？"

倪鸢："七月一日。"

秦则："中间这么长时间住哪儿？"

倪鸢："老地方，六中，教师公寓。"

秦则："干吗赖那儿不走，有你老相好啊？"

这是秦则第二次语出惊人了，上一次还是在酒店旁边的广场上，他突然问倪鸢是不是谈恋爱了。

倪鸢回："有空多写一写歌，管好嘴巴别瞎说。"

白天放了半天假，周麟让晚上还有培优班的小课要上。

他走前突然想到个事情。

"怎么了？"倪鸢见他停住脚步，不由得问。

"差点忘了告诉你，"周麟让的嘴角噙着笑，"你在考场外抱我那一下，被电视台记者拍进去了。我妈今天在电视上看到了。"

倪鸢："……"

这天中午，谌年打开电视收看本市高考相关的新闻，意外看到了主持人背后的一幕，有两个她熟悉的身影入了镜。

周麟让捧着饭碗也看见了，呛了一下。

谌年喝了口汤："如果我还没老眼昏花，电视机里那个抱向日葵的，是你？"

周麟让点头。

"那小姑娘是鸢儿？"

周麟让点头："嗯，是我们。"

谌年也没问别的了。母子俩安静地看新闻。等画面过去了，谌年拿着遥控往回按，又重新看了一遍。

来来回回，也就看了三遍。

倪鸢简直要炸成一朵烟花升上天。她面红耳赤，在屋里转了两圈，绝望地问周麟让："你有没有跟老师解释，我是考完太激动了随便抱的。"

周麟让："那你可真够随便的。"

3.

倪鸢一直拖到七月才回春夏镇。

走的前一天晚上，零点四十分，周麟让摸黑出了301。

谌年养生，要是手头上没事就睡得早，房间灯早熄了。周麟让轻手轻脚，跟做贼似的关上客厅的门，没发出半点声音。

楼道里灯光幽暗，倪鸢摆了张鬼脸站在302门前，想要吓周麟让，没得逞。

周麟让手掌贴着她的后脑勺，把人往里面推，抬脚跟将门带上，"咔嗒"一声关好。

"知道我们现在像在干什么吗？"倪鸢小声说话。

周麟让说了两个字。

"……"

倪鸢突然郑重其事地说："以后我要变矜持，等回了春夏镇……"她算着日子，斟酌道，"三天打一次电话吧。"

"不行，"周麟让肠子都要悔青，"你敢这样试试？"

她第二天要走，就是一招撒手锏。

倪鸢一声不吭地看着他。

周麟让凝视着她漆黑的眼眸，不忘记威胁："每晚都要打电话。"

"去看星星吗？"周麟让问。

两人摸到楼顶天台，去看夏夜的星空。风比白天温柔，轻拂过脸庞。

他们站得高，能望见学校外的小吃街灯火通明，夜里生意火爆。

低头是人间烟火，抬头是繁星璀璨。天幕像一面深邃沉静的湖，星辰是倒映在湖面的萤火。

"好漂亮。"倪鸢仰着头说。

"明天会是个好天气。"

"一路顺风。"他说。

倪鸢笑着朝他叮嘱道："早睡早起，少玩手机，安分守己。还有最重要的，好好学习。"

倪鸢回到春夏镇之后开启了老年人养生日常，跟谌松有得一拼。日常招猫、逗狗、散散步，看书、浇花、拉二胡。

一直到查分那天，她才感觉到紧张。

早上没有任何征兆，倪鸢五点多就醒了，坐在凉席上发了会儿呆，随后才想起来这天出分。

夏天天亮得早，晨光熹微，月亮还挂在天空。她搬着板凳在屋檐下看了会儿天，醒神，没多久刷起了手机，十条新闻五条跟高考成绩相关。

有的省份出分早，状元都接受了三趟电视台采访了。

倪鸢光这样等，有点焦虑。她给周麟让发消息转移注意力："麟麟，早上好。"

这会儿周麟让应该还没起床，倪鸢其实也没想让他回复，只是找事情做，打发时间。

谁知道手机马上就响了。来电显示——麟麟。

"这么早就醒了？"周麟让的声音因睡眠不足而沙哑，隔着电话，显得分外低沉磁性。

"这话该我问你才对。"倪鸢看时间，才五点五十分。

"没想打扰你睡觉的，我以为你开了飞行模式。"她解释说。

倪鸢不知道，非常讨厌别人打扰他睡觉的周麟让，手机里的飞行模式，因她而终止。

"本来也差不多要起了。"那头传来周麟让掀被子下床的声音，接着是拖鞋与地板摩擦的声音。

"怎么，你紧张了？"周麟让好像已经看穿了倪鸢的心思，"考都考完了，查分而已。"

高考后，他见倪鸢的反应一直很淡定，丝毫没有流露出担忧。连谌年都误以为她不紧张，没想到是反射弧绕了地球一圈。

"我也不知道自己怎么了，老早就醒了，还做了噩梦。"倪鸢说。

梦里她被一群满嘴獠牙的兔子追着跑，前方有只独眼的巨大青蛙挡道。倪鸢担心这些是不祥的预兆，特地上网搜周公解梦，可惜没结果，大概别人梦里没有出现过这么奇怪的生物。

倪鸢怕再聊下去耽误周麟让上早自习时间，要挂电话。

周麟让说："别紧张，你的运气一直很好，要不然我的运气也都给你。"

前几天趋于安静的班级群，从凌晨开始又活跃了起来，大家热火朝天地讨论着各省分数线，报自己给各科估的分。

倪鸢翻了翻消息，也没发言，不想情绪再受影响，索性把手机放进了房间抽屉里。

她早上没有胃口，一杯豆浆凑合，中午炒了个蛋炒饭。下午她去隔壁给谌松帮忙，打打下手，在他做木工的时候随意递递东西。

谌松的"谌记木坊"仍在淘宝上营业，偶尔做了东西就挂上去，过几天总会有人买。

忙了会儿，谌松说："去歇歇。"

倪鸢洗干净手，吃了半块冰镇西瓜，坐在藤椅上摇蒲扇。那模样，谌松从远处看，还以为谌年回家了。

217

倪鸢早上醒得早，缺觉，蒲扇盖脸上挡一挡日光，后面昏昏沉沉有了睡意。

大概下午三点，倪鸢被短信提示音惊醒。她尚未反应过来，手指机械地点开了手机，眼睛先看见了信息。

周麟让已经用她的准考证号帮她查了分。

结果是好的，超一本线六十一分。他说："恭喜倪鸢同学渡劫成功。"

倪鸢心头一颤，有种尘埃落定的踏实感盈满心间。这个分数，够倪鸢上A城外国语大学了。她对语言类学科比较感兴趣，语文和英语成绩从小名列前茅。高中的历史老师是谌年，她爱屋及乌，历史成绩也逐渐拔尖，但她考大学的方向一直偏向英语专业。

当初进高一，班主任让大家一早定目标，她填的就是A城外国语大学。

丛嘉的分数过二本线十分，升学宴第二天就开摆。

倪鸢从春夏镇去伏安赴约。白天席上丛嘉当着父母和亲戚的面，没疯。晚上叫了倪鸢和家族里几个年纪差不多大的同辈去唱歌，在旋转的彩灯球下，丛嘉抱着话筒疯了。

她嘶吼着唱："我真的还想再活五百年……"

又荡漾着唱："啊……啊……五环，你比四环多一环。"

最后蹦跶着唱："我们的祖国是花园，花园里花朵真鲜艳，和暖的阳光照耀着我们，每个人脸上都笑开颜……"

沙发上，丛嘉三个表哥目瞪口呆。看她像只窜天猴，恨不得能上天。仿佛真被压了五百年，现在封印解了，心里实在痛快。

后来唱累了，丛嘉扔了话筒抱住倪鸢。

"嘉嘉，"倪鸢意外摸到一手晶莹，惊了，"嘉嘉，你怎么哭了？"

丛嘉脸上挂着两道泪，趴在倪鸢肩上打了个饱嗝："呜呜呜，我也有今天……想想那时候真的苦，我一直没拿读书当回事，但是看你那么努力，在旁边也不好天天当废物，就跟着一块做题，呜呜呜……

"古诗文背不出就读个十几遍，三角函数解不出来我还去抄例题，历史年份都给我背吐了，桂陵之战、马陵之战、五国攻秦之战、秦灭六国之战……那么多战，战来战去我哪记得清？呜呜呜……为什么要战，就不能世界和平吗……"

丛嘉边骂边哭，哭到质问为什么不能世界和平、国泰民安、百姓安居乐业。

一屋子人都傻了。

倪鸢觉得好笑又心酸，抱着她。

丛嘉的眼妆全花了，自己毫无知觉："我是唐僧转世投胎下凡去西天取经的吗？九九八十一难都没这么难，最后一个月我读书读得脸都糙了，头发都掉了，手都起茧子了……"

说着还站起来，举起手，竖起中指给大家展示她中指关节上稍稍有一点突起的薄茧。

说实话，不拿放大镜来看，很难发现。

"本仙女从来没受过这种委屈……"

倪鸢哄着她："好了、好了，不哭了……"

晚十一点，街边霓虹闪烁。丛嘉被家里人带走，倪鸢在路边等来了周麟让。

出租车停在马路对面："师傅，等我两分钟。"

周麟让的目光锁定在倪鸢身上，等绿灯，过斑马线，走到她身边。

倪鸢蹲在地上，头顶罩下一道影子，而后听见有人叫她："倪勾勾。"

倪鸢抬头，看见是他，一瞬间欣喜无比，不稳地站起来。周麟让迅速伸手扶了她一把。

丛嘉的堂姐见有人来接倪鸢，自己任务完成，挥挥手走了。

周麟让撒开手，倪鸢就要往前倒，他又重新扶住。

"喝酒了？"他问。

倪鸢眼睛里似蒙着一层水光，笑得天真且不谙世事，如孩童一般："没有呀。"

周麟让凑近她，闻到了酒味，不是很浓，但也足够判断出事实。

倪鸢心虚地往后退了退，周麟让抓着她的手臂，没让她成功："先跟我走，出租车还等着。"

"哦。"倪鸢嘴上答应着，脚下却挪不动。

酒精作祟，她似乎忘记了该怎么抬脚，怎么走路。她低头看着地面，突然惊慌失措地对周麟让说："我的脚被粘住了！"

"那怎么办？"周麟让吓唬她，"你就在这儿过夜吧。"

"不行，"倪鸢十分肯定地说，"我在外面麟麟会担心的。"

"我是谁？"周麟让问。

倪鸢目光在他脸上仔细地扫描，笑了："你就是麟麟啊。"

周麟让觉得自己真拿她没辙，认命般妥协，在她面前弯腰蹲下："上来，我背你。"

倪鸢靠上去，像一朵裹挟着日光的云，落在周麟让背上。

周麟让背着倪鸢过马路，等上了车，跟司机交代："师傅，开稳当点，别急刹车。"

司机朝后看了一眼，不太乐意："会不会吐？"

"不会，"周麟让托着倪鸢的脑袋，让她靠在自己身上，"真吐了加钱。"

司机这才发车。

车在六中门口停下，周麟让半搂半抱着把倪鸢弄下车，问她有没有哪里不舒服。

倪鸢摇头，但就是不肯走。

"脚又被粘住了？"周麟让问。

倪鸢点头。

周麟让只好继续背着她。

倪鸢觉得周麟让走路很稳，脑袋搁在他的肩膀上，侧过脸。

周麟让浑身一僵："再乱动把你扔下去。"

倪鸢缩了一下脖子，像冬眠的动物躲进洞穴里："麟麟，你是不是生气了？"

周麟让没应声。

校园里的书香大道上没有人，寄宿生全部下晚自习熄灯睡觉了。

除了蝉鸣，四处静悄悄的。

"我不该喝酒的。"倪鸢趴在周麟让背上，开始检讨反思，"可我也没喝醉。"

"没有哪个醉了的人会说自己喝醉了。"周麟让说。

倪鸢歪着头想了想，竟然说："你说得有道理。"

"麟麟，对不起。"倪鸢的检讨还在继续，"你闻鸡起舞，我花天酒地。"

周麟让："……"

"你在学校头悬梁锥刺股，我在外面唱着歌跳着舞。我对不起你，没有跟你同甘共苦。"

周麟让被气笑了。

"你读书那么辛苦，这么晚还要麻烦你来接我，我耽误你拿年级第一了……"倪鸢可能受到丛嘉的情绪感染，说着说着就哭了，"我有罪……"

周麟让感觉到肩头温热的潮湿，偏过头，发现她真掉眼泪了，顿时也有点慌。

他将人放到路边的花坛上，用手擦掉她的眼泪："没生气，是担心你。"

倪鸢将脸埋进周麟让的掌心，简直想要在他掌心哭出一片海。她这酒疯耍得周麟让招架不住。

身后有芭蕉叶遮挡，几米外的路灯被拦在了昏暗的夜里。

倪鸢藏在植物的暗影下，看不清周麟让的脸，觉得好像分裂出了两个自己。一个还清醒着，一个已经醉了。

"祖宗，你的眼睛明天该肿了。"

"你是狐大仙吗？"周麟让叹了口气。

擅长蛊惑人心的狐大仙。

"不对，我是猪八戒。"倪鸢的泪痕未干，用拇指顶了一下鼻子，故意瓮声瓮气地说，"你是我媳妇儿。等你成年了，我就回高老庄娶你。"

大半夜的，周麟让扶着人站在芭蕉树下低低笑出了声。

"你为什么咬我？"倪鸢刚才哭狠了，声音还哑着。

"谁咬你了？"

倪鸢挠了挠后颈，挠到一个小包，痒痒的："哦，原来是蚊子呀。"

周麟让知道不能再待下去，得让这傻子赶紧回去睡觉。

"麟麟，我想去 A 城读大学。"倪鸢像只树袋熊挂在树上。

"嗯。"

"可我不想跟你分开。"

"暂时的分开不算分开，我会跟上来的。"周麟让没有犹豫地说。

他说过"你往前走，我会跟上来"是一句承诺，想要她出现在他的未来里。

听他这么说，倪鸢感觉到安稳，连最后一丝不确定也消散了。

"你还在 A 城待过呢。"倪鸢迷迷糊糊地说。

"嗯。"

"你以前在那里过得开心吗？"A 城给倪鸢的初印象，仅仅是**繁华富裕**，她没概念。

周麟让如实答道："谈不上开心。"

倪鸢的眼中流露出担忧，又听周麟让说："但也不算差，我到哪儿都能过得下去。"

小时候谌年教他两条生存法则：一、不轻易伤害他人。二、不委屈亏待自己。

"现在在伏安呢？你过得开心吗？"倪鸢问。

周麟让点头："开心，我现在过得很好。"

倪鸢的嘴角扬起大大的笑："我也很开心！我也过得很好！"

"刚刚你还哭。"

"嘻嘻。"

"又哭又笑，小狗撒尿。"

"啊，"倪鸢耍赖似的闭上眼，靠着周麟让说，"我醉了，我什么都不知道。"

翌日天光大亮，倪鸢翻了个身，把脸埋进枕头里。迷糊中意识到不太对劲，她慢吞吞地睁开眼，打量，这是周麟让在 301 的房间。

她一下就清醒了。

昨晚的记忆全涌进脑海，丛嘉的升学宴，她喝多了，周麟让来接她。

她没有完全醉，但又有点控制不住自己，后面还哭了。

再后来，周麟让把她带回了 301，让她睡他的床，给她洗脸，用热毛巾给她敷眼睛。

倪鸢躺在床上，半晌没等到周麟让上床，当时还纳闷地问他："麟麟，你不睡觉吗？"

"我去客厅睡沙发。"

"为什么不睡床呀？"她被难倒了。

"因为我只有一张床，被猪八戒占了。"

倪鸢非要打破砂锅问到底，不依不饶地问："哪条法律规定了一张床只能睡一个人？我们不能一起睡吗？"

"不能。"周麟让咬牙切齿道。

"为什么呀？"

周麟让再好的耐性都被醉鬼磨光了："闭嘴，给我老实点。"

"哦。我今晚是不是话很多？"

"你也知道？"

"那没办法，我今天喝了酒嘛。"倪鸢大大地张了一下嘴，"有一点点控制不了自己的舌头。"

糟心又可爱。

"睡觉。"周麟让将空调被抖开，搭在她身上。

倪鸢这一觉睡醒已经到了上午十点多，周麟让早就上课去了。

她从房间出去，刚带完一届高三的谌年正好无事在家，两人四目相对。

"老师！"倪鸢明显被吓了一跳。

倪鸢自从听说自己在考场外跟周麟让拥抱被拍进电视，还被谌年看到了，谌年还反复看了三遍之后，已经没办法再自然地面对谌年了。

"我给你拿新牙刷和洗脸巾。"谌年起身。

倪鸢跟着她，规规矩矩。

"正好，你之前还留了几身换洗衣服在这边，洗澡就能换。"

谌年递东西，倪鸢还说谢谢。

谌年看她的表情，"扑哧"一下，乐了："怎么还跟我生疏起来了？"

"觉得不好意思啊？"谌年觉得小孩的反应真好玩，捏她软乎乎的脸颊，逗她。

倪鸢差点给跪。

"行了，逗你的。"谌年见她脸都白了，赶紧收，"不会真以为我没看出来吧？你们偷偷摸摸搞那些小动作，我早知道了。"

看破不说破而已。

"麟麟第一次得状元奖，他戴状元帽多一秒都嫌弃，胸前还挂朵大红花，我说等你下台了一起合照，他竟然就真忍着没摘。"谌年说，"这孩子喜欢、讨厌一个人都太明显了。"

"您……不生气吧？"

"这有什么可气的？你们自己把握分寸就行了。"谌年说。

"饿不饿？"等倪鸢洗漱沐浴完出来，谌年拿上车钥匙，"走，带你出去吃东西。"

倪鸢抱住谌年。

非常奇怪，她好早以前就在谌年身上体味到了一丝母亲的味道。她跟秦惠心反倒难有这么亲近的时刻，谌年总是给她一种专注笃定的爱意。

秦惠心会因为秦杰的事情而偶尔忽略她，会因为顾及秦则的口味而偶尔委屈她，会因为某个远亲家的小孩到来而把她喜欢的玩偶送出去。

秦惠心顾虑太多，血亲情理，人情世故，每一样都想要周全。而谌年活得随性太多，她不受桎梏，做事由心。不在意大多数人眼中的她是什么模样，也不在意那些或褒或贬的评价。

包括婚姻也是。谌年结婚结得轰轰烈烈，离婚离得干脆果断，爱与恨界限分明，从不拖泥带水。

在她眼里，没有那么多迂回与余地。

谌年带倪鸢吃了碗臊子很足的面，等她吃完，问："要不要跟我去熙水街玩玩？再过段时间那边就要拆迁了，我得去看看……"

倪鸢当然要去，关于谌年打遍熙水十三馆的往事，她太好奇了。

两人开车出发，路上谌年跟倪鸢聊了聊填志愿的事。第一志愿填 A 城外国语大学没问题，后面还有几个志愿，也要认真考虑，以防万一。

等聊完，她们到了目的地——熙水街。

老街上洒满了盛夏的阳光，两岸开着各式陈旧的老铺子，门可罗雀，生意清淡。

两三个还没到上学年纪的小孩在沙堆前玩沙子，低垂的电线杆上晾晒着花花绿绿的衣服，随风飘荡。

曾经十三馆开门营业的盛况已不复存在。

倒闭的倒闭，搬走的搬走，仍在开门做生意的已经只剩两三家。

武馆里没了学徒，窗户上蒙了灰尘也没人擦。

倪鸢想起那些传言，不由得问："老师，你当初守擂，真的一场也没输过吗？"

谌年回忆当年的情形："其实输过一次。"

"输给周承柏。"

"就是我前夫。"怕倪鸢不懂，谌年又解释了一句。

谌年就是在熙水街跟周承柏相识的。

那时，周承柏天天来，偷偷在武馆的窗户底下看谌年守擂，看她将人踹飞，将人劈跪下，将所有站在她面前的人打倒。

少女像团明亮的火焰，发着光。

谌年的眼神扫过窗外，周承柏被抓了个正着。

往后几天，他便爬上窗台外枝叶繁茂的桑树，自以为换个藏匿地点，就能不被发现。

其实要想知道他来没来，谌年往街边望一眼便心里有数，他那辆蓝色超跑实在太风骚。

等有一天周承柏终于鼓起勇气站在谌年对面时，谌年对他笑了。

那一次，她没有打倒周承柏。

几年后，周承柏却给了她致命的一击。

他们之间开始于一见钟情，结束于人心易变。

这些事谌年以为自己永远也不会提，如今故地重游，随意说出口，也就像一阵风似的散了。

倪鸢听完了初遇，问："后来呢？"

谌年坐在树荫覆盖的台阶上："后来，我怀麟麟那年，他跟别的女人上床了。"

第十六章
掉马了

1.

离开熙水街前，谌年接了个电话，是周麟让的大伯周应荣打来的。

当年无论是结婚还是离婚，周应荣都是唯一一站在谌年这边的周家人，两人虽然鲜少联系，但关系还不错。

周麟让在 A 城时，周应荣也对他照顾有加。

谌年按了接听键，就听那头急匆匆说："承柏出车祸了，你赶快带小让回一趟 A 城……"

周应荣的嗓门大，声音又急切，连待在谌年身边的倪鸢都听到了。

倪鸢刚听谌年提到周承柏，现在人就出车祸了，报应未免得太快。

谌年挂了电话，又举起手机不慌不忙地拍了几张熙水街的照片，才对倪鸢说："我们得回了。"

谌年回学校，替周麟让向他班主任请了假，母子俩临时飞 A 城。

出了机场，两人打车往第一人民医院去。

路上周麟让的手机响个不停，是爷爷奶奶那边的人。他只接了头一通，说自己已经在路上了，后面没耐心再一一回复。

谌年在车上闭目养神，什么也没说。

到了医院门口，人多车杂，又塞又堵。

下午的太阳毒辣，刺人眼睛，白晃晃的光影在面前游移。

谌年手机上收到了周应荣发来的具体楼号和楼层，她看了一眼，记住。

"妈，"周麟让问，"你跟不跟我一起进去？"

"去吧，"谌年说，"去见最后一面。"

两人一下车，空气中的热浪像层塑料薄膜迎风裹来，粘在人身上，透不过气。感觉 A 城比伏安热太多。他们进了医院，连电梯里也人满为患。

十八楼到，他们出电梯。

谌年没走几步，就看见了唐依离，她在跟一个戴黑框眼镜的男医生说话，担忧、愁闷，各种情绪堆叠在涂满脂粉的脸上，肤色煞白，眉头紧锁。

正巧，这时唐依离回头，也看见了谌年。两人已有好些年没见。

唐依离模样大变，珠宝首饰装扮，有了豪门阔太的做派。但她也老了，再怎么遮掩，脸上仍可见痕迹。

可谌年却像活在真空里，跨越时光隧道，来到人面前。

她像个无挂碍的仙，穿得随意，神态散漫，眼神随意一瞥却像在睥睨世人，睥睨唐依离。

唐依离真恨岁月不公。她压根儿没想到谌年会来。一霎慌乱不已，立即又叫自己镇定，走过去，拿出女主人的派头："手术做完了，承柏现在在休息，你们随我来。小腾陪他爷爷奶奶先回家了，老人家年纪大了经不起折腾……"

小腾，周腾。唐依离跟周承柏生的儿子，只比周麟让小五个月。

唐依离第一句话就提周腾，打什么算盘她自己心里清楚。

谌年和周麟让都没搭话。

"小让……"周应荣从身后的电梯里出来。

他也是从外地赶来的，人在隔壁省谈生意，饭桌上接到老母亲的电话，听她在电话里哭得厉害，以为这场车祸要了周承柏半条命。所以他跟谌年在电话里也将情况说得特别严重，仿佛周麟让晚去 A 城一个小时就要见不到周承柏最后一面了。

后面周应荣才知道，周承柏是青天白日里犯煞，一脚刹车踩成了油门，车子冲出护栏，从坡上翻了下去。右腿粉碎性骨折，胳膊手肘擦破点皮。命没丢，人健在。

周应荣第一眼看见谌年，跟唐依离的心理活动有相似之处。心道：人比人气死人，怎么半点没见老。

谌年朝周应荣点头示意。

"大哥，你跟我来。"唐依离对周应荣说。

周麟让走在谌年身边，落后他们几步。

VIP 病房宽敞，门一开，先入眼的是对面柜子上的各种鲜花果篮，随后谌年才看向病床，和病床上的人。

周承柏的右腿被夹板固定，不能动，人仰躺在床上，闭着眼休息，几分钟前才走了两拨探望的人，全是平日里有求于他的，他不耐烦应对。

又听见动静，他不悦地睁眼，目光触到门口的谌年，像尾椎骨突然通了电似的整个人震颤了一下，牵动伤腿，又倒了回去。

唐依离忙去扶住他。

"小让来了……"周承柏说这话时，实际在看谌年，"你也来了……"

"以为你要死了，过来看看。"谌年实话实说。

唐依离帮周承柏往脖子后面塞枕头，闻言怒道："你怎么说话的！"

周承柏自己脸上倒没有怒意。不论他在别人面前摆什么谱、端什么架子，但在谌年面前，永远矮一截。

当年谌年要离婚的时候，他什么都顾不上，大庭广众跪下来求她，被圈子里的人拍了照，轮番嘲了一遍，他说只要她回头，随他们怎么笑话。

可谌年没回头，她说她不捡垃圾。周麟让出生后不久，两人就去扯了离婚证。

周承柏给的巨额财产补偿，谌年收了，不收白不收。

钱她有了，孩子也是她的，谌年想，她不过是扔了个过期的鲱鱼罐头，不可惜。

周应荣跟周承柏聊了几句，手机又响了，老母亲在那头抱怨孙子不接电话。

"你一分钟打十个，谁会接？"周应荣对她说。

又把手机举起给周麟让："你奶奶的电话，跟她说几句，就说你已经在医院了……"

周麟让拿着手机出去了。

周麟让一走，谌年没了顾忌，忍不住摸出烟盒，给周应荣递了一根，自己嘴上也叼了根。

她站在窗前，将窗户推开条缝。

周承柏看她抽烟的姿态，心生感慨，非常突兀地说："你一点没变。"

谌年笑了一下，指间衔着一点火光明灭："你倒是变了，第一眼真差点没认出来。"

这话乍一听像老朋友叙旧，周承柏心头一酸，又听她说："变胖了，也变老了，长残了。"

屋里其他几个人脸色各异。周应荣憋住，没不合时宜地笑出来。

谌年探病，周承柏得心肌梗死。

门一被推开，周麟让进来，谌年的烟头就扔进了垃圾桶。

"妈，你抽烟了？"周麟让闻到了烟味。

谌年神态自若，自行揭过这话，反问他："电话打完了？"

周麟让点头。

"还有事没，不然我先走？你呢？"谌年让周麟让自己打算。

"我还得回学校上课，也得走。"周麟让说。

"行，那就走。"两人说着就要出门。

周承柏下意识地想留人，张开嘴却不知说什么。谌年跟他之间，早已经没有什么好说的了。

谌年先前出了十八楼的电梯，好像在哪儿看见有饮料贩售机，感觉到渴了，让周麟去帮她买瓶水。

她等了两分钟，没见周麟让回，自己也四处找了找。

路过楼梯间，她听见了唐依离的声音。

"小让，你在我们家的房间我一直给你留着，保姆每天都进去打扫，弄得干干净净的，你可以随时回来住，大家都会欢迎你……"

自从周麟让突然回伏安念高中，唐依离心里就像埋了颗不定时炸弹。

只因他走前，跟她起了冲突。

唐依离的闺密带着儿子来家里做客，晚上留宿，小孩住在周麟让的房间，摔坏了他几个手工模型。周麟让突然回家，正好撞见这一幕，喜怒不辨，也没发火，收拾了东西就要走。

唐依离一直认为这件事是导火索，要是捅出去，周家人都得怪罪她。

她这后妈当得窝囊。人前风光，光鲜亮丽。人后被戳了无数次脊梁骨，回了家还得做小伏低。

处处忍，处处让，处处憋屈。

周承柏跟谌年离婚七年后，唐依离靠着儿子周腾，在周家父母面前磨出了突破口，才得以进周家门。

唐依离知道，在周承柏眼里，她的儿子永远比不上周麟让。

周麟让就是一怪胎。八岁才来周家，那时候矮矮的，像棵小禾苗，唐依离居然拿捏不住他。他性情乖张，表面不动声色，像是一颗糖就能打发，实际上折腾起人来又狠又阴损。

有一次家里没其他人在，唐依离骂他小畜生，黑心肝烂心肠的狗崽子。

周麟让不知什么时候动了手腕上的电话手表，周承柏在公司将唐依离的话听得一清二楚，回来差点跟唐依离离婚。后来一系列事实向唐依离证明，她面对的这小孩不是善类。

他睚眦必报，从不肯让自己吃亏。

谌年听完唐依离的话后，回到了 VIP 病房。

周承柏不明白她为什么会去而复返。

"来向你确认件事。"谌年说。

"我再问你一遍,麟麟八岁那年你把他接走,承诺说不会让他受一丁点委屈,你究竟有没有做到?"

谌年自己是女人,她不想打女人,唐依离那样的不够她揍,她有火没处撒。

周承柏被她问得心慌,不知该怎么回答。

谌年的手轻放在周承柏刚做完手术的那条腿上,周应荣也在,还没走,他的冷汗突然就下来了。

谌年的手再轻轻一按,接着,周承柏爆出一声撕心裂肺的惨叫。

周麟让拿着水在一楼没看见谌年,电话打不通,只好又回了十八楼。

他在病房找到了谌年,但发现病床空了。

"人呢?"周麟让问。

"手术室。"谌年说。

"不是做完手术了吗?"

"二次手术。"谌年顿了顿,"接回去的骨头,我刚才又给按断了。"

"……"

后来周麟让跟谌年说起自己回伏安的缘由——

"我回伏安跟唐依离半点关系没有,是一早计划了要走,不想在A城再待下去,刚好回家收拾东西,碰上了那么一出……都不用临时想理由,她要主动背锅,我也不好拦着。"

"我也以为你是被欺负走的。"谌年说,"那真不好意思,害周承柏又接了一回骨。"

2.

周麟让和谌年再回伏安,已经是夜里。

奔波一下午,谌年脸上有了倦色。傍晚吃的飞机餐,米饭生硬,菜品无味,她只稍微动了动筷子。

周麟让看她不经意间捂了一下胃,问:"是不是胃疼?"

"没。"谌年说,"折腾了一下午,就是累。"

回了家,谌年喝了杯养胃的米稀,没多久就回房间睡了。

周麟让一看时间,也才八点。他给倪鸢发消息:"在干吗?"

倪鸢拍了张夜市的照片过来:"吃夜宵。"

周麟让一看,四周环境眼熟,分明就在六中外的小吃街,距离不远。

"我来找你。"他说。

"你跟老师回来了？"倪鸢惊讶。

她知道周麟让跟谌年去了A城，还以为他们要待好几天。

白天倪鸢忍着没问周麟让具体情况，一来想到他那边估计很忙很混乱，二来倪鸢身为谌年的头号粉丝，实在不待见周承柏。

周麟让："刚回不久。"

倪鸢："那个……叔叔还好吗？"

周麟让："没大问题。"

倪鸢跟丛嘉面前摆着许多烤串，香味四溢。

烧烤摊老板又提了打冰啤酒过来，单手帮她们开了瓶盖。倪鸢看着桌上的酒，心虚地给周麟让打电话："你既然回学校了，这个时间点，是不是应该去上培优班的小课？"

周麟让无言，没说话。

倪鸢越发没有底气地说："我怕耽误你拿年级第一，没有不想让你来找我的意思。"

这话非常没有可信度。

丛嘉在旁边咬着烤羊肉串笑，特地把玻璃酒杯碰得"哐哐"响。

"除了你跟丛嘉，还有谁？"周麟让问。

听着像在查岗。

"还有（3）的同学，总共有二十来个人。"倪鸢说。

她这天去了熙水街之后就被丛嘉叫走了，（3）班同学小聚，因是班长越斯伯组织的，还在伏安的同学都来了。

"你今晚睡哪儿？"周麟让说。

"丛嘉让我去她家。"

"来301，睡我房间，我睡沙发。"两边一静一闹，对比鲜明，周麟让的声音穿过喧嚣响起，"聚完打电话，我去接你。"

挂断电话没多久，倪鸢就起身。

"我先走了，嘉嘉。"倪鸢跟丛嘉说。

丛嘉神色诧异："啊？不是说还要去二手玫瑰吗？你不一起了？"

倪鸢摇头："我回去看一下麟麟。"

倪鸢觉得周麟让不太对劲。她和周麟让似乎有种奇妙的感应。虽然他什么也没说，但她感觉得到。好像觉得，这个时候自己必须得去见他。

"走吧，走吧，"丛嘉摆手说，"重色轻友的家伙。"

301 只有客厅的一盏落地灯亮着，橘黄光晕，水波一样漾开扩散。

倪鸢敲门时，周麟让洗完澡躺在沙发上睡觉，头发半干。电影频道在播放经典老电影，音量调得很低，人物的台词声像谁梦中的呓语。

随着屏幕上画面的转换，光线忽明忽暗。周麟让听到动静去开门，看着倪鸢："不是在吃夜宵，就散场了？"

倪鸢说："夜宵不好吃，我来陪陪你。"

"老师呢？"倪鸢问。

"睡了。"

即便周麟让这么说，倪鸢还是有种下一秒谌年就会从房间里出来的微妙紧张感。她想与周麟让拉开距离，没成功，两人挤在沙发上。

他压低声音："嘘，小声一点。"

电影已经进入尾声，屏幕上变成一片黑，滚动播放着演员名单。

倪鸢觉得他现在这样好像一只大狗狗，手指摸到他的眼尾："麟麟，你要不要说什么？"

他似乎每次从 A 城回来，都不太开心。

对于周麟让来说，八岁那年被送去 A 城生活，是他的一个心结。他依稀记得当年的情景。

新春年头，周承柏回伏安祭祖，周家父母一直想见孙子，想周麟让去 A 城过年。小孩玩性大，高高兴兴去了。

周麟让在 A 城住了一个星期，差点被迷了眼。他的堂兄弟们出行有人伺候，去游乐场不用排队，玩具堆积如山，衣来伸手饭来张口，要什么便有什么。

那是周麟让觉得陌生的生活。

而谌年对他自小严格。读书练字，练功打坐，不论严寒酷暑，没懒可偷。谌年甚至安排他种菜施肥。她教他如何种下一颗种子，如何替植物驱虫，教他认识花、认识草、认识虫、认识各种生命。

一个星期后，周麟让回到谌年身边。

周家父母在电话里讽刺谌年穷酸，明明给了她巨额抚养费，却亏待孩子，是个穷酸相。

谌年不痛不痒地掐了电话。

但周麟让因为不想练功，负气说要回爷爷奶奶家的时候，谌年沉默了。

"我回爷爷奶奶家。"这是一句气话，小孩发牢骚、闹脾气，企图在跟母亲的博弈中赢一次。

八岁的周麟让以为这会是他获胜的武器。谁知，他娘思索了几秒后，竟点头："也好，我叫周家人来接你。"

周麟让感觉天塌了。

谌年却说："我第一回给人当妈，肯定有做得不好的地方，既然你羡慕你几个堂兄弟，想去周家生活，就去试试。"

谌年那时胃病严重，白天送周麟让上小学后，一个人再去医院做检查和治疗，病痛折磨身体时，精神也饱受磋磨。她有些撑不住，便想，不如试着放手，周麟让是她的儿子，但自己拥有选择权。

现在，快要满十八周岁的周麟让躺在客厅的沙发上，跟倪鸢抱怨："我还第一次给人当儿子呢，肯定有做得不好的地方，她教我不就行了，凭什么把我送走？"

他的手搭在眼皮上，半晌才说："真狠。"

远在A城，周麟让曾经急切而愤怒地想向谌年证明，没有她，自己也能过得很好。心智尚未成熟的小孩，把这次漫长的分离，定义为一场抛弃。

渐渐地，他从继弟周腾只比他小五个月的事实，推测出当年父母的婚姻究竟出了什么问题。

周承柏对他不差，但他没有办法从心里真正接受这位突然出现在他生命中扮演父亲角色的男人。

锦衣玉食在眼前，他仍想念伏安的一切。最终让他确定自己要尽快回伏安的契机，是因为他偶然在Studying上看见一个叫"大风筝"的用户。

她的主页简介上的学校名一栏填着——伏安六中。

她还有个特别喜欢的历史老师，姓谌。

她经常在动态里提到她的老师，把人夸得天花乱坠，天上有地下无。

周麟让翻遍伏安六中在职教师名册，确定姓谌且教历史的老师只有一位，叫谌年。

有一天，"大风筝"在动态里说老师的老胃病又犯了，描述得颇严重。她心神不宁。

那天，心神不宁的还有周麟让。他窥见了谌年陈年旧疾的一角，约莫猜到了当年所谓的抛弃另有隐情，因而连续访问了"大风筝"的主页一千零一遍，妄想她继续更新动态。

直到"大风筝"说："谢天谢地，老师没事。"

后来——

倪鸢："所以，你是为了你妈？"

3.
那晚倪鸢倾听了一个秘密，说："我们八岁的麟麟辛苦了。"

她轻轻抚摸他的发顶，男孩的头发如盛夏的某种植物般柔韧，她用鼻尖凑近，仿佛闻到了夏天的气息。

周麟让抓住她作乱的手，闷声说："哄人就要有哄人的样子，拿出点诚意。"

倪鸢想半天，真诚向他请教："怎样才算有诚意呢？"

"唱首歌。"周麟让说。

倪鸢为难："你别看我会拉二胡，但唱歌真不怎么样，五音不全。唱不了《青藏高原》。"

那是丛嘉的拿手曲目，她比不了。

周麟让沉默了一瞬："谁让你唱《青藏高原》了？"

接着他又不可思议地问："你唱《青藏高原》哄人？"

倪鸢捂住周麟让的嘴，严肃道："不要想骂人。"

她想了想歌词，语调平直地念出来："是谁带来远古的呼唤，是谁留下千年的祈盼……

"不觉得听着特别雄浑开阔吗？想想雪山高原，想想时间变幻沧海桑田，就不拘泥于眼下，豁然开朗了。"

倪鸢自己觉得自己说得非常在理。

而周麟让懒得再跟她废话，多说一句，就会被气死。他闭眼小憩，装死。

倪鸢的小动作不断，捏了一下他薄薄的耳垂。在他耳边哼唱起来："我的宝贝宝贝，给你一点甜甜，让你今夜都好眠……

"我的小鬼小鬼，逗逗你的眉眼，让你喜欢这世界……"

她的语速有点慢，手掌轻缓地打着节奏。

周麟让丝毫不想动弹，想让这首歌单曲循环，在耳边永远不消散。

倪鸢唱完，看看被哄的人："麟麟，你睡着了吗？"

"嗯。"

"你睡着了怎么还能说话啊？"

"说梦话。"

倪鸢仰头能望见映在窗户上的月亮，坐起身，摸到茶几上的空调遥控，调成睡眠模式："你睡吧，我去你房间。"

"你一走我就又睡不着了。"周麟让说。

倪鸢："那你做题吧。"

倪鸢到周麟让房间帮他拿书本，书桌右侧，最上面一本数学书下压着一沓数学卷子，她全拿上，随手翻了翻。有的试卷已经完成了，有的还没开始写。完成的那几张，倪鸢不由得多看了两眼，只因他的字迹漂亮，写出来的数字很有自己的特色。

倪鸢在这多看两眼的短暂时间里，陡然感觉到熟悉。

好像在哪里见过。而她又莫名想到，她高三时，周麟让替她整理过许多重点难点，全是打印出来的。

这时，周麟让突然冲进来，脸上有种肉眼可见的紧张感。

他看着倪鸢手上的数学试卷。心里想的是：大意了。

他上前将她手里的东西接过，默不作声地观察她的神色，想从她脸上看出端倪。

倪鸢说："你做题吧，我去洗澡了。"

周麟让松了口气。一切正常，车还没翻。

倪鸢洗完澡，坐在床上擦头发，擦着擦着想到什么，手上动作停了下来。

她拿出手机，翻找以前 L 给她题解的照片。

上面是 L 的手写体。

倪鸢盯着仔细看了很久，她在微信上找 L 聊天："在？"

L："1。"

倪鸢："今年 Studying 上的知识竞赛我打算参加，你还有兴趣跟我双人组队吗？"

倪鸢："不过今年夏天我已经高中毕业了，这次只能报大学组的。"

倪鸢："你呢？ L，你现在是高中生还是大学生呀？"

试探的意味不要太明显。

一墙之隔，盘腿坐在地上的周麟让看着手机，有点摸不准她是不是已经猜到了。

L："忙，没办法参加。"他直接避开了她的问题。

倪鸢疯狂试探："或许，你有微信小号吗？"

L："不太记得了。"

倪鸢："冒昧问一下，你现在单身吗？"

L："……"

倪鸢："不方便回答吗？"

倪鸢扔开手机，理了理头发，思索良久，又把手机捡了回来，重新看了好几遍 L 曾经解过的一道题。

　　她重新回到客厅。

　　周麟让坐在地毯上写试卷，不过是英语试卷。

　　倪鸢在他的草稿纸上写下几行数字，递过去："麟麟，这道题我不会，你帮我解一下。"

　　周麟让一看，三角函数的大题。

　　他没记错的话，这是倪鸢抛在 Studying 的原题，他曾经帮她解过。这是个坑。

　　如果倪鸢现在只是觉得周麟让的字迹跟 L 的相像，那么，做同一道题，写同样的步骤，再对比起来，几乎就可以判断他们究竟是不是同一个人了。

　　周麟让："我不会。"

　　倪鸢："你必须会。"

　　倪鸢："今天你不把这道题给我解出来，我……我就心里难受。"

　　周麟让："我得想想。"

　　倪鸢："我陪着你想，直到你想出来为止。"

　　周麟让知道，瞒不下去了。他用 L 的微信小号，给倪鸢发了条消息："勾勾，对不起。"

　　倪鸢低头看看手机，再抬头看看周麟让，狠狠摁着手机敲字："为什么一早不坦白？"

　　于周麟让而言，坦白就会将初衷暴露。他一开始就是因为想要了解谌年近况，才关注的"大风筝"。

　　当初他不愿意承认自己太傻，为了跟亲妈怄一口气，在 A 城发愤图强拼命努力，却始终放不下伏安。

　　后来倪鸢拿他当树洞，他骑虎难下，一拖再拖。

　　L："那会儿你要上高三了，不是好时机，怕影响你。"

　　倪鸢："我毕业了你似乎也没打算说。"

　　L："你毕业了，我又要上高三了，不是好时机，怕影响我。"

　　倪鸢："如果我没发现，你是不是打算瞒我一辈子？"

　　L："原本打算等我也考去 A 城了，就跟你说。说的时候，一定要当面，不然我都没有办法哄你。"

　　倪鸢："你哄吧，反正我生气了。"

　　她打完这行字，发送成功后，把手机关机。背对着周麟让，抠地毯上的绒毛。

周麟让苦思冥想："那要不换我给你唱《青藏高原》？

"想想雪山高原，想想时间变幻沧海桑田，就不拘泥于眼下了，就豁然开朗了，就不郁闷、不生气了。"

活学活用。

"先欠着，下次唱，现在唱会把老师吵醒。"倪鸢说。

她一边慢慢回忆起曾经的一幕幕，L访问她主页一千零一遍的时候，她怀疑过L喜欢她。

把L当树洞的时候，她说隔壁搬来了位大少爷。

她向他灵魂发问——你们男生都这么难搞的吗？

她还骂过他——周麟让王八蛋！

她发现自己喜欢周麟让的时候，还向L请教——对一个男生有好感怎么办？

当时他怎么回答的？这像是人说的话吗？怎么那么不要脸啊！

倪鸢越想越生气，不再跟周麟让说话，直接拿他当空气。

"勾勾。

"勾勾。

"勾勾啊。

"倪勾勾。"

周麟让叫了很多遍，倪鸢都没理会他。

直到周麟让突然问："勾勾，你到底是平胸姐姐还是细腰妹妹？"

Studying上，关于倪鸢和丛嘉自习室的名字，他一直想问她。

倪鸢终于回头，笑得咬牙切齿，面目微微狰狞。她盯着周麟让看了许久："你觉得呢？翘臀弟弟。"

七月的最后一天，倪鸢如愿收到了A城外国语大学的录取通知书。

周麟让的高二学习生涯结束，即将进入高三前夕的补课阶段。

六中大部队出发前往漱石湾前，放了三天假。

"漱石湾没有小卖部，除了一日三餐，别的都不用想，所以想吃什么自己提前买好装行李箱里……"

倪鸢是前辈，把经验传授给周麟让。

"附近居民承包了学校伙食，今年不知道还是不是这样……宿舍没空调，可也还好，山里没有外面热。但是虫子多，蚊子毒，被咬一口就是好大一个包，你要记得带驱蚊水……"

两人一个在伏安，一个在春夏镇。

周麟让看着视频里的倪鸢，听她事无巨细地交代着各项注意事项。

倪鸢拍了一下大腿说："我还是列张清单给你吧。"说着立刻下床，趿拉着拖鞋，跑到书桌前，将自己想到的东西写下，怕待会儿遗忘。

镜头一阵乱晃，又稳住。倪鸢将手机重新架好。

等她列好清单，再抬头，发现周麟让的视线躲避，望向了别处，耳朵通红。

"麟麟，你在看什么？"

"你该问我没在看什么。"

倪鸢疑惑不解，就听见周麟让不自然地说："麻烦衣服往上提一提。"

她顿时低头，看向自己的胸口。夏天的睡衣领口开得低，贴着雪白的胸线边缘。

倪鸢一秒挂了视频。

周麟让躺在床上，将脸深深埋进枕头里，薄红的耳朵仍露在外面。

被她睡过两夜的床上已经没有了她的气息，他想起她靠近时头发上的淡香。最后，他坐起来给倪鸢发消息："我什么都没看见。"

此地无银三百两。

周麟让一直没等到倪鸢的回复。

直到 L 的微信小号上出现了一个小红点。

大风筝："L，周麟让是个狗东西。"

周麟让："……"

本以为"掉马"的事情就此过去了，事实告诉他，那是不可能的。

L："你骂得对。"

大风筝："我都不想理他，还是跟你聊天比较有意思。"

L："这样不好吧？他知道了会不会生气？"

苦笑并配合演出。

大风筝："别让他知道不就行啦。"

L："行，我们瞒着他。"

大风筝："他过几天就要被押送去补课了，好可怜啊，嘿嘿。"

L："你看着并不像在可怜他。"

大风筝："我确实在幸灾乐祸。"

L："勾勾，你还要演多久？"

大风筝："你之前不也演了挺久的？我也想体验一下嘛，果然很刺激。"

刺激个头。

秦惠心跟倪路康厂里放高温假，回了家，说要给倪鸢办升学宴。

倪鸢觉得没必要："不用了吧？"

她参加过丛嘉的升学宴，已经体验过一把气氛了，感觉办酒非常麻烦。

"人家都办你不办，送出去的钱收不回来。"秦惠心说。

倪鸢只好随他们。

就选在春夏镇上的一家饭馆里，摆了几桌。亲戚那边，是父母拟的名单。倪鸢只负责邀请了几位任课老师，丛嘉人不在伏安，出去玩了。

周麟让隔天就要出发去漱石湾，但也跟着谌年一块儿从伏安过来了。

倪鸢给他倒了杯水，当他是客人，招待他。

周麟让从兜里掏出一个红包："给，升学礼。"

倪鸢不明所以，说："老师刚刚给过了。"

"不一样，"周麟让低头附在她耳边，只掩人耳目的短暂一秒，"这是我给的。"

倪鸢佯装镇定地接过来，眼睛探查敌情似的四处乱瞟，生怕别人看出端倪，还挺客气地跟周麟让说："谢谢。"

"不客气。"周麟让不顾四周有人，状若随意地摸了一把她的头。

别人或许没注意到。但饭馆门口，刚进来的秦则撞见这一幕，挑了一下眉。

秦杰和房静紧跟着进来，还有小余金。小孩头发剃得短短的，浓眉大眼，手里捏着盒摔炮。

秦杰看见倪鸢就夸她，说她会读书，了不得。

房静让余金多向姐姐学习。

两人早领证了，房静也带着女儿搬进了秦杰的房子，平平淡淡地过日子。只是一直没办酒，也不打算办，多半顾及着秦则。

倪鸢听说秦则的乐队散了。成员之间的发展理念不合，还有的迫于压力，毕业回了老家。

倪鸢像模像样地安慰秦则："不要放弃。"

秦则："我签公司了。"

所以不要一副让我坚强的傻表情。

"哦，恭喜。"倪鸢语气平淡地祝贺他，怀疑道，"你不是被皮包公司骗了吧？"

秦则报了公司名："随圆文化发展有限公司。"

倪鸢一听，随圆随缘？还真有点不靠谱的感觉。

她上网搜，该公司才成立半年，老板朱随缘乃是道士出身。公司注册资本两百万，致力于发展音乐，打造有自己特色的音乐品牌。

旗下签约艺人三位。分别为秦则、顾小东、彭送送。除了秦则，后面两位还是初中生。

百度上说，三人将会组团出道，敬请期待。

倪鸢从看到老板朱随缘是道士开始，一路往下浏览，不断受到冲击，看到最后震惊了："你是去搞音乐的，还是去带崽的？"

"哥。"倪鸢难得当面叫他哥，"你真的签了这家公司吗？真的没有被人骗吗？"

秦则盯着倪鸢看了两秒，反问："你真的在谈恋爱吗？真的不是被人拐了吗？"

然后，两人注视着对方的眼睛，不约而同地说："管好你自己。"

此次走心谈话，就此作罢。

中午的酒席散了以后，倪鸢一看时间，已经接近两点。周麟让傍晚六点回伏安，他们之间还剩下不到四个小时。

春夏镇上有个白汀洲，名字好听，其实就是个大水库，平常有三三两两的人前去钓鱼，景色也不错。中间的水泊像一匹形状不规则的蓝色锦缎，四周是连绵的山。一路上有绿荫，小径两侧长满了茂密的树。

倪鸢带着周麟让穿过独木桥，绕过灌木丛，找到一座小小的石碑。那其实只是一块很久很久以前立的路碑，上面字迹都已模糊不清。

倪鸢小时候被大人们骗，以为这是块许愿石，对着它许过很多愿。

想要吃不完的棒棒糖、想要走路会发光的鞋子、想要很多朵小红花、想要跟 ×××成为好朋友……

现在呢，她有了另外的愿望。

倪鸢对着石碑默默许愿之后，笑着对周麟让说："麟麟，加油，我在大学等你哟。"

茂密的绿树枝丫悬在他们头顶，许多缕日光从缝隙中漏下，周麟让站在光里，没有任何征兆地对她说了三个字，带着盛夏滚烫的气息。

周麟让每一次直抒胸臆都像是巨大的旋涡，将倪鸢卷入他的海底，没有抵抗的余地。

　　她只能回以同样的三个字。

　　除此，别无他法。

1.

一年后。

A大大一新生八月中旬开始军训，周麟让收拾行李北上。

原本九月一日才开学的倪鸢跟父母报备，说要提前半个月去学校。被问及理由，就说在网上接了份兼职，去学校附近的培训机构给小孩上英语课。

"说谎越来越顺口了。"候机室里，周麟让推出吸管，"啪"的一声插破塑封膜，把奶茶递过去。

倪鸢坐在行李箱上，倾身，低头，就着他的手喝掉一大口，囫囵咽下："我都是为了谁？"

"赖我。"周麟让说。

"就赖你。"倪鸢嚼着奶茶里的青稞，仰头看着他笑，"你是祸国殃民周妲己，我是贪图美色商纣王。"

"净会胡说八道。"周麟让的视线落在倪鸢的鼻尖上，突然露出惊讶的表情，"勾勾，你的鼻子变长了。"

"别想骗我，"倪鸢脚尖蹭着地，行李箱往后滑了半米，"我又不是匹诺曹，说谎也没关系。"

周麟让连人同箱子一块儿接住，捏她的鼻子，看她张开嘴巴喘气，像条气鼓鼓的鱼。

"我在帮你，多捏捏可以让鼻梁变挺。"周麟让忽悠她。

倪鸢反应极快，胡搅蛮缠道："你的意思是我现在鼻子不够挺吗？"

来了、来了，送命题。

周麟让想了想，当面打开百度搜索：如何夸女朋友的鼻子？

他搜到第一条，直接念："你的鼻子红通通，真漂亮，像……烤熟的大蒜头。"

——写这个答案的哥们，你尚在人世吗？

倪鸢一口奶茶呛住，咳得惊天动地，咳到眼里泛起一层粼粼水光。

周麟让后悔，觉得不该逗她，轻拍着她的背，帮她顺气。

"你今天的表现很差，零分。"倪鸢平复下来以后说。

周麟让把下巴搁她头上，身上是跟她一样的白色 T 恤，一贴近，就更是再明显不过的情侣装。

"知道了，以后好好表现。"

黄昏时分的航班，舷窗外的日光千丝万缕，云朵像包裹着金色的糖衣。

倪鸢坐在靠窗的一侧，看景，忽然转过头问："知道我们现在这样像什么吗？"

"私奔。"周麟让说。

以前问像什么，说像"偷情"，现在成了"私奔"。

有进展。

倪鸢昏昏欲睡的时候，周麟让拿笔在她的手背上画了一朵玫瑰，说："勾勾今天一百分。"

A 大和 A 城外国语大学同处于一个大学城内，相隔三站公交，距离非常近。

倪鸢每天早上出门，傍晚回，跟去 A 大打卡似的。

她有位室友叫沈婉和，暑假留校做兼职。沈婉和发现倪鸢虽然提前回校了，但神龙见首不见尾，两人经常夜里才碰面。

沈婉和打工的西餐厅搞活动，派发优惠券，她给倪鸢拿了两张，打电话一问，人在 A 大。

"怎么我问你三回，你回回都在 A 大？"沈婉和纳闷地说，"请问你是嫁去 A 大了吗？"

倪鸢沉默了片刻。

沈婉和惊讶："还真是啊？"

周麟让考上了 A 大，而且是 A 大数学系，金融数学专业的第一。

沈婉和震惊了。

要知道，A 城众多大学中，A 大排在榜首，学霸云集，数学系更是出了名地变态难。

再有一点，A 大的学霸们可用八个字来概括：艰苦朴素，少年老成。

沈婉和之前因为学生会活动偶尔过去跑腿，走在校园里，迎面碰见的人常叫她分辨不出年纪，问路时不知道该叫"同学，你好"，还是"老师，你好"。

有些沧桑，过分沉稳。当然也有注重打扮的，相对而言，占少数。

沈婉和对于倪鸢男朋友的颅内脑补形象，只剩下"老实敦厚"四个大字。

烈阳当空，倪鸢蹲在树荫笼罩的遮阳棚下。在泡沫箱里铲起几块碎冰，放进塑料杯里，再浇上矿泉水，端给周麟让，说："等九月，要不要跟我室友们见个面？"

"行。"周麟让点头答应，汗珠从下巴滑落，一路淌过喉结，没入领子里。

军训服半湿，洇开了深色的印子。

倪鸢看他肩宽腿长站在面前，身上似乎带着灼人的热浪，又给他倒了杯水。

"我室友她们人都很好，就是对你不太放心……"倪鸢悄声道，"担心我所托非良人。"

帽檐下，周麟让眉梢一抬。

倪鸢被他突然一眼看得腿发软："开玩笑的。"

前方吹哨，周麟让得赶紧回了。

他把纸杯还给倪鸢："甭管良人还是歹人，你都别想换。"

他原本想再习惯性地捏一捏她的脸颊，顾及自己指尖上都渗着汗，又收回，只说："觉得热就回去，别在室外待。"

"为人民服务嘛，哪能怕苦怕累？"倪鸢说。

周麟让笑了一下："撤了。"

说完这句，他反身随人潮跑进队伍里。

为人民服务，里头掺杂着多少假公济私，倪鸢自己心里清楚。

军训开始第一天，倪鸢就想办法混进了A大志愿者团队。她一个外校的，竟也没人察觉到不对。志愿者负责给军训学生提供冰块和消暑的凉茶，还常备藿香正气液、葡萄糖水和一些治跌打损伤的膏药。

大部分时间没什么事，光坐在棚里指点江山。

半天不到的工夫，隔壁椅子上中文系的两个女生已经讨论完哪个连哪个排哪个教官胸肌最大，哪个系哪个班哪个大一学弟最靓。

周麟让原本在他们的目标范围内，可人家每次来直奔倪鸢，目不斜视，都不往旁边多看一眼，摆明了"名草有主"。

她们好奇地向倪鸢打听过两句，也就作罢。

"有这样的男朋友平常特别心累吧？时时刻刻都得盯着，放哪儿都是块香馍馍，生怕别人惦记。"

倪鸢忍笑，头上戴着周麟让平素戴的那顶黑色鸭舌帽，正儿八经地点头："可不是嘛。"

等周麟让队伍解散，傍晚两人去吃饭。

倪鸢收拾好东西，说："香馍馍，走吧。"

周麟让不解道："什么？"

"夸你身上香呢。"倪鸢笑，"爱称懂不懂？"

周麟让哪里听不出她语气揶揄，恶狠狠道："这张嘴迟早给你缝起来。"

"你舍不得啊。"她特别欠揍的样。

周麟让凑在水龙头底下冲了把脸，确实拿她没办法，弹弹手，蹦她一脸清凉的水珠子。

夜里赶上大学城附近有演出，倪鸢凑热闹看了小半个钟头，周麟让送她回学校时，天已经黑了。

两人从南校门一路散步到女生宿舍楼下，就当消食。

沈婉和啃着一块分量十足的肉夹馍站在三楼洗衣房的窗户前，手里端着盆，身后洗衣机嗡嗡转动。她的脑袋抻得老长，竭力远眺，依然只能看见模糊夜色中的背影。

人瞅着倒是挺高，不止一米八，估计得有一米八五了。体型偏瘦。气质单从背影看，还真有点出挑。但谁知道回过头来，究竟是个什么样。

不能过早下定论。

倪鸢回到寝室，沈婉和朝她暧昧一笑："今天可算让我见着了。"

"什么？"倪鸢蒙了。

"你跟你男朋友啊。"

倪鸢说："等星星她们几个回来，我跟男朋友请你们吃饭。"

霍星星和李斯，是倪鸢另外两位室友。

九月，人一凑齐，倪鸢就领着303的人，周麟让带着他宿舍的男生，两个寝室的人碰头了，搞得跟联谊会似的。

吃西餐容易拘谨，吃火锅更随意，地点就定在外国语大学南门外的火锅店。

落座前五分钟，多少有点尴尬。好在周麟让室友里有个特能说的，开口就像讲相声，而303的几位本质上都活泼外向。

没多久，大家就聊"嗨"了。

倪鸢起身去调第二碗酱，沈婉和一道去了，店里顾客多，人声喧哗。沈婉和挤在倪鸢身边，说："不太敢看他。"

"平常好奇死了，现在当着面我居然不太敢看。"沈婉和说起来自己也觉得怪。

倪鸢舀了两勺花生酱："哈哈哈，他长得凶吗？"

"主要不太好意思，我跟星星平常看见帅哥都是背后嗷嗷叫的，当面不敢放屁。"

倪鸢笑得手抖，勺子拿不稳。沈婉和又问："长这么一张脸，把他放外面你能放心？"

倪鸢已经被问过不少次这个问题了，轻车熟路地回答："放心。"

能怎么办？要是有魔法，她就把人揉一揉变成颗豌豆，揣兜里，随身携带。

"相互信任是好事。"沈婉和没谈过恋爱，但寝室里霍星星去年九月"脱单"，十月失恋，十一月扎小人诅咒渣男走路打滑劈叉，让他劈个够。

有前车之鉴，沈婉和说："小鸢，你别怪姐姐多嘴哈，也不能太放心。"

饭局散的时候，外面下起了雨。

一群人站在大厅，等雨停。

半晌，雨珠斜打在玻璃窗上的声音丝毫不见小。霍星星还要去社团开会。周麟让临时买了几把雨伞，分给众人，大家各自散去。

倪鸢在他买伞的店门口看见一双深绿色的套鞋，小时候下雨天常穿的那种，鞋面上画着两个卡通的小蛇脑袋。不吓人，反而憨态可掬。

倪鸢低头看看自己的白色帆布鞋，指了指小蛇套鞋："麟麟，我想要那个。"

周麟让让她试试合不合脚，她穿上了，码子有点小，脚趾挤得慌。

店主拿来另外一双，她再试，穿着晃晃荡荡的，码子又偏大。

店主说就只有这两双了。

倪鸢说："可是我喜欢。"

周麟让没办法，只好由她。

倪鸢挑了偏大的那双。

周麟让拎着她的帆布鞋，撑开手上的伞，歪了一下头："走了，送你回寝室。"

倪鸢穿上不合脚的套鞋，走路慢吞吞，还专门踩水坑。

周麟让在她旁边深受其害，裤腿湿了半截，忍了又忍："倪勾勾，你几岁？"

"三岁啊。"倪鸢顺口道。

周麟让考她："五加五等于几？"

"十。"

"不错。"周麟让说，"三岁就能知道这么多。"

"那当然，我口齿伶俐，聪明大方。"

一个敢夸，一个敢答。

周麟让："家住哪里？"

倪鸢："春夏镇上。"

周麟让："家里几口人？"

倪鸢："爸爸、妈妈和我。"

周麟让："给你定门娃娃亲吧。"

倪鸢："跟谁？"

雨伞向倪鸢的一侧倾斜，周麟让拎鞋的那只手大拇指指向他自己："你看怎么样？"

伞上响起"啪嗒啪嗒"的雨声，伞檐上流下透明的水幕。

倪鸢抓了一下周麟让的手腕，没再放开，看着他，似在考虑。

周麟让问："要想这么久？"

"终身大事，不可儿戏，当然要好好考虑。"倪鸢说，她踹碎了倒映在水面上的路灯影子，然后说，"那好吧，就这么定了。你以后要记得来我家提亲。"

"一言为定。"周麟让说。

沈婉和早倪鸢一步抵达女生宿舍，在楼下帮卖水果的奶奶捡散落一地的橘子，远远看见路的那头，撑着伞的少年在雨中像棵挺拔的松柏。

他伞下的倪鸢，跟她们平时看见的倪鸢不太一样。这时的她穿着不合脚的套鞋，走路东摇西晃，踩着水花。无忧无虑，像个孩子。

她头顶的伞，像一片云，跟随着她游弋。她走到哪儿，旁边的人就把伞举到哪儿。

国庆假，丛嘉来 A 城玩，倪鸢招待她。

周麟让跟随导师去隔壁省参加一个竞赛，走前跟倪鸢说了大赛名字，一连串，她没记住，只说："小同志，好好表现，回来有赏。"

她也忙，忙着跟丛嘉吃喝玩乐。

两人一见面，丛嘉就扑上来把她抱了个满怀。倪鸢没站稳，往后退了两步，最终撑不住，一屁股坐到了台阶上。

　　丛嘉说："想死我了，鸢儿。"

　　倪鸢说："哎哟，我的腰。"

　　丛嘉赶紧从她身上下去，把人捞起来，给她拍拍屁股上的灰。

　　两人见面的次数其实也不少。丛嘉就读于伏安本地的一所二本院校，倪鸢寒暑假回去，两人时常约见。

　　丛嘉揉了揉倪鸢的腰："没事吧？别等一下弟弟要找我麻烦。"

　　"他现在人在高铁上，找不来，你放心。"倪鸢说。

　　一听周麟让不在，丛嘉还挺高兴："那这几天你归我了。"

　　丛嘉二号来，五号走，这四天里倪鸢带她爬山、游湖、听戏、胡吃海喝。临走前，丛嘉还想体验一把按摩。

　　A城有家按摩馆在网上很出名。

　　据说创办人的灵感源于泰国清迈的女子监狱按摩中心，刑满出狱的女人通过培训后成为按摩技师，在按摩馆里找到稳定的工作。通过解决就业问题，降低她们再次犯罪的概率。

　　有人在A城也办了这样一家按摩馆，逐渐走红，去体验的人不少。

　　"那就去吧。"倪鸢说。

　　倪鸢在网上预约了两个肩颈按摩套餐，晚上和丛嘉一起去了。

　　店里装潢走简约风，看着干净舒适。

　　进了房间，过来两位女技师，替她们放松肩颈。

　　替丛嘉服务的3号技师是个四十来岁的中年女人，国字脸，两道眉又粗又黑，面相看着凶，张口后声音意外有些柔，她说丛嘉的肩膀硬。

　　"可能平时低头玩手机玩太多了，没注意，肩膀确实疼。"丛嘉说。

　　倪鸢趴在床上，身后的女技师问她："这个力道行不行？"

　　有点疼，但是能忍。她就说"可以"。

　　旁边床上，丛嘉说："还行，还能再大点力。"

　　按着真酸爽，又酸又爽。

　　周麟让打电话过来时，技师已经从倪鸢的肩按到了腰，从腰再到屁股。

　　她头一回被按屁股，感觉奇怪，全身紧绷。

　　"我明天晚上回。"周麟让在电话那头说。

　　"知道了。"倪鸢盘算着，明天六号，刚好是他的生日，给他一个惊喜。她故意说，"我明天学校有事，就不去接你啦。"

周麟让："嗯。"

倪鸢绷着，技师按不动，说话带着点口音："小姑娘，屁股怎么那么硬？"

倪鸢："……"

电话那头的周麟让："……"

技师又说："放松、放松，这样我没法按。"

倪鸢暗示自己只是一条咸鱼躺在砧板上罢了，尽量放松下来。隔壁床上的丛嘉突然爆发出一声惨叫："疼、疼、疼……"

周麟让沉默片刻，问："勾勾，你在干什么？"

"按摩。"倪鸢老老实实回答。

周麟让："我不在，你过得很逍遥？"

倪鸢讪笑了两声："还好、还好，快活似神仙。"

"回来收拾你。"

有人在，倪鸢不自觉将声音压得很小："麟麟，你的竞赛顺利吗？"

周麟让："还行。"

"你超厉害，一定可以的。"倪鸢说。

赛场外的走廊幽深，空无一人，周麟让靠在墙壁上，导师给的压力骤然消散不见。他微低着头说："你只会嘴甜。"

"不，我还会行动。"倪鸢说。

周麟让轻轻笑了："行，到时候务必让我见识见识。"

晚上倪鸢送走丛嘉以后，开始拐弯抹角地向周麟让打听他的行程。比如飞机几点落地，比如他会不会直接回学校。她说好不去接他的，问多了就会暴露。她也丝毫没提他生日的事，装作忘了。

第二天晚上七点，周麟让跟几个同伴一块儿坐导师的车回校，在北门下的车。

校门口的夜市已经开摆，热闹起来。烧烤摊上烟熏火燎，小推车上载着各式水果，甜品店里满是人，卖衣服的、卖小饰品的也都挤在道路两侧。

周麟让身上斜挎着一个黑色行李袋，除此，没有多余的东西。他穿过熙熙攘攘的人群，大步往前走。身后不知什么时候多了一个鬼鬼祟祟的人影。跟着他途经闹市，再拐进了林荫大道。

一路从喧闹到安静。

见四处无人，人影终于出来，一管枪抵在周麟让后腰上："打劫！"

对方粗声粗气道，"把手举起来！"

周麟让顿住脚步，眼睛目视前方茂盛幽绿的古樟，嘴角勾着笑，却也配合地没有回望，缓慢地举起双手。

身后的劫匪发话了："听着，你现在必须完成四个字的短语接龙，否则就会没命的。"

"夜半三更。"她开始了。

周麟让："更深露重。"

劫匪没站稳，差点绊了自己一下，于是说："重心不稳。"

"稳如老狗。"画风逐渐跑偏。

"狗就是你。"

"你想我不？"周麟让问劫匪。

"不想……不想才怪！"劫匪雀跃地说。

周麟让猝然转身，将人举起来，一把抱住。

倪鸢扔掉手里被她当成枪的树枝："麟麟，生日快乐！"

周麟让紧紧地抱住她，闷声道："三年。"

"什么三年？"倪鸢不解。

"兑现娃娃亲承诺，娶你。"

接着倪鸢拿出了藏好的生日蛋糕，给他唱了生日歌。她问他这次有没有得奖，他在行李包里摸了摸，摸出一块金牌，挂在她的脖子上。

周麟让生日那晚，倪鸢收获了一枚金牌。而周麟让得到了满天璀璨的繁星，夏末凉爽的晚风。

2.

倪鸢大四那段时间，夜里失眠，睡不好觉。

她自己也摸不准压力是否真有那么大，在心理尚未察觉的时候，身体似乎率先做出了反应。

室友们对自己的未来早有规划。霍星星大三那年已经出国留学了，李斯父母早早替她安排了去处，沈婉和通过系里老师推荐去了央企实习。

四人寝，大家各有安排。

寝室里只剩倪鸢一个人。她夜里跟周麟让煲电话粥，能聊到很晚，但又常常担心打扰他睡觉，提前说"晚安"，挂掉电话以后自己反而睡不着。

有一天聊到这个问题，倪鸢困惑地说："我以为我自己不焦虑，但确实又真的失眠了。"

她好像陷入了暂时的迷雾当中，不知道该朝哪儿走，对未来充满了不确定。

　　"我要不要考研？"倪鸢问周麟让。

　　"你自己想考吗？"周麟让反问。

　　"我不知道，我只是觉得迷茫的时候多读书总是没错的。"倪鸢说，"但是现在才准备太迟了。"

　　"没有谁说必须一次性成功，你不如把它当作一次尝试，如果失败了就'二战'，或者到时候你也可以有其他的选择。"

　　周麟让突然提出建议，说："勾勾，你搬出来跟我一起住吧？"

　　周麟让找的房子在大学城附近，倪鸢骑自行车从公寓楼下到学校大概只要十分钟。搬家前一晚下过雨，翌日空气里不含半丝余热，初秋的风清爽。

　　云高挂，飘来飘去，天空一会儿像滩涂，一会儿像龟裂的大地。

　　周麟让开了辆车到女寝楼下，来帮倪鸢搬东西。

　　"这是你的车吗？"倪鸢问。

　　周麟让点头："今早去 4S 店提的，接你方便。"

　　他满十八岁的那年暑假就把驾照拿到手了，已经忍了好几年，奉行低调不张扬的原则，到现在才给自己买车。

　　"你看喜欢吗？不喜欢我们就换。"似乎买车如买衣，是件非常随性的事。

　　倪鸢心想：能开就行。

　　从嘉昨晚打电话来说："你焦虑个屁，不知道你未来老公手里握着多少存款吗？下半辈子躺着啥都不干也能活得潇潇洒洒！"

　　倪鸢：有道理，赶紧抱大腿就完事了。

　　"麟麟，我现在不焦虑了。"

　　"嗯？"

　　"你就是我的金饭碗。"

　　"你才知道？"周麟让抱着倪鸢的一箱子书下楼，"有我在，饿不着你。"

　　"副驾驶座上有零食，去吃会儿，马上就搬完了。"他路过倪鸢喜欢的那家月饼铺子，排队买了几盒月饼。

　　倪鸢给宿管阿姨分了一盒。宿管阿姨吃人嘴软，睁一只眼闭一只眼，任凭周麟让在女寝楼内穿梭。

　　"给你搬东西的那谁呀？你哥吗？"宿管阿姨问。

"弟弟。"倪鸢说。

"真不是你对象？"

"是，是男朋友。"倪鸢承认了。

"我就说嘛，"宿管阿姨两手指着自己的眼睛，"管着女寝这些年，什么没见过，我看透了太多。"

热恋的、甜蜜恩爱的、分手的、纠缠复合的……

宿舍楼前可是戏台子。

"哪一对分手，哪一对不能长久，我都能提前看出个几分来。"

"那您觉得我们这对怎么样？"倪鸢笑着问。

"他对你蛮好。"宿管阿姨说。

周麟让搬了三趟，把倪鸢这次要带走的东西全部搬完。

他下楼时，倪鸢蹲在地上捡了块粉石头画画。画得像外星人，又像三毛。倪鸢在旁边写上：麟麟。

周麟让抬脚，用鞋面踢了踢她的屁股："三天不打，上房揭瓦。"

倪鸢扔掉石头，站起来脚有点麻。周麟让上车，见她站着不动，问："怎么了？"

"麟麟，我动不了了，一动就有针在扎我的脚。"

周麟让又重新下车，干脆利落地将人打横抱起来，塞进副驾驶座。

"三岁小孩也比你省心。"

"那我两岁。"

"越长年纪越小，出息了。"

周麟让从后面车座上拿过一袋零食放她腿上："吃。"

倪鸢说："你是想过年把我宰了吃吗？"跟喂猪一样。

"你可没猪值钱。"周麟让打转方向盘，将车掉头。

倪鸢解开零食袋子，嚼着牛肉干问："麟麟，你是不是在哄我？"

怕她焦虑，怕她不开心，一直让着她，好吃好喝地伺候着。

"平时也没少伺候你。"周麟让说。

倪鸢朝他笑。

公寓在十二楼，坐北朝南，采光良好，闹中取静。推开窗能看到植物园里茂密的云杉，绿意盎然。

房子三室两厅，一厨一卫，附赠一个大阳台。两个人住，有些大了。但周麟让挑来挑去，最满意这套。

交房之前，房东已经打扫过，室内整洁干净。周麟让打开窗通风，回头跟倪鸢说："我下楼再去搬两趟行李。"

她跟上他的脚步，准备同他一起。

"阳台上有盆房东留下来的吊兰，半死不活的，你看看还能不能救。"周麟让的手抵在她的后腰上，把她往里推了推。

阳台上，倪鸢看着已经干枯成茅草叶子般的吊兰，默默无语。

"麟麟，吊兰没救了，我们要买新的绿植。"倪鸢说。

周麟让忙上忙下跑了几趟，天气不热，额头也出了薄薄一层细汗。

"看什么时候有空，去花鸟市场逛逛。"他说。

东西全堆在客厅，需要重新归置。

倪鸢递了瓶水给他，他一口喝掉半瓶，双手撑坐在地板上，仰头问："你选好卧室没有？"

三间房，她跟他一人一间卧室，剩下一间做公用书房。周麟让是这么打算的。

倪鸢指了指最大的那间卧室："我们住这个吧，能看见植物园。"

"我们？"周麟让挑眉。

"不然呢？"

"勾勾，我的意思是，你先挑你的卧室，然后我再挑我的卧室。"

"哦，"倪鸢一副恍然大悟的样子，"原来你晚上不跟我睡啊。"

周麟让倒地板上笑："你很期待吗？"

"没有。"

"你刚刚看上去很期待。"

"你看错了。"

倪鸢恼羞成怒地上前，趴在他身上，恨不得压扁他。她感觉到周麟让身上微微潮湿的汗意和灼热温度，想要后撤时，反被他按着后脑勺压向自己。

整理完东西，两个人已经累瘫。空气中弥漫着淡淡的清新剂芳香和消毒水味道。

傍晚四五点钟的太阳柔和，像一笼轻纱，拖长在地板上。倪鸢挪了挪位置，把脚放在橘色的光束里，闭着眼睛问："麟麟，你晚上想吃什么？我点外卖。"

说是这么说，却不见她有动作。

躺在她身边的周麟让等了片刻，抬头，撑起身体一看，发现人已经睡着了。她身上覆盖着光影，整个人有种茸茸的柔软质感，像只在树荫下打盹的猫。

周麟让坐起来，扯过沙发上的外套一角，搭在她的小肚子上，随后打开外卖软件，点了一大堆她爱吃的东西。

这第一晚，倪鸢大概因为累，睡得沉，失眠不治而愈。

早上她起床打开房门，第一眼就看见周麟让。他叼着牙刷满嘴泡沫，倪鸢冲过去从背后抱住他，眼睛还没完全睁开。

周麟让漱完口，转头朝身后睨了一眼，声音还哑着："大早上的，别乱摸。"他拿起旁边的一根粉色牙刷，挤上牙膏递过去。

倪鸢站在他旁边开始刷牙，一边看着前面镜子里的两个人，头上有同款翘起的呆毛。

她突然歪屁股拱了他一下。周麟让岿然不动，扔了毛巾，作势要揍她。

倪鸢趿拉着拖鞋跑开，咯咯笑，没留神吞下一口薄荷味的清凉泡沫，有点犯恶心。

倪鸢："麟麟，我吃牙膏了。"

"活该。"

"牙膏跟口香糖吞下去的感觉好像。"

她小时候不小心把口香糖吞肚子里，吓得半死，以为自己的肠子会被粘住。

"牙膏吞进去会腐蚀肠子。"周麟让说，"要赶紧喝水，起码三千毫升。"

"……"倪鸢，"你一点都不幼稚。"

周麟让马上要出门赶第一节课，问倪鸢："你出门还是留家里？"

他大三的课程表上被安排得满满当当，而她大四闲得发慌。

倪鸢不想一个人待在屋子里，收拾东西："我去图书馆。"

她要开始着手准备考研的事。

周麟让点头："中午上完课我来找你。"

两人在小区楼下吃了早餐，周麟让先送倪鸢回外国语大学。

倪鸢下车前，周麟让拽了一下她的书包带："把伞拿上，天气预报说今天有雨。"

天灰蒙蒙的，一片混沌。

倪鸢背着书包去图书馆，经过考研自习室，往里瞥一眼，座无虚席，桌子上高高摞起一沓沓书。

倪鸢在图书馆待了一上午，走前再次路过自习室，看见后门上贴着好几个微信二维码。她随便扫了一个码，进了考研群，群成员已有四百八十八人。

晚上群里开始活跃，大家七嘴八舌，说各种考研问题和对未来的担忧。倪鸢浏览完，没有捕捉到有用的考研信息，反而变得焦虑。

天气预报不准，说白天下雨，结果这场雨延迟到晚上才来。

倪鸢看桌上的小闹钟，七点五十五分。

中午周麟让跟她一起吃的饭，晚上他还有一节选修课，现在还没回。

倪鸢撑头看着外面的雨发呆，窗户打开了，雨水落在植物上有股淡腥味。

五分钟后，手机响了一下，周麟让发来信息："下课了，现在回，要不要吃什么？"

"今晚不吃了。"倪鸢回。

她在等周麟让回来的时间里，玩了玩手机，打开有段时间没登录Studying，忽然记起Studying也有线上考研自习室，能派上用场。

这几年她更新的动态渐少，粉丝数也缓慢上涨着。仍有人在给她留言，问她是否安好。

倪鸢回："我很好，祝你也过得开心。"

仍有人在八卦她跟L的故事。

倪鸢回："我们在一起啦。"

周麟让下车后淋了几步雨，进屋了，倪鸢一摸他衣角，潮的。

"你赶紧去洗澡吧。"倪鸢说。

周麟让把手里的棕色纸袋给她，她打开一看，是两个小小的提拉米苏。

"我没说要带吃的呀。"

"顺路买的。"

下雨天顺个毛线路。

周麟让进房间拿衣服，揉了揉她头发："不想吃就先放着。"

倪鸢咬着勺，纠结死了，最后吃了半块，觉得甜品果然能让人心情变好。她洗漱完，看了半集电影，丝毫没有睡意。

夜雨淅淅沥沥。

卧室里漆黑，周麟让的房门被悄悄推开。

倪鸢穿着袜子踩在地板上，没发出半点声音。从床尾摸上去，掀开被子一角，整个人钻了进去。

"麟麟。"倪鸢小声叫他的名字。

周麟让没反应，似乎已经睡熟。

他身上暖烘烘的。倪鸢当他是人形抱枕，挤到同一个枕头上，隔着单薄的衣料抱着他。视野中昏暗一片，她侧耳听着雨声，夜里分外安静。

"睡不着？"头顶传来声音。

"我吵醒你了吗？"

"嗯。"

倪鸢把手贴在他的背上，将脚搭在他身上，像对待幼时最喜欢的玩偶，喜滋滋地说："为了补偿你，就让你陪我睡好了。"

周麟让在黑暗中闭了闭眼："磨人精。"

"今天路过考研室发现好多人啊，有个学姐说她每天天刚亮就去抢座，竞争很大。"倪鸢窝在他怀里，说着琐碎的话。

"你害怕了？"周麟让问。

"有一点点吧。"倪鸢承认。

她高中时成绩算拔尖，进了大学排在中上游，身边优秀的人太多，而她只是众生之中渺小的一个。

周麟让的手指穿过她头发，揉着她："不要怕，你往前走就好了，我在呢。"

每次她感觉到忐忑和不安时，他总这样告诉她。

"你一直是我的第一名。"

窗外的雨越下越大。

周麟让的气息将倪鸢包围，他笑了笑："明天去网上给你定制一面锦旗好不好？"

倪鸢想起自己曾经送给他的"为人民服务"锦旗，乐了，问："锦旗上写什么？"

周麟让绞尽脑汁，道："就写'宇宙无敌爆炸优秀美少女'，怎么样？"

"可我想要'迷死麟麟终身成就奖'。"倪鸢说。

"你赢了，"周麟让甘愿一败涂地，"睡醒了明天给你颁奖。"

3.

倪鸢研究生毕业这年，周麟让直博破格提前毕业。

A大数学系自成立以来，这样的情况只有过两例。头一例发生在十年前，当时提前博士毕业的那位学生如今已经成为业内大牛，而十年后的这一例，几乎轰动全校。

长得好看的人总是比普通人更受关注，更何况是长得好看的学霸。

A大各院系学生群里，全在讨论这件事，连带着数学系也狠狠出了一回风头。

周麟让手底下的一个师弟给他发消息："师兄，论坛里你的照片已经炒到五百块一张了，我卖几张出去这学期的伙食费都不用愁了。"

周麟让："你哪儿来的我照片？"

师弟："……"平时偷拍的。

周麟让："下周导师去Z国开会，要不我推荐你随行？"

"别、别，我错了，师兄，下周末我答应了陪女朋友去丈母娘家的，终身大事耽误不得，你别坑我！"

他保证："照片我马上删！全删了！"

倪鸢在一旁听见电话，悄悄潜伏进A大论坛，果然有帖子在说收购照片的事。还有人问这位数学系大佬是否有女朋友，周麟让师弟在底下回："有，好几年了。"

又有跟帖问："毕业了会分手吗？别人还有机会吗？"

师弟说："甭惦记了，他把女朋友当女儿养的。"

倪鸢正看着，被周麟让抢走了手机："你就别掺和了。"

"麟麟，我要是找不到工作，就去摆摊，卖你的照片。"倪鸢双脚拨弄着细细的海沙。

周麟让敲她的头："你能不能盼自己点好？"

他们面前是海。为了庆祝两人毕业，两人出来露营。

不远处的帐篷里不知发生了什么，有人在大声唱歌，有人鼓掌，有人欢呼。没多久，又响起手鼓的声音。

倪鸢坐在沙滩上，脚趾跟着节拍一动一动。

头顶夜空晴朗，挂着无数闪烁的星星，迎面海风微咸。海浪涌来，又退去，仿佛有无数的美梦在夜里沉睡。

倪鸢没注意时，周麟让已经喝掉了两瓶果酒。

他捧过她的脸，眼里泛着微微桃花色，额头抵着她的额头，耳鬓厮磨，非常高兴的样子。

倪鸢问他："超过我就这么开心吗？"

他小她一岁，原本一直要做她的学弟，如今他直博都毕业了。

他曾经说过，不乐意当她的学弟。他为此做过很多努力，付出过很多。从大一开始，积极参加各种含金量高的竞赛，发表论文，随导师出席活动，以至于有一次倪鸢打量着他，开玩笑说"这还是我们麟麟吗"。

他那么散漫的一个人，俨然变了一副样子。

周麟让带着梅子酒气息的嘴角印在倪鸢的脸上，说："要走在你前面，替你遮风挡雨。"

夜里睡觉，周麟让突然醒了一次，迷糊地问："勾勾呢？"

"在呢。"倪鸢拍拍自己，"勾勾在这里。"

周麟让变魔术般摸出一枚戒指，在黑暗中抓住了倪鸢的手，摸索着将戒指套了上去。

倪鸢顿时睡意全无。

戒指被周麟让的掌心捂了许久，她什么也看不见，只感受到一点温热。出了帐篷后，借着天穹上洒下的皎洁月光，她才将戒指看清。

她因为他突然弄的这么一出，失眠到夜里三点。

第二天，周麟让起初没有发觉不对劲，直到倪鸢捡贝壳时，他的视线突然从她手上掠过。

周麟让突然爆粗口。

倪鸢笑了："什么意思？"

周麟让不死心地抓过她的手，看了又看。她掌心软软的，指缝里残留着细沙。手指白皙细长，戒指套在她左手的无名指上，无比契合。

周麟让这才记起昨天夜里做的蠢事。一半酒精驱使，一半梦境作祟。他草率地提前送出了求婚戒指。

"你不会是反悔了吧？"倪鸢问。

"没。"

要想看周麟让犯一次糊涂，难如登天。倪鸢看他懊恼的样子觉得有趣："你要是反悔了，我就把戒指还给你哦。"

"不准摘。"周麟让皱眉。

倪鸢笑着牵住他的手，晃了晃："你原本打算怎么求婚的？"

"没想好。"周麟让说。就是因为慎重又慎重，没想到妥帖的方式，要么嫌俗，要么嫌老套，现在倒好，戒指直接送了。

"我昨晚下跪了吗？"周麟让突然问倪鸢。

倪鸢说："没。"

她想了想，好心提议："要不你现在给我跪一个？"

倪鸢帮他出主意，指了指前方的白色人鱼雕塑："为了彰显你的诚意，就把我背到那儿吧。"其实她就是突然犯懒，不想走路了。

周麟让蹲下，将人背到背上。他赤脚踩着细沙，在沙滩上留下长长的一串脚印。

"其实我一点都不介意。"倪鸢搂着周麟让的脖子说，"也不觉得遗憾，反而很有趣。"

半夜犯迷糊的麟麟突然爬起来找她，给她戴上戒指以后，珍重万分地亲了亲她，说："公主啊公主，你可不能再跑啦，你的鞋被我捡到了。"

在周麟让带着醉意的梦里，他是田野上的稻草人，漫长一生里只有看她一眼的机会，错过以后就再也没有。

他想牢牢抓紧她。

倪鸢不知道他梦里的纠葛，灿烂地笑着："昨晚你睡着以后，我一个人开心了好久，还在沙滩上转了圈，跳了舞。"

以后想起这一天，也会觉得是开心的、值得纪念的一天。

周麟让问："跳了什么舞？扭秧歌吗？"

"差不多，"倪鸢说，"我只会扭秧歌和跳广场舞。"

周麟让背着她慢慢地走，也笑了："你应该叫醒我，我可以陪你一起跳。"

同年九月，周麟让收到伏安大学的聘书，一跃成为伏安大学数学学院最年轻的教授。

倪鸢面试成功，就职于伏安市一家业内有名的外企，做翻译工作。她参加工作的前几个月，处于职场菜鸟阶段，忙得飞起。

好在公司氛围尚可，周围同事也尚可。就是事情多，偶尔得加班。周麟让时间充裕，接送她上下班，成了她的专属司机，加送外卖的，提供零食点心。

系里辅导员有一次搭周麟让的便车，诧异地发现这位平素看着冷淡，且在学生眼中有些不近人情的年轻教授，车上居然有胡萝卜抱枕、印着小碎花的保温杯、厚厚的《牛津高阶双解词典》、粉色的女士拖鞋，以及各种小零嘴。

"周老师，你是谈女朋友了吗？"人难免有好奇心。

"我结婚了。"周麟让说。

翌日，帅哥教授"英年早婚"的消息不胫而走，多少人不死心，有意无意路过数学楼，想探个虚实。

数学院是出了名的和尚庙，周麟让加入以后，每日出入楼内的衣服颜色都鲜艳了不少。女同学的身影日益增多，院里的男生因此十分感谢这位周老师。

一场会议临时取消，组长一声令下，组员们欢天喜地，倪鸢也得了半天假。她想起自己还没去伏安大学逛过，向来是周麟让接她下班，这天时机好，换她去接他。

车上，倪鸢给周麟让发微信："麟麟，你在干吗？"

周麟让在响起的上课铃声里，抽空回了她："准备上课。"然后收起手机，走进教室。

十来分钟后，倪鸢抵达目的地。

周麟让上课的教室实在好找，随便问几个同学，就能得出答案。

下午的太阳正好，走廊的白墙上倒映着老树枝枝蔓蔓的影子。

倪鸢从阶梯大教室的后门溜了进去，教室里只剩后排有零星几个空位。

讲台上的周麟让一身正装。黑色西裤、深灰色衬衫，身形颀长而挺拔，条纹领带是早上倪鸢帮忙挑的。

老院长说，初来乍到，穿正装合适。等混成了老油条，沙滩裤配夹脚拖鞋也可，只要有真本事，只要站讲台上镇得住学生。

周麟让的眼睛盯着大屏幕，稍微扯松了领带，倏然朝后排看了一眼。

倪鸢与他的目光远远对视上，一触即分。

周麟让近两年患上轻度近视，夜里看书和上课的时候习惯戴上眼镜。

倪鸢在家看他，不觉有异。突然在教室看见他这副模样，西装革履，银色的无框眼镜架在高挺的鼻梁上，有种斯文败类的感觉。

倪鸢听他讲课，全程云里雾里，但丝毫不无聊。她的目光跟随他移动，像窗外的日光追逐着树影。

大少爷当教授，给倪鸢带来了极大的反差感。这一刻坐在他的课堂上，她恍惚间还能想起他们的高中时代。

周麟让在校时，绝对不是听话的那一类学生，自由散漫、不受拘束。

她去教室找他，发现他时常趴在桌上睡觉。或者靠着窗不耐烦地翻着试卷，手里转着笔。

下课铃声打断了倪鸢飘远的思绪。

周麟让合上教案，布置作业，底下一片哀号声。

他一抬眼，镜片后的目光冷淡而不带情绪，像冬日的冰凌，哀号声登时化成一缕烟消散了。

"请于下周二前提交作业，发送到我的邮箱。"

说完这句，周麟让拿起花名册和钢笔，一个个点名。

"吴用。"

"到。"

"施恩琪。"

"到。"

"许旭。"

"到。"

…………

他念到最后一个名字："倪鸢。"

倪鸢一愣，随即反应过来，开口答："到。"

几个班一起上大课，还有慕名而来蹭课的，人多，没有谁注意到最后这个名字的异常。

下课，众人散。倪鸢跟在周麟让身后，一路跟到办公室里。她一跨进房间，周麟让反手将门带上，"咔嗒"一声反锁。

倪鸢歪头笑了笑："教授，你锁门做什么？"

周麟让单手摘了眼镜，放桌上，朝她招招手。

倪鸢走过去，被他一把拉到腿上，亲了一下："今天的课听懂了吗？"

"没有，怎么办？"

"回家给你开小灶。"

"你可饶了我吧。"

他袖口的白松香与她发丝上的茉莉香交织，汹涌澎湃。解锁亲吻的新场地，周麟让觉得不错。

两人走出办公室时，倪鸢面色微红，周麟让头发一丝没乱。

"老师好——"

倪鸢被他牵着手，听了一路的"老师好"，也有碰上机灵的，试探着对她说了句"师娘好"。

周麟让笑了笑。

难得倪鸢有空，周麟让带她在校园里散步。路边开着大丛的月季，橘的、粉的，摇曳在一起。

"原来你上课走这个风格，"倪鸢想到刚才的课堂，笑着调侃，"严师啊，居然还点名。"

她倒退着走，周麟让帮她看着身后，说："得绷着，不然管不下来。"

他倘若要散漫起来，比谁都散漫。但院长说得对，刚来不久，得注意点。

"如果可以随心所欲，你想怎么来？"倪鸢好奇地问。

周麟让想了想："在教室中间摆个擂台，谁不服，上来跟我打，输了就给我夹着尾巴听课。不信治不过来。"

倪鸢一边乐一边想，不愧是老师的亲儿子，哈哈哈。

"又不是周末，你今天怎么有假？"

"我太想你啦，老天爷给我放半天假来看你。"

倪鸢踩着飘落的梧桐叶，抬头看高远的天空，灰色的鸽群从树梢顶路过，像一朵乌云来了又飘走。

秋天过完，很快冬天就要到了。

"麟麟，等你放寒假了，我也有假期了，我们去旅游吧。"她是贪图安逸，连出远门也嫌麻烦的人，可想想有他在身边，似乎一切都不用担心了。

"想去哪儿？"周麟让问。

"小樽怎么样？"她以前看电影《情书》，就想去日本小樽看看。

周麟让说："都可以。"

关于未来，他们还有很多要一起做的事。

年末，一本日历撕完。

倪鸢这年日记里的最后一页是："我的爱明明已经那么多，每天起床睁眼看见他，还是会再多一点。"

周麟让手机备忘录的置顶是——爱她，关注她的喜怒哀乐，无条件站在她身边。

永远永远。

1.

约二十米高的巨大凤凰木后，隐着一栋哥特式的水泥灰小别墅。

别墅一侧的墙上攀满了爬山虎，绿荫覆盖的窗口传来一阵燥乱急促的吉他音，宣告着主人心情不太妙。

客厅沙发上挤着两个毛茸茸的脑袋，齐齐忐忑地望向二楼。

"则哥怎么了？"彭送送问，"今天这么暴躁。"

顾小东摇头："不知道。"

他推了推彭送送："直播还有十分钟就要开始了，你赶紧上去叫人。"

彭送送不乐意："你自己怎么不去？"

"当然是因为我不敢啊。"顾小东理所当然地说。

他的视线落在彭送送脸上，贼兮兮地怂恿道："你可是个吉祥物，天选之子，则哥不会骂你的。"

彭送送苦着脸上楼。经纪人祝晴不在，走之前再三交代过，他们这晚八点有直播活动，不能放粉丝"鸽子"。

彭送送推开门，秦则瘫在地板上，腰腹上压着电吉他。乐谱散乱，散在房间的各个角落，像雪花碎片。

彭送送踮着脚走路，小心地避开谱子，在秦则身边蹲下："则哥，要开始直播了。"

秦则闭着眼睛没睁开。

彭送送继续催命："则哥、则哥，要开始直播了。"

秦则皱眉："马上来。"

"我要等你。"彭送送盯着手腕上的电子表，嘴里播报倒计时，"还有七分四十五秒，七分四十四秒，七分四十三秒……"

秦则手臂撑着地板坐起，望向彭送送："今天作业写完了吗？"

彭送送脖子一缩："哥，我错了。"

秦则捡起外套出房间："下楼吃饭。"

助理小羊已经帮三人架好了直播设备,桌子上摆满了大大小小的餐盒。秦则一看,这是要吃播的架势。正好,他也懒得说话,埋头吃饭就行。

八点整,直播开启。直播间里飘过无数条弹幕。

顾小东和彭送送的脸率先出现在镜头前,跟观众们打招呼:"大家好,我们是 Pink Sky(粉色的天空)。现在是晚上八点整,我们来给大家直播了!"

顾小东的长相属于精致那一类的,五官生得靓丽明艳。彭送送的长相偏日系,奶乖奶乖的。两人凑一块儿,赏心悦目。加上年纪小,都还没初中毕业,众多粉丝沦为"亲妈粉"。

弹幕出现了一片的"我儿真乖"。

两个小的说完,小羊转动镜头,对准秦则:"则哥,跟大家打个招呼吧。"

秦则低头吃云吞,腾不出嘴说话,抬眼招了一下手。他长着一张厌世脸,多数时候没表情,视线容易给人带来轻微的压迫感。

屏幕前的粉丝们心头一室,热情减半。

"亲妈粉"嚎不起来了,剩下"颜粉"在吹他的颜:"这个男人他刚刚看我了!我安详地死去。"

"高级脸真不是盖的。"

"哥哥不仅人美歌还甜。"

"哈哈哈,楼上的不仅眼睛有问题耳朵也需要治治。"

…………

秦则看着快速滚动一闪而过的弹幕,视若无睹,继续吃他的晚餐。

助理小羊是个脸和身材都微胖的机灵小伙子,比秦则年长两岁,做事踏实靠谱,笑起来好像弥勒佛。他指挥不动秦则,就把重担交到两个小的身上:"送送、小东,你们挑几个粉丝的问题回答一下,跟他们互动。"

顾小东和彭送送吃着东西,轮流回答粉丝的问题。

开播十分钟后,越来越多的人涌入直播间。

Pink Sky 出道快要满一周年,已经从当初不温不火的状态,逐渐积累起一批粉丝,又因为半个月前参加了一档音乐选秀节目而迅速走红。

贝斯手顾小东和鼓手彭送送虽然年纪小,却是绝对的天赋型选手。主唱兼吉他手秦则,站上舞台仿佛有种天然的感染力,参加综艺节目时现场创作的两首单曲《理想国》和《虫隐》受到导师们高度评价,一夜之间霸占各音乐排行榜榜首。

开始有越来越多的人喜欢他们,越来越多的目光聚焦在他们身上。

虽然公司为保护未成年艺人，商业活动安排得很少，但组合人气还是不断上涨。

粉丝们顺带挖出了背后的公司——随圆文化。

发现离谱的是，公司旗下总共就三个签约艺人：秦则、顾小东、彭送送，也就是 Pink Sky 的三位成员。老板叫朱随缘，身份成谜，据说是道士出身。

总而言之，这是个神秘的公司，这是个神奇的乐队。

直播进行到一半，彭送送见顾小东跟大家聊得火热，筷子在自己面前的饭盒里拨了拨，悄悄把西蓝花和胡萝卜夹出去，扔进顾小东碗里。

有观众眼睛眼尖，把他的小动作尽收眼底。

"小东，你快看送送，他又把不吃的蔬菜扔给你啦！"

"我儿子又开始挑食了，该打。"

"送送太可爱了，哈哈哈，跟做贼似的。"

弹幕正热烈讨论着，旁边伸过来一只看着瘦削有力的手，将彭送送偷偷夹出去的蔬菜全部扔回他饭盒里。

"哥——"彭送送拖长了音调。

"别撒娇。"秦则说，"吃。"

"哦。"

小羊和顾小东看戏，幸灾乐祸。

弹幕更是笑疯了——

"我还以为世界上没人能抵挡住送送撒娇的，原来还是有的。"

"虽然镜头没给到哥哥，但能想象他脸上没表情逼送送吃蔬菜的样子，哈哈哈……"

"则爹上线。"

"则爸爸来了，我们送送开始委屈巴巴。"

"不愧是当爹的人，有杀气，能镇得住。"

刚粉上 Pink Sky 的，曾经一度担心煞神似的队长会欺负队里两个小孩。粉了一段时间后发现，这就是个"爸爸带崽"的乐队。

顾小东古灵精怪，满肚子坏主意，但他怵秦则，不敢在他面前惹事。

彭送送乖，也有一些坏毛病。他一撒娇，经纪人和助理有时候就忍不住放他一马，可秦则不会惯着他。

有秦则盯着，彭送送甚至喝了几口青菜汤。

"吃完饭先回房间搞一个小时学习，再去练琴。"秦则说。

"知道了。"两个小孩异口同声地说。

到点，直播结束。顾小东跟彭送送挥手，跟大家道晚安。小羊应粉丝要求，把镜头再次对准秦则。秦则只好"营业"，简单地说："再见。"官方得像领导视察。

随后，镜头关闭，直播间变成一片黑。

出租屋内闷热无比，桌面上的小电风扇转着，发出噪音。

邹厘脖颈上粘着汗珠，眼睛凝在手机上。直播已经结束，她却仍回不过神。她仍在想，最后那几秒出现的秦则的脸。反复回味，像个偏执的变态，想凭借记忆把那人的脸印在脑海里。但记忆会消退，这么做是枉然。

邹厘只好在粉丝群里冒泡："今晚的直播忘记录屏了，有哪位姐妹能发我一份吗？"

没多久，邹厘如愿收到了视频，保存在电脑。她忍着没去看，打开文档，继续写未完成的隔天要上交的稿子。

凌晨邹厘倒在床上疲惫入睡，无数次梦到那个场景——金色调的雕塑室，从窗口涌进的夏天的太阳、破烂的桌椅、桌上散乱的扑克牌、比蝉鸣更聒噪的音乐……

突然，有人按下了音乐播放的暂停键，世界安静，陷入无声之中。

秦则凭空出现，拉开椅子，坐在了她对面。

邹厘的运气一向不好，跟谁玩都手气臭，那是她牌运最好的一次。她望着秦则，手掌心潮湿，冒出了汗意。

秦则倾身，轻易抽走了她手里的大小王，压在桌面的一对黑桃 K 上。

气氛极度压抑，双方对峙。

邹厘从梦中惊醒，看了一眼手机时间，早上六点。她才睡了三个多小时。她瘫在床上望着灰扑扑的天花板，有只蜘蛛趴在墙角，隔半分钟爬两下，又停住了。

邹厘终于恢复了点精神，出门慢跑。

她在路边遇到一个摆摊算命的，这么早就出门做生意，怪不容易的。

邹厘鬼使神差地走过去，问："多少钱一卦？"

"看你算什么，算出来结果怎么样，值得就多收钱，不值得就少收你的钱。"算命先生脸上皱纹堆叠，眼神清明，和蔼地望向她。

"怎样叫值得？"邹厘问。

"就是算出来命好。"

邹厘蹲在地上笑："那我这一卦算出来可能要免费。"

因为她的人生烂透了，像一潭淤泥。她原本想说算事业，她目前在一家娱乐小报上班，最近有了辞职的念头，正处在摇摆不定的阶段，拿不准主意。可话到嘴边，却变成了："帮我算一算姻缘吧。"

"你叫什么？"算命的问。

"邹厘。"

"哪个字？"

"厘米的'厘'。"

邹厘犹豫之后，说："我没改名之前叫邹怡，心怡的'怡'。要用以前的名，还是现在的？"

"现在用哪个名字，就是哪个。过去的都过去了，不作数。"

"嗯。"邹厘应了一声。

"还有生辰八字写在纸上。"

邹厘也照做。她写字的时候，想着一个人，差点写成了他的名字。

这一卦算完，对方说："不容易。"

模棱两可的三个字，太简单，邹厘怀疑自己撞上了骗子。

"但还有一线生机。"算命先生又说。

邹厘这会儿是彻底不信了，她暗恋一个人很久了。可从始至终，她只跟他说过两句话，他连她的名字都不记得。那一线生机在哪里呢？

训练完，彭送送洗完澡换了身衣服，回房间拎上给小朋友们买的各种礼物，打算出门。他下楼发现祝晴和小羊正开会商量着事情，显然没空。

他摸到秦则的房间门口，露出个脑袋："则哥，我要回福利院，你能不能送我？"

秦则起身，拿上车钥匙，接过彭送送手里大袋小袋的东西。

彭送送是福利院长大的孩子，七岁时被朱随缘领养，朱随缘发觉他极有音乐天赋，对架子鼓一见钟情，后来就让他顺理成章地加入了Pink Sky。他现在每隔一段时间仍会回福利院探望老院长。

祝晴看着秦则带着彭送送往外走，也没什么不放心的，只是叮嘱："下午五点之前必须得回来。"

彭送送满口答应。

秦则摆摆手，示意自己知道了。

半小时后，两人抵达城郊福利院。孩子们在铁门后翘首以盼，一个个脸上笑出花来，盯着彭送送和秦则打量。

有认识他们的，直接大声叫"哥哥"。

彭送送跟他们打招呼，去了一趟老院长办公室后，把带来的东西分给大家，再陪他们玩。

没有现成的乐器，秦则揪了片绿叶，也能吹出简单的旋律。彭送送跟着韵律唱歌，周围的孩子们打着节拍。

唱完歌做小游戏，四个一次性纸杯倒扣在桌上，其中有一个杯底下放了颗红豆，大家来猜红豆在哪个杯子里。

彭送送十次里面能猜中八次，运气好到令人发指。

他先背过身去，等孩子们把红豆在杯底放好了，再转过来，装模作样地观察四个从外表看上去毫无区别的纸杯，凑近了，用鼻子闻一闻，做足样子。接着他随意一指，八成就被他猜中了。

"你这个运气，真是……"让秦则无话可说。

尽管跟彭送送待久了，清楚他的幸运"体质"，但每每见识到还是会觉得诧异。

"我从小到大运气可好了。"彭送送自己也这么说。除了他是被父母遗弃，尚在襁褓时就被送到福利院门口这一点，他的人生充满了幸运。

他顺顺利利地长大，无论是老院长还是身边的伙伴，都对他很好。

后来又遇到了朱随缘，有了家，再后来加入了 Pink Sky，遇到顾小东和秦则。

"以前做游戏赢的总是我，"彭送送回忆起小时候的事情，"输的总是一个姐姐。"

大多数人有赢有输，处于中间位置。他和她是两个极端。

彭送送记忆中有个女孩，眼睛大大的，做游戏永远最后一名，永远一副不服输的倔强模样。

她比他大好几岁，但长得还不及他高，营养不良，短短的头发像冬日里的一蓬芒草。她每次来福利院住上一阵，隔不了多久，就会被家人带走。

下次再来，再被带走。福利院如同她不定时寄居的小窝。

"院长给我们倒九杯橙汁，一杯苦瓜汁，她第一个抽，居然也能抽中苦瓜汁。"彭送送不敢相信世界上竟然有这么背的人。

秦则听完不在意地笑了笑。

两人从福利院出来，回去的路上彭送送想吃关东煮。

"则哥，我买完马上回来！"他向秦则保证。

十分多分钟后，仍不见人影。秦则只好下车找人。他发现彭送送被一群人围在小吃店里，轮流拍合照，根本脱不开身。

有人直接上手，有人靠在他身上，丝毫没留余地和距离，旁边的手机快要伸到他脸上了。

彭送送看见秦则从门口进来，眼睛一亮，仿佛找到了救星，迫不及待朝他招手："则哥——"

"麻烦让让。"秦则大步上前拨开人群，将彭送送拉到身边，把帽子往他头上一戴，压低的帽檐隔绝了大部分镜头，也将彭送送与四周的人隔开。

"秦则，我好喜欢你！可以跟你一起合个影吗？"有人当面告白。

秦则皱着眉，厌世的脸上没有表情，没有做任何回应，护着彭送送往外走。两人过马路，上车，身后的人群紧追不舍。直到秦则发动车子，扬长而去。

车里，彭送送耷拉着脑袋，遗憾关东煮没吃到："则哥，我饿。"

秦则的手搭在方向盘上，看他实在没精神，说："回去点外卖，点你的关东煮。"

"被晴姐知道了要没收的。"

"不让她知道不就得了。"

听这意思，他是要帮彭送送打掩护。

彭送送立即高兴起来，没多久，又开始愁眉苦脸，有些不安："则哥，我们刚才那样……粉丝们会不会觉得我们没礼貌？"

"讲礼貌是相互的，"秦则神情冷淡，"他们对你讲礼貌了吗？"

上手摸，顶脸拍，把人困住不准走。

"下次遇到这样的情况直接拒绝。"秦则说。

彭送送："会不会掉粉？"

秦则："真正的粉丝会尊重你，别的粉掉了就掉了，无所谓。"

听秦则这么一说，彭送送心里好受了些。

当晚，微博上掀起一股小小的讨论热潮，说Pink Sky队长秦则耍大牌。

短视频里，有个声音问秦则要签名，秦则黑着脸没做回应，直接走人，显得不近人情。

吃瓜群众乍一看视频，都会觉得秦则摆谱，架子大。有粉丝帮忙解释，说"则爹"平常就没表情，就一张颓废厌世脸。

Pink Sky 的粉丝群里，也在讨论这件事。

"我听现场偶遇他们的姐妹说了，是现场有人骚扰弟弟，哥哥护着人走出去的。"

"有的人能不能放尊重点，送送还是个小孩，居然有人直接上手摸他？！老娘的四十米大刀呢？！谁的手不想要了，直接剁掉！"

"保持一定的距离，这是做人的基本礼貌问题。"

最后群主出来维持秩序："这件事大家在群里讨论讨论就好了，不要再发言，以免掀起更大的风浪，让它自然平息下去。"

秦则很少刷微博，反倒顾小东开着小号在网上跟人激情对骂。

黑粉一号："秦则一脸衰样，难怪Pink Sky红不了，都是被他拖累的。"

顾小东小号："你这么会算命，不如算算自己什么时候寿终正寝。"

黑粉二号："秦则不止呛粉丝，据说还经常欺负两个队友。"

顾小东小号："你哪只眼睛看见他欺负队友了？管他们学习，还要管他们排练，真跟当爹没啥区别了，你还要黑他，良心何在？！"

黑粉三号："Pink Sky必'糊'。"

顾小东小号："必红。"

秦则站在旁边看了会儿："行了，有空跟人喷不如多读书。"

说完，自己也一愣，确实越来越有当爹的样了。他一个学渣，居然劝起别人读书来。

彭送送自责不已："都是我嘴馋要下车买关东煮，不然也不会遇到这种事。"他嘀咕，"我也没意识到我们已经这么火了，随随便便就能撞见粉丝。"

祝晴不忍心责怪他，听到后面一句，笑了："你以为还是从前啊，去看看你的微博粉丝量……以后做事还是要注意些。"

彭送送忙不迭点头："我知道了，一定注意！"

他自己觉得最对不起秦则，时不时在秦则面前晃悠，嘘寒问暖。

秦则说："滚一边去。"

大家以为事情会就此平息，没想到一波未平，一波又起。秦则遇到了"私生粉"。

那是一场演出结束后回来的路上，时间接近午夜十二点。马路空荡，城市安静，道路两侧的高大楼房仿若潜伏在夜色中的巨大猛兽。

助理小羊开车，秦则在副驾驶座，后排两个小孩睡得东倒西歪，头跟头凑在一起。车内冷气足，秦则扯过一条薄毯，朝两人身上扔去，手法精准。

小羊开了十来分钟，注意到不对劲，有点紧张地对秦则说："则哥，后面好像有车跟着我们。"

秦则朝后望了一眼，一辆白色面包车，紧追不舍。有人手举长枪大炮，镜头对准着他们。

小羊踩油门加速，白色面包车也跟着提速。他着急道："这样下去不是办法，我甩不掉他们。"

"前面找个空地停下来。"秦则说。

"你想要干吗？"小羊不安地问。

"我下车去跟他们说。"

这样下去十分不安全，小羊只好停车。后座两个小孩已经醒了，彭送送揉着眼睛，人还蒙着，脑袋靠在顾小东的肩膀上。

顾小东问："怎么了？"

秦则对他们说："待在车上，别下来。"

说完他自己下车去跟人交涉。

见他过来，面包车里的人似乎心虚了。

司机是个留着大波浪卷的女人，看着年纪不大，浑身紧绷地看着车窗外压迫感极强的秦则。

一群人打死不承认在跟车。

小羊密切关注着后面车的情况，看见争执中，有个相机摔在了地上。小羊心道：完了。

夜里安静，突然炸响一声尖锐的咒骂，紧接着是哭声。

秦则回来，拉开车门："走。"

这次白色面包车没再跟上来。

彭送送上前，攀在椅背上："则哥，你……你刚刚摔人相机了？"

"镜头都要打到我脸了，我挡了一下，她自己没拿稳掉地上。"秦则面色不虞，"这能怪我？"

"当然不能怪你！"两个小的统一战线，坚决站在他这边。

小羊愁眉苦脸："可到了网上就不是这么一回事了，那群人铁定把锅扣你头上。"

果不其然，当晚"秦则摔粉丝相机"就上了微博热搜。

"我发现你真有招黑本事！"祝晴一边安排人紧急处理，一边朝秦则抱怨。祝晴认识秦则认识得晚，她不知道，比起以前，秦则的坏脾气已经收敛了太多。

房间漆黑，只有笔记本电脑屏幕散发着幽光。

邹厘坐在床上，手指飞快地敲打着键盘，战斗力以一敌百。跟几个老粉一起，顺着网络上的蛛丝马迹，试图联系"秦则摔相机"事件在场的其他人。

一面包车的人，那么多双眼睛，或许有人愿意还原真相呢。

邹厘正忙着，突然接到一个电话。报社的记者郭骞明让她出门一趟，给他帮忙。

邹厘在小报社干的是校对工作，平时跟同事们没太多往来，只完成自己手头的工作即可。郭骞明是报社的台柱子，经常在外面跑娱乐新闻。说得好听是记者，说难听一点，就是"狗仔"。

邹厘还没辞职，不想得罪他，换了身衣服出门。

郭骞明的车停在一家酒楼对面。路边茂盛的大树是天然屏障，帮助他隐藏。

酒楼门口人来人往，灯光暗黄。

郭骞明蹲一个当红女星跟她的绯闻对象，已经蹲了三个小时，还没有结果。邹厘一来，他塞给她一张会员卡，让她进去探探情况。

邹厘不想去，这不在她的工作范畴内。

"快去啊。"郭骞明催促，递给她一个微型摄像机，"拍到劲爆镜头给你奖金。"

邹厘无奈接下设备。

她心想，就进去转转，然后出来说自己什么也没碰见就好了。她边走边盘算着，上次投给一个栏目组的推理游戏剧本已经通过了，下个月钱会到账。

是个好开头，第一篇稿子过了，接着第二篇、第三篇说不定也能通过。

熬完这个月，她就提辞职。

邹厘进了酒楼，跟郭骞明保持着通话状态，蓝牙耳机藏在头发底下。

郭骞明指挥："去三楼。"

"上不去。"邹厘低着头，小声回话，"三楼会员制，不对外开放。"

郭骞明不耐烦道："刚才不是给了你卡？刷卡进去。"

邹厘心说：你准备这么齐全，自己怎么不上？何必在外面蹲那么久。

她顺利地上了三楼。

郭骞明又说："天地玄黄，四个包厢门口，你多留意，摸不准他们在哪个包厢吃饭。"

邹厘看路，地方太大，迷宫一般，她没按照郭骞明的吩咐刻意去找包厢，随意四处转了转。

郭骞明问："找到包厢了吗？"

她说："找到了，关着门呢，什么也看不到。"

郭骞明问："确定人在哪个包厢里吗？"

她说："没，关着门呢，什么也看不到。"

郭骞明说："待会儿服务员上菜，你抓住时机……"

她说："没看见服务员，说不定人家都已经吃完了。"

古香古色的走廊上，只有她一个人，与一、二楼的热闹景象全然不同。

四周安静，不远处搭了座微型景观园，假山、木桥、水车、幽绿的苔藓、透亮的白沙，有种日式庭院的"侘寂"之美。

邹厘跟郭骞明一问一答。

郭骞明听出她语气中的敷衍，火上心头："你是不是不想干了？"

邹厘继续跟他周旋，耳朵突然一凉。旁边伸过一只手，摘掉了她的耳机，微凉的指腹不慎擦过她的耳垂。

秦则拿过耳机听了听，郭骞明还在指挥："让你多拍点！多拍点，听见没有？哪怕没亲密照，两个人坐一起的合照也行啊！"

邹厘看着面前的人，脑子炸开般，嗡嗡作响。她觉得自己完了。

果然不能做坏事，真会遭报应。

她不过帮郭骞明跑了次腿，还什么都没干，就被逮了个正着。她还在技校读书混日子的那段时间，把自己弄得人不人、鬼不鬼，为了不被别人欺负，刻意伪装，被迫加入"狩猎者"阵营。她幼稚地以为改变外表就能变得强大。

那是她第一次逞强出头树威信，带着一帮人跑去隔壁六中堵人，没承想，撞上了他的妹妹，结果被他找麻烦。报应来得太快，这次也一样。

"照片删掉。"秦则看着邹厘说。

"什么？"

"照片。"秦则重复第二遍，眼中风雨欲来。

邹厘面对他时内心慌乱不已，完全摸不准他的意思。她没拍照，相机在衣服里藏着，根本没拿出来用。

小羊从身后追上来，冲秦则喊："哥！哥！你弄错人了，那狗仔已经落老板手里了，没事了。"

这晚秦则陪老板朱随缘出来见几个朋友，也是圈内人，饭局上有个孕妇，不慎被拍了照片。被偷拍时，秦则有所警觉，追了出来。那人跟邹厘的身形差不多。

秦则把耳机还给邹厘："不好意思。"

他的手腕上有截文身，像几朵不规则的飘浮在天空的云，线条简单，却又很好看。

邹厘接过耳机，顿了两秒，才说："没关系。"

她的声音不稳，尾音带着颤。秦则听出来了，不由得多看了她两眼。

小羊拉了拉秦则："则哥，赶紧回去吧。"

秦则就跟他一起走了。

一个多小时后，秦则从酒店出来，外面下起了雨。

秦则喝了酒，小羊送他回小别墅宿舍。

车子驶出地下车库，倾盆暴雨，急促的雨点打在车窗上，隔绝了秦则往外望的视线。

没走多远就开始堵车，雨刮器来来回回地刷，把视野变得清楚些。

前方的公交站台前，有个躲雨的身影。

小羊记性好，一眼认出来是先前在酒店里被秦则抓错的人。

秦则也看着台阶上的邹厘，说："眼熟。"好像在哪儿见过，一时半会儿又想不起来。

"不会是你的粉丝吧？"小羊猜测。

"不像。"秦则说。

粉丝一般会让签名或者合影，但她没提要求，看着他没反应，也不是没反应。秦则想起她泛红的眼尾，说话时的颤音，或许是被他吓到了。

红灯变绿灯，道路疏通。

他们走后，后面的公交车也来了。

当晚邹厘一无所获，没拍到女星，更没看见女星的绯闻男友。她把相机还给郭骞明，挨了顿骂，淋了场雨，搭公交车回家。

整座城市浸泡在雨中，斑驳的灯光模糊地映在车窗上。

她的鞋子湿透了，感觉到冷。她掏出耳机，听 Pink Sky 的歌，秦则熟悉的嗓音伴着雨声响起。

她的脚轻轻地、麻木地踩着拍子。

第二天阳光灿烂，昨夜的雨蒸发不见。邹厘去报社递交辞职信，收拾东西走人。

郭骞明拦她："你这人……"他似是一时词穷，"我昨天骂你骂狠了？

哥给你道个歉。现在工作不好找，年轻人别这么冲动。"

邹厘的反应平淡，看样子是铁了心要走。

郭骞明松手，也没什么好脸色："赶紧走、赶紧走，少你一个不少，脾气真大……"

邹厘抱着自己的杂物回到出租屋，盘算着给自己放两天假。她闲着无事，下午去了趟福利院。

老院长好久没看见她，问她过得好不好。

邹厘报喜不报忧，毫不犹豫地点头说："我很好啊。"

"就是运气差了点，不带伞出门就下雨，带了伞出门就雨过天晴。"说完，她跟老院长一起笑了起来。

"跟你婶婶他们还有联系吗？"老院长问。

邹厘摇头："没了。"

他们一家搬走后，就跟邹厘断了联系。邹厘自己也说不清楚，这样是好还是不好。她十岁时，伏安市发生了一起泡沫厂爆炸案，场内五人死亡，其中包括邹厘的父母和二叔。

邹厘的父亲是泡沫厂的股东之一，而二叔是他介绍去厂里打工的。

变故来得突然，一夜之间，邹厘变成了孤儿，她二婶成了寡妇。

仿佛触发了某种自我保护机制，那段日子在邹厘脑海中变得模糊，像蒙上了灰尘的窗户，看不真切。她至今仍记不起父母的葬礼是怎么举行的。隐约有好多的哭声，好多的人，包围她、淹没她，让她窒息。

后来她开始在二婶家生活，她沉默不语地听着那些咒骂。

二婶骂邹厘的父母让她失去了丈夫，咒骂邹厘。

家中除了邹厘，还有两个小孩。堂兄比邹厘大，在外地读大学，并不常回来，成绩优异，每年都能拿奖学金。堂姐跟邹厘同年同月生，只比她大十几天。邹厘与她朝夕相处，睡一个房间，一张床。

她的本子被堂姐撕烂，衣服上用红墨水画着大大的叉。

夜深时，堂姐揪着她的头发，双目赤红，说"你爸爸害死了我爸爸"。

邹厘是被吓醒的，一边哭一边说"不是的"。

她的头发被剪掉的那年冬天，凛风像刀子，划烂她的耳朵，冻疮又红又肿。她跑出房间，天上挂着明晃晃的太阳，可她还是很冷。

眼前的世界像一个巨大的泡沫，在阳光下流光溢彩，一戳就破。

后来邹厘找到了福利院，偷偷跟里面的孩子一起生活。等被人发现了，通知二婶再把她接回去。

老院长跟邹厘、跟她二婶谈过好多次，没有找到解决办法。邹厘就这样继续着她的生活。

　　弱肉强食，是这个世界的生存法则之一。

　　那时候的她敏感、阴郁、脆弱，看上去不堪一击，没有还手的余地，在学校沦为受欺负的对象。

　　秦则偶然间路过，帮了她一次。早春的夜晚，寒意料峭，她的书包被扔进水池里，水太深，她不敢下池子。秦则帮她捡了书包，见她头发湿漉漉的，在旁边的报刊亭买了包纸巾给她。

　　他什么也没问，她什么也没说，他们只是萍水相逢的陌生人。

　　不久后，邹厘在学校再次遇见他，一眼认出了他。

　　他越来越耀眼，她越来越渺小。他组建了自己的乐队，越来越多人知道了他的名字。她躲在阴暗的角落哭泣，痛恨自己的渺小。

　　周末邹厘寻了份新兼职，在台球室打临时工。

　　老板是个喜欢涂紫色口红的女人，教她一招："不想被别人欺负，就跟别人一起去欺负比自己更弱小的人。"

　　邹厘知道这样不对。但她可以伪装。

　　她学着他们一样把头发染成各种颜色，跟老板娘学化妆。那晚回家，堂姐看她的眼神充满忌惮，没有再扔她的东西。

　　她花了五十块，请人演戏、造谣，把自己弄成一个臭名昭著的坏女孩。以前欺负她的人，看她的眼神变得跟堂姐一样。

　　邹厘想，原来真的管用。她看着镜子里的自己，想笑又想哭。

　　这种的滋味太好，不受欺负的感觉太好。或许，从被狩猎者变成狩猎者也会很好。

　　但她不能那样做。

　　秦则的名字像一道围栏，圈住她。也像一道底线，提醒她。她觉得自己倘若真变成了烂泥，她就连喜欢他的资格也失去了。

　　她差一点点就变成了自己最讨厌的那种人。

　　成年后，她彻底独立。离开了婶婶家，独自生活。听说堂兄在另一所城市定居，婶婶全家搬走。她跟过往一切切断联系，甚至改了名字。

　　她有在努力变得更好，认真工作。发觉自己对剧本感兴趣之后，也在尝试创作，投稿失败过许多次，但最近写的推理游戏剧本已经通过了。

　　邹厘有时候觉得自己喜欢的人像月亮，高挂于天上。

她够不到，他却照亮她。

下午天气好，邹厘坐在屋檐下，帮着福利院里的阿姨剥豌豆。

临近傍晚，外面云霞满天，门口驶来一辆黑色小轿车。

朱随缘不知从哪弄了一批儿童绘本，堆家里落灰，彭送送决定带来给福利院的孩子。

彭送送被朱随缘领养后离开福利院，已经有好些年没有见过邹厘。他看着她，不确定地问："姐姐？"

小时候，彭送送一直不知道邹厘的名字，她来路不明，孤僻认生，总独自待在角落。之所以能记住她，纯粹因为她的运气实在太差。

有段时间，孩子们背地里叫她"倒霉姐姐"。彭送送觉得这样不太尊重人，就把"倒霉"两个字去掉，直接管她叫"姐姐"。

相隔太久，记忆模糊。彭送送觉得邹厘熟悉又陌生，叫她时并没把握。

邹厘却一眼就能认出他。不仅仅因为他是公众人物，还因为他是Pink Sky 的成员，是秦则的队友。

邹厘经常刷到他们演出的视频，听他们的歌，去现场看他们演出。

"姐姐，真的是你呀。"确定之后，彭送送高兴地说。

他打架子鼓，在台上爆发力十足，下了台却软乎乎的。尽管身量已经比邹厘高出许多，说话和行为举止仍然像个小孩。帮着剥豌豆时，他抓住几颗豆子往上抛，看一下能接住多少。

被老院长拍了下手背。彭送送讨好地笑了两声，继续帮忙干活。

邹厘跟他聊了会儿天。他聊乐队里发生的趣事，聊到顾小东，聊朱随缘，说得最多的还是秦则，因为最近秦则管他管得多。

邹厘默不作声地听着，格外认真，细枝末节全不放过。

"送送，你的运气还那么好吗？"邹厘问。

彭送送毫不谦虚地说："那是当然啦。"

邹厘掏出手机："你帮我个忙吧。"

她点开一款手机应用，打开一个页面，将自己的基本个人信息填好。彭送送一看，是《跟我一起过周末吧》的报名表。

这个他知道，《跟我一起过周末吧》是鲸鱼卫视新推出的一档综艺。之所以在网络上引发讨论热潮，是因为它将采取"素人"跟明星搭档的方式。节目组会邀请明星参加节目，而他们各自的搭档将从所有报名的观众当中随机挑选出来。在规定的时间内，所有人都可以报名参加。

这无疑是给粉丝们的超级福利。

被选中的人可以跟偶像一起度过两天两夜。

节目组扬言公开公正，绝对没有黑幕，每张报名表上都有电子编号，到时候选中谁就是谁。

真正的万里挑一。概率小到好比从一麻袋黄豆当中挑出一颗绿豆。

邹厘原本兴致缺缺，当看见节目组公布了第一期的四位明星嘉宾阵容后，她决定试试。

邹厘没抱什么希望，重在参与，把报名表滑到最后，底下有个"参与报名"的按钮，她说："送送，你帮我按吧。"

"行。"彭送送的大拇指轻轻碰了一下手机屏，页面立即显示"报名成功"。

"姐姐，你是我哥的粉丝吗？"彭送送看见邹厘在"想要搭档的明星嘉宾"一栏里，填的是秦则的名字。

"是啊。"

"那我帮你要签名吧。"

"可以吗？"

"当然。"彭送送说，"还可以特签，我哥人很好的，他只是看着凶。"

邹厘想来想去，各种祝福语在脑海里掠过一遍，最后说："就写，'to 邹厘，越来越好'。"

临近年末，气温降低。

邹厘从娱乐小报辞职后没有找到合适的工作，暂时待在出租屋内写剧本，以此维持生计。

写稿子昼夜颠倒，她的作息有些混乱。

接到节目组工作人员的电话通知时，她还没睡醒，迷迷糊糊听那头恭喜她被选中为秦则的搭档。她突然从床上坐起，拿开手机，看了看上面的陌生电话号码，第一反应以为是诈骗。

紧接着打开《和我一起过周末吧》官方微博。半小时前，官博公布了四位中选的"素人"嘉宾名单。

邹厘一看，其中就有她。

私信变成了99+，并且还在以肉眼可见的速度增多。大部分是说羡慕她和恭喜她的，也有人向她提出交易，说愿意以高价购买她的名额，想要顶替她参加节目。

Pink Sky 的粉丝群里刷了一长串滑不到底的"羡慕"二字。

邹厘在报名表上填的微博账号是她惯用的小号，而不是追星大号。

不知出于什么心态，她没有向任何人说起这件事。她只是一个人由激动、难以置信，到最后平静地接受了这份命运的馈赠。

邹厘倒在床上，埋进被褥里，深深地吸了口气。

Pink Sky 别墅宿舍楼。

《和我一起过周末吧》节目组工作人员同样通知了秦则节目录制的时间，让他提前准备。

两天后就要出发。

秦则在房间收拾东西，正巧朱随缘来视察工作。说是视察，其实就是路过。顾小东和彭送送从琴房出来，偷摸跟朱随缘告状："则哥可不乐意了，我听见他好像还摔衣柜门了。"

朱随缘摸鼻子，心虚。这档节目是他跟人喝酒的时候，随口允诺出去的。

他以前在山上隐居当道长，机缘巧合之下，就跟《和我一起过周末吧》现在的总导演认识了。

还俗之后，两人经常约着喝酒。

对方说 Pink Sky 风头正盛，想要邀个队员去上他的节目。酒杯一碰，朱随缘说没问题，这可是多少人求都求不来的机会。他全然忘了，Pink Sky 三个成员，两个小孩已经进入了中考倒计时，忙着学习和训练，根本没时间，而且他也不会让小孩参加此类综艺。

倒是还有个已经成年的，但人家不乐意。

朱随缘酒醒后，跟秦则促膝长谈："你不去怎么办，难道要两个弟弟去？搭档是随机选的，到时候万一中标的是什么男流氓、女流氓，还一起共度周末，你让他们怎么办？"

"你能放得下心？"儿行千里"父"担忧。

秦则道："我就不怕男流氓、女流氓了？"

朱随缘看看他的板寸头、超一米八的身高，以及手腕上的文身，说："你不怕流氓，流氓怕你。"

门口偷听的彭送送抱着肚子笑出鹅叫。

两天后，秦则出门前，彭送送特地叮嘱说："哥，你去录节目可千万别黑脸。"

秦则撸了一把他的头发："瞎操心什么？"

他虽然不想参加，但既然答应了，就会好好配合人工作，基本的职业道德素养他还是有的。

彭送送："那你笑一个。"

秦则："笑个屁。"

彭送送又说："你这次的搭档就是我之前跟你说过的姐姐，我小时候在福利院碰见的那个，她运气巨差。姐姐好可怜，你千万别欺负她。"

秦则无奈了，他在这群人眼里到底是什么恶霸形象？

"她叫什么？"秦则问。

"邹厘，"彭送送说，"厘米的'厘'。"

2.

12月29日，寒风呼啸。

邹厘跟随节目组来到一个风景优美、山清水秀的小山村。集合的地点周围有许多银杏树，掉光了叶子，修长笔直的树干直指天空。树后有条小河，冬季水位降低，河中光滑的鹅卵石裸露在外。

邹厘是最早到的，拿起手机拍了几张风景照。

半小时内，大家陆陆续续到齐。"素人"和明星们见面，大家找到各自的搭档，相互自我介绍。

人群中，邹厘第一眼看见了拖着黑色行李箱的秦则。

她走到他面前，说出了在心中反复练习过的台词："你好，我叫邹厘，是这次和你一起度过周末的搭档。"

许是这一次见离上一次见没有相隔太久，秦则认出了她，在酒楼遇见过的女生。

"你好，我是秦则。"他对她说。

拍摄早已经开始，现场相当于一次小型的粉丝见面会。

大家都对自己选择的明星嘉宾表达了自己热烈的喜欢。唯独邹厘与秦则，两人周围像有一个无形的包围圈，将热闹与他们隔开。

看到其他人拥抱时，邹厘站在秦则面前有几分紧张，试探地伸出了手。

秦则握住了她的。他们的手在空中交会，随即分开。像被风吹拢的稻穗，风刮走后，它们就回到了各自原来的位置。

主持人出场，一番开场白后，询问四位"素人"选择自己搭档的原因。

场上有个六岁小男孩，叫胡灏觉。他的明星搭档詹星是个有名的篮球运动员。

胡灏觉手舞足蹈地说："我喜欢打篮球，星星哥哥是我的偶像。我想让他教我打篮球，就让我妈妈帮我报名参加节目，没想到我这么幸运被选上啦。"

大家都被他的样子萌翻了。

两米一的詹星和六岁的小灏觉组成"父子档"。

第二对组合里，明星嘉宾李如是位女谐星，长相亲切，非常有观众缘。她的搭档是位女博士，叫池燕。

被问到为什么选择李如，池燕说："来会会我未来婆婆。"

众所周知，李如婚姻美满家庭幸福，还有个当歌手的儿子。众人笑翻，万万没想到池燕是冲李如的儿子来的。

"婆媳档"就地诞生。

第三组的明星嘉宾叫胡知亦，当红男团中的队长，"小鲜肉"一枚。颜值高，身材好，走的是暖男路线。他的"素人"搭档是个小姑娘，叫胡朵，穿衣打扮和长相都很可爱，萌妹型。两人站在一起，散发着若有似无的暧昧。

胡朵的脸始终通红，看向胡知亦的眼神躲避而羞涩，周身仿佛随时会冒出粉红泡泡。

主持人调侃了几句，管他们叫"二胡档"。

最后轮到邹厘和秦则。

当被问起是不是秦则粉丝时，邹厘点头。

"听了很多Pink Sky的歌。"她说得简单，在镜头前表露了普通的喜欢。

秦则的反应也很平淡。

其他三组组合都有各自的亮点和吸引人眼球的地方，相较而言，他们这一组实在平平无奇。

马上进入到选房子环节，这将关系着嘉宾们接下来两个晚上的住宿问题。用简单的抓阄来决定，各组各派出了一个代表。

邹厘看着秦则说："你抽吧，我运气不好。"

秦则点头，但还是事先打好预防针："如果抽到最差的？"

邹厘笑了一下，说："没关系。"

节目组安排的四所房子当中，有两层楼的小洋房，有别具特色的小木屋，有辆房车，还有四处漏风的土砖屋。

主持人面前摆着一个小箱子。

秦则从箱子口伸手进去，随意抓了个皱巴巴的纸团出来。打开一看，纸上清清楚楚地写着三个毛笔大字——土砖屋。

现场一片欢天喜地，剩下三组人感谢他抽走了条件最差的。

秦则在主持人的调侃中也跟着笑了一下，大概觉得抱歉，目光下意识地落在自己搭档身上。

他看她时，脸上笑意未收。阴天明明没有阳光，邹厘却觉得晃眼。

秦则走回她身边，将纸团给她，她接过。

此外，没有别的多余的互动。两人之间仍是不熟悉，邹厘把手中的纸团揉了又捏，纸上出现了深深浅浅的沟壑。

临近傍晚，节目组给嘉宾们提供了晚餐。

吃饭的时候，邹厘关掉了别在衣领上收音的麦。

面前摆了一份颜色金灿灿的粉糯南瓜，动筷子之前，她突然转头看向秦则，像是有话要说。

因为是搭档，两人的座位挨在一起。

秦则注意到她的眼神，放下盛满清酒的粗瓷碗，也关了麦。

"那天在酒楼，我没有……"邹厘面对他时，极容易语塞，组织好的语言乱成麻。她磕磕绊绊地表达完自己的意思，承认她确是受人委托，进酒楼偷拍，但实际上她并没有这样做。

"我不是'狗仔'。"她说。

秦则耐心听完这些话，多少觉得诧异，他没想到邹厘会再次提起这件事。

"接下来有两天要一起度过，我只是希望……希望你不要误会我。"她说。

刚端上桌的饭菜热气腾腾，秦则发现面前女生的眼睛隐着一层水雾，像下过雨的清晨。

冬天天黑得早，一顿饭吃完，外面已经黑黢黢的，伸手不见五指。在工作人员的带领下，四组嘉宾分别朝自己的房子走去。

马路泥泞，到处是石子，行李箱不好拖着走。秦则扛起自己的行李箱，又从邹厘手中接过她的，一只手拎，一只手扛。

"谢谢。"邹厘说。

她打着手电筒，替他照明。

夜里的风吹过青灰色的天空，刮起屋檐上的尘土。

前方一扇破败的大门上，插着面醒目的小旗子，上面印着《跟我一起过周末吧》节目组的标志。屋子比邹厘想象中的还要破旧。但看看旁边的秦则，又觉得好像无所谓了。

两人的房间挨在一起，室内布置一模一样，简单的木床、椅子、置物架，布满灰尘。窗户漏风，邹厘打了个冷战。

秦则将屋内屋外查看了一遍，说先把窗户堵上。他找到旧报纸和胶带，踩在椅子上。邹厘在旁边帮忙，两人配合默契，他一个眼神，她似乎就能读懂他想要什么东西，接着就会把工具递上前。

两人全程交流很少，默默做事。

窗户打好补丁，邹厘去院子里打来井水，想将床和柜子大致擦一遍。

秦则从她手中接过盆。

水很凉，邹厘捏着抹布没给他："还是我来吧？"

"不用。"秦则说。

被拒绝后，邹厘站在原地有些无措。她看着秦则弓起背擦拭灰尘，感觉到无所适从。

头顶灯光昏暗，除了窗外的风声，房间内只剩下抹布从木料上磨擦而过发出的动静。

秦则似有所察觉，忽然回头看了邹厘一眼，对她说："帮我换盆水。"

邹厘几乎立即答应下来，从刚才的困境中解脱，端起地上的满盆脏水，去屋外倒掉，重新接了一盆清水进来。

等秦则擦完东西，邹厘也把床铺好了。

总导演坐在监控室里看得清楚，四组嘉宾之间的对比实在太过明显。

"婆媳组"住豪华小洋楼，两个女人敷着面膜，边看电视边谈天说地，逍遥自在。

"二胡组"抽中了房车，男生在给女生弹吉他唱歌，把现场变成了演唱会。

"父子组"的詹星在木屋里哄小灏觉睡觉。小孩闹脾气，哭着找妈妈，詹星扮鬼脸逗他笑，还得临时编故事哄他。没带过娃的詹星垮着脸，自己也想哭。

但相比而言，惨不过"沉默寡言"二人组。

他们连热水都没有，得临时烧。好在节目组没有太过丧心病狂，屋檐下有柴堆，不至于让人大晚上的去后山捡树枝。

秦则摸出打火机，撕了几张报纸引火。

邹厘挑了两三根细长枯枝，折断，架在火盆上。她的头发齐肩，为了方便干活，扎起一个小鬏，忙到这会儿鬓边的头发已经有些凌乱，鼻头上沾了点灰。

偶尔秦则跟她说话，她会不自觉地向前倾身，弧度不明显，但眼神总显得那么认真。

她跟秦则想象中的完全不一样。来之前，秦则以为这个周末会过得辛苦，该是他照顾对方才是，但邹厘几乎所有事情都想抢先一步，让他产生了一种错觉，他才是被照顾的一方。

火堆燃起来，火苗跳跃，外面的梅树和梨树在风中狂舞，枝叶翻飞。

乌云散开，窗户上透进一点雪白月光。

秦则和邹厘坐在火堆前烤火取暖，一边等水烧开。

秦则看见她的手指通红，问："冷不冷？"

邹厘摇头："不冷。"

"你呢？"她反问。怕他嫌烦、嫌吵，总是等他递一个话题，她才往下接着说两句。

秦则也说不冷。

水烧开了，咕噜咕噜响。条件不允许他们洗澡，只能勉强泡个脚。

各自回房间前，秦则不知从哪儿找了个密封的瓶子，将里面装满热水。

他把瓶子给邹厘："晚上睡觉放被窝里，暖和。"

邹厘受宠若惊。

"谢谢。"她这天对他说了很多遍"谢谢"。

秦则笑了："还有两天要一起过，我如果有哪里做得不好，让你觉得不舒服了，直接告诉我。"

"不会，你已经很好了。"邹厘捧着热乎乎的水瓶说。

"我话很少……你会不会觉得尴尬？"其实她是不知道该怎么和他相处，不知道该和他说什么。其他三组的粉丝看上去对自己的搭档那么热情，她担心自己的表现会让他不自在。

秦则太高，挡住了窗口的月光。

邹厘听见他说："正好，我话也不多。"

第二天，邹厘被鸟鸣唤醒，叽叽喳喳的叫声穿破晨雾，扰人清梦。她推开大门，打了个哈欠，呵出大团白雾。

山中空气清新凛冽，门前的草木上覆了霜，屋檐下挂着冰凌。

秦则还在睡，节目组的任务已经送达。任务卡片上说，这天的早餐需要嘉宾们自己争取，请尽快前往集合地点参加游戏，赢得早餐。

秦则听见外边的动静，也起了床。

十分钟后，两人洗漱完出发。

路上结着一层薄冰，邹厘走路打滑，秦则走在她旁边，扶了她好几次。但凡他反应慢一点，她就要摔得人仰马翻。

"谢谢。"

"没事。"

"谢谢。"

"不客气。"

"谢谢。"

"不谢。"

两人一如既往地客套、生疏、保持距离。

旁人却在这种生疏中察觉出了一点兴味，他们之间仿佛有种奇妙的磁场感应。每次邹厘要往后仰，秦则必定伸手拉她一把。重复数次后，连跟拍的摄影师都忍俊不禁。

四组嘉宾到齐后，主持人宣布游戏规则：套大鹅。

每组有二十个塑料环，颜色不同，谁套中鹅的数量最多，就可以率先选择豪华早餐。

早餐丰盛程度依次下降，最后一名，留给他们的只有一袋白面馒头。

大家被带到一个小型的圈养鹅的场所，四周有木栏杆围着，许多大白鹅在里面悠闲踱步。

嘉宾们只能站在栏杆外抛环。

塑料环轻飘飘的，没有重量，扔不出几米远，很难套中，只有想办法把鹅群吸引过来。

胡灏觉手里拿着紫色的环，大喊："大白鹅、大白鹅，快过来！"

场上没有一只鹅理他。

詹星说："鹅听不懂你说话。"

胡灏觉："它们真笨。"

童言童语，惹得大家发笑。

嘉宾们很快分散，试图在离鹅近的位置抛环。詹星和秦则身高占优势，接连套中了两个圈，惹来几位女嘉宾艳羡。

秦则看邹厘还在原来的地方没怎么动，走过去，站到她身边。

邹厘的棉服口袋里鼓鼓的，她掏出一个面包给秦则："我们用这个喂鹅吧。"

他们把面包撕成小块扔出去，成群的大白鹅撒开翅膀朝他们的方向飞奔而来，他们趁机快速抛出挂在手腕上的蓝色塑料环。

其他嘉宾哇哇大叫："犯规犯规！举报举报！他们外带零食！"

昨天嘉宾集合前，已经上交了所有外带的零食，连小灏觉的糖罐子也不能幸免。然而邹厘手里的面包是昨天饭桌上剩下来的，并非她外带。

邹厘解释清楚后，秦则说："所以不能算犯规。"

节目组："确实不算犯规。"

大家的环都抛完了，结果毫无疑问，秦则、邹厘一组胜出。两人面前的早餐样式太多，分了部分出去给最后一名。

正啃着馒头的小灏觉收到牛肉面后，眼泪汪汪："谢谢小则哥哥和梨子姐姐。"

邹厘的名字，他只记住了最后一个字的发音。

邹厘也没纠正他，笑了笑。

秦则埋头吃完一碗分量十足的拉面，想起来问："你怎么会留面包？"

邹厘愣了愣，没料到他会开口问，心里闪过诸多借口。昨晚饭桌上，她见秦则没吃多少，不知道是不是因为当地饭菜不合他胃口，于是临走前顺了个面包塞进口袋里。

她是想带给他的。却没找到合适的机会给，怕让人觉得唐突。后面她自己都忘了这回事，没想到早上还能派上用场。

前方青山苍翠，邹厘捧着村民们招待客人的热茶，看着山间的云雾，装作不经意地问："会不会觉得很丢脸？"

"什么？"

"我带走了剩下的食物。"

"很聪明。"秦则说。

他夸人的时候也没有多和颜悦色，千年不变的面瘫脸，像谈论天气一样随意，但是邹厘听着很高兴。

吃完早餐之后，众人休息了会儿，在村里四处转悠。

没多久任务卡又来了，安排大家上山捡柴。除了年纪太小的胡灏觉，其余人都得劳动，来换取中午的午餐。

有嘉宾抱怨："这哪是'跟我一起过周末吧'，分明是'跟我一块儿干活吧'。"

道出了大家的心声。

虽然对节目组的安排心生不满，但活还是得照样干。

邹厘想起房子屋檐下的柴堆，跟秦则说："或许我们能偷懒？"

秦则的想法与她不谋而合，点头。

导演组听见两人的对话，赶紧反驳："不可以！这次真犯规了！必须上山自己捡柴！！！"

秦则面无表情地说："真可惜。"

导演组：感觉背后凉飕飕的。

秦则拿上柴刀，背了个竹筐。走前面开路，邹厘跟在他身后。

他身高腿长，一开始走得快。等过了几分钟，意识到什么，又放慢了脚步。

邹厘虽然跟得辛苦，但也没掉队。大冷天里，她身上冒出了汗，脸颊泛红。

秦则拨开拦路的荆棘，让她通过。遇到难走的地方，他回头拉她。他隔着厚厚的棉服握住她的手腕，稍微一用力，她就轻巧地跨了上来。

秦则负责捡比较大的枯枝，遇到小的，邹厘就把它们弄整齐，塞进筐里。

另外三组嘉宾分散在附近。

詹星没搭档，独自一人跑来找他们。他对酷哥感兴趣，也不怕秦则冷脸，跟他聊了许多。聊到中途，秦则嫌他烦，问："你的柴捡完了？"

"在那边。"詹星指了指不远处的地上，一共就两根木头。

秦则："……"

"你那是什么眼神啊？是不是看不起我？"詹星说。

"是啊。"秦则承认。

詹星吃瘪："哥走了，待他日再相见，哥的柴肯定比你高！"

秦则内心：赶紧走，不送。

他的目光四处一扫，发现邹厘蹲在不远处，竹筐已经快要满了。

发现他在看自己，邹厘跑过来，问："渴了吗？要不要喝水？"

"你带了水？"

"嗯，带了，等等我给你拿。"

秦则脱了外套挂在树杈上，身上穿着一件黑毛衣，袖子挽到了手肘，露出一截修长有力的小臂。

他踩着柴堆，用力勒紧绳子，捆扎实。等忙完，伸手准备接邹厘递过来的保温杯时，动作一顿："我手脏。"

而她的杯子看上去很漂亮。

"没关系。"邹厘说。这本来就是给他准备的。

"是新的，我没用过，很干净。"她又说。

秦则喝了一口水，发现是温的，不凉不烫。

忙了一两个小时，大家坐下来小憩。秦则发现邹厘不止带了水，兜里还揣了把陈皮糖。酸酸甜甜，味道正宗。

"这又是哪儿来的？"秦则问。

"路边奶奶给的。"

吃完早饭一群人散步，邹厘替街边缝衣服的老人穿了针，对方给了她一把糖。糖的数量有限，每人分一颗。唯独秦则，手心里落了两颗。

其他人没发现而已。

队伍里另一个女孩胡朵开玩笑道："小厘是不是粉秦则哥哥粉了好多年了？"

邹厘没点头也没摇头，抿着嘴笑了笑。这时她根本不敢看秦则，只好移开视线。

太阳高挂，前方的树叶上泛起光泽，头顶绿林像一条流淌的河。

众人下山。

"婆媳组"狼狈不堪，累得气喘吁吁。

"二胡组"的两个小年轻没干过粗活重活，捡到的柴很少，胡朵下山时不小心摔了一跤，已经赶回去换衣服了。詹星力气大，但干活吊儿郎当，也没多少收获。

节目组给他们的柴堆分别称完重量，秦则和邹厘再次胜出。

詹星说："我发现你们组怎么总是闷声干大事呢？"

看着不声不响的，但凡参加游戏、完成任务总是第一名。其他人深表赞同，觉得"沉默寡言组"不容小觑。

一群人正开玩笑，胡灏觉冲出来开始闹。他没跟着上山，可生气了，觉得他的星星哥哥抛弃了他，大家都不带他一起玩。

詹星冤枉："那是怕你受伤啊，儿子。"

胡灏觉不管，任性得很，就地撒泼赖着不起来。他闹得起劲，秦则低头瞥了他一眼。

胡灏觉号啕的声音莫名哽了一秒，背过身，接着再继续。

众人看着有趣，朝秦则打趣："这孩子怕你。"

詹星想让秦则帮忙带孩子，殊不知，秦则对"带孩子"三个字过敏。

Pink Sky 里的两个崽子已经让他受够了。

秦则不搭理，詹星只好自己哄，陪着胡灏觉踢足球。有人陪着玩，小孩又高兴起来，追在詹星屁股后面疯跑。

劳作后的众人懒洋洋地晒着太阳，享受片刻清闲，等着节目组的午饭。

秦则坐在木亭子的护栏上，接了个电话，是经纪人祝晴找他谈工作上的事，问他有没有意愿替一档游戏写歌。

面前跑来只家养的橘猫，围着他转了转，尾巴蹭在他的裤腿上。

秦则的注意力全部放在这通电话和眼前的猫上，没注意到身后飞来的足球。

不知在谁的惊呼中，秦则听见一声闷响——是球重重砸在人身上发出的声音。

他回头，身后是邹厘。

罪魁祸首詹星吓了一跳。他是篮球健将，但足球玩得真一般，脚上没控制好，为了躲开胡灏觉踢歪了方向。

所有人围过来，关切地问邹厘怎么样。

詹星连连道歉，说对不起。

邹厘感觉后背和胸前有点闷，一刹那的钝痛过后，已经缓过来。

"应该没事。"她说。

节目组工作人员不放心，让随行的医务人员替她检查。

秦则忘了挂电话，那头的祝晴说了一大通后，没听见他回答。

"喂？喂？秦则？"

秦则脸色阴沉沉的，把手机凑到耳边："先不说了，晴姐，这边有事，别的等我明天回来再谈。"

因为邹厘被足球误伤的事，桌上气氛没有之前那么好，一顿午饭大家吃得食不知味。

尽管医生也说邹厘应该没有大问题，詹星还是自责不已。邹厘反倒安慰了他一顿。

下午仍有活要干，大家各自回屋休息，养精蓄锐。

回土砖屋的路上，邹厘意识到秦则心情不好，比之前更加话少。他眉眼冷峻，脸上似凝着霜。

回屋后，邹厘进房间午睡，率先打破了沉默，说："午安。"

她在床上翻来覆去，并没有睡着。

窗户上糊了报纸。她将报纸掀开一角，就能看见院子里秦则的背影。她安静地看着他站在树下，手里夹着一根烟，日光在他背脊上铺展、跳跃、徘徊不去。

邹厘穿上鞋子，出去找他。

见她过来，秦则低头把燃到一半的烟戳进土里。

"我刚好走那里过而已，并不是特地帮你挡那一下。"她在说中午的事。怕他有负担，她特地解释。

秦则只听着，没表态。

邹厘很珍惜待在他身边的每一分每一秒。她觉得天空无比蔚蓝，阳光无比灿烂。

"送送有没有跟你说过，我运气特别差。"

这次秦则点了一下头。

邹厘笑了："所以只能怪我自己倒霉，跟你没有关系，别放在心上。"

她分辨不清最后秦则有没有相信她所说的话。

他只是对她说："觉得有哪里不舒服就告诉我。"

"好。"她答应着。

秦则掏出手机："方便加个微信吗？"

邹厘微微怔住，面上保持着镇定："当然。"

她扫了二维码，添加秦则为好友，对方立即通过。

他的微信昵称是大写的英文字母"Z"，头像的图案有点眼熟，跟他手上的刺青是一样的。

邹厘实在太过好奇："这个有代表什么含义吗？看着像云的形状。"

"当时请人随便设计的，确实是根据云来画的图。"秦则说，"只是觉得好看，没什么特别的含义。"

邹厘想起网上的一种说法："有人猜那代表你女朋友的名字。"

她说完立即后悔，这是他的个人隐私，她不该打探，况且现在他们还在录节目。

她刚想要转移话题，却见秦则丝毫不介意，脸上挂着点若有似无的笑，调侃自己："我单身好多年了，没女朋友。"

周末短暂，这一晚是他们待在一起的第二个晚上。

也是最后一晚。

次日下午，节目录制结束，他们会各自坐车离开，像两条线短暂地交会后，回归到既定的轨道上，往后再难有交集。

他们依旧是生火、烧水。

彭送送给秦则打来了视频电话。他刚上完补习课，整个人像被摧残了，蔫头耷脑地躺在沙发上，还不忘关心秦则："则哥，你在那边过得怎么样？"

秦则用火钳夹住一根烧断了快要掉出火盆外的柴，重新架好，一心二用地说："还行。"

"给我看看你住的房子呗。"彭送送说。

秦则举着手机匆匆扫过一圈，把邹厘也带入了镜。

彭送送看完后心痛，"哥，你受苦了，你那房子是人住的吗？节目有没有良心？我要去投诉他们虐待嘉宾。"

秦则只想打发他走："行，你赶紧去。"

"不行，我还想再多看看你。"彭送送说，"姐姐怎么样？"

秦则直接把手机给邹厘。邹厘有点慌张地接过，跟彭送送打招呼。

聊了几句，邹厘又把他的手机还回去。

彭送送还在操心："好好照顾姐姐。"

秦则说："有空多去背背单词。"

彭送送："老爹说你以前是学渣,哥,你分得清 intimate 和 inanimate 吗？"

彭送送做了个恶心兮兮的亲亲的表情，还附带解说："intimate 是亲密的意思。"又做了个垂头丧气的表情，"这叫 inanimate，无精打采的意思。"

他在视频里教起了秦则英语。

秦则的眼皮直跳："你皮痒了？几天没见，跟顾小东学坏了是不是？"

顾小东听见了又得气死。

邹厘忍不住偷笑。

秦则看过来，她立即拿着火钳拨弄火堆，装作什么都不知道的样子。

视频挂断。

她有点羡慕地说："你们感情真好。"

她很早以前就知道，秦则其实是很温暖的人。越靠近他，越了解他，就越会被吸引。

秦则想起隔天要走，举起手机拍了几张破烂屋子的照片，发了条朋友圈。到时候家里人和朋友要是问起录节目好不好玩，去了哪里，就统一回复"看我朋友圈"。

泥巴墙、泥巴地、漏风的窗、烧火的灶、院里的草、墙角的蜘蛛、地上的破瓷碗……

凑满九宫格。

有人秒回。

倪鸢："请问你是劳改去了吗？"

顾小东："则哥，你是讨饭去了吗？"

彭送送："哥，地上那个不会是你的碗吧？"

地上那个明明是狗吃饭的碗。

秦则："一群狗嘴里吐不出象牙的玩意儿。"

看着糟心，秦则把手机关了。

邹厘正在刷微信，迟疑了两秒，给他这条朋友圈点了个赞。

水烧开了，说是一人分一半。其实秦则倒进邹厘桶里的比较多，三分之二都给了她。

"我不用这么多。"邹厘说。

"多的自己拿去灌瓶。"秦则问，"你会吗？"

邹厘当然会，那么简单的事情。但秦则说："把瓶子拿来给我。"

他拧开盖，把里面已经冰冷的水倒掉，重新灌入开水。

瓶口窄，很容易烫到手。

邹厘在一旁看着。秦则把热水灌满瓶身，倒过来试了试，看瓶口有没有拧紧，然后才递给邹厘。

"早点睡。"他说。

"好。"邹厘答应着。

"白天我说过什么还记得吗？"

"如果感觉到身体不舒服，就告诉你。"邹厘乖乖答道。

秦则点了一下头，终于放她走了。

这一夜邹厘以为自己会很难入睡，却不知道什么时候迷迷糊糊进入了梦乡。醒来时，已经到了 31 日。

上午一如既往地配合节目组完成任务，中饭是所有人一起准备的。

择菜的择菜，劈柴的劈柴，主厨的是"婆媳组"。大家各司其职，最后做出了满汉全席，还邀请了几位村民朋友。

主持人很会煽情，在饭桌上说这是一期一会。

邹厘坐在秦则的右手边。她在遗憾 31 日下午就要说再见，不能跟他一起跨年。于是她提前对秦则说了声"新年快乐"。

秦则手里的酒杯跟她碰了一下，也说："新年快乐。"

下午自由活动，终于什么也不用干了。

吃完饭，秦则问邹厘："有没有想做的"

邹厘说："想再去奶奶家帮她穿针，她眼睛花，看不太清。顺带再蹭

292

几颗陈皮糖。"

秦则听她这么说，脸上带了点笑。

那天下午，邹厘不仅帮奶奶穿了针，还跟着在手帕上绣了朵牡丹花，可惜她手法生疏，绣出来的样子不太好看。秦则替奶奶修了不再走的老摆钟，劈完了门口的一堆柴。他赚到的陈皮糖比邹厘多，但最后全部给了邹厘。

重新活过来的摆钟一刻不停歇地走着，奶奶哼了首他们都听不懂的歌。

临走前，老人用不标准的普通话说"以后常来"。但谁都知道，他们不会再回来。

太阳落山，天渐渐变暗。夜幕四合时，大家一个接一个地离开。

秦则跟邹厘回土砖屋拎行李，她依旧走在他身后。他的背影像一道邹厘今生无法翻越的陡峭山脊。

道别时，她向他说"谢谢"。

秦则问："谢什么？"

"谢谢你陪我过周末。"谢谢他赠她泥沼中的吉光片羽，黑暗里的黄粱美梦。

邹厘云淡风轻地站在夜色里，看秦则拎箱子上车，他最后放下车窗，很难得地跟她挥了一下手。

然后诧异地看见了邹厘突如其来的眼泪。他不知道她为什么哭，也不知道她心里的轻舟经过了千里江陵、万重山，跨越了无数个漫长昼夜，时至今日仍无法靠岸。

他以为她对他只是普通的喜欢。以为那些眼泪是因为离别在即，气氛使然。

"我们以前是不是见过？我是说，更早之前。"秦则曾问。

"没有，"邹厘否认了，说，"我们没有见过。"

3.

元旦放假，天经地义。

Pink Sky 全员放纵，工作、学习通通抛之脑后。尤其是两个小孩，平时公司和秦则管得严，放假才能放松一下。彭送送玩《动物森友会》走火入魔，满脑子种菜、钓鱼、搞钱。顾小东沉迷于网络世界身份扮演，手握三个小号跟人侃大山，既是刺青师又是科学家，还装背包客，能把自己玩精神分裂。

秦则被子一蒙，补觉。

朱随缘让他们出门玩，三张游乐园入场券拍桌上："去吧，吃喝玩乐我全报销。"

秦则翻了个身，声音懒洋洋的，泛着困："假期，人多，排队，不去。"

朱随缘又拍下三张门票："朋友新弄的沉浸式密室逃脱馆，还没正式开放，应该没什么人，这是内测票，去不去？"

秦则依旧提不起兴趣。

顾小东喜欢惊险刺激，想去，哄着彭送送加入他的阵营，两人投了赞成票。彭送送趴在床边，学秦则两个字两个字往外蹦："则哥，起床，鬼屋，看鬼。"

秦则坐起来抓了把头发，踢开被子："待会儿你可别哭。"

Pink Sky 三人组出发。

密室馆离得不远，秦则熟悉地方，没开导航直接抄近路过去了。如朱随缘所说，还在内测阶段，人不算多。

彭送送和顾小东人手一份爆米花、冰激凌，像来看电影的。

黑色墙壁上挂着许多主题海报，慢慢看下去，彭送送开始意识到不对，想往外走，被秦则扯回来："别尿，赶紧选一个。"

彭送送说："哥，我们回去吧？"

秦则表示："来不及了。"

顾小东点了点一幅名叫"四口之家"的海报，说："送送，你要害怕我们就玩这个吧？看着不吓人。"

确实，别的主题海报上要么像被泼了半盆血，要么画着恐怖惊悚的人面。而面前这张，暖色调，画中是一所挂着裁缝店招牌的木房子，大门敞开，里头摆着圆桌，一对夫妻和两个女儿围坐在桌前吃饭。

乍一看，还有些温馨。

"那就这个吧。"秦则敲定。

工作人员交给他们一个手电筒和一个对讲机。

秦则正打算把手机放进储物柜，收到一条来自邹厘的消息。

她给他发了张照片，上面是一个观音玉佩。通体碧绿，约莫两根手指头大小。

邹厘问："是你的吗？"

昨天录完综艺回到家，她收拾东西，在棉服兜帽里意外发现了这块玉佩。东西不是她的，极有可能是秦则的，毕竟这周末他们相处的时间比较长。

"是我的。"秦则回。

玉佩他塞在口袋里，不知什么时候掉了也没发现。

邹厘："应该很贵重吧？方便给地址吗？我送过来，这样比较保险。"

她怕快递出岔子，谁也赔不起。

秦则盯着手机屏上跳出的字，哂笑一声，确实贵重，价值十元人民币。

这东西是倪鸾去年逛庙会时买的，说在庙里开过光，保佑他平安顺遂。礼轻情意重，还让他别小看。

见秦则没有及时回复，邹厘又发过来一条，言辞间显而易见透着小心："要不然我给你送到随圆文化可以吗？再让公司前台转交给你。"

她误会他不想透露私人住址，怕造成他的困扰。好在公司地址是早就公开了的，上网随便搜搜就能找到。

"不是那个意思。"

秦则一向不耐烦跟人解释，这次破天荒多说了几句："没有不愿意给你地址，只是现在我跟两个队友出门了，家里没人。在重喜路的一家密室馆，玩'密逃'。"

邹厘正好在重喜路附近，表示自己可以等他。

密室馆楼上有家电玩城，顾小东待会儿还得去看看。秦则估摸了一下时间，跟邹厘约定三个小时后见。

秦则："到了打我的电话。"

他发了定位，同时还发了手机号码过去。

邹厘将那一串数字存好，缓了几秒，才中规中矩地回他："好的。"

顾小东和彭送送等在密室入口处，见他哥拿着手机跟人聊，以为是工作上的事："晴姐吗？"

"没，一个朋友。"秦则随口道，理所当然的样子，没犹豫。

不久前，邹厘于他，还是一个不相干的陌生人。

酒楼初见，他摘掉她的耳机，冷淡的眸子里堆着不加掩饰的厌恶，后面发现是误会一场。再经过周末短暂的相处后，她从陌生人变成了朋友。

秦则忽略自己心里泛起的那点异样情绪，带着两个小孩进了密室。

三人摘下眼罩，打量四周环境。

面前的屋子正是宣传海报上的裁缝店。灯光昏黄，带着种灰调，让视野内的一切看着都朦朦胧胧的。

他们现在在二楼，而出口在一楼。得想办法下去。

他们在走廊上转了一圈，没发现楼梯口。倒是搜寻到许多带信息的卡片，三人埋头整理线索。顾小东说："送送，就算你害怕，但能不能别老拉我的手指头？"

彭送送蒙了："谁拉你了？"

顾小东抓住老在他掌心蹭来蹭去的手，整个握住时，意识到不对。这只手小巧，冰凉滑腻，且柔软无骨，根本不是彭送送的。顾小东脑子一麻，僵硬地回头，一个女孩穿着繁复的红裙子瞪着漆黑的眼珠子望着他，对着他笑。

"啊——"

听见顾小东叫，彭送送一回头，也："啊——"

秦则的耳朵炸了。

接着开始被NPC（非玩家角色）追。跑着跑着，灯还灭了。手电筒在彭送送手里，他慌乱中按下按钮，发现居然还是个带彩光的。

他一路跑，手电筒一路颠簸，彩色光束一路乱蹿，赤橙黄绿青蓝紫，变换颜色，跟蹦迪现场似的。

差点把锲而不舍追他们的NPC给逗笑了。

秦则意外间打开了一扇房门，暂时避难。房内空间狭小、拥挤，扑面而来一股血腥味，混杂着别的东西，有些刺鼻。

"治跌打损伤的药油。"秦则对这味道熟悉。

通过屋内布置，他发现这是女生的房间。但暂时无从判断房间主人是双胞胎中的姐姐还是妹妹。

"追我们的是姐姐还是妹妹啊？"彭送送问。

"不知道。"顾小东还没从刚才的惊吓中回过神。他以为自己胆子大，结果丢人了。他甩了甩手，掌心似乎还残留着那股滑腻的触感。

没多久，门外的脚步声消失了。

他们继续找线索。

归纳一下，他们来到的是一个四口之家，母亲和姐姐都是裁缝，父亲在酒驾中失去了一条腿，此后性情大变，脾气残暴古怪。

家具上遍布小刀刻痕，各种器皿都是残缺破损的，显然被摔打过。

"你们记不记得海报上画着他们一家四口吃饭的场景，但桌上碗筷好像只摆了三份？"顾小东问。

彭送送细品了一下，整个人都不好了。

联想到房间中的血腥味和药油，顾小东猜测："难道有个女儿已经不在了吗？"

四口之家，实际上只剩三个人了。

彭送送抓着秦则的衣服，寸步不敢离开。但很快，他们又推翻这个猜测。因为破解开下一扇门之后，他们发现屋子中央供着牌位和父亲的黑白相片，桌上摆着两根白烛，火光微弱。

灵堂墙壁上贴着许多父亲虐待家人的证据。

故事线其实并不复杂。

平时不敢做出反抗的女儿目睹了性情大变的父亲残忍地对待母亲之后，分裂出了另一种人格，也就是不存在的妹妹，情绪濒临崩溃时，失手误杀了父亲。到这里，剧情已经走完了一半。

剩下母亲的剧情"嫁衣"，他们还没有触发。他们从老报纸上刊登的"人口拐卖案"断定，当年母亲嫁给父亲，应该另有隐情。

是彻头彻尾的悲剧。

彭送送心里感觉难受，问秦则："我们现在可以出去吗？"

秦则点头，把对讲机给他。

正在此时，之前被吓到抱头鼠窜的顾小东打算挽回形象，随手掀开了面前的布帘。半屋子穿新娘嫁衣的假人模特露了脸，场面颇为壮观。

这些人就是"特大人口拐卖案"中失踪的人，她们像货物一样被运送到不同的买主手上，成为一些人的妻子。

"母亲"是她们其中的一员。

所以，假模特中应该有一个NPC扮演的活人。

一道声音幽幽地从四面八方同时响起："欢迎光临。"

彭送送手臂上顿时竖起鸡皮疙瘩，拉着秦则开始跑，一边抱着对讲机喊："不玩了、不玩了，快放我们出去！"

NPC本来没打算追，但看他跑都跑了，还叫那么大声，也就追一追意思一下，表现自己的敬业程度。

彭送送头发凌乱地从密室出来，眼睛都红了。

他说："我再也不来玩了。"一半是被吓的，一半是因为故事线心里堵得慌。

秦则没搭腔，只无声地揉了揉他的头。他还有点累，呼吸没平复下来。因为他是背着彭送送跑的，小孩不中用，腿软，专往他背上爬。

秦则又不能真不管他，好歹是队里乃至整个公司的吉祥物。

他捏着彭送送的下巴，鼓励道："来，哭一个。"

彭送送眨巴了两下眼睛，眼眶里蓄着的泪水往下掉了两颗。

秦则端详他的模样，说："你哭得我没感觉。"

彭送送："嗯？？？"

顾小东听不下去了："哥，你是变态吗？"

秦则想起昨晚道别时，夜色中邹厘的眼泪。

风从山谷浩荡吹过，带起路边的梅树枝丫，不知谁手中的旗帜被吹得翻飞，发出一些响动。还有节目组工作人员的说话声，全化作了背景音。

秦则没来得及多说一句，只够他挥手道别，司机就将车开走了。

邹厘的眼泪还在脑海里晃。

顾小东觉得他哥魔怔了，不知在想什么，就跟彭送送嘀咕："估计是被吓着了，装酷呢，在密室里憋着没喊，他年纪最大喊出来丢面……"

秦则拍了一下他的后脑勺，顾小东后半句话硬生生咽了回去。

密室把人玩郁闷了，可以去楼上电玩城撒欢。

秦则跟家长一样杵在墙边，看两个小孩骑极速摩托，他提不起兴趣。

"则哥，您别像个老年人一样无欲无求成吗？"彭送送玩"嗨"了，忘了密室阴影，朝他招手，"快点加入我们小年轻的队伍！"

秦则抬腕看表："小年轻，你还能撒野二十分钟。"

他又看了看手机，邹厘那边没动静，估计还没到。他从楼里出去，差不多正好过去三个小时。

秦则拨开面前透明的塑料门帘，发现花坛边坐了个人。

邹厘戴着顶姜黄色的帽子，视线落在某处，抬头看见他时，像星星突然闪烁了一下，立即站起来。

秦则走过去："怎么没打我电话？"

"刚到两分钟，正要打，你就下来了。"邹厘说着掏出玉佩，交给秦则。

她是真以为东西贵重，用一块干净手帕裹着，放在小盒子里。

"你看看有没有损坏。"

秦则配合地打开盒子看了一眼，说："没问题。"然后问，"一起吃个饭？"

劳烦人特地跑一趟，按理说请人吃顿饭是应该的，况且也到晚饭点了。

收到邀请的邹厘轻轻屏住了呼吸。片刻后，却笑着拒绝了："我还有点事情要办，就不一起了。"

在后面买完零食的顾小东和彭送送也掀门帘出来了，彭送送意外看见邹厘，高兴地叫了一声"姐姐"。

顾小东手上端着杯冻酸奶还没吃，秦则直接拿过来，给了邹厘："谢礼。"

手上一空的顾小东："……"

彭送送见顾小东望向他，怕也被抢，赶紧低头舔了一大口。

邹厘送完东西就走了。

冬季的傍晚天色晦暗，汽车驶过，扬起一阵沙尘。她的背影汇入人海，很快消失不见。

"则哥。"彭送送欲言又止。

秦则吐出一个字："说。"

彭送送："你跟姐姐录节目这两天，没发生什么吧？"

秦则看他："两天能发生什么？"

"哦。"彭送送吃着东西，"我就是觉得姐姐像在躲你。她不是你粉丝，你不是她偶像吗，她躲你干什么？"

彭送送问秦则，秦则自己还纳闷呢，他问谁去？

秦则觉得烦，没在身上摸到烟盒，去对面商店买了包烟。

店主老大爷坐在门口烤火嗑瓜子，拿出微信收款二维码，说话的语气里带着过来人的劝慰："对女朋友要好一点，人跑了你没地方哭去……"

秦则有些莫名。

"戴黄帽子那姑娘，在对面花坛边蹲了两个小时，是为了等你吧？"

秦则意识到他说的是邹厘，点烟的动作一顿："两个小时？"

4.

大老爷竖起两根粗糙的手指，重复道："对，两小时。"

他也是够无聊，烤火嗑瓜子的同时，还盯着墙上的钟给人记了个时。

看戴小黄帽的丫头在马路牙子上徘徊不去，最终蹲在了花坛边。他想起自己年轻的时候，没手机没网络，偷偷约人见面，月上柳梢头，身披寒露冷得双脚麻木也就这么苦苦地等。

大爷被勾起了回忆，还想跟秦则分享一番自己的乡村爱情故事。但秦则不是个好听众，他指尖抖了抖烟灰，走了。

彭送送和顾小东已经上车。

秦则把烟熄了，等风吹散身上的味道，才拉开车门进去。他往后看了彭送送一眼，说："给你姐打个电话，问她到家没有。"

"哪个姐？"彭送送问。

秦则"啧"了声："邹厘，你还有几个姐？"

彭送送看他脸色不对，识时务地噤了声。他往嘴里送进最后一块薯片，拍了拍手，拿出手机给邹厘发信息。

发到一半，他想起件事："哥，我上次让你写的特签，忘记带给她了。"

邹厘收到彭送送的问候，很快给了回复。

彭送送转达给秦则："她说她在地铁上，快要到了。"

"嗯。"秦则缓缓发动车子，说，"跟她约个时间，看她什么时候方便，把特签给她。"

这下连彭送送都觉得可疑了："特地约见面就是为了送张卡片，是不是有点奇怪？"

秦则："有我特签的卡片不值得让人特地跑一趟？"

彭送送哪敢说不："值！"

顾小东人精，玩着手机窝在后座闷声笑。

元旦后，邹厘收到秦则寄来的卡片。上面有一句简单的祝福语，祝她越来越好，落款是"秦则"。

他到底还是没当面送。

Pink Sky临时接了个杂志采访和封面约拍，出发前往一座小岛，秦则跟邹厘约定的时间被截了和。

拍照当天，工作人员就位，各司其职。

秦则换好衣服后，化妆师给他补妆。

对着他这张似乎天生冷漠凌厉的脸，化妆师事先准备好的笑话在心里酝酿半晌，最终还是没能说出来。方才给两个年纪小点的队员化妆就轻松多了，还能逗逗他们。

进入拍摄，三人都穿着白衬衫，赤着脚在沙滩上来来回回走了好几遍。

后面又带上乐器拍了一组。

三人里顾小东最怕冷，人快冻傻了。

一收工，助理小羊拿着大衣给他们裹上，彭送送举起手机抓拍了顾小东吸溜鼻涕的画面。后面进屋里暖和，顾小东身体恢复了灵活程度，忙着抢彭送送的手机，让他删照片。

秦则喝着热咖啡，不参与战斗。

落地窗外传来海浪拍打礁石的声音，和海鸥的鸣叫。

彭送送誓死保护自己的手机，跟顾小东打商量："玩游戏，你要是赢了，我不仅把刚才的照片删掉，还给你发我的丑照。"

无聊透顶，玩过无数次的纸杯游戏。纸杯倒扣，让彭送送猜哪个杯子里有东西。彭送送就是想测自己的好运程度。

偏偏顾小东输了那么多次还不信邪，心说：哪能让你次次都赢，上天偏心眼也得有个限度。

结果玩完，顾小东不信也不行，彭送送就是上天的私生子。

"则哥，你来玩吗？"彭送送叫秦则。

"赌什么？"秦则问。

"还是输家给赢家发丑照。"彭送送叠着纸杯说。

顾小东叫嚷着："哥，跟他赌！"

秦则喝完咖啡过来，接过顾小东给的硬币，把四个纸杯依次排开。

彭送送转过身去，等秦则叫他，他再转过来猜。

彭送送凭直觉选了最右边的纸杯。

秦则掀杯子，空的，这次没中。

顾小东高兴得嗷嗷叫，比自己赢了还舒坦，勒着彭送送的脖子："哪能让你次次都猜中，都没天理了，怎么样？翻车了吧！

"快快快，发丑照！"

硬币被秦则攥在手心，他趁两人没注意，不动声色地任意放进一个杯底。彭送送很少输，他挣脱开顾小东，不死心地把剩下三个纸杯打开看，硬币确确实实躺在最左边的杯子底。

秦则"老神在在"，倒打一耙："怎么，是不是输不起？"

彭送送撇着嘴。

顾小东想把他头发扎两个冲天鬏，再让他翻白眼，最好再表演口吐白沫，面部抽搐。

彭送送不肯："我手机里有以前拍过的，我找找。"

顾小东凑近看他的手机。

"这是谁？"

顾小东意外地看见一张照片，以为是谁在玩 cosplay（角色扮演）。粉头发的女生，眼妆花了以后在脸上留下一道道黑色的痕迹。

顾小东怀疑地看向彭送送："原来你这么重口。"

彭送送连忙解释："这是邹厘姐姐。"

是上次彭送送在福利院碰到邹厘，两人玩游戏，邹厘输的照片。

"我忘记删了，留着人家女孩这样的照片不好。"

彭送送删照片之前，秦则也看了一眼。

他看这一眼，目光就没再能收回来。因为照片中邹厘的那副打扮实在太容易给人留下印象。

秦则想起来了。

邹厘撒谎了。在更早之前,他们的确见过,而且还是些不太愉快的记忆。

彭送送还在说话:"姐姐说她以前在学校受欺负,就把自己弄成这样,虽然丑了点,但别人不敢再弄她。"

秦则垂着眼,神色晦暗不明:"还有呢?她还跟你说了什么?"

彭送送觉得他哥不像是喜欢打听八卦的人,过于反常,但还是把自己知道的都告诉他了。

内容有限,彭送送跟邹厘算不上很熟,去年重逢后才有了联络,他对邹厘的过去知之甚少。

"我知道的还没老院长知道的多。"

彭送送没想到他随口一提,过了几天,秦则就催他去福利院。说快过年了,送年货过去。

彭送送一看日历,离农历新年还差二十天。

"现在送年货是不是太早了?"彭送送说。

秦则总有理由:"怕后面忘了。"

各种水果、坚果、糖果,搬了好多箱过去,老院长向秦则和彭送送再三表示感谢。秦则陪她聊了聊天,没多久,话题就扯到了邹厘身上。

"以前不叫这名,叫邹怡,心怡的'怡'。"老院长说。

在她口中,十几岁的邹厘弱小、阴郁,对外界的伤害毫无招架和抵抗的余地。邹厘曾为了保护自己,而武装自己。对世界充满怀疑和不安的孩子,拼了命想要快点长大。

"小时候爱哭,偷偷哭,后来就好多了……"老院长说。

邹厘年纪小的时候来福利院比较多,当这里是避难所。渐渐长大,自己能照顾自己了,来的次数就少了。

老院长想起一件趣事。

"那年我生日,她回来给我庆生,买了蛋糕和花。我开门看见外面一个紫头发的姑娘,差点没认出来。她说她还染过粉的、蓝的、白的,显得威风,特意吊儿郎当地走路,还问我像不像二流子……"

老院长笑着笑着,笑容里带了点苦。

她无权责怪当年的邹厘,因为有的人光活着就已经有诸多不易,她只希望邹厘不要走歪路。

"她跟我保证,保护好自己的同时,不恃强凌弱,不伤害无辜的其他人。她说她就做过一件坏事,跑去隔壁学校堵一个女生,结果还被自己喜欢的男生看到误会她了……"

那天从福利院回去，秦则把自己关在房里写歌。半夜饿了下楼找吃的，碰上同样在冰箱门前探头探脑的顾小东。

少年人正长身体，顾小东夜里常觉得饿，当然也有可能就是单纯嘴馋。

秦则煮泡面，顾小东舔着脸说他也吃。

一人一个双耳小铜锅，面上卧着流心蛋、培根卷和各种蔬菜。

秦则吃面速度快，没头没尾地问对面的顾小东："迫切地想要了解一个人是为什么？"话一出口，他觉得自己昏了头，居然跟个小屁孩说这些。

实际上这正是顾小东擅长的领域，他热衷于在网上开导别人，当情感导师，虽然有时靠谱，有时不靠谱。

"对她感兴趣。"顾小东笃定地回答了秦则的问题。

"为什么会感兴趣？"

"当然是你被吸引了，哥。"

5.

大年三十，秦则回家吃团圆饭。

秦杰留他住一晚。

秦杰再婚后，房静带着余金搬了进来，组成了新的家，秦则反倒像个旅客。一年三百六十五天，回家的日子屈指可数。

他的房门永远紧闭，里头陈设保持着原样，房静偶尔会进去打扫，打开窗户通通风。

余金看着长大了不少，头发还是剃得很短，穿衣打扮中性，从背影看像个单薄清瘦的男孩。

秦杰跟秦则说："小丫头片子追星呢，追你那什么瓶克死盖。"

秦则拨开茶叶罐，往杯子里扔了些茶叶，给自己泡了杯水，也懒得纠正他的英文发音了。

"两千多块一斤的金骏眉，你给我省着点喝！"秦杰心疼茶叶。

房静笑着埋怨他："就你的茶叶金贵，夜里捧着茶罐睡觉得了。"

余金坐在沙发上，眼睛看似盯着前面的电视，余光却一直在偷瞄秦则。

房静心思细，见秦则准备出门，用手肘推了推余金："跟你哥一起去玩。"

余金想跟上，但又犹豫，眼睛望着秦则，似乎在等他表态。

秦则不好驳房静的面子，朝余金招了一下手。余金拉拉衣角，飞快放下手里的遥控器，跟着去了。

这年市里颁布了禁燃令，许多地方不能放烟花，不少人去了郊外的梨子坡。

秦则载着余金赶到时，那里已经人满为患，热闹非凡。秦则给余金买了把仙女棒，他摸不准她喜不喜欢。但来梨子坡玩烟花的小孩手上都拿着这个，他也就给她买了。

"谢谢。"余金客客气气地说。

她现在跟房静口中的熊孩子完全是两个样，脸上也没有作为一个粉丝得到偶像礼物的热情与高兴，秦杰明明说她卧室里还贴着Pink Sky的海报。

秦则不由得想起邹厘。

她同他打交道时，进退有度，从来不会越矩。她连他提出的吃饭邀请都在犹豫过后拒绝了。

秦则问余金："你们粉丝对偶像都这么矜持吗？"

耳边炸开的烟花声太大，余金没有听见他的话，手中被点燃的烟花棒迸发出金色的火光，像下了场绚烂的雨。

余金在梨子坡还碰到了同学，跟他们一起玩。

"我哥，没骗你们吧？Pink Sky的队长真是我哥。"余金指了指后方的秦则，跟伙伴们说，语气满是炫耀意味。

秦则回头，发现一群小鬼炯炯有神地看着他。

秦则身量高，穿一身黑杵在夜色里，浑身充斥着生人勿近的气息。

"哥，我同学想要你的签名。"余金鼓起勇气说。

秦则点头，很随意地说："行啊。"

但大家都没带笔。几个小孩遗憾死了，秦则看旁边有卖小吃的摊子，请他们吃了顿东西。

余金吃得最多，后半程表现得很开心，跟秦则说的话也渐渐多起来，没有那么生疏了。

回城途中，有段路堵了几分钟的车。车窗外一片昏暗的黑，时不时又被烟花照亮，不远处传来寺庙里的撞钟声。

零点到，新的一年来了。

秦则的手机不停地振动，一条条消息飞进来。他看到了邹厘踩点发来的新年祝福，大串的吉祥话，什么新年快乐、身体健康、万事如意、平安顺遂、事业节节高……

总而言之，非常官方。

倒也不像从网上直接复制来的，没那些文绉绉的比喻句和修饰语，更像自己搜肠刮肚，把能想到的寓意好的词汇，都对他说了一遍。

秦则往前翻了翻，他们之间的聊天记录少得可怜。

邹厘的名字躺在秦则的微信列表里，像颗石头、像粒细沙，安静得仿佛不存在。倘若不是每逢节日准时准点的祝福，秦则快要怀疑她是不是个假粉。

秦则给邹厘回了个简单的"新年快乐"。

邹厘捧着手机盯那四个字看了很久，退出对话框，刷了会儿微博，没几分钟又点进去看，反反复复的。

就在她以为不会再有后续时，忽然看见左上角显示"正在输入中……"

她的心跳顿时漏了一拍，接着秦则新的信息跳出来："元宵节那天有空吗？"

邹厘很久之前在论坛更新过一个小短篇。

故事非常简单。她以第一人称，讲述"我"暗恋一个男孩Z的过程。

Z替她去捡落入水池的书包，他们因此而认识。校园重逢后，终于有一天她鼓起勇气向Z表白了。

故事的结局是他们在一起了。

邹厘没想到这个故事会有人看，陆陆续续，有网友给她留言，说好甜，祝福他们。也有人说写得这么真情实感，不会是亲身经历吧……

邹厘隔了几天才回复说："Z是真实存在的，'我'也是真实存在的，但我们之间的故事是虚构的。"

——很遗憾，我们没有在一起。

相遇是真，重逢是真，可他们之间没有故事。他甚至不知道她的名字。

邹厘缺失被爱的信心与勇气，在现实中无法告白。

寒枝雀静的夜晚，她与她暗恋的男孩在各自的生命里过冬，并不相干。

邹厘本以为，她和故事中的Z，和现实中的秦则，不会再有交集。

她没想到时间过去这么久，到如今还有人在她曾经的那条回复后跟帖，追问她是不是还喜欢Z，问她死心了没有。

邹厘说不上来死没死心，只是觉得她这辈子可能没办法再像喜欢秦则那样喜欢上别的人了。

现在，她裹着毯子坐在飘窗上看外面新年的夜景，手机收到了来自秦则的消息，他只是简单地问一句她元宵节是否有空。

她就感觉自己的心有了一丝死灰复燃的迹象。

"有空。"她回复。

秦则应邀替一款古风游戏演唱主题曲。

游戏剧情大部分改编自当年的电视剧《太平宫词》，游戏方为了造势，策划了许多宣传活动。

《太平宫词》中有一幕经典桥段，上元灯节，也就是元宵节，太平第一次出宫，遇见薛绍。

长安城内张灯结彩，火树银花。太平与韦氏走散，慌张失措地在熙攘的人群中穿梭。众人脸上都戴着昆仑奴的面具，根本分辨不清谁是谁。

太平冒冒失失地摘掉过往行人的面具，没有找到她要找的人。她急哭了。看见有个人迎面走来，她迫不及待揭开了对方的面具，薛绍微微惊愕地望着她。

这一眼，让人终身难忘。

十四岁的太平，在上元灯节长安城的繁华热闹和自己的眼泪中，对薛绍一见钟情。

游戏方为了宣传，布置了一条古街，还原该场景。

元宵节当晚，许多人前来参观，入口处售卖昆仑奴面具和各式的花灯，还有游戏周边。

邹厘比跟秦则约好的时间早到了半个小时。她早早地出门，宁愿自己等他。

邹厘戴上昆仑奴面具后，提着盏花灯置身人群中。附近有表演杂技的、说书的、唱戏的，旁边还有古人玩的投壶游戏。

壶身大，颈子细，人站在线外，要将树枝掷入壶中。

邹厘站在一侧围观。

大家的命中率不高，玩得也很开心，一个个跃跃欲试。没多久，壶外散了大堆树枝。紧挨在邹厘左手边的一个长头发女生跟朋友走了之后，又来了新的人填满位置。

这次是个很高的男生。他戴着和其他人一样的面具，手上拿着树枝，投向壶口。

树枝落入壶内。紧接着的第二枝、第三枝也命中了。

穿仿古圆领袍衫的摊主带头鼓了鼓掌，众人的目光聚焦在男生身上。

邹厘同样仰头看着他，愣愣的。是秦则。

四处人多拥挤，身后有人不小心撞到她的肩，秦则比她先注意到，不由自主地拉了她一下。

他扔下投壶的树枝，牵着她走开了。后面一路，都没有再放开。

这一路上，邹厘非常混乱。

因为戴着面具看不到脸，她甚至开始怀疑，旁边牵她手的人是否真的是秦则，或者只是一个幻影，但从对方掌心传来的温度又太真实。

邹厘停下来的时候，身边的人也停下了脚步。

身后灯火阑珊，旧时的长安仿佛在眼前重现，岸边的窗扉飘来珠落玉盘的琵琶声，憧憧人影隐在喧闹后。

邹厘太过不安，大着胆子揭开了他的面具，那张极具辨识度的脸就在眼前。因为背着光，他整个人落在阴影里，面部轮廓更显深邃凌厉。

邹厘霎时变得无比紧张起来。

"你为什么……牵我的手？"这句话对着秦则问出口很难，但她如果不问，日后恐怕没办法给自己安宁。

秦则却只是反问她："你对我是哪种喜欢？"

邹厘耳朵里嗡嗡作响，好像听清了他的话，又好像根本没听清。

秦则又接着问："是普通粉丝的喜欢？还是想跟我在一起的喜欢？"

邹厘的大脑这会儿根本无法思考，无法做出正确的回应。

可秦则根本不给她时间，也不给她退路，他的声音隔得很近，又仿佛离得很远，他说："如果只是前一种，我现在开始追你。

"如果是后一种，我们现在就在一起。"

邹厘摘了他的面具，全然忘记自己脸上的还戴着。

秦则弓身，隔着昆仑奴的面具，抵住了邹厘的额头。他把话都说了，才隔着这么近的距离犯规地问她："可不可以？"

邹厘没站稳往后仰了仰，他伸手揽住了她的后腰。

她根本没有办法对他说出任何的否定答案。

她说："可以。"

秦则笑了一下，彻底掀开她的面具，开始亲她。

1.

秦则谈恋爱的第二天，恋情就曝光了。

网上有图为证。元宵夜，古街尽头，他在荧荧烛火中亲吻一人。画质模糊，图中女子身份不明。

邹厘焦急地盯着微博热搜，不安地问："要不要澄清？"

"澄清什么？"秦则似是不解，反问她，"你昨晚已经答应做我的女朋友了，是不是想反悔？"

看他云淡风轻的样子，邹厘心里的阴霾和紧张感终于也渐渐消散，笑着说"不敢"。

随后秦则发了条微博："多谢大家关心，本人热恋中。"

2.

他们这场恋爱谈得平静如水，几乎没有火花，彼此工作都很忙。秦则做音乐，邹厘忙剧本。但邹厘忙完停下的空隙，总会忍不住打开手机一遍遍确认，她拥有了秦则的微信、电话号码等所有联系方式。

她可以随时找到他。

有一次秦则收到邹厘发过来的消息，是一个颜文字。

秦则："嗯？"

"对不起。"邹厘下意识地道歉。

她知道秦则在为音乐节做准备，这会儿估计在正忙，怕打扰到他，她急忙解释："是我手滑不小心按到的。"

秦则在输入法里苦苦搜寻，几十秒后，回了她一个摸头安慰的颜文字。

3.

音乐节上，Pink Sky 表演结束，秦则突然跳下台，牵走了前排的邹厘。

台下一片沸腾。

那天夜晚，他们在海边散了步。邹厘同万人一起听过秦则唱歌，也单独一人听过他的吉他声。

4.

随圆文化的老板朱随缘回山顶道观探望老道长，送去米、面、油、盐和香火钱。

秦则携邹厘一同前往。

道观隐在山中，四处古树环抱。站在山崖上看云海翻腾，仿若置身仙境。他们去的时候观中没有别的香客，院里寂静，围墙边的老树上挂满了许愿的红绸，颜色深深浅浅，新的覆盖了旧的。

邹厘打算在红绸上写字，提笔却踌躇，她问："写什么都可以吗？"

"可以。"秦则说。

邹厘背过身遮挡了秦则的视线，不给他看。写好之后把红绸对折，里面的字就不会泄露。

秦则踩上人字梯，帮邹厘把红绸挂到树杈上。

"不可以偷看哦。"邹厘叮嘱。

秦则笑了一下。他没有刻意偷看，只是不小心瞄到了而已。

嗯，不小心。

后面秦则也要了条红绸，写了行字，邹厘本以为他对这个不感兴趣。

她写的是："愿他爱我。"

他写的是："愿我爱她更多。"

先动心的人往往比较辛苦，他全看在眼里，并且在努力给她安全感。

5.

邹厘写剧本遇到瓶颈期，整个人提不起精神，有点沮丧。她不想让自己的坏情绪影响到秦则，在他面前的时候尽量表现得开心。

在家开完编剧的视频会议后，她趴在书桌上睡了会儿，被快递员的电话吵醒。

邹厘脑袋枕得手臂酸麻，起身去开门，意外收到了七八个包裹。她拆开看，有新的书、香水、连衣裙……许多许多的礼物，堆满她的飘窗。

这天并非她生日，也不是特殊的节日，只是一个普通的仲春傍晚，窗外夕阳斜照，玉兰开得正好。

邹厘最后翻出一张夹在书里的卡片，上面简单地写着："祝你开心——

秦则。"

她像被魔法击中，果然变得开心了。

6.

秦则难得写了首情歌，叫《和她》。

邹厘写了个可爱的治愈故事，叫《年年岁岁，春夏秋冬》。

7.

倪鸢学驾照，坐在驾驶座上手忙脚乱，暴脾气的教练张着一口黄牙把她给骂了。当然教练不止骂她，一车的学员就没有幸免的。

倪鸢在驾校还能绷着，回家了看见周麟让一时没忍住，眼泪直接滚了下来。

"这是怎么了？"周麟让抱着宝贝疙瘩哄。

倪鸢简单道明缘由，周麟让说："周末我陪你练车。"

倪鸢想起他新换的那辆烟灰色超跑，真要磕坏了她的工资根本赔不起，他说没事，可以肉偿。

倪鸢捶了一下他的肩膀，破涕为笑。

等这一阵的情绪缓过去了，冷静下来，她又觉得不太好意思，自己竟然学开车学哭了，没出息。她感觉到丢人，把头埋在周麟让肩上，转移话题跟他商量晚饭吃什么。

好在周麟让没笑话她。

后面倪鸢换了位教练。新教练看着严肃，讲解却耐心，也不会明里暗里提醒学员给他送礼。

倪鸢练车的过程虽然曲折，但好歹把驾照拿到手了。当然，其中周麟让功不可没。

8.

倪鸢有空就去伏大数学院蹭课，虽然感觉在听天书，但架不住周教授的美色诱惑。

周教授偏爱她，常从她座位旁经过。

他发现这位学生上课果然不怎么认真，笔记本上没一个公式，全画着各种姓周的 Q 版小人。

可周教授拿她没办法，她是周教授的小祖宗。

9.

期末考画重点，周教授的重点就是没重点。

讲台底下哀号一片。周教授哪管小兔崽子们死活，书一合，走得干脆利落。

班上有几个机灵的摸清了来蹭课的倪鸢的身份，加了她的微信，平时不忘烧香拜佛，各种节假日嘘寒问暖送祝福。

关键时候，打算从倪鸢这边入手。

"师娘，早上好。"

"师娘，中午好。"

"师娘，晚上好。"

倪鸢举着手机给周麟让看："你们班几个小孩怎么回事？"

"我来跟他们聊。"周麟让接过倪鸢的手机。

双方进行了一番客套的社交对话之后，对面终于按捺不住向倪鸢抱怨起了周教授每次考试的出题难度："师娘，我们老师真是魔鬼啊，您看，您能不能帮帮……"

周麟让直接发了个视频通话过去。

对面的人先是接通了，然后发出一声惊天动地的脏话，接着手机吓掉了。目睹了全过程的倪鸢笑吐了。

10.

周末自驾游，周麟让和倪鸢重回了六中的补课圣地——漱石湾。

两人溜进去了逛。

这会儿没人在，地方仍闲置着，楼房空荡荡的。

倪鸢想起当年女厕所的"血手印事件"，突然从门后蹿出来扮鬼吓周麟让，结果鞋底一滑，崴了脚。

周麟让无语："倪勾勾，你可真行。"

挺会自己坑自己。

倪鸢后半程全靠周麟让背着走。

11.

有一次倪鸢上班，被同事问到脖子上的红痕是什么。

她说是蚊子咬的。

同事意味深长地"哦"了一声。

倪鸢去厕所，对着镜子一照，闹了个大红脸。晚上睡觉报复性地抱住周麟让的脖子，啃了好几口。

"你是狗吗？"周麟让闷声笑。

"你才是。"倪鸢啃完想撤，没来得及，被周麟让擒住了双手压到头顶。

第二天周麟让穿了件高领毛衣去学校。

12.

倪鸢出差，需离家一周。

在外住酒店，有一天夜里她睡得半梦半醒，伸手习惯性往旁边探，没摸到熟悉的触感，顿时瞌睡醒了大半。

第二天周麟让起床，发现手机里有条新短信，来自深夜三点四十五分。只有五个字："麟麟，我想你。"

倪鸢回来的那天，深刻地体会了一把什么叫"小别胜新婚"。

13.

丛嘉问倪鸢有没有七年之痒。

倪鸢说："我胳膊痒，昨晚跟麟麟去山顶露营，被蚊子叮了。"

丛嘉："山上好玩吗？"

倪鸢："麟麟比较好玩。"

丛嘉被秀一脸。

14.

丛嘉被家里安排见个人，对方是陈家小公子。两家门当户对。

丛嘉不乐意，向她妈表示："现在都什么年代了，怎么还兴包办婚姻这一套？"

跟陈家小公子见完面后，丛嘉又跟她妈说："其实包办婚姻也挺好的。"对方长得就是她的菜，可以先处处看。

她没想到的是，没处多久她就先下手了。丛嘉想到陈巡比她还小两个月，脱口而出："放心，我会对你负责的。"

陈巡转过身勾唇笑了一下，声音却一本正经："不如我们今天先把婚订了？"

15.

倪鸢和周麟让回春夏镇过新年，除夕夜照旧跟着谌松去庙里凑热闹，烟花爆竹声不断，人山人海。

倪鸢头上别了个大红色的蝴蝶结，看着特别喜庆，脖子上系着的围巾跟周麟让的是情侣款。

他们牵手走在人群中，庙里钟声响时，倪鸢抱住周麟让，在爆竹声中大声说："麟麟，新年快乐。"

周麟让拥住她："新年快乐。"

这年戏台子上演的是越剧《春香传》，一男一女对唱——

"但愿百年似今宵。"

"但愿百年人不老。"

"从今后，月不老。"

"人不老。"

"百年一日如今宵。"

百年一日如今宵。